아임 워칭 유

아임 워칭 유

테레사 드리스콜 장편소설
유혜인 옮김

I Am

Watching

You

마시멜로

I Am

Watching

You

1년 전
7월

1   목격자

내 실수였다. 이제는 안다.

그럴 수밖에 없었던 건 기차에서 어떤 소리를 들었기 때문이었다. 정말 솔직한 대답을 듣고 싶다. 다른 사람이었다면 어떻게 생각했을까?

내게 내숭 떠는 면이 있다는 생각은 그때까지 해본 적 없었다. 순진하다는 생각도. 그래, 뭐, 꽤 옛날식 교육을 받고 자라긴 했다. 온실 속의 화초였을지도 모르겠다. 하지만…… 아무리 그래도 그렇지. 이제는 나이도 먹고, 배울 만큼 배웠다. 도덕의식을 수치로 측정할 수 있다면 중간은 가지 않을까? 그 소리에 충격을 받은 것도 그래서였다.

정말 얌전한 애들이라고 생각했기 때문에.

물론 다른 사람의 대화를 엿듣는 짓은 하지 말아야 했다. 하지만 대중교통에서 그러기가 쉽나? 수많은 사람이 휴대폰에 대고 꽥꽥거리고 나머지도 지지 않으려고 목소리를 높인다. 그래야 자기 소리가 들리니까.

하기는, 그때 읽은 책이 재미있었으면 그쪽에 관심을 쏟지도 않았겠지. 후회해봤자 무슨 소용이겠냐마는 나는 표지가 풍력 터빈인 잡지를 산 것과 같은 이유로 그 책을 골랐다.

40대가 되면 남이 나를 보는 시선보다 내가 남을 보는 시선에 더 신경 써야 한다는 글을 어디선가 읽었다. 그런데 나는 왜 아직 그렇게 되지 않는 걸까?

'〈헬로!〉 잡지를 사고 싶으면 그냥 사, 엘라.' 시큰둥한 계산대 알바생이 뭐라 생각하든 무슨 상관이라고?

아니. 나는 이름 없는 환경 잡지와 유명인의 전기를 고른다. 그래서 남자애 둘이 검은 비닐봉지를 들고 엑서터에서 기차를 탔을 때 심심해 죽을 지경이었던 거다.

문득 궁금해진다.

검은 비닐봉지를 하나씩 들고 기차에 탄 두 남자를 봤을 때 남들은 뭐라고 생각할까? 나는 침실에 보건 안전 규정을 둬야 할 10대 아들을 키우는 엄마로서 그냥 이런 생각을 한다. '전형적이군. 짐가방은 뒀다가 뭐하니, 애들아?'

목청 크고 요란스러운 녀석들은 20대 남자애들답게 철딱서니가 없다. 기차에 아슬아슬하게 올라타는 바람에 퉁퉁한 역무원이 화가 나서 호루라기를 불어댄다.

열렸다, 닫혔다, 열렸다, 닫혔다 하는 게 뭐 그리 재미있는지 자동문으로 뻔한 장난을 치던 두 녀석이 짐칸과 가장 가까운 자리를 택한다. 그러다 콘월에서 온 두 소녀를 발견한 듯 의미심장한 눈빛을 주고받고 객차 앞쪽 자리로 옮긴다. 여자애들 바로 뒷자리로.

괜히 흐뭇한 웃음이 나온다. 봐, 나 그렇게 고리타분한 사람 아니라니까. 나도 한때는 청춘이었다.

여자애들이 갑자기 수줍게 입을 다물고 한 아이는 눈을 휘둥 그레 뜨고 친구를 본다. 그래, 남자 한 명이 모델이나 아이돌 그룹 멤버처럼 생겨서 유독 눈에 띈다. 보고 있자니 배가 간질거리는 그 느낌이 떠오른다.

누구나 알 그 느낌.

그래서 남자애들이 자리에서 일어나고 잘생긴 친구가 좌석을 나누는 등받이 너머로 몸을 기울였을 때도 나는 놀라지 않았다. 손가락질할 마음은 더군다나 없었다. 그 친구는 "……마침 가는 길이거든?"이라며 식당 칸에서 대신 가져다줄 게 있냐고 묻는다.

자기소개가 이어지고 조금 키득거리는가 싶더니 묘한 기류가 흐르기 시작한다.

커피 두 잔, 맥주 네 잔을 마신 후에는 남자 둘이 여자애들 옆자리로 옮긴다. 대화 내용이 다 들릴 정도로 우리 사이는 가까웠다.

그래, 안다. 들으면 안 된다는 거. 그런데 아까 얘기하지 않았나. 심심했다고. 애들 목소리는 좀 크던지.

아무튼. 조금 전 둘이 수다 떨 때 들었던 내용을 여자애들이 다시 읊는다. 런던에 단둘이 가는 건 이번이 처음이란다. GCSE(영국의 중등 교육 자격시험-옮긴이)를 본 기념으로 부모님이 보내준 여행이다. 가성비 좋은 호텔을 숙소로 잡았고, 〈레 미제라블〉 표를 구했고, 살면서 이렇게 신난 적이 없었다고 말한다.

"장난쳐? 너네끼리 런던 가는 게 완전히 처음이라고?" 아이돌 멤버를 닮은 칼이 깜짝 놀란다. "야, 런던이 만만한 데가 아니야. 자기 몸은 자기가 챙겨야 돼. 공연장에서 나오면 지하철 말고 택시 타. 알았지?"

칼이라는 친구, 마음에 든다. 갈 만한 가게와 노점을 추천하고 안전한 클럽도 한 곳 소개한다. 괜찮은 노래가 나오는 곳인데 공연 끝나고 춤추고 싶으면 가보라면서. 종이에 이름을 적어준다. 클럽 직원을 안다나.

"내 이름 대, 알았지?"

그때 콘월에서 온 친구 중 키가 큰 애나가 검은 봉지에 뭐가 있냐고 묻는다. 나는 좋은 질문이라고 속으로 기뻐한다. 안 그래도 궁금했기 때문이다. 놀림거리 생겼네 싶어 웃음이 나온다. '남자들이란. 준비성 진짜 없다. 뭐야, 이게?' 이러겠지?

웬걸.

두 남자는 이제 막 출소한 애들이었다. 검은 봉지에는 개인 소지품이 들어 있었다.

거짓말 안 하고 침 삼키는 소리가 들린다. 타액이 목구멍을 울컥 채우더니 이제는 맥박 뛰는 소리가 귓가를 거슬리게 때린다.

일시 정지 상태는 오래가지 않았다. 여자애들은 놀란 가슴을 순식간에 진정시킨다.

"우리 놀리는 거지?"

아니. 놀리는 게 아니다. 사람들에게 솔직하게 다 말하기로 했단다. 잘못을 저지르고 죗값을 치렀지만 부끄러운 짓은 하지 않았다고.

여자애들에게 패를 다 까 보인다. 칼은 폭행죄, 앤터니는 절도죄로 엑서터 교도소에 있었다. 칼은 친구를 보호했을 뿐이고, 시간을 돌려도 똑같은 행동을 할 거라고 가슴에 손을 얹고 맹세한다. 친구가 술집에서 깡패들에게 당하고 있었는데 칼은 깡패를 혐오하기 때문이다.

나는 뭔가 모순 같아서 갈등한다. 깡패냐, 폭행범이냐. 정말 사소한 싸움만으로 사람을 감옥에 보내나? 하지만 여자애들은 넘어간 듯하다. 어리고 순진하고 편견 없는 이 아이들은 의리가 중요하다고 말한다. 또 마약으로 징역을 살았던 남자가 학교에 온 적 있었는데 출소 후 인생이 완전히 달라졌다고 말하더란다. 그 남자는 온몸이 문신으로 덮여 있었다고 한다. 몸 전체가.

"우와. 교도소라니. 실제로 가보니까 어때?"

내가 참견해야 하나 생각한 것도 이 시점이다.

오븐 옆에서 속을 까맣게 태우고 있을 애나 엄마를 상상한다. 어린 딸이 잘 있을지 남편과 걱정하고 있겠지. 애나 아빠는 괜히 마음 졸이지 말라고 하고 있을지 모른다. '이제 다 컸어. 똑똑한 애들이잖아. 무사할 거야, 여보.'

아무래도 무사하기는 틀린 것 같다. 런던을 잘 아는 사람이 여행 기간에 보호자로 같이 다녀야 안전하다는 게 칼 생각이라서.

칼과 앤터니는 복스홀 친구 집에 머물기로 했고 밤에는 출소 기념 파티를 할 계획이다. 공연 끝나고 만나서 같이 클럽에 가면 어떻겠냐고 묻는다.

나는 이제야말로 애들 부모에게 연락해야겠다 결심한다. 아까 마을 이름을 들었다. 애나는 농장 집 딸이라고 했다. 뭐 어려운 일이겠는가. 우체국이나 동네 술집에 전화하면 그만이다. 농장이 많아야 얼마나 많겠어?

그런데 애나가 망설인다. 안 되겠다고 한다. 내일 아침에 쇼핑을 하려면 일찍 자야 한다고. 두 아이에게는 계획이 있었다. 세라가 스텔라 매카트니에서 뭘 꼭 입고 사진을 찍어야 해서 리버티 백화점부터 가기로 했다.

'기특한 것.' 나는 속으로 생각한다. 영리한 아이다. '제발 내가 참견할 일 없게 해줘, 애나.' 하지만 일이 꼬이기 시작한다. 세라가 앤터니에게 반해버린 게 문제다. 식당 칸에 한 번 더 다녀온 아이들이 자리를 바꾸고 이제는 애나와 칼, 세라와 앤터니가 나란히 앉아 있다. 앤터니는 세라에게 인생을 망쳐 후회된다고 말한다. 범죄를 저지르기는 했지만 어려운 형편 때문에 어쩔 수 없었다고 한다. 취직이 안 돼서. 아들을 부양할 돈이 없어서.

'아들?'

나는 압도당한다. 내 인생을 장밋빛으로 지켜주는 보호막의 그림자가 점점 쪼그라드는 나를 집어삼킨다. 앤터니는 전 여친과 접근권 싸움을 하고 있다고 설명한다. 아들을 아빠 없이 자라게 할 수는 없다고 말한다.

"끔찍하지 않아, 세라? 애가 자기 아빠 얼굴도 모르고 자라는 거?"

이번에는 세라가 나를 당황스럽게 만든다. 세라는 울 것 같은 목소리로 책임감 없이 떠나버리는 또래 남자들과는 달리 아이를 위하는 앤터니가 정말 멋지다고 말한다.

"마음이 안 좋다. 우리는 그것도 모르고 스텔라 매카트니 얘기나 떠들고 있었네."

솔직히 이제는 뭐가 진실이고 뭐가 거짓인지 모르겠다. 내가 뭘 알겠나? 동네 극장에서 상영하는 19금 영화 아니면 아들과 접근권 싸움을 할 일도 없는 아줌마가.

속삭이는 대화가 이어지고 나는 소음이 줄었다는 최신 풍력 터빈의 장점을 소개하는 잡지에 집중하려 한다. 그런데 앤터니와 세라가 또 식당 칸으로 가는 것이 아닌가. '맥주를 더 마시려고 그러나.' 나는 생각한다. '잘못 생각하는 거야, 세라.' 그리고 마음을 먹는다.

좋아. 커피를 마시려는 척 식당 칸으로 가서 줄에 같이 서 있거나 통로에서 마주칠 때 휴대폰이 망가진 연기를 하자. 세라에게 도와달라고 부탁해서 앤터니와 떼어놓고 조용히 말을 꺼내야지. 이런 행동 그만두지 않으면 부모님에게 연락한다고 가볍게 경고할 생각이다. '지금 당장. 알겠니, 세라? 너희 부모님 번

호쯤은 쉽게 찾을 수 있어.'

우리 객차는 식당 칸과 세 칸 떨어져 있다. 나는 휘청이는 걸음으로 좌석에 허벅지를 쿵, 쿵, 쿵 부딪히며 두 번째 칸을 지나고, 휴대폰을 꺼내려 재킷 주머니에 손을 넣은 채 연결 통로의 자동문을 지나고 있었다.

그때 두 사람 소리가 들린다.

수치심이라고는 없다. 목소리를 낮추려는 노력도 하지 않는다. 기차 화장실에서 시끄럽고 당당하게 애정 행각을 한다. 발정난 짐승 한 쌍처럼 화장실 칸에서 그 짓을 하고 있다.

남자 목소리를 들으니 그 애들이 맞다. 앤터니는 이게 얼마만인지 모르겠다고 말한다. 좋아서 죽으려고 한다.

"세라, 오, 세라……."

그래, 인정한다. 내 세계가 뒤흔들리는 충격을 받았다. 수치심에 몸이 뜨거워졌다. 화가 났다. 다 집어치우고 이 소리에서 벗어나고 싶은 마음뿐이었고 숨을 쉬기도 힘들었다.

순진했던 내가 부끄러웠다. 개가 비웃을 추측이었다.

비틀거리며 연결 통로의 다음 자동문을 통과해 객차로 들어간다. 내 오판의 증거에서 멀어지기 위해 숨을 몰아쉬며 허둥지둥 걸음을 옮긴다.

'얌전한 애들이라고?'

식당 칸 줄에 서서 귓가에 쿵쿵대는 맥박 소리를 들으며 궁금해한다. 지금쯤 다른 사람도 소리를 들었을까? 신고도 했을까?

그러다 생각한다. '신고? 누구한테 신고한다는 거야, 엘라? 아직도 정신 못 차렸어? 다른 사람들은 네가 원래 해야 했을 행동을 할 거야. 남의 일에 신경 끄기.'

이때부터 감정이 변화하며 다른 궁금증이 생긴다. 나는 어쩌다 이런 구닥다리가, 꽉 막힌 사람이 된 걸까. 어린 친구들에 대해 아는 게 없는 아줌마가 되었다. 완전히.

머릿속으로 수많은 기억이 만화경처럼 빙글빙글 돌아간다. 가장자리가 다 닳은 사진들. 아들 방에서 발견한 잡지. 영화를 보고 집에 일찍 오니 루크가 야한 영화를 본다고 케이블 성인인증을 풀고 있던 날 밤.

이 지옥 같은 기차에서 당장 남편과 대화를 해야 한다는 생각이 든다. 나의 토니와. 내 나침반 방향을 재설정해야 한다.

그 아이들이 아니라 내가 문제냐고 물어봐야 한다. '내가 정상이 아닌 거야, 토니? 아니, 정말로…… 솔직하게 말해줘. 우리가 성인 케이블과 루크 잡지로 싸웠던 때 말이야.'

내 내숭이 그렇게 심한 거야? 그래?

실제로도 남편에게 전화를 건다. 그날 밤 콘퍼런스 끝나고 호텔에서. 기차 반대쪽 끝으로 현명하게 자리를 옮겼다는 얘기를 하고 싶다. 남의 일에 관심 껐다는 얘기. 그 여자애들도 알 건 다 아는 애들이었다.

하지만 휴대폰이 뇌종양을 일으킨다는 말을 아직도 믿는 소수에 속하는 남편은 휴대폰을 두고 외출했다. 남편 대신 루크와 통화를 하고 저녁으로 뭘 먹었는지 조잘대는 말을 들으니 왠지 마음이 진정된다. 루크는 새로 받은 앱을 참고해 모로코 요리를 만들어 먹었다고 한다. 요리를 좋아하는 우리 아들. 나는 조리 도구와 팬을 죄다 꺼내서 주방이 엉망으로 변했겠다며 루크를 놀린다.

그러다 호텔에서 아침을 맞는다.

이런 느낌 질색이다. 에어컨 바람, 불편한 침대, 나를 유혹하는 미니바 때문에 몸에서 영혼이 탈출한 듯한 무감각. 어제 긴 하루의 끝을 기념해 호텔 브랜디를 조금 마셨다.

아직 6시 반이니 잠을 더 자고 싶다. 10분을 노력하지만 실패한 나는 잠을 포기하고 주전자 옆 작은 컵에 청승맞게 들어가 있는 봉지를 쳐다본다. 호텔에서 묵을 때면 항상 이런다. 이번만큼은 원두커피가 아니라 인스턴트커피를 먹어보자고 자기 최면을 걸지만 결국은 커피를 욕실 세면대에 붓기 일쑤다.

한 줄로 늘어선 빈 미니어처 술병을 보는데 갑자기 방 안으로 흘러들어온 끔찍한 생각에 얼굴을 찌푸린다. 침대 옆에 놓인 휴대폰을 보자 가슴이 철렁한다. 뭔가 망신스러운 행동, 후회할 짓을 했다는 익숙하고도 무시무시한 전율을 느낀다.

다시 술병을 보니 기억이 떠오른다. 어제 브랜디를 두 병째 비운 후 전화번호 안내 서비스로 아이들 부모를 찾기로 결심했다. 그 생각을 하자마자 피가 차갑게 식지만 기억은 아직 흐릿하다.

'진짜 전화했어? 생각해, 엘라. 생각하자.'

다시 휴대폰을 보며 온 정신을 집중한다. 아, 맞아. 이제 생각난다. 마침내 기억이 떠오르자 어깨의 긴장이 스르르 풀린다. 휴대폰을 들었다가 전화를 걸기 직전에 제정신이 아니라는 사실을 깨닫고 관뒀다. 브랜디 때문만은 아니었다. 동기부터가 불순했다. 솔직히 내가 전화하려고 했던 이유는 걱정돼서가 아니라 벌을 주고 싶어서였다. 세라 때문에 마음을 다치고 화가 났기 때문이다.

그래서 현명한 선택을 했다. 휴대폰을 내려놓고 불을 끄고 잠자리에 들었다.

다행이다. 얼마나 다행인가. 안도감에 휩싸여 축하할 겸 드디어 인스턴트커피를 마셔보기로 한다.

주전자 전원을 켜고 텔레비전을 켠다. 그때였다. 찰나의 순간은 공중에 먼저 떠올랐다가 이 방, 이 도시를 넘어 멀리, 멀리 뻗어나갔다. 그 순간 나는 깨달았다. 이전의 인생으로는 되돌아오지 못한다는 것을.

영원히.

어젯밤 옆방 투숙객을 방해하지 않으려고 자막으로 영화를 봤던 터라 텔레비전은 음소거 상태였다.

하지만 화면의 영상은 의심할 여지가 없었다. 그 미모는. 페이스북 사진이라고 했다. 초록색 눈이 반짝이고 등 뒤로 금발이 폭포수처럼 흘러내렸다. 장소는 바닷가다. 뒤에 세인트 미카엘스 마운트가 보인다.

내 몸이 베개와 침대와 벽을 뚫고 날아가며 보고 있던 텔레비전이 한참이나 멀어진다. 화면에는 구역질 나는 끔찍한 말들이 지나가고 있다.

'실종…… 애나…… 실종…… 애나……'

주전자가 거울에 미친 듯이 증기를 내뿜는 동안 나는 전화로 무슨 말을 할지 머릿속으로 한꺼번에 대본을 짜고 있다.

불쾌하고 소름 끼치는 변명들이 뒤섞인다. 어떤 말로도 충분하지 않다.

경찰에게. 토니에게.

'정말로 원래는 전화하려고 했는데……'

아버지

헨리 밸러드는 온실에 앉아 주방의 소음을 듣지 않으려 애쓴다.

아내에게 가야 한다. 가서 도와주고, 위로해줘야 한다. 하지만 그런다고 달라지는 것은 없기에 이렇게 외면하고 있다. 솔직히 말하면 조금 더 오래 앉아 마당을 내다보고 싶다. 집에 추가로 갖다 붙인 이 공간은 단 한 번도 제 기능을 하지 않았다. 블라인드를 달고 터무니없는 가격에 대형 실링 팬을 설치했는데도 너무 춥거나 너무 더웠다. 이렇게 기묘한 공간에서 헨리는 무의식에 빠져들었다. 육체를 벗어난 정신은 시간을 초월해 정원으로 나아간다. 이른 아침 햇살이 내리쬐는 지금도 아이들이 덤불 아지트에서 속삭이는 소리가 들렸다. 애나와 제니.

딸들은 한두 해 그 아지트에서 살다시피 했다. 분홍병에 걸렸던 시기였다. 분홍색 이불. 분홍색 바비 인형. 어느 카탈로그에서 보고 산 분홍색 텐트는 별별 소녀스러운 소품들로 가득 찼다. 헨리는 그 물건 근처에 가지도 않았다. 하지만 지금 소원이 딱 하나 있다면 젖소와 건초, 세금과 은행을 잊고 밖으로 나가 작은 불을 피우고 딸들에게 아침 식사로 소시지를 구워주는 것이다. 수없이 약속했지만 지키지 않은 캠핑을 할 수만 있다면…….

주방에서 와장창하는 요란한 소리에 헨리는 다시 안으로 들어온다. 아내가 바닥에서 쇠로 된 물건들을 줍고 있다. 크기와 형태가 제각각인 제빵용 틀이다.

"지금 뭐 하는 거야?"

"자두슬라이스."

"아니, 바버라, 제발 좀."

애나가 제일 좋아하는 간식이다. 자두를 향신료와 졸인 후 팬케이크 같은 빵 중앙에 올려 먹는 것. 시나몬 냄새가 난다. 병이 조리대 위로 넘어지며 쏟아진 향신료가 소복하게 작은 언덕을 이루었다.

'오, 바버라.'

아내가 손을 떨며 도구들을 줍는 모습을 차마 보고 있을 수가 없다.

그러나 헨리는 돕겠다고 나서지 않는다. 어떤 식으로든 다정하고 정중한 행동을 하는 대신, 서재로 들어가 전화기 옆에 앉는다. 그래서 5분인가 10분쯤 후 바깥 도로에 멈춰 선 경찰차를 가장 먼저 발견한 사람도 헨리다.

뱃속이 고통스럽게 뒤틀리고 헨리는 잠깐이지만 문에 바리케이드를 칠까 생각한다. 경찰이 들어오지 못하도록 복도에 있는 가구란 가구를 다 끌고 와 탑을 쌓는 어처구니없는 이미지가 떠오른다. 이번에는 두 명이다. 남자 하나, 여자 하나. 남자는 양복을 입었고 여자는 경찰복 차림이다.

복도로 나가자 주방 문가에 선 아내가 앞치마로 손의 물기를 몇 번이고 닦고 있다. 아내를 힐끗 보니 간청하는 눈빛이다. 남편과 신과 정의에.

현관문을 열자…… 애나와 제니가 책가방과 테니스 라켓을 들고 뛰어 들어와 전부 바닥에 던진다. 다행이다. 다행이다. 다행이야.

그러다 현실로 돌아온다.

표정을 보니 알겠다.

"찾았어요?"

구겨진 고급 정장을 입은 남자는 고개만 젓는다.

"이쪽은 가족연락관 캐시 브라이트 순경입니다. 전화로 말씀드렸죠?"

아무 말도 나오지 않는다. 무거운 침묵만이 흐른다.

"들어가도 될까요, 밸러드 씨?"

고개를 끄덕인다. 그것밖에는 할 수 없다.

모두 서재에 앉은 후 이상한 마찰음이 들린다. 아내가 손바닥을 비비며 살과 살이 스치는 소리를 낸다. 헨리는 아내의 손을 잡는다. 소리를 멈추기 위해.

"전에 말씀드린 것처럼 런던에서 경찰청 수사팀이 최선을 다하고 있습니다. 수사 진행 속도가 빨라요. 애나 나이가 있으니까요. 상황도 그렇고요. 저희 쪽에 계속 연락을 주고 있습니다."

"제가 런던으로 갈게요. 도우러……."

"밸러드 씨. 말씀드렸잖습니까. 부인 곁에 계셔야 하고, 저희가 도움을 청할 것들도 있다고요. 지금으로서는 필요한 정보를 전부 모으는 데 집중해야 해요. 뭐가 됐든 새로운 소식이 들어오면 전하고 교통편을 마련해드리겠습니다."

"세라가 뭘 기억했대요? 다른 말은 없어요? 직접 통화를 하고 싶습니다. 통화할 수 있게 해주세요."

"세라는 아직 충격 상태예요. 그럴 만도 하죠. 전문 의료진이 치료 중이고 세라 부모님도 옆에 있습니다. 정보를 최대한 얻으려고 다들 노력하는 중이에요. 런던 수사팀이 CCTV 영상을 전부 훑고 있고요. 클럽 말이에요."

"아직도 이해가 안 돼요. 클럽이라니요? 애들이 클럽에서 뭘 하고 있었던 거죠? 계획에 클럽 같은 건 없었어요. 〈레 미제라블〉 표를 끊었단 말입니다. 우리는 분명히……."

"그 부분에 실마리가 될 사실이 하나 밝혀지기는 했습니다, 밸러드 씨."

목을 가다듬는데 목에서 너무 큰소리가 난다. 목구멍 깊은 곳에서 들리는 소리가 역겹다.

"목격자가 나타났어요. 기차에 탔던 사람이랍니다."

가래가 끓는다. 목구멍에서.

"목격자요? 무슨 말입니까, 목격자라니? 뭘 목격했는데요?

이해가 안 됩니다."

둘이 눈빛을 주고받더니 여자 경찰이 바버라 옆자리로 옮겨 앉는다. 이야기는 남자 형사가 한다.

"경찰의 공개 수배 방송이 나간 후에 기차에서 애나와 세라 근처 자리에 앉아 있었다던 여성이 전화했어요. 두 아이가 기차에서 남자 둘과 어울리는 대화 내용을 들었다고 합니다."

"무슨 말이에요, 어울리다니? 남자요? 무슨 말인지 못 알아듣겠어요."

아내는 헨리의 손을 더 세게 움켜쥐고 있다.

"목격자가 들은 내용에 따르면 애나와 세라는 두 남자와 친구가 된 것 같습니다. 저희가 잘 아는 남자들하고요."

"남자들요? 어떤 남자들요?"

"교도소에서 막 출소한 남자들입니다, 밸러드 씨."

"아니. 아니에요. 잘못 들었겠죠……. 그럴 리 없어요. 말도 안 돼."

"이 부분에 관해서는 런던 수사팀이 최대한 빨리 세라와 이야기를 더 해볼 예정입니다. 목격자도요. 말씀드렸듯이 애나가 실종되기 전에 무슨 일이 있었는지 정보를 가능한 한 자세히 모아 조각을 맞춰야 해요."

"벌써 몇 시간이나 지났습니다."

"네."

"똑똑한 아이들이에요, 형사님. 아시겠습니까? 착하고 똑똑한 아이들이라고요. 바르게 키웠습니다. 안 그랬으면 우리가 여행을 보냈을 리가, 그럴 리가……."

"예. 예. 압니다. 최대한 긍정적으로 생각하셔야 해요. 다시 말씀드리지만 저희는 애나를 찾기 위해 모든 방법을 쓰고 있고, 중간중간 계속 소식을 전해드릴 겁니다. 캐시가 댁에 함께 있을 거고요. 질문이 있으면 뭐든 하세요. 괜찮다면 애나 방을 다시 둘러봐도 되겠습니까? 일기장이 있지 않을까 해서요. 컴퓨터 같은 것들도 한번 보고요. 밸러드 씨, 같이 가실까요? 그동안 캐시가 사모님 차를 타드리고요. 네?"

헨리에게는 들리지 않는 말이다. 지금 그는 아내가 여행에 반대했다는 생각을 하고 있다. 아이들이 너무 어리다고 했다. 너무 먼 곳이라고. 너무 이르다고. 여행을 지지한 사람은 헨리였다.

'그만해, 바버라. 평생 어린애처럼 끼고 살 거 아니잖아.'

솔직히 말하면 애나가 엄마 치마폭에서 벗어나야 한다고 생각했다.

자두슬라이스에서 벗어나야 했다.

하지만 또 있었다. 맙소사.

그게 전부가 아니라는 사실을 경찰이 알아내면 어쩌지?

3   친구

런던 파라다이스 호텔이라는 이름과 어울리지 않게 갑갑한 2인용 호텔 방에서 세라는 세라의 이름을 속삭이는 엄마 목소리를 듣고 눈을 더 굳게 감는다.

여기는 다른 방이다. 구조는 똑같지만 층이 바뀌었다. 애나와 짐을 풀었던 방은 아직도 출입 금지 구역이다. 하지만 세라는 이해할 수 없었다. 애나는 그 방에 돌아오지도 않았는데. 세라의 말을 믿지 않는 걸까? '여기 안 왔다니까요?'

이 방에서는 뭔지 모를 고약한 냄새가 계속 난다. 벽장 뒤쪽이 떠오르는 냄새다. 어릴 때 했던 숨바꼭질이 떠오르는 냄새. 눈을 꼭 감은 세라는 지금 그 놀이를 할 수 있었으면 좋겠다고 생각한다. 냄새와 날씨, 엄마와 경찰을 잊고 숨바꼭질을 하는 거다.

타임 슬립한 세계의 애나는 머리를 말리며 다음으로 쓸 고데기도 뜨겁게 예열 중이다. 그리고 시끄러운 드라이기보다 큰 소리로 오늘 일정에 대해 떠들고 있다. 어느 가게 먼저 갈까? 또 스텔라 매카트니 옷을 입겠다는 세라 말이 진심이냐고 묻는다. 왜냐하면 점원은 우리 옷차림만 봐도 실제로는 옷을 사지 않을 걸 알 수 있기 때문이다.

애나. 착하고 귀찮은 애나. 너무 마른. 너무 예쁜. 너무…….

"일어났니? 우리 딸, 엄마 목소리 들려?"

여전히 엄마를 등진 채로 눈을 뜬 세라가 커튼 틈으로 들어와 벽에 삼각형을 그리는 불빛에 눈을 찡그린다. 이불도 안 덮고 입은 옷 그대로 침대에 누워 있었다. 지금쯤이면 소식이 들려야 하니까. 당장. 경찰은 애나를 금세 찾아낼 것이다.

"잠깐이라도 눈 붙여서 다행이다. 1시간이 어디야. 엄마가 차를 만들었어."

"안 마셔."

"한 모금만. 설탕 두 숟갈 넣었어. 속에 뭐라도 넣어야지. 설탕 조금…….."

"못 하겠다고. 응?"

엄마는 어제와 같은 바지를 입었지만 블라우스는 새로 갈아입었다. 깨끗한 블라우스를 가져오다니 엄마다운 행동이지만 어쩐지 부적절하다는 생각이 든다.

"아빠 오셨어. 아래층에. 아빠는 주로 경찰과 같이 계셔. 경찰이 너랑 다시 얘기하고 싶대. 기분이 나아지면…….."

"기억나는 건 이미 다 얘기했어. 몇 시간 동안 얘기했잖아. 그리고 아빠 얼굴은 보고 싶지도 않아. 연락하지 말지 그랬어."

세라와 엄마의 눈빛이 얽힌다.

"그래, 힘들다는 거 엄마가 알아. 너랑 아빠 사이. 하지만 아빠도 걱정되니까. 또 경찰에 무슨 신고가 들어와서 얘기하고 싶대. TV에 뉴스가 나가고 나서."

"신고?"

"응. 기차에 있던 여자가."

"여자? 지금 무슨 얘기하는 거야. 여자 누구?"

뱃속이 뻥 뚫리는 느낌이 든다. 경찰과 엄마를 기다리며 두려움에 떨었던 처음 몇 시간의 느낌과 똑같다. 그때는 술이 덜 깨 머리가 어지러웠다. 혼란스러웠다. '어디 있어, 애나? 너 어디 갔니?'

경찰이 믿게끔 최대한 자세히 이야기하려 했지만 완전히는……

세라는 구겨진 리넨 셔츠가 허리에 스치는 것을 느끼며 벌떡 몸을 일으키고 머리빗, 화장품 파우치 등등이 어지럽게 놓인 화장대를 뒤진다.

"리모컨 어디 있는지 알아? 뉴스 볼래. 뭐라고 하는지 봐야겠어. 뭐라는 거야?"

"그러지 말고, 세라. 차 마셔. 엄마는 네가 일어났다고 아빠한테 말해야겠다. 이제 경찰한테 올라와도 된다고 할게."

"얘기 안 해. 아직은 싫어."

"그래, 세라. 끔찍한 일이라는 거 알아. 너한테도, 우리 모두한테도." 엄마가 다가오고 있다. "하지만 경찰이 애나를 찾을 거야. 엄마는 믿어. 어디 파티에 갔다가 혼날까 봐 겁먹고 숨은 거겠지."

엄마는 혼돈 상태인 화장대에 찻잔을 놓아두고 세라의 어깨에 팔을 두르지만 세라는 몸을 피한다.

"애나 부모님은 왔어?"

"아직. 글쎄다. 앞으로 어떻게 될지는 엄마도 잘 몰라. 경찰이 애나 부모님과 콘월에서 확인하고 싶은 게 있대."

"뭘 확인해?"

"컴퓨터 같은 거. 모르겠어. 정확히 기억이 안 나네. 워낙 다 휙휙 지나가서. 도움이 될 만한 정보를 찾으려고 한대. 수색에."

"나는 도움이 안 되고? 안 그래도 기분 최악인 거 몰라?"

"너를 탓하는 사람은 없어, 세라."

"나를 탓한다고? 나를 탓하는 사람이 없다면서 왜 탓이라는 말을 해?"

"세라…… 아가, 이러지 말자. 경찰이 찾아줄 거야. 정말이야. 엄마가 아래층에 연락할게."

"싫어. 나 건드리지 마. 다 필요 없어. 지금은 그냥 혼자 있을래."

세라 엄마가 주머니에서 휴대폰을 꺼내며 안경을 더듬어 찾고 있는데 문에서 노크 소리가 난다.

"왔나 보다."

전에 왔던 형사다. 하지만 옆에는 다른 여자 경찰과 세라 아빠가 있다.

"무슨 소식 있어요?" 의자에서 일어나던 엄마는 그들이 '아니'라는 의미로 고개를 젓자 다시 털썩 앉는다.

"좀 쉬었니, 세라? 이제 얘기 더 할 수 있겠어?"

여자 경찰의 말이다.

"저 안 취했어요. 전에 얘기했을 때요. 술 안 취해 있었어요."

"그래."

어른들이 서로 눈빛을 주고받는다.

"우리가 CCTV를 봤어, 세라. 클럽 거."

이번에는 형사가 말한다. 더 엄한 목소리로.

"아쉽게 작동을 안 하는 카메라가 몇 대 있었지만 이해가 잘 안 되는 장면들이 보이더구나, 세라. 또 목격자 제보도 들어왔어."

"목격자요?"

"그래. 기차에 탔던 여자분."

순식간이다. 세라는 전율을 느낀다. 다 들켰어. 피가 차갑게 식는다.

얼굴에서 핏기가 사라진다.

I Am

watching

You

애나 실종
1년 후

4 목격자

착각 따위는 하지 않았다.

이번 주가 어떻게 흘러갈지는 뻔히 알고 있었다. 한편으로는 이날이 오기를 간절히 바랐다. 1주년 방송으로 수사가 다시 활발해질 것이라는 실낱같은 희망을 품었다. 하지만 다른 한편에는 순수한 공포가 존재했다. 나를 또 그런 표정을 쳐다볼 사람들……

'저 여자야. 기억 안 나? 알고도 말 안 한 여자. 기차에서 말이야. 기억하지? 그 여자애 사라졌을 때 있잖아. 세상에, 벌써 1년 됐어?'

그래도 나는 〈크라임캐처스〉 방송을 원한다. 그 가족을 위해. 가여운 애나의 엄마를 위해. 내가 출연하고 싶지 않을 뿐이다.

다들 내 심정 이해할 수 있지 않나? 아니, 제의를 받았을 때 언짢지는 않았다. 하지만 나와 달리 남편은 길길이 뛰며 그들의 뻔뻔함에 혀를 내둘렀다.

'당신들이 이름을 흘렸잖아. 세상 사람들 손가락질을 다 받게 해놓고 방송에 나와 달라고 하면 나갈 줄……'

토니는 지금도 경찰이 고의로 흘려 언론이 내 이름을 알아냈다고 주장한다. 그렇다는 증거는 없고 솔직히 이제는 고의건 실수건 알고 싶지도 않다. 사람들이 다시 내게서 등을 돌린다는 생각을 견딜 수 없을 뿐이다. 그 일을 다시 들먹이고. 나를 판단하고. 나를 미워하고.

심지어 우리 가게 단골들도 나를 묘한 눈으로 본다. 의식적으로 그 주제를 피한다.

경찰 홍보실은 유출이 아니었다는 공식 입장을 내놓았다. 기차의 목격자가 '콘퍼런스에 참여 중'이었다는 것만 기자 몇 명에게 언급했다고 했다. 하지만 어떤 콘퍼런스였는지 말 안 했을 리는 없다. 그렇지 않으면 언론이 무슨 수로 내가 플로리스트라는 사실을 알았겠어? 아무튼. 이런저런 꽃 관련 행사를 찾아보고 데번과 콘월에서 온 대표 명단을 훑은 기자 일부가 결국 우리 집 앞에 나타났다.

지금도 그 생각만 하면 식은땀이 난다.

그래, 내가 더 영리했다면 목격자가 나라는 사실을 확인할 도리는 없었을 것이다. 내가 생각을 좀 하고 '무슨 말씀인지 모르겠네요'라고 말했더라면 기자들도 하는 수 없이 돌아갔을 것이다. 하지만 현실은 달랐다.

지능이 없냐는 말을 들을지도 모르겠지만 완전히 넋이 나간 내가 현관에서 했던 말은 이거였다. '내 이름 어디서 들었어요?'

'미쳤다고 그런 말을 해?' 처음에 토니는 그렇게 물었다. '맙

소사, 엘라. 당신 스스로 잡아먹으라고 갖다 바친 거잖아.'

하지만 아니었다. 정말로. 나는 기자들을 집에 들이지 않았다. 맹세컨대 한마디도 하지 않았다. 하지만 사진을 찍혔고, 전화가 오고 또 오고 또 와서 나중에는 번호를 바꿔야 했다.

토니는 '폭력'이라고 했다. '이만하면 당할 만큼 당하지 않았어?' 고마운 사람. 착하디착한 내 남편.

그러다 상황이 정말로 심각해졌다. SNS에 끔찍한 이야기가 돌았다. 한동안 가게 문을 닫아야 했을 만큼.

하지만 문제는 따로 있다. 그간 고통을 겪었는데도 내가 당할 만큼 당했다는 생각이 아직 들지 않는다는 것이다. 그날 본 아름다운 소녀는 여전히 실종 상태다. 아마 죽었을 것이다. 죽었다고 확신한다. 하지만 아이 엄마는 가엾게도 딸이 살아 있다는 희망을 아직 놓지 못한다고 들었다.

그런다고 비난할 수 있을까? 나라도 그랬을 텐데.

〈크라임캐처스〉 일로 내게 연락한 경찰은 밸러드 부인이 가슴 절절한 인터뷰를 했다고 전했다. 과연 내가 볼 수 있을까. 지난 1년 동안 애나 엄마는 실종되었다가 한참 후에 집으로 돌아온 소녀들에 대한 정보를 모았다고 한다. 왜, 미치광이에 납치되어 세뇌당하며 살다가 결국 탈출한 사건들 말이다. 그 내용은 인터뷰에서 전부 들어내야 했다고 들었다. 경찰의 방향과 완전히 어긋나는 이야기라고. 경찰은 애나가 죽었다고 생각하는 게 분명하다. 방송의 목적은 살인자를 찾는 것이다. 지하실에 여자를 감금한 미치광이가 아니라.

시청자의 감성을 자극하기 위해 밸러드 부인의 인터뷰에서 애나의 어린 시절에 대한 이야기는 전부 살렸다. 애나의 모든 꿈과 희망. 그런 이야기가 있어야 새로운 제보가 들어온다는 듯하다. 하지만 핵심은 두 남자를 찾는 것이다. 아마 시체도. 생각만으로도 피가 차갑게 식는다.

이 얘기가 나온 시점부터 토니는 완전히 폭발했다. 내가 제보한 후 경찰이 재깍재깍 공개 수배를 했다면 칼과 앤터니가 달아날 일은 없었다는 것이 토니 생각이다. 그 둘은 외국으로 떴을 가능성이 컸다.

내가 알기로 수배가 늦어진 원인은 세라였다. 경찰이 두루뭉술하게 말했지만 이것저것 종합해보면 세라가 처음에는 만남 자체를 부정했던 것 같다. 기차에서 남자들과 만난 일이 없다고. 내가 사기꾼이라고. 경찰은 CCTV 영상을 전부 확인하고 넷이 기차에서 같이 내린 장면과 역 앞에 같이 있는 장면을 찾은 후에야 두 남자의 사진을 공개했다. 너무 늦게.

물론 거기서 시작된 역풍은 전부 내게로 되돌아왔고.

내가 진작 전화로 경고했더라면 어땠을까. 내가 나섰더라면. 개입했더라면.

'그런 생각하지 마. 당신이 전부 책임질 수는 없어. 뭘 잘못했다고 그래. 잘못한 거 없어, 엘라. 잘못은 놈들이 했지 당신은 아니야. 자책하면 안 돼.'

'정말일까, 토니?'

지금 나를 탓하는 사람은 나 혼자가 아니다.

첫 번째 엽서는 며칠 전에 도착했다.

처음 읽었을 때는 너무 놀라서 화장실로 달려가야 했다. 구토가 나와서.

왜 그렇게 겁이 났는지 나도 잘 모르겠다. 충격 때문이었을까. 처음에는 무섭고 잔인한 협박이라는 느낌이 들었다. 하지만 놀란 가슴을 진정시키고 곰곰이 생각하니 보낸 사람이 불현듯 떠올랐다. 그때 든 감정은 안도감과 지독한 죄책감이었다. 여기서만 털어놓자면 나는 이런 엽서를 받아도 싼 인간이다.

결론은 분노였다. 진짜로 협박할 의도는 없고 오로지 분노를 쏟아내고 있었다.

첫 번째 엽서는 봉투에 담겨 왔다. 검은색 카드에는 잡지에서 오린 글자들이 붙어 있었다.

왜 안 도와줬어?

드라마에서 본 것과 똑같았고, 만듦새가 좋지도 않았다. 만지면 아직도 끈적거렸다.

나는 어리석게도 엽서를 찢어 쓰레기통에 버렸다. 토니에게 보이고 싶지 않았으니까. 토니가 보면 경찰에 전화할 텐데 그런 상황을 원하지는 않았다. 경찰이 집에 오고. 기자들이 나타나고.

그때 그 광란이 다시 시작되고.

진상을 이해하기까지는 시간이 걸렸다. 처음에는 할 일 없는 미친 사람 짓이라고 생각했다. 그러다 문득 이런 생각이 들었다. '잠깐. 1주년 방송은 아직 나가지도 않았잖아.'

솔직히 화제의 수명은 짧다. 오늘 밤 방송이 나가기 전까지 이 사건을 다시 떠올리는 사람은 아마 없었을 것이다. 원래 그렇다. 경찰의 고충도 그거다. 화제의 중심에 올랐던 이야기라 해도 다음 순간 사람들의 기억에서 사라지고 만다.

그런데 오늘 엽서가 또 왔다. 이번에도 검은색 바탕에 악랄한 메시지가 쓰여 있다.

재수 없는 년…… 잠이 오냐?

확실히 알겠다. 내 잘못이라는 걸. 이건 복수다. 내가 애나를 위해 행동하지 않아서만이 아니다. 지난여름 그곳에 갔기 때문이었다.

엽서를 보낸 사람은 분명…….

5

아버지

헨리 밸러드는 손목시계를 확인하고 휘파람으로 새미를 부른다.

저 멀리 임대 별장 한 채에서 연기가 피어오른다. 과거 외양간이었던 그곳은 저녁 이 무렵 아버지의 목적지였다. 저녁 식사 전 동물들을 마지막으로 확인하기 위해.

헨리도 매일 저녁 아버지가 걷던 그 길을 걷지만, 이제는 고요한 서글픔이 함께한다.

길을 걷는 동안 애나의 목소리가 뇌리를 떠나지 않는다.

'아빠 역겨워……'

눈을 감고 목소리가 잠잠해지기를 기다린다. 눈을 뜨니 앞에 보이는 굴뚝에서 연기가 더 강하게 소용돌이치며 올라간다.

역시 '경제적으로 이치에 맞는' 일이었다. 농장 개조는. 바버라와 은행은 입버릇처럼 그 말을 즐겨 사용했다. '경제적으로 이치에 맞잖아, 헨리.'

래드브룩 농장의 성공 신화는 4대가 일구어낸 작품이었다. 헨리의 농장은 지역 광산업의 흥망성쇠에도 흔들리지 않았다. 소비자의 취향 변화에도 살아남았다. 희귀 품종으로 상을 탔다. 한때는 곁가지로 수선화 농사에도 진출했다. 하지만 승승장구하던 농장은 눈 깜짝할 사이에 동료들이 '아직도 취미 못 버렸냐, 헨리?'라고 무시하는 대상이 되어버렸다.

현재 헨리는 농업이 아니라 관광업에 몸담고 있다. 그래, 경제적으로 완벽하게 이치에 들어맞는다. 10여 년 전 외양간을 개조해 판 돈은 어마어마한 빚을 다 갚아주었다. 두 번째로 개조한 외양간은 별장으로 임대 중이고 카페, 캠핑장과 함께 상당한 수입을 내고 있다. 아버지나 할아버지는 감히 꿈도 꾸지 못했을 만큼의 돈이 고정적으로 들어온다.

하지만 사실을 알고 보면 노력은 조상들이 다 했다. 그분들의 피, 땀, 눈물이 아니었으면 은행 빚을 갚지도 못했다. 헨리의 공이 있기는 한가? 노력의 보상을 쓸어 담았지. 그래서 매일 저녁 헨리 밸러드는 비참함을 느낀다.

그래, 헨리는 취미를 못 버렸다. 사룟값도 못 하는 양과 자그마한 희귀종 육우 주변에서 여전히 노닥거리고 있다. 몇 년째 무거운 마음으로 이 길을 걸었다. 하지만 애나가 사라진 지금은? 차 옆자리에 앉았던 딸의 기억이 떠오르자 헨리는 괴로움에 다시 얼굴을 찡그린다.

'역겨워…….'

"이제 뭐가 남았지?"

헨리가 큰 소리로 말하자 새미가 그의 손에 얼굴을 문지르고 고개를 들어 호박색 눈으로 주인의 눈을 살핀다. 강아지 새미는 지금도 매일 저녁 시간이면 애나의 의자 밑에 앉는다. 차마 볼 수 없는 광경이다.

헨리는 새미의 머리를 쓰다듬고 집을 향해 출발한다. 다가올 저녁이 두렵지만 1주년 방송을 같이 보기로 바버라와 약속했기 때문에 늦으면 안 된다. 부부는 대처 방법을 충분히 의논했다. 어쩌면 이 일로 가장 힘들어하고 있을 제니에게 무엇이 최선일 지 걱정이다. 동생을 잃은 언니에게.

두 딸은 18개월 차이밖에 나지 않는다. 유독 사이가 좋고 사랑스러운 자매였다. 특히 어릴 때. 물론 싸우기도 했다. 으레 있는 자매간의 경쟁심이 발동할 때면 그랬다. 하지만 싸우다가도 잘 시간이 되면 화해했고 여분의 침실이 있는데도 방을 같이 썼다. 헨리는 매일 자기 전 열린 방문 틈으로 딸들을 살피던 순간을 생각한다. 분홍색 잠옷 차림으로 팔다리를 아무렇게나 뻗고 더블베드에 누워 있는 모습을.

또 배를 주먹으로 한 방 맞은 기분이다. 제니는 아직도 잠을 이루지 못한다. 바버라도 잠을 못 잔다. 이번 방송에 어떻게 대처해야 할지 정말 모르겠다. 번쩍이는 스포트라이트를 처음부터 다시 받아야 한다니.

런던 스튜디오 초청은 단칼에 거절했다. 바버라는 절대 생방송 인터뷰를 감당하지 못한다. 안 돼. 헨리는 단호하게 나갔다. 경찰 옆에 있으면 긴장하기 때문이라는 이유도 있었다. 그래서 모든 촬영은 사전에 집에서 했다. 애나가 어릴 때의 비디오도 찾아냈다.

헨리는 걸음을 멈추고 카메라를 들었던 기억을 떠올리며 주먹을 움켜쥔다. 바버라는 뒤에서 지시를 내리고 있었다. 생일상에 둘러앉은 친구들이 시끄럽게 좋알거린다. 다들 근사한 파티복을 입고 있다. 카우보이와 요정들. 대왕 초콜릿케이크에는 초가 꽂혀 있다. '촛불 불어서 끄는 장면도 찍어, 헨리. 초 부는 장면 놓치면 안 돼…….' 헨리는 지금과 다른 아내를 생각한다. 활짝 웃으며 부산하게 움직이는 바버라를. 아내는 아이들과 소음으로 집이 어지러울 때 가장 행복했다.

헨리는 막혔던 목을 가다듬고 몸을 굽혀 새미의 머리를 쓰다듬는다. 하나로 연결되는 익숙한 파동이 느껴진다. 인간에서 강아지로. 인간에서 강아지에서 땅으로.

그래, 맞다. 생일 파티 영상 일부를 공개하기로 했다. 동영상을 보여주면 제보가 늘어난다는 이야기를 경찰에게서 들었기 때문이다. 애초에 제보를 받으려고 하는 방송 아니던가. 사건에 관심을 다시 불러일으키기에 1주년이 결정적인 기회라는 이야기도 들었다. 새로운 단서를 얻을 기회. 기차의 남자들을 찾을 기회였다. 하지만 제니가 받을 스트레스를 생각하면 헨리와 바버라는 걱정이 이만저만이 아니다. 제작진이 택한 영상에도 제니는 동생 옆에서 환하게 웃고 있다. 바버라와 헨리는 제니를 앉혀 놓고 네가 조금이라도 불편하면 영상 사용을 거부하고 다른 방법을 찾을 수 있다는 뜻을 분명히 밝혔다. 아니면 영상에서 제니만 지워달라고 부탁하거나. 하지만 큰딸의 반응은 헨리의 가슴을 찢어놓았다.

제니는 갑자기 불빛을 본 듯했다. 죄책감과 무력감이라는 비참한 고통에서 벗어날 기회를 발견한 것 같았다. 갑자기 눈을 밝힌 제니는 요정 옷을 입고 날개를 단 자기 모습을 남에게 보여도 괜찮다고 했다.

'무슨 소리야. 애나만 찾을 수 있다면 상관없어.'

그러더니 방으로 달려가며 아빠도 따라오라고 외쳤다. 벽장 속 상자에 옛날 사진이 많다며. 사진을 꺼낸다고 했다. 헨리에게는 경찰에 전화할 수 있냐고 물었다. '빨리, 아빠.' 정말 좋은 사진이 가득했다. '기억나? 우리 기계 창고에서 놀 때잖아. 우리끼리. 나, 세라, 애나, 폴, 팀.' 제니는 우스꽝스러운 표정을 짓고 있는 다섯 친구들의 사진을 찾아 그에게 내밀었다.

친구들 사이에 있던 애나의 기억에 헨리는 차가운 공기를 혁들이마시고 눈을 감는다.

'역겨워······.'

헨리는 경찰이 사진을 원하지 않을 거라 생각했다. 실제로도 그랬다. 경찰이 원하는 자료는 영상뿐이었다. 사진을 열심히 찾아줘서 경찰이 고마워했다고 전하자마자 딱한 제니의 눈은 요즘 늘 보이던 눈빛으로 돌아왔다. 반만 이곳에 있는 듯한 눈빛으로.

"가자, 새미. 시간 됐어."

부츠 창고에 장화를 벗고 있는데 아내가 위층에 대고 말하는 목소리가 들렸다.

"정말 같이 안 볼 거야, 제니? 안 내려와? 엄마 아빠 생각에 는…… 아. 잠깐만. 아빠 오는 소리 난다."

헨리는 양말만 신고 주방으로 들어간다.

"딱 맞췄네. 다행이야, 헨리. 채널 맞췄고 녹화 준비도 했어. 피디가 스튜디오에 나가 있어서 우리한테 연락하기로 했어. 제 보 전화가 몇 통 왔는지 알려준대."

"좋네. 잘됐어."

"제니는 계속 자기 방에서 본다고 하네. 왠지 마음에 걸려, 헨 리. 당신이 다시 한번 설득해볼래?"

"당신 뜻이 그렇다면. 그런데 오늘 아침에도 얘기해봤지 만……."

"사실 안 보고 싶으면 안 봐도 돼. 제니한테도 그렇다고 말했 어. 하지만 볼 거라면 혼자 두고 싶지 않다는 거야. 왜 우리랑 떨 어져 있겠다는지 모르겠어. 다 같이 뭉쳐야 하는데. 당신 생각은 어때? 우리가 같이 있어야 한다고 생각하지 않아? 가족이잖아. 뭉쳐서 같이 봐야지."

헨리는 말을 해야 하나 고민한다. 이제 가족은 존재하지 않는 다는 명백한 사실을 이야기해야 할까? 아내의 얼굴을 유심히 보 던 헨리가 목소리를 낮추고 속삭인다.

"제니는 우리 얼굴을 보고 싶지 않은 거야, 여보."

진짜 의미는 그녀의 얼굴이다. 바버라의 얼굴.

"우리 얼굴이라니?"

바버라가 표정을 바꾸고 잠시 그 말을 곱씹는다. 복도에 있는 거울을 향했던 고개가 재빨리 헨리에게 돌아온다.

"제니가 그렇게 말했어?"

"말 안 해도 알아."

헨리는 바버라가 이 말을 받아들이는 동안에도 아주 가까이서 아내를 관찰한다. 의식적으로 아내의 눈을 정면으로 바라본다. 제니가 그렇게 하지 못하는 이유를 안다. 요즘은 헨리도 아내를 보기 괴로우니까. 바버라의 눈 깊은 곳에는 어둡고 끔찍한 감정이 담겨 있다. 온종일. 매일. 아무리 제니 앞에서 희망과 웃음으로 가장하려 노력해도 소용없다. 돌아온 실종자의 기사를 오려 스크랩북을 만들어도. 쉴 새 없이 빵을 구워도.

"그래도 얘기는 해볼 거지? 방송 시작하기 전에?"

바버라는 이제 바닥을 보고 있다.

헨리는 아내에게 다가가 이마에 입을 맞춘다. 의무감으로 하는 키스일 뿐 몸을 건드리지는 않는다. 규칙을 알기 때문이다. 허용 범위를 안다. 현재 부부의 스킨십은 보류 상태다. 영원히 끝났을지도 모르지.

"일단 손부터 씻고…… 알았어. 내가 가서 얘기해볼게."

방바닥에 앉은 제니의 주위에는 종이들이 펼쳐져 있다. 잡지도, 낡은 앨범도.

"엄마가 다시 대화해보라고 해서 왔어."

헨리는 앨범을 훑어본다. 자매가 성장하는 모습을 찍은 사진은 더 많이 있었다. 똑같이 신부 들러리 드레스를 맞춰 입은 사진. 등교 첫날 사진. 물론 최근에 찍은 사진은 대부분 하드디스크에 저장하지만 제니는 마음에 드는 사진이 있으면 실물로 출력해놓았다. 언젠가 노트북이 망가져 여름에 찍은 사진을 통째로 날린 이후로 생긴 습관이다. 날아간 사진은 카메라에서도 삭제되고 없었다. 복구 불가였다.

"나 정말 괜찮아. 폴이랑 세라랑 팀이랑 오라고 했어. 그래도 되지? 그러니까…… 엄마 말이 맞아. 혼자 보기에는 너무 힘들 거야. 그래도 엄마 옆에 앉아 있는 건 싫어. 못 하겠어."

"아. 그래. 아빠가 한마디 해도 될까? 그것참."

헨리는 손목시계를 본다.

"다른 게 아니라 오늘은 집에 아무나 오면 엄마가 불편할 수도 있어서 그래."

"뭐야, 아빠. 아무나라니. 내 친구들이야."

헨리는 입을 꾹 다문다. 방송 예정 시간까지는 아직 1시간 반이 남아 있었다. 아내를 상대하기 전 반응을 미리 결정하려 애쓰며 심호흡을 한다.

바버라는 음식을 대접할 것이다. 샌드위치, 케이크 같은 것들을. 유난스럽게.

헨리는 무심결에 다시 시계를 본다. 또 모른다. 바버라에게는 유난 떨 일이 있는 게 나을지도. 기분 전환도 될 것이다.

마거릿이 딸 세라를 집에 가두고 보호하지 않는다니 의외였다. 그동안 세라는 힘든 시간을 보냈다. 답이 나오지 않은 질문이 너무 많았다. 두 친구가 런던에서 흩어진 계기를 제대로 아는 사람이 없었고, 일부에서는 세라를 비난했다.

헨리는 내심 나쁘지 않다고 생각했다. 사람들이 차라리 세라에 집중하는 편이…….

아래층으로 내려와서는 식기세척기에 마지막 접시를 넣고 있는 바버라에게 새로운 소식을 전한다.

"아, 그래. 알았어…….."

"그래서…… 당신 생각은 어때? 괜찮겠어? 집에 애들 초대하는 거. 제니가 상의 먼저 했어야 하지만 뭐라 하고 싶지 않더라고. 오늘은."

바버라는 앞치마에 손을 닦고 뒤의 리본을 푼다.

"좋은 생각 같지는 않아, 헨리. 직감이 그래. 아니, 나도 알지. 애들이 얼마나 친한지…… 친했는지."

바버라는 허리를 똑바로 펴고 숨을 깊게 들이마신다.

무거운 침묵이 감도는 가운데 헨리는 가만히 기다린다. 어떤 시제를 써야 하는지 아무도 알지 못한다.

"최근에 다들 너무 예민하잖아."

바버라가 앞치마를 머리 위로 벗는다.

"제니도 그렇고. 도움이 될지 모르겠어. 제니한테는 아니야. 시끄러워지지 않았으면 좋겠어. 오늘 밤은 그러면 안 돼."

"제니가 원하는 눈치야."

헨리는 아내를 계속 빤히 바라본다.

"자기가 뭘 원하는지 알기나 할까. 우리도 그런데."

바버라가 한숨을 쉰다.

"아니다, 됐어. 허락한다고 해."

그러더니 갑자기 앞치마를 주방 조리대에 던진다.

"누가 집에 있든 똑같이 끔찍하겠지."

대화는 위층에서 난 쿵 하는 소리에 끊긴다. 주방 위에 있는 방에서 제니가 발을 쿵쿵 구르고 있다. 휴대폰에 대고 소리를 지르면서. 무슨 소리인지 모를 말 중에 겨우 알아들은 것은 "아니야, 안 돼. 제발…… 아니야"였다.

이어 방에서 뭘 던지는 듯 물건이 떨어지고 유리가 깨지는 요란한 소리가 들린다.

6

목격자

"이거 들고 당장 경찰서로 가셔야 합니다."

"그건 절대 안 돼요."

"네?"

당황스럽다.

마지막 엽서를 다시 건네받으며 매슈 힐을 주의 깊게 관찰한다. 새로 온 엽서는 루크의 학생 파일에서 뜯은 비닐로 감싸두었다. 옆에 구멍이 뚫어져 나오는 미끌미끌한 비닐 주머니 말이다. 나에겐 위험하게 느껴지기도 하는데, 전에 바닥에 떨어진 것을 밟고 미끄러져 어깨를 심하게 부딪친 적이 있다.

마지막 메시지도 전처럼 무늬가 없고 주소를 라벨에 인쇄해 붙인 검은 봉투에 담겨 도착했다. 하지만 이번에 받은 엽서는 더 특이하고 조금 더 위협적이었다. 검은색 바탕에 글자를 붙인 것은 여전했다.

카르마. 치를 준비해.

처음에는 이상하기 짝이 없다고 생각했다. 불교인지 요가인지와 무슨 관련이 있지? 그쪽에서는 관대함과 친절함과 용서를 중요시하지 않나? 하지만 인터넷을 찾아보니 카르마를 마땅한 정의나 처벌로 해석하는 의견도 있었다. 잘못된 행동에 따른 죗값으로. 그 글을 읽은 후로는 손발이 조금 차가워지는 느낌…….

막아야 한다.

"이런 일을 조사하는 분이라고 생각했어요. 그게 사립 탐정이 하는 일 아닌가요?"

빈정거리는 듯한 말을 뱉고 후회하지만 나는 긴장한 채로 매슈 힐의 눈을 똑바로 바라본다. 혼란스러운 감정도 없잖아 있다. 매슈의 광고는 간단명료했다. '엑서터 소재 사립 탐정. 전직 경찰.' 깔끔하고 단순한 문구다. 내가 원하는 바를 말하면 그대로 처리해줄 거라는 상상이 들었다. 그게 탐정의 돈벌이 방법 아닌가. 우리 가게에 손님이 올 때처럼. '생일 선물로 줄 꽃다발 부탁합니다.' '그럼요.'

"죄송합니다. 저도 뉴스를 빠짐없이 찾아보고 있는데 이건 새로운 증거예요. 실종자를 아직 찾지 못했고 수사가 진행 중인 상황에서 제 원칙은……."

"힐 씨, 장담하지만 이건 증거가 아니에요."

"어떻게 아시는지……?"

잠시 할 말을 잃는다. 어디까지 얘기해야 하는지 모르겠다.

"이거요. 누가 보냈는지 알아요. 그 애 엄마예요, 바버라 밸러드. 나한테 화가 아주 많이 나 있거든요. 아니, 그런 말은 애교죠. 화가 난 정도가 아니에요. 그런다고 누가 비난하겠어요. 적어도 나는 비난 못 해요. 다 내가 자초한 일이니까요. 엽서를 처음 받았을 때는 솔직히 경찰에 신고할까 생각했어요. 너무 놀라고 충격을 받았거든요. 제 이름이 유출된 후에 가족이 한바탕 고생한 적이 있어서 이것도 비슷한 건가 보다 생각했어요. 하지만 이제는 진상을 알아요. 총 세 통이 왔는데, 그분한테 조용히 경고만 해주세요. 그만 보내라고요. 남편이 알아버리면 경찰에 가자고 고집을 부릴 거예요. 그 엄마를 위해서도 그러고 싶지는 않아요. 안 그래도 충분히 괴로운 사람이잖아요."

"글쎄요, 죄송하지만 저도 남편분과 생각이 같습니다. 부인 추측이 틀렸을 수도 있고요."

"저기…… 그 여자가 우리 가게에 와요. 지금까지 두 번이요. 창문 너머로 빤히 지켜보죠. 내가 안다는 건 몰라요. 딱 봐도……."

"알겠습니다. 그럼 시작은 언제부터였나요?"

매슈의 표정이 바뀌었다.

"이 얘기는 우리끼리만 아는 거죠? 그렇죠?"

"물론입니다."

"다행이네요. 사실 지금 하는 얘기도 경찰에 안 알릴 거라서요. 다 내 잘못이에요. 기차 일만 이야기하는 게 아니에요. 제가 갔었거든요. 작년 여름에 콘월로. 아이 엄마를 만나려고요. 남편이 하지 말라고 경고했는데 남편 말을 들었어야 했어요. 완전히 바보짓이었죠. 이제는 알아요. 물론 이 끔찍한 사건에서 내가 저지른 실수는 그것 말고도 줄을 세울 수 있지만요. 알다시피 최악의 실수는 전화를 하지 않은 거고요……. 애당초 가족에게 경고하지 않은 거요."

"직접적인 가해자가 아니신데요. 거기 남자들도 있지 않았나요. 유력 용의자요. 교도소에서 막 출소한?"

"네. 하지만 그 얘기를 들으면 위안이 되기는커녕 더 괴로워져요, 힐 씨."

"매슈입니다. 매슈라고 불러주세요."

"그래요, 매슈. 남편은 같은 말만 말해요. 내 잘못이 아니라고요. 하지만 그런 말을 들어도 기분이 나아지지 않아요. 아직 아이를 찾지 못했다는 사실을 견딜 수가 없어요."

옆방에서 갑자기 쉭쉭거리는 소리가 난다. 사무실 맞은편에 열려 있는 문을 쳐다보자 매슈가 표정을 누그러뜨리며 벌떡 일어난다.

"이렇게 하죠. 커피 하시겠어요, 롱필드 부인? 제가 만든 카푸치노 꽤 맛있어요."

"엘라라고 불러주세요. 그리고 네, 커피 좋아요. 냄새로 봐서는 솜씨가 좋을 것 같네요."

얼굴에 미소가 떠오른다. 긴장이 슬며시 풀리며 내 어깨의 모양새도 달라진다.

"맛있는 커피라면 환영이에요."

"에스프레소 머신이 있어요. 수입 커피를 제가 특별히 배합해서 쓰죠. 커피라면 사족을 못 써요."

"저도 그래요."

내가 심호흡을 한다.

"아까 예민하게 말해서 죄송해요. 긴장을 많이 했어요, 여기 오면서."

"대부분 그러시죠."

사무실에 붙은 방인 듯한 공간으로 사라지며 매슈의 목소리가 희미해진다. 한참 안에 있던 매슈는 커피 두 잔과 거품 낸 우유를 쟁반에 얹고 다시 등장한다. 우유를 넣겠냐는 제안에 내가 고개를 끄덕인다.

"그럼, 실종자 어머니에 관해 더 자세히 말씀해주세요. 콘월에 가셨던 일도요. 전부 다. 숨기는 내용은 없어야 합니다."

"알았어요. 사건에 대한 정보를 어디까지 아는지 모르겠지만 기차에 탔던 목격자가 저라는 게 언론에 알려지고 나서 사정없이 두들겨 맞았어요. 전국지들도 흥분해서 난리였죠. 특종 기자란 기자는 다 보내더군요. 엄청난 도덕적 딜레마라고 헤드라인을 뽑고요. '나라면 어떻게 했을 것인가?' 그런 것들요."

"네. 기사 읽었습니다."

매슈가 의자에서 몸을 앞으로 기울이며 커피를 홀짝인다.

"그렇게 악의적일 수가 없었어요. 제가 꽃집을 운영하거든요.

너무 힘들어서 한 달은 가게 문을 닫고 SNS 계정도 폐쇄해야 했어요. 사람들 얼굴을 마주할 수 없더라고요. 친구들은 그럴 수 있다고 이해해줬지만 묘하게 행동하는 사람들이 있었어요. 단골손님 중에서도요. 저를 보는 눈빛만 봐도 알죠."

"힘드셨겠어요. 사건의 여파는 잘 알려지지 않는 법이죠. 사람들이 매정해지면 무서워요."

"네, 맞아요. 토니는, 남편은 완전히 눈이 돌아갔어요. 아까도 말했지만 보호 본능이 대단한 사람이라서요. 참 다정한 남자인데, 제 이름이 알려지자 폭발한 거죠."

"유출된 이유는 정확히 뭐였어요?"

"우리도 확실하게는 몰라요. 그때 런던 남부에서 열린 화훼 박람회에 갔었거든요. 교육과 사업 모델 일로요. 경찰의 공식 주장은 데번에서 온 참석자가 저를 포함해 두 명뿐이라 언론이 운 좋게 퍼즐을 짜 맞추고 저를 추적했다는 거였어요. 하지만 토니는 경찰이 언론의 관심을 끌려고 고의로 유출했다고 생각해요."

매슈가 인상을 쓴다.

"그럴 수도 있다고 생각하세요?"

내가 묻는다.

"그렇게 말하고 싶지는 않네요. 그럴 가능성은 적어요. 경찰이 시민을 일부러 위험에 빠뜨리지는 않을 겁니다."

"위험이요? 지금 위험한 상황일 수도 있을까요?"

"죄송합니다. 놀라게 할 생각은 없었어요. 그 남자들 신원을 확인할 수 있는 사람이 부인 혼자도 아니고요. 아니요. 의도적인 유출은 정말 아닐 겁니다. 실수였다면…… 그거야 다른 문제고요."

"뭐…… 아무튼. 이제 다들 알잖아요. 제가 기차에서 아무것도 하지 않은 여자라는 사실요."

"많이 힘드셨군요?"

"네. 하지만 그 가족이 겪은 고통에 비하면 아무것도 아니죠."

"거기에는 왜 가셨어요? 콘월에?"

한숨이 내 몸을 떠나는 느낌에 잠시 커피를 내려놓고 양 손바닥으로 머리를 감싼다.

"내가 바보였어요, 맞아요. 하지만 그 여자, 밸러드 부인이 가게 밖에 있는 걸 봤을 때, 그냥 나를 지켜보고 있는 거예요. 신문에서 봐서 누구인지 알아봤어요. 지역 신문에 도배가 됐으니까요. 아무튼. 소름이 끼쳐서, 생각하다 대화를 시도해 봐야겠다 싶었어요. 이런 생각이 들었거든요. 만약 직접 만나서 정말 많이 미안하다고 사과하고 나를 원망하는 게 당연하다고 인정하면…… 나도 자식 가진 엄마고, 괴로운 심정에 백번 공감한다는 걸 알면……."

매슈의 표정을 보니 무슨 생각을 하는지 알겠다.

"네. 알아요. 멍청했죠."

"반응은 안 좋았고요?"

"안 좋은 수준이 아니었어요. 길길이 뛰더라고요. 지금은 알아요. 내가 얼마나 이기적이었는지. 머릿속에 이런 환상이 있었어요. 내가 나쁜 사람이 아니고 뼈저리게 후회한다는 사실을 알게 되면……."

"옆에 다른 사람도 있었어요?"

"아니요. 우리 둘뿐이었어요. 꽃도 들고 갔어요. 큰 프림로즈 꽃다발로요. 애나가 제일 좋아하는 꽃이라고 어디선가 읽어서…… 지금 생각하니 그게 기폭제였나 보네요. 상황을 악화시켰어요. 밸러드 부인은 심하게 흥분해서 꽃이라면 지긋지긋하고 내가 올 곳이 아니라고 했어요. 무슨 자격으로 자기 딸이 죽은 것처럼 꽃을 바치냐고요. 덧붙이자면 본인은 그렇게 믿지 않는다고 했어요."

매슈는 거품 낸 우유를 커피에 더 붓고 내게도 권하지만 나는 됐다고 컵을 손으로 가렸다.

"가능한 일일까요? 아직 살아 있는 게?"

매슈는 입을 굳게 다문다.

"가능은 하죠. 하지만 통계적으로 확률은 낮아요."

"우리도 그렇게 생각해요. 저랑 토니요."

내 목소리가 잠시 흔들린다. 희망을 느낄 수 있었으면 좋겠다. 얼마 전 한 드라마에서 실종된 소녀들이 몇 년 후에 발견되는 내용이 나왔다. 애나가 어깨에 담요를 두르고 지하실이나 은신처에서 경찰과 빠져나오는 모습을 그려보지만 구체적인 장면은 떠오르지 않는다. 나는 기침을 하고 서류함이 놓인 벽으로 시선을 돌렸다가 다시 앞을 보고 커피 잔을 든다.

"그래서 결론적으로. 콘월 일은 대실패였어요. 자리를 뜨려고 했어요. 시간을 빼앗아 미안하다고 하면서요. 그랬더니 이성을 잃더군요."

"몸싸움 말씀이세요?"

"제정신이 아니었으니까요."

"혹시 맞았어요, 엘라? 아니, 피해를 봤으면, 그쪽에서 폭력을 썼으면 정말 경찰에 신고해야 해요. 경찰도 알아야 합니다."

"고의가 아니었어요. 집 앞 계단에서 잠깐 실랑이한 게 다예요. 사고죠. 멍만 조금 들었어요. 팔에요."

매슈는 이제 고개를 절레절레 젓는다.

"정말이라니까요. 다 내 잘못이었다고요. 폭력적인 사람이 아니에요. 일부러 그런 것도 아니고, 내가 가면 안 될 곳을 갔어요. 괜히 가서 자극한 거예요. 아무튼, 그때 일로 조금 충격을 받았어요. 그러니까…… 나를 원망한다는 사실은 알았고 그걸 바로잡고 싶었거든요. 하지만 그 정도로 증오할 줄은 몰랐어요. 그 눈빛은 정말."

"그래서 실종자 어머니가 엽서를 보냈다고 생각하는군요."

"아닐까요?"

매슈는 어깨를 으쓱하고 고개를 양옆으로 갸웃거린다.

"전부 보관하셨으면 좋았을 텐데요."

"죄송해요. 남편에게 걱정을 끼치고 싶지 않았어요. 회사 승진 문제로 가뜩이나 힘든 사람이라. 있잖아요, 힐 씨. 아니……
매슈. 만약 의뢰를 거절하면 엽서는 태울 거예요. 분명히 말하지
만 경찰에 신고할 생각은 없어요."

내 얼굴을 유심히 뜯어보던 매슈가 자세를 고친다.

"가서 만나고 와줘요, 매슈. 중립적이고 이런 일에 경험이 많
잖아요. 악감정을 더 키우지 말고 이걸 그만두게 해줬으면 좋겠
어요. 정중하게 경고해줘요. 괜히 경찰을 개입시켜서 그분을 더
힘들게 하지 않을 방법으로요."

"만약 추측이 다 틀려서 범인을 잘못짚었다면요? 실종자 어
머니라는 분 성격이 보통은 아닌 것 같은데요."

"뭐, 그렇다면 다시 생각해야죠. 매슈 조언대로 할게요."

"알았어요. 약속한 겁니다, 엘라? 제가 밸러드 부인을 한번 찾
아가 상황을 파악하고, 그래도 확신이 생기지 않는다면 전부 경
찰에 넘기는 방안도 고려해보는 거예요?"

"설마 이게 수사와 관련 있다는 건 아니죠?"

"솔직히…… 아닐 거예요. 실종자 어머니가 아니라면 할 일
없는 인간 짓이겠죠. 그렇더라도 수사팀은 알아야 해요."

"하지만 결정은 내가 해요."

"알겠습니다. 콘월에 다녀온 후 다시 뵙죠."

매슈가 이제 미간을 찌푸리고 일어나며 눈을 가늘게 뜬다.

"소식 들으셨죠, 엘라? 오늘 아침에요."

"뭐가요?"

"아침에 지역 라디오 방송에 나왔어요. 1주년 방송 끝나고요."

"아니요. 무슨 소식이요? 누가 증언한다고 나섰대요? 못 들었어요. 무슨 일인데요?"

매슈가 인상을 쓴다.

"아직 이름을 공개하지는 않았어요, 물론. 하지만 그때 기차에 탔던 다른 아이 같아요. 같이 있던 친구요."

"세라. 이름이 세라예요. 왜요? 세라가 어떻게 됐는데요?"

세라는 또 잠자는 시늉을 하지만 저번처럼 호락호락하지는 않다. 엄마만이 아니라 간호사들도 상대해야 하기 때문이다.

"그러지 말고, 세라. 조금이라도 마셔야지. 응?"

간호사가 세라의 손을 부드럽게 톡톡 친다.

'저리 가. 꺼져.'

"그냥 링거를 맞히면 안 되나요?"

엄마는 밤새도록 침대 옆에서 호들갑스럽게 걱정하며 울고 있었다.

"애 상태를 봐요. 일어나 앉을 수도 없잖아요."

"저를 믿으세요. 계속 의식을 차리고 스스로 수분을 섭취하는 편이 세라에게 더 좋아요."

지금 세라가 있는 병실은 HDU라 불리는 곳으로 '고도치료실'의 약자라고 들었다. 세라는 몇 시간 전부터 주변 상황을 의식하고 있었지만 머리가 어지러워 모르는 척 연기를 했다.

병원에서는 세라가 먹은 알약 개수를 알고 싶어 한다. 계속 똑같은 질문이다. 세라는 엄마와 의료진의 대화 내용을 들었다.

몇 알을 먹었는지 검사로 알아내려 하는 중이지만 다들 세라의 대답을 받는 방법이 훨씬 간단하다고 말한다.

간호사들은 엄마에게 가족 대기실에서 한숨 자라고 권유하고, 세라는 엄마가 알겠다고 하기를 간절히 바란다. 너무 피곤하고 어지럽고 죄책감 때문에 죽을 것 같다. 죄책감이 뱃속을 헤집는다. 제발 나를 혼자 내버려 둬.

이제 엄마는 세라가 초등학교 때 천식 발작을 일으킨 이후로 입원은 처음이라는 얘기를 간호사들에게 하고 있다. 그때는 보호자가 소아 병동 옆에 있는 놀이방에서 잠을 잘 수도 있었다고 한다. 세라 부모님은 바닥에 매트리스를 깔고 잤지만 호사스럽게 소파 침대를 쓰는 부모들도 있었다.

여기에는 매트리스나 침대가 없다. 세라 엄마 마거릿은 밤새 세라의 침대 옆에 놓인 초록색 플라스틱 의자 아니면 맛없는 커피와 자판기 간식이 있는 문 닫은 카페테리아에 앉아 있다가 유령처럼 여기서 저기를 배회하며 몇 시간에 한 번씩 겨우 다리를 뻗었다.

세라의 구토 횟수는 줄어들었다. 그러나 말할 기미는 여전히 보이지 않는다.

'몇 알 먹었니, 세라. 약을 몇 개나 먹었는지 우리가 알아야 해.'

"집에 많이 두지를 않아요. 파라세타몰은 많아야 두 상자예요."

엄마는 벌써 몇 번째 똑같은 말을 한다.

진실은? 세라는 약을 정확히 몇 알 삼켰는지 모른다. 잡화점에서 조금, 마트에서 조금 샀다. 한 곳에서 살 수 있는 양을 제한하는 바보 같은 법 때문에.

TV 재연 방송을 생각하다 보니 그렇게 됐다. 새로운 목격자에게 제보를 요구할 거라는 생각. 기차에 탔던 그 멍청한 여자에 관한 생각.

세라는 전부 악의적인 거짓말이라고 경찰과 부모님에게 수도 없이 말했다. 화장실에서 섹스를 했다고? 처음 만난 사람과? 나를 뭐로 보고? 어떻게 감히?

하지만 나중에는 겁에 질렸다. TV를 보고 목격자가 더 나오면 어떡하지? 애나 실종 사건의 화제성은 금세 식었다. 물론 세라도 사람들이 경찰 수사에 도움을 주기를 바랐다. 애나를 빨리 찾고 싶었다. 하지만 애나의 실종에 세라도 책임이 있다는 진실을 들키고 싶지는 않았다. 안 돼. 제발 그것만은…….

"의사 선생님을 다시 불러야 할까요? 전문의 선생님은요? 어떻게 생각하는지 여쭤볼까요?"

"의사 선생님이 구체적인 지시를 내려주셔서 지금 그걸 따르는 중이에요. 걱정하지 마세요. 구토도 멈췄고 세라가 직접 수분을 섭취하도록 하는 게 최선입니다. 정말이에요. 그게 세라에게 제일 좋아요. 그리고 나야 현재 상태를 더 잘 알아볼 수 있습니다."

"현재 상태라니 무슨 말이에요?"

엄마는 완전히 흥분했다.

"조용히 해."

세라가 못 참고 입을 연다. 속삭임에 가까운 목소리로.

"조용히 하라고, 응? 다 시끄러워."

"일어났구나. 잘했어, 세라. 자, 그럼. 이제 눈 뜨고 조금 일어나 앉을 수 있는지 볼까? 곧 검사 결과가 나올 거야. 지금 어떤 상태인지 알 수 있겠지. 하지만 네가 협조를……."

"몇 개 먹었는지 몰라요. 네? 모른다고요."

"그냥 내버려 두는 게 좋겠어요. 제발요."

엄마가 울기 시작하고 세라도 눈가에 맺히는 눈물을 느낀다. 옆에 릴리 언니가 있으면 좋겠다고 생각하지만 엄마에게 말할 수는 없다. 이것도 금기 주제니까.

"미안……."

"미안해할 것 없어, 우리 딸. 다 괜찮아. 아무 문제 없을 거야. 약속해. 다들 안부 전하더라. 애나 부모님, 제니, 폴, 팀, 전부 다. 빨리 낫기를 바란대."

세라는 눈을 감는다. 거짓말 아닌가? 사실은 다들 세라를 원망한다. 자기들 입으로 그렇게 말했다.

망할 프로그램이 방송되기 전날 밤, 정신적 지지랍시고 다들 모였지만 완전히 난장판이 벌어졌다. 일이 걷잡을 수 없이 심각해졌고 급기야 서로 경쟁하듯 고함을 질러댔다. 오빠들은 진심으로 화를 냈다. 제니 언니는 울고 있었다.

사실 원래 계획은 다 같이 런던에 가는 것이었다. 다섯 명 전부. 애나와 세라가 GCSE를 마치고 교복을 벗은 기념으로 가는 여행에 언니 오빠도 재미있겠다며 꼈다. 하지만 다른 때와 똑같았다. 사람들은 왜 그렇게 신용을 지키지 못하는 걸까.

어릴 때는 안 그랬다. 나이 차이는 문제가 되지 않았다. 제니 언니와 오빠들이 두 학년 높긴 하지만…… 그게 뭐? 그러다 중학교에 들어가고 언니 오빠들이 아르바이트를 시작하며 모든 것이 변했다. 셋에게는 갑자기 돈이 생겼다. 따로 놀려고 했다. 약속을 어기기 시작했다.

세라는 변화라면 질색이었다. 약속을 지키지 않는 사람은 더 싫었다. 그래서 속사포처럼 분노를 쏟아냈다.

'언니 오빠가 이기적이지 않았으면 이런 일도 없었어. 계획을 바꾸거나 하고. 안 그랬으면 나 혼자 런던에서 애나를 돌보려고 애쓰지도 않았겠지.'

먼저 여행에서 빠진 사람은 폴이었다. 그리스에서 일주일을 보낼 기회가 생겼다고 했다. 부모님과 수영장 딸린 빌라에서. 다음으로는 팀이 빠졌다. 걷기 중독자. 스코틀랜드로 일주일 트레킹 여행을 가게 되었는데 네스호 괴물 박물관에 가보고 싶다고 했다. 여자들 여행에 혼자 끼고 싶지 않다고도 했다.

그러더니 제니 언니마저 당시 남자친구와 밴드 공연을 보기로 했다. 남은 것은 세라와 애나 둘뿐이었다.

'어쨌거나 네가 지켜봤어야지…….' 오빠들은 불같이 화를 냈

다. '둘이 어쩌다 따로 다니게 됐는지 이해가 안 돼……'

제니는 평소 우리끼리 한 약속을 지키지 않은 이유를 물었다. 서로 지켜주자는 약속. '아니, 다른 데도 아니고 런던에서……'

세라는 다들 입 닥쳤으면 좋겠다고 생각했다. 그리고 왜 세라가 애나를 보살펴야 하지? 반대는 왜 아닌데? 서민 아파트에 사는 세라가 세상 물정에 더 밝으니까? 애나는 공주 같으니까? 그거야?

약속은 다 같이 했다.

'약속을 깬 건 애나야!'

세라는 외쳤다. 모두에게. 이기적이게 트레킹 여행을 간 팀에게. 호화 빌라로 간 폴에게. 공연을 보러 간 제니에게. 경찰에게 수도 없이 한 거짓말을 셋에게도 내뱉었다.

'새벽 2시에 바에서 만나서 택시 타고 집에 가기로 했어. 그런데 안 왔다고……'

'약속을 깬 사람은 애나란 말이야. 응? 애나가 안 온 거라고……'

'말했잖아. 말했잖아. 말했잖아……'

엄마는 방송 때문에 걱정할 것 없다고 세라를 달랬다. 기차에 탔던 여자가 거짓 주장을 하지는 못할 거라고. 텔레비전에서는 불가능하다. 그건 명예 훼손이었다.

'보나 마나 정신 나간 사람일 거야……'

하지만 세라는 무서웠다. 기차나 클럽에 있던 다른 목격자가 나타나면?

런던 파라다이스 호텔에서 아빠가 보인 반응을 기억한다. 처음에는 아빠와 대화하기를 거부했다. 몇 년 전 아빠가 집을 나간 후로 세라는 아빠와 연락을 끊었다. 하지만 일이 터지며 엄마가 아빠를 불렀고 아빠는 형사가 목격자의 증언을 전하자 눈이 뒤집혔다.

'지금 내 딸이 몸을 함부로 굴린다는 거요?'

그래서 세라는 곧 있을 방송에 어떤 내용이 나올지 두려워하며 집에 앉아 있었다. 예정대로라면 제니 언니 집에 가야 했다. 농장 본채에 다 모이기로 했다. 하지만 갖가지 이미지가 세라의 머릿속을 스쳐 지나가기 시작했다.

클럽. 시계를 봤을 때의 메스꺼움…….

애나와의 말싸움. '어린애처럼 굴지 마…….'

경찰에게 진실을 다 말하지 않았을 때의 문제는 정확히 어떤 말을 했고 어떤 사실을 숨겼는지 기억할 수 없다는 점이었다. 갑자기 관심이 폭발하며 말실수를 하고…… 하면 안 되는 말을 할까 두려웠다.

그래서 약을 들고 욕실로 가 목욕을 한다고 말했다. 자살을 확실히 결심하지는 않았다. 그렇게 극단적인 생각은 없었다. 그렇게 흑과 백으로 딱딱 나뉘지 않았다.

세라는 그저 방송을 기다리는 공포가 끝나기를 바랐다. 진실이 얼마나 많이 드러날지 모른다는 공포가. 다 멈추기를 바랄 뿐이었는데…….

간호사가 세라를 부축해 앉히고 등 뒤의 베개를 푹신하게 만들어주고 있을 때, 처음 보는 사람이 침대 옆으로 온다. 유니폼 색깔이 다른 간호사다. 나이가 있고 직급이 조금 더 높은 듯한 간호사가 엄마에게 말을 하고 있다. 불길하게 속삭인다. 검사 결과가 어떻다고…….

"놀라실 필요 없어요. 선생님께서 그냥 잠깐 얘기하고 싶으시대요."

"왜요? 무슨 일이에요?"

"일단 이쪽으로 오세요, 헤들리 부인."

탐정

매슈는 콘월로 내려가는 도중 집에 두 번 전화를 건다.

"그냥 가진통이야, 매슈. 상황 달라지면 전화할게. 괜찮대도. 가짜 진통이라니까."

"차 돌릴 수 있어. 당신이 원하면 집에 있을까? 걱정이 많이 되면?"

"난 괜찮아."

임신 8개월인 샐리는 가진통으로 놀랄 필요가 없다고 주장한다. 완벽하게 정상이라고. 하지만 매슈에게는 다 정상이 아니다. 출산 교실에서 비현실적인 경험을 한 이후로 모든 것이 비정상으로 보였다. 말도 안 돼. 친구 놈들은 왜 미리 경고하지 않은 거지?

'정말 제왕절개 안 해도 돼, 샐리? 그쪽이 더 안전하다는 얘기도 있던데. 요즘에는 그렇다고 말해도 돼. 창피해할 것 없어.'

'자기 겁먹은 거야? 미안. 힘 못 주는 우아한 사람이 아니라서. 그리고 무섭다고 발 빼기에는 좀 늦었지.'

속삭이며 이런 대화를 했을 당시 샐리는 회색 운동복 바지와 검은색 티셔츠를 입고 요가 매트에 앉아 있었다. 매슈는 산모의 등을 마사지해주는 법을 배우며 샐리가 사랑스럽지만 조금은 우스꽝스럽게 생겼다고 생각하고 있었다. 뒤에서 보면 평소와 똑같이 날씬했다. 상의에 거대한 풍선을 넣은 사람처럼 보일 뿐.

샐리는 클래스의 부러움을 한 몸에 받았다. '어떻게 전신이 안 부을 수 있어요?' 다른 사람들은 퉁퉁 부은 발목과 퉁퉁 부은 다리를 보이며 등과 팔의 지방을 꼬집었다.

'모르겠어요. 저 엄청 잘 먹거든요.'

사실이었다. 매슈도 그렇게 많이 먹는 아내 모습은 처음 보았다. 야식으로는 생선튀김 샌드위치에 마요네즈와 오이절임을 곁들여 먹었다. 최근 들어 샐리의 방귀 냄새는 기절초풍할 정도로 고약해졌다.

'웃겨. 내가 무슨 방귀야. 나는 임신의 여신인데.'

매슈는 휴대폰을 한 번 더 확인하고 씩 웃는다. 사실 샐리는 요즘 자면서도 방귀를 뀐다.

휴대폰 신호는 잘 잡히고 있다. 문자가 없다. 다시 전화할까?

아니다. '진정해, 인마.' 두 번째 통화를 할 때 샐리의 인내심은 바닥나고 있었다. 아무 일 없겠지. 이제 얼마 남지도 않았다.

매슈는 위성 내비게이션을 확인하고 갓길에 차를 세운다. 밸러드 가족의 농장까지는 500미터도 남지 않았다. 지금쯤이면 멜라니가 사무실에 도착했을 것이다. 좋아.

멜라니 샌더스 경사는 왕년에 매슈와 가장 친했던 동료다. 매슈는 멜라니가 곧 경위가 되기를 바라고 있다. 백만 년 전에는 멜라니를 조금 좋아했던 적도 있었다. 더 가까운 사이로 발전하기를 꿈꿨더랬다. 하지만 다 지난 일이다. 샐리에게도 솔직히 다 말했다. 자수해 광명을 찾았다고 할까.

아니. 100퍼센트 진실은 아니다. 지금도 멜라니와 대화할 때면 뱃속에 살짝 야릇한 느낌이 든다는 말은 하지 않았다. 욕망은 아니다. 이제는. 전혀 다른 시간에 있는 또 다른 자신을 떠오르게 하는 느낌일 뿐이다.

경찰을 떠난 지 3년, 매슈는 여태 적응을 못 하고 있다는 사실을 인정하고 싶지 않다.

전화로 연결된 대시보드 버튼을 누르자 신호음이 들린다.

"멜라니 샌더스 경사입니다."

"커피 몇 잔 마셨어?"

"매슈?"

"전화 끊고 두 번째 카페인 약발 떨어졌을 때 다시 전화할게."

멜라니는 웃는다.

"또 부탁하려는 건 아니겠지."

"당연히 부탁이지. 하지만 상부상조야. 약속."

"그래, 항상 상부상조지, 매슈. 내가 널 도와주고, 또 내가 널 도와주고."

이제는 매슈가 웃을 차례다.

"진짜라니까. 밸러드라는 애 실종 사건 너희 담당이야?"

"가족과 연락하는 업무만. 우리 팀 캐시가 담당관으로 배정 받았어. 우리는 런던에 새로운 소식이 있을 때 그쪽에서 귀찮음을 무릅쓰고 전해주면 듣는 정도야. 자주 있는 일도 아니고. 우리끼리 하는 얘기지만 수사팀장인 경위가 딱 건방진 애송이거든. 왜?"

"가족 중 누가 용의선상에 오른 적은 없나 해서. 부모는 결백해?"

"왜 그걸 알고 싶어 하실까?"

"이유 없어."

"진행 중인 사건에 또 참견하기만 해, 매슈. 우리 다……."

"걱정하지 마. 약속할게, 뭐 아는 게 있으면 가슴에 손을 올리고……."

"등 뒤로 손가락 꼬았군(거짓으로 약속을 한다는 뜻의 행동-옮긴이)."

"역시 나를 잘 알아."

두 사람은 잠시 침묵을 지킨다.

연락할 때마다 이런 식이다. 멜라니는 다시 생각해보라고 그를 설득하려 든다. 경찰로 돌아오라고. 이미 끝난 일인데도 가능성이 있다고 생각하고 본인이 상급자가 되면 문제를 해결한다고 장담하며 선택을 강요한다. 그럴 때마다 매슈가 농담으로 받아치면 이렇게 침묵이라는 벽에 다다른다. 서로를 이해하기 때문이다. 멜라니는 매슈가 재능을 낭비하고 있다고 생각한다. 매슈는 두려움에 깊이 생각할 수가 없다.

"좋아. 내가 말했다고 하면 안 돼, 매슈. 소문에 따르면 부모 사이가 썩 좋지는 않은가 봐. 놀라울 일은 아니지. 하지만 가족 전원이 알리바이가 있어. 우리 임무는 가족을 지켜봐 주는 거고. 수사팀장은…… 거만한 애새끼라고 말했나? 아무튼 그 인간은 아직 기차에 탔던 남자 둘을 찾는 데 집중하고 있어. 너한테만 하는 얘기지만 언제나처럼 유럽 친구들과 소통하는 과정에서 문제가 있었어."

"그럼 외국으로 튀었다는 거야?"

"거의 확실해. 여기서는 찍소리도 없어. 단서도 없고. 포렌식이며 CCTV며 쓸 만한 게 나와야지. 런던 경찰청은 똥줄이 탈 거야. 국경 통제를 재깍 안 했거든. 그래도 1주년 방송으로 제보가 몇 건 들어 왔나 봐. 우리 쪽에는 별 얘기를 안 해주지만 쥐어짜려고 해. 곧 더 알게 되겠지. 왜?"

"아무것도 아니야. 저기, 조만간 커피 한잔하자. 문자할게."

"그러니까 또 수사 중인 사건에 참견하시겠다?"

"제가요?"

멜라니가 웃는다.

"알았어. 전화 끊기 전에, 샐리는 어때?"

"오이절임 방귀 귀신 됐어. 진짜 임신은 고약한 거다. 농담이고, 아주 좋아. 변함없이 평온하고 아름다워. 오이절임이 유감일 뿐이지. 커피 건은 곧 문자할게."

멜라니가 계속 웃는 소리를 들으며 매슈는 전화를 끊고 내비게이션으로 시간을 확인한다.

=====

밸러드 가족의 농장은 800미터 길이의 1차선 도로 끝에 있다. 꼭 노란 벽돌길을 따라가는 기분이다. 기이한 모래색 콘크리트 포장도로가 양옆의 흙길 위로 솟아 있다 보니 반대편에서 다른 차가 오면 어떻게 해야 할지 몰라 매슈는 당황스럽다. 도로 옆으로 차 한 대가 비킬 수 있는 공간은 길 전체에 두 곳뿐이다. 매슈는 콘크리트 플랫폼 가장자리로 애마의 바퀴가 미끄러질 경우를 상상해본다. 아찔한 상황이 펼쳐질 수 있었다.

사람 발길이 닿지 않는 곳에 산다는 표현이 이래서 나왔나 보다.

드디어 도로 끝에 있는 집이 보인다. 멋진 집이다. 양쪽으로 여는 대문을 잘 자란 담쟁이덩굴이 휘감았다. 제철이면 화려한 모습을 볼 수 있겠지만 정원에 문외한인 그로서는 무슨 식물인지 알 수 없었다. 집 앞에 이르자 길 같지 않던 길이 넓어지며 선회로까지 갖춘 완전한 진입로로 변신하고, 옆으로는 멋들어진 잔디밭과 외딴 헛간으로 이어지는 두 번째 길도 나온다. 매슈는 현관 앞의 나무 아래에 차를 세우고 차 키를 주머니에 챙긴다. 여기서 열쇠를 두고 나와 차에 못 들어가는 일은 없어야 한다.

다행히 문을 열어준 사람은 밸러드 부인 본인이다. 꽃무늬 앞치마가 전형적이다. 매슈는 밀려드는 죄책감을 누르고 겨우 눈을 맞춘다.

"기자라면 기도회까지 할 말 없어요."

"기자 아닙니다. 들어가서 얘기할 수 있을까요, 밸러드 부인?"

때로는 자신감과 당당한 말투가 먹힌다. 당연한 권리를 요구하는 듯한 말투 말이다.

"누구신데……?"

항상은 아니고.

"저는 사립 탐정입니다, 밸러드 부인. 따님 실종과 관련한 일들을 조사 중이죠."

밸러드 부인의 표정이 바뀐다. 경계하던 표정에 놀란 빛이 뜨고 번지수를 잘못 찾은 새로운 희망이 보이자 매슈는 다시 양심의 가책을 느낀다.

"이해가 안 되네요. 사립 탐정이라니……. 어떻게 연결이 된건가요?"

"가능하면 안에서 말씀드리고 싶습니다. 괜찮을까요?"

복도에 같이 어색하게 서 있는 동안 매슈는 화병들을 쳐다본다. 커다란 거울 아래의 좁은 테이블에 화병이 최소 네 개는 빈틈없이 놓여 있다.

"사람들이 그만 좀 보냈으면 좋겠어요. 꽃이요. 좋은 마음으로 보내는 건 알지만요. 1년을 맞아 촛불 기도회를 하는데……."

밸러드 부인이 헛기침으로 목을 가다듬는다. 마음을 진정하기 위해.

"그건 그렇고, 무슨 말씀인지 모르겠네요. 성함이……."

"힐입니다. 매슈 힐."

"우리 딸 실종을 따로 조사하고 있다고요? 대체 왜요? 런던에서 아예 팀 하나가 수사를 하고 있어요. 저희 남편이 연락했나요?"

"아니요, 밸러드 부인. 이번 수사와 연관된 다른 분 연락을 받았습니다. 그분이 협박성 우편물을 받고 있어서요. 저는 그걸 막으려고 할 뿐입니다. 그래야 경찰이 자원을 투입해야 할 곳에 제대로 투입할 수 있으니까요. 따님을 찾는 일 말입니다."

"협박성 우편물이요?"

"잠시 앉아도 될까요?"

밸러드 부인은 움직이지 않고 잠시 생각하는 듯하더니 매슈를 주방으로 안내한다. 커다란 파란색 오븐 위에 양말을 말리는 풍경도 전형적이다. 밸러드 부인은 아까보다 많이 긴장했는지 무릎에 모은 손을 꼼지락거린다. 뭘 마시겠냐는 제안도 하지 않는다.

"그럼 부인께는 그런 우편물이 안 왔다는 거죠?"

"아니요. 그런 건 없었어요. 전혀 모르는 사람이 응원해 주는 편지가 많으면 많았죠. 이상한 편지도 몇 개 받긴 했지만 불쾌하거나 문제 된 적은 없었어요. 편지는 전부 가족연락관 캐시에게 보여주고요. 지금도 주기적으로 연락을 하거든요. 그래서 협박 편지를 받는다는 사람이 누구예요? 설마 세라는 아니겠죠. 그 아이가 병원에 있는 건 아세요?"

"같이 여행 갔던 따님 친구요?"

"네. 오늘 아침 다녀왔어요. 병원에요. 검사 결과를 기다리고 있대요. 끔찍하죠. 끔찍한 일이에요. 세라 엄마는 혼이 나갔어요. 우리 다 그렇죠. 어떻게 이만큼이나 불행이 계속될 수 있나 싶어요. 그래서 온 건가요? 세라가 협박 편지를 받았어요?"

"아니요. 아닙니다."

매슈는 바버라 밸러드의 눈을 응시하며 불편한 기색을 찾는다. 하지만 없다. 시선을 피하지도 않는다. 그녀의 눈에는 고통스러운 비탄이 있을 뿐이다.

"이런 얘기 불편하실 겁니다, 밸러드 부인. 하지만 이 우편물을 받은 사람은…… 기차에 있던 목격자예요. 엘라 롱필드."

"아."

순식간에 태도와 말투가 바뀐다.

"그 여자요."

"네. 부인께서 어떤 감정을 가지고 계시는지 전해 들었고, 공연히 이 얘기로 누를 끼칠 의도는 없습니다. 하지만 엘라는 경찰을 끌어들이지 않고 우편물을 막고 싶어 해요. 경찰의 집중력을 흐트러뜨리기 싫답니다. 가장 집중해야 할 목표는 애나를 찾는 거니까요."

"진작 그랬으면 좋았겠죠."

"죄송합니다."

밸러드 부인은 어깨를 으쓱한다. 이제는 매슈를 똑바로 보고 있다. 더 도전적인 눈빛이다.

"네. 무척 힘드실 겁니다. 하지만 저도 경찰 출신이에요. 유능한 사람들이 최선을 다하고 있다고 장담합니다. 1주년 방송도 있었죠. 보통 방송을 타면 도움이⋯⋯."

밸러드 부인은 미끼를 물지 않는다.

"저기요. 이 편지라는 거⋯⋯ 뭐가 됐든 남편과 얘기하는 게 좋을 거예요."

그러면서 자리에서 일어난다.

"벨 소리를 못 들을 때도 있고 신호가 불안정하지만, 원하면 전화를 걸어볼 수는 있어요."

"남편분까지 방해할 필요는 없습니다. 그럼 엘라에게 협박성 우편물을 보냈을 법한 사람이 떠오르지 않는다는 말씀인가요? 주변에 유독 더 분노하는 사람이 없을까요? 그분 관련해 화가 나서 말을 했다거나⋯⋯."

"분노하지 않는 사람이 어디 있을까요. 힐 씨, 우리 딸은 아직 실종 상태예요. 내일은 기도회고요. 그러니 여기서 이만 끝내죠."

밸러드 부인은 뒤늦게 냉정을 회복하고 있었다. 굳이 대화할 필요가 없다는 사실을 깨닫고 예의 따위는 던져두기로 한다. 매슈는 이런 깨달음이 곧 분노로 변한다는 것을 다년간의 경험으로 알았다.

매슈가 명함을 내밀자 밸러드 부인은 명함을 받고 잠시 망설이다 앞치마 주머니에 넣는다.

"협박 편지에 관해 수사팀에 말했나요?"

시선은 여전히 그의 눈을 향해 있다.

"왜 그렇게 물으시죠?"

대답이 없다.

"알겠습니다. 혹시 관련 있을 듯한 얘기가 들리면 뭐든 좋으니…… 전화 주세요. 부탁드립니다."

밸러드 부인이 고개를 끄덕인다.

"사실, 우편물이 계속 오면 엘라도 경찰에 신고할 거예요. 그럴 일이 없기를 바라고 있지만요. 부인께는 그것 말고도 걱정할 일이 많다고 생각해서요."

"그렇대요?"

매슈는 입을 꾹 다물고 인사로 고개를 끄덕인다.

집을 나온 매슈는 밸러드 부인의 시선을 느끼며 차에 시동을 걸고 좁은 선회로를 돌아 말도 안 되게 좁은 도로로 다시 나간다.

화면의 핸즈프리 설정을 확인한다. 샐리의 연락은 오지 않았다. 매슈는 돌아보지 말자고 마음을 다스린다. 우위를 내주면 안 되므로.

그렇게 매슈는 여느 때보다 조심스럽게 차를 몰며 바버라 밸러드의 눈을 기억에서 잊으려 애쓴다.

헨리는 농장에서 가장 높고 탁 트인 들판에서 양들을 확인하던 중 집으로 다가가는 자동차를 발견한다. 살벌한 고지대 바람에 코트 지퍼를 턱까지 채웠다. 그러는 내내 시선은 아래쪽 집을 바라보고 있다.

이 언덕의 고질적인 문제는 접근성이었다. 사륜 바이크가 아니면 올라오기 힘든데 헨리는 사륜 바이크와 영 궁합이 맞지 않았다. 바이크를 쓰러뜨리는 사고가 몇 번이나 일어났는지 바버라에게 다 말할 수도 없었다. 한번은 제일 가파른 경사로에서 그 바보 같은 물건이 진짜 최대 속도로 미끄러지다 고꾸라지는 줄 알았다. 바퀴 두 개가 땅에서 떨어지고 몸의 무게 중심이 완전히 앞으로 쏠렸다. 사람들 말이 맞았다. 이런 상상이 눈앞을 번쩍 스쳐 지나갔다. 내가 떠나면 남은 가족은 어떻게 견디고 살지?

머릿속에 또 메아리가 울려 퍼진다. 애나 목소리다.

'역겨워······.'

그날 사륜 바이크 사고로 겁을 먹은 헨리는 집에 오자마자 부츠 창고 옆의 서재로 들어가 인터넷으로 생명보험 액수를 높였다. 그 덕에 훗날 바버라와 대판 말싸움을 해야 했다.

'헨리, 무슨 돈이 있어서 생명보험을 더 부어. 대체 왜? 그거 병이야.'

추가 보험을 해지하겠다고 약속하며 헨리는 처치 곤란인 들판을 사겠다던 이웃 농장의 제안을 재고해야 하나 생각했다. 그집 동물들이 쓰기에 더 적합한 땅이긴 했다. 하지만 자존심이 문제였다. 헨리는 여전히 당당한 농장주로 살고 있었다. 관광지 관리인이 아니라.

가만히 서서 집을 떠나는 차를 보니 운전자가 진입로를 빠져나가며 잔뜩 긴장한 티가 난다. 차는 느릿느릿 굴러가고 있다. 아니, 헨리는 결심한다. 아버지와 할아버지가 피땀 흘려 손에 넣은 땅을 더는 임대하거나 팔지 않으리라. 휴가용 별장. 캠핑장. 관광이 이론적으로 더 이치에 맞는다고? 그래서 뭐? 헨리는 뼛속까지 농업인이다. 그래서 몇 마리 남은 양과 소를 생각하고, 생명보험 추가분을 철회하지 않기로 한다.

방금 집에 왔다 간 남자가 누구인지는 모르겠다. 키가 크고 말랐지만 멀어서 얼굴을 보지는 못했다. 혹시 경찰인가 하는 생각을 하자 또 아드레날린이 치솟는다.

1년이 지났다. 아내와 달리 헨리는 딸이 살아 돌아온다는 기대를 하지 않는다.

방문객이 갔나 확인하려는지 바버라가 문가로 나오는 모습이 보인다.

당장 내려가 무슨 일인지 알아내야겠다고 생각하는 찰나, 뒤에서 울음소리가 들린다. 돌아보니 들판 가장자리의 낮은 지대에서 암양 두 마리가 진흙에 빠져 개울 쪽으로 위태롭게 미끄러지고 있다. 젠장. 저기까지 또 가야 하잖아. 높고 안전한 땅으로 올라오도록 구슬려야 한다.

질퍽한 땅에서는 마음처럼 쉽게 되지 않는 일이다.

멍청한 양들 같으니라고. 머리에 든 게 없어.

새미를 부르자 겁먹은 녀석은 꼬리를 아래로 늘어뜨린다. 강아지도 이런 땅이 싫은 것은 마찬가지라 미쳤냐는 표정으로 그를 보고 있다. '우리 왜 여기 있어? 평소에는 사륜 바이크를 타고 오잖아.'

헨리는 어렵게 새미의 도움을 받아 길 잃은 양 두 마리를 구슬려 위로 데려오고 나머지 양 떼도 더 높은 땅으로 돌려보낸다. 그런 다음 더 멀리 떨어진 울타리를 지나 인접한 들판으로 양들을 본다. 지금은 뜯어 먹을 풀이 별로 없지만 오늘 밤은 이곳이 차라리 안전하다. 울타리까지 잠그고 나서야 헨리는 새미를 다시 부르고 옆에 있는 길을 따라 집으로 내려간다.

프림로즈 레인. 높은 산울타리 때문에 어린 시절 애나의 사랑을 받던 길이다. 야생화로 꽃다발 만드는 걸 좋아했었지.

'달리기 시합하자, 아빠.'

아까와 달리 반가운 메아리에 헨리는 눈을 감고 잠시 걸음을 멈춘다. 분홍색 패딩을 입고 분홍색 털 방울 모자를 쓰고 분홍색

장갑을 낀 애나가 보인다. '빨리, 아빠. 집에 먼저 도착하는 사람이 이기는 거야.' 손에는 프림로즈 꽃다발이 들려 있다.

새미가 다리에 얼굴을 비비는 느낌에 헨리는 겨우 눈을 뜬다.

'괜찮아, 친구. 괜찮아.'

강아지의 머리를 쓰다듬고 심호흡을 한 후 헨리는 집으로 뚜벅뚜벅 걸어간다. 안뜰에 도착했을 무렵 바버라는 이미 안으로 들어가고 없었다.

부츠 창고에서 장화를 벗고 진흙투성이인 강아지에게 가만히 있으라 명령한다.

"아까 누구였어?"

앞치마에 손을 닦으며 주방에서 나오는 바버라의 얼굴이 잿빛이다.

"사립 탐정."

"사립 탐정이 여기는 뭐하러 와?"

"엘라가, 그 꽃집 여자가 협박 편지를 받고 있대."

"새삼스러운 일이야?"

"아니. 인터넷만이 아니라. 진짜 편지가 같은 게 온대. 집에. 안 좋은 내용으로."

"그게 우리랑 무슨 상관이라고⋯⋯?"

"탐정은 내가 보냈다고 생각했나 봐."

"그렇게 말해?"

"말을 많이 하지는 않았지만 분위기가 그랬어. 호의를 베푸는 것처럼. 하지 말라고 경고하는 느낌이었어."

헨리는 말없이 눈을 가늘게 뜬다.

"미리 대답하자면 아니, 나는 아니야. 누가 보냈든 말든 관심도 없지만."

"다시는 오지 말라고 했어야지. 캐시에게 전화할까? 런던 수사팀이나? 전화해서 말해?"

"아니야. 됐어. 안 그래도 오지 말라고 했어. 그 사람도 경찰에 신고할 거래."

"다른 얘기는 없었지? 사소한 얘기라도. 나에 대한 거."

바버라는 더없이 진지한 눈으로 그를 본다. 깜박이지도 않고. 차가운 눈빛이다.

헨리의 맥박이 빠르게 뛴다.

"아니, 헨리. 당신 관련해서는…… 사소한 것도 없었어."

헨리는 부츠 창고에 벤치로 가져다 놓은 옛 교회 신도석에 앉는다.

"제니 집에 있어?"

"아직. 시내 나갔어. 기도회에 입을 코트 산대. 따뜻하고 단정한 거 입고 싶다고."

헨리는 이번 기도회에 대한 감정을 처음부터 분명하게 표현했다. 애초에 종교를 믿지도 않았다. 기도회는 동네 목사의 아이디어였다. 그가 1주년을 맞아 기도하고 촛불을 들자는 의견을 냈다. 원래 예정일은 정확히 1년 된 날인 목요일이었다. 하지만

TV 재연 방송이 결정되며 날짜가 토요일로 밀렸다. 주말이라 사람들이 오기에도 더 좋았다.

바버라가 턱을 든다.

"세라 엄마는 세라가 올 수 있을 때까지 기도회를 미뤘으면 하던데 좋은 생각이 아니라고 했어. 세라는 회복에 집중해야지. 우리는 계획대로 진행하는 게 나아."

"아직도 좋다고 생각해? 기도회 말이야."

"나는 아무 생각 없어, 헨리. 하지만 사람들이 친절하게 뭐라도 하고 싶다잖아. 기자들이 사진을 찍을 거니까 대중의 관심을 끄는 데도 도움이 되겠지. 캐시도 좋다고 그랬어. 대중이 관심을 잃지 않아야 한다면서."

"세라는 어때? 아직도 실수라고 우겨? 약을……."

'실수로 약물 과용을 하는 사람이 어디 있어.' 헨리는 그렇게 생각한다. 세라를 안쓰럽게 여기고 싶지만 도저히 그럴 수가 없다.

"차는 내가 만들까, 여보? 당신 10분이라도 모처럼 여유 부리게?"

남편 목소리가 들리지만 돌아보지 않는다. 계단 위에서 내 눈은 오직 현관 매트에 놓인 우편물에 꽂혀 있다. 고지서와 하얀 우편 봉투 틈에서 자기를 좀 보라는 외침이 들린다. 익숙한 검은 봉투. 이번에는 크림색 라벨에 주소를 인쇄했다.

"괜찮아. 정말이야. 내가 언제 꾸물거리는 거 봤어?"

황급히 계단을 내려가 바닥에 있던 우편물들을 한 뭉치로 주워 올린다. 딱딱한 엽서가 든 봉투를 중간에 끼워 넣는 순간 토니도 계단을 내려오기 시작한다.

"정말 괜찮겠어, 엘라?"

"베이컨 샌드위치 어때? 루크한테 15분이면 된다고 말해줘."
가슴에서 심장이 쿵쾅거리고 나는 현관 거울에 비친 내 모습에서 의도적으로 눈을 피한다. 증거를 보기 싫어서. 달아오른 얼굴을 보고 싶지는 않다.

매슈에게 연락하면 다 끝날 줄 알았다. 이 일로 마음고생을 충분히 많이 한 토니에게 걱정을 끼치지 않아도 된다고 믿었다.

주방에서 우편물을 훑어 와인 클럽과 은행 회보를 토니에게 건넨다. 토니에게 말해야 해. 곧 한다고 다짐했잖아. 빨리. 매슈를 만나고 나면 얘기한다며. 하지만 토니는 또 속상해할 것이다. 지금 승진을 노리고 있어서 가뜩이나 걱정이 산더미인 사람인데. 부끄럽다. 토니는 콘월에 가지 말라고 분명히 경고했다. 어떡하지. 매슈가 해결해주기를 간절히 바랐는데…….

"뭐 중요한 거 있어?"

토니는 내 손에 들린 우편물을 보고 있다.

"보험회사야. 복수 차량 상품."

토니가 얼굴을 찌푸리며 돌아서고 내가 오븐을 켜고 빵과 베이컨으로 분주히 요리를 시작한 그때, 전화벨이 울린다.

"내가 받을게."

혹시 매슈인가 싶어 내가 말한다. 가게로 전화해달라고 부탁하지 않았나?

"무슨 일 있지, 엘라. 나한테 숨기는 거 있어."

"나중에, 토니. 제발. 별일 아니야."

젠장, 콘월의 애나 엄마가 아니라면 경찰에 우편물을 제출해야 하잖아. 그렇다. 그때는 토니에게 얘기를 안 할 수가 없다.

한 손으로 새 베이컨 포장을 뜯으며 매슈에게 이따 가게로 다시 전화하라고 부탁할 각오를 하고 전화를 받는다.

"루크 어머니신가요?"

"네. 엘라 롱필드입니다. 누구세요?"

"레베카 힐리어라고 해요. 에밀리 엄마요. 날짜를 확정하고 싶어서 연락드렸어요. 회의해야죠."

"회의라고요? 죄송하지만 무슨 말씀인지 모르겠어요."

아주 긴 정적이 흐른다.

"루크가 말씀 안 드렸나요?"

"아니요. 무슨 일이 있나요?"

"저기…… 전화로 이야기할 문제가 아니에요. 그 점은 루크에게도 똑똑히 말해뒀고요. 그래서…… 내일 시간 되시는 거예요?"

토니가 입 모양으로 질문을 한다.

'누구야? 무슨 일이래?'

"글쎄요…… 남편이 친구들과 포커 약속이 있어서……."

"저녁 7시 반으로 하죠. 저희 집에서요. 주소는 루크가 알아요."

그러고는 전화를 끊는다.

"이상하네. 아니, 무례해. 당신 루크 좀 내려오라고 해봐."

"무슨 일이야?"

"나도 알면 좋게."

나는 베이컨 대여섯 줄을 트레이에 딱 맞게 조금씩 겹쳐 올린다. 그러다 토니가 다시 계단을 오르는 소리에 황급히 공포의 봉투를 연다.

조심해. 내가 지켜보고 있으니까…….

"엘라! 아무래도 당신이 와서 봐야겠어."

'신이시여······.'

루크의 방에 들어서자마자 나는 사태의 심각성을 깨닫는다. 공포감이 순식간에 엽서에서 아들로 옮겨붙는다. 지난 몇 주 사이 루크가 가게와 학교에 지각하는 시간은 점점 늦어지고 있었다. 학교에서는 수업을 빠졌다는 편지까지 날아왔다. 담임과 상담을 권유하는 편지. 신경을 쓴다고 했지만 그사이 일이 너무 많이 터져서······.

"이게 무슨 꼴이야, 루크?"

토니는 걱정보다 화부터 난 목소리다.

이불 속에 웅크리고 누운 루크는 어제 입었던 옷차림 그대로다. 청바지와 두꺼운 청록색 후드티. 땀을 흘렸는지 냄새가 난다.

"추워? 감기 기운이 있는 거야?"

내가 되도록 침착하게 말한다. 전부 아들에 신경 쓰지 못한 내 잘못 같다.

"말을 해, 루크. 이게 다 무슨 일이야?"

토니가 커튼을 젖힌다. 루크는 검은 눈을 반쯤 감은 채로 대답하지 않는다.

화는 내지 말자.

"방금 에밀리 엄마한테서 전화가 왔어. 회의 어쩌고 하던데. 엄마한테 화가 난 것 같더라. 내가 모르는 게 이상하다는 말투였어. 무슨 회의야, 루크?"

루크는 여전히 말이 없다.

"뭐야, 루크?"

이제는 패닉 상태가 된다. 뭐지? 마약? 절도? 경찰과 시비가 붙었나? 아니다. 우리 루크가 그럴 리 없어. 올 A를 받는 우등생 루크는 최근 말썽을 부리기 전까지 명문대 입학은 따 놓은 당상인 아이였다. 토니는 한때 지나가는 시기라고 했다. 12학년 공부가 생각보다 너무 어려워서 반항심이 조금 생긴 거겠지. 그냥 시험이 지겨워서 그런 걸지도 몰라. 그건가?

"제발, 루크. 무슨 일인지 얘기를 해. 그래야 엄마 아빠가 도울 수 있지."

토니의 목소리가 누그러졌다.

바로 그때 루크가 울음을 터뜨리며 우리 부부를 충격에 빠뜨린다. 몸을 마구 들썩이며 흐느껴 울고 있다. 어린아이 같은 눈물은 마치 연극 같고 낯설다. 키 190이 다 되는 소년이 막스 앤 스펜서의 파란색 스트라이프 무늬 이불을 둘둘 감고 우는 모습은 무섭기까지 하다.

나는 즉각 두 가지 사실을 깨닫는다.

첫째, 뭔지 몰라도 아주 심각한 일이 벌어졌다.

둘째, 나는 애나 밸러드 사건에 정신이 팔려 눈치를 채지도 못했다.

11

아버지

헨리가 트랙터를 후진하고 있을 때 바버라가 현관 계단으로 나온다.

"헨리, 지금 무슨 짓이야?"

"당신 기도회 준비."

"내 기도회라니."

"내가 낸 아이디어는 아니잖아."

바버라는 남편이 트랙터를 운전하는 모습을 몇 분간 보고만 있다. 화가 나서 거칠게 앞뒤로 움직이는 모습을. 헨리는 바버라가 안에 들어가기를 바란다. 제발 나 좀 내버려 둬. 하지만 그렇게 하지 않는다.

"어쨌든 지금 당신 행동은 이해가 안 돼."

"건초 더미 조금 꺼내 놓고 있어. 의자로 쓰게."

"누가 앉는다고. 어차피 오래 있지도 않을 거야."

"앉을 사람이 왜 없어. 서 있으면 안 되는 나이 드신 양반들도 올 거야, 바버라. 의자는 안 돼. 자리가 편하면 쫓아내기만 힘들어지지."

"별 웃기는 소리 다 듣네."

헨리는 웃기다는 말을 듣는 타이밍이 참 절묘하다고 생각한다. 애초에 헨리는 이 바보 같은 기도회를 원하지도 않았다. 지난밤에도 부부는 침대에 누워 이 문제로 침을 튀기며 말다툼을 했다.

'집 앞에서 하면 돼요.'

집에 들른 목사에게 바버라는 말했다. 헨리는 교회 느낌이 조금이라도 난다면 반대한다는 생각을 분명히 밝혀두었다. 추도회 분위기는 절대 사절이었다.

하지만 목사는 기도회가 추도회의 정반대라고 말했다. 아직 포기하지 않았다는 마음을 마을 사람들이 보여주고 싶다고 한다. 앞으로도 가족을 지지하겠다고. 애나가 안전하게 돌아오도록 기도하고 싶단다.

바버라가 흔쾌히 응하며 전부 합의가 되었다. 기도회는 집에서 조촐하게 열기로 했다. 사람들은 마을에서 걸어오거나, 산업단지에 주차한 후 도보로 진입로를 이용하면 된다.

"이건 바버라 당신 생각이었어."

"정확히는 목사님 생각이었지. 사람들이 마음을 표현하고 싶다잖아. 그런 거라고."

"이건 미친 짓이야, 바버라. 그런 거라고."

헨리는 트랙터로 다시 마당을 가로지르고 건초 더미 옆에 두 개를 더 가져다 놓는다.

"됐다. 저 정도면 충분하겠지."

헨리는 아내를 보다가 익숙한 모순에 흠칫 놀란다. 어쩌다 이 지경까지 왔을까. 단지 애나가 사라진 이후 얘기가 아니다. 부부로 산 22년 세월은 이런 궁금증을 남긴다. 원래 모든 결혼은 이런 결말을 맞는 건가? 아니면 그가 나쁜 놈이어서 그럴 뿐인가?

바버라가 귀 뒤로 머리카락을 넘기고 턱을 치켜들자 한때 전혀 다른 감정을 안겨주었던 도톰한 입술, 완벽한 치열, 볼록한 광대뼈가 아직도 헨리의 시선을 끈다. 이처럼 혼란스러운 마음이 들면 시간을 되돌리고 싶다. 젊은 영농인 파티로 돌아가고 싶다. 바버라의 향기에 취했던 그날로, 모든 것이 쉽고 희망차게 보였던 그때로.

그래, 과거로 돌아가 다시 시작할 수 있었으면 소원이 없겠다. 더 잘하게. 전부 다.

그러다 헨리는 눈을 감는다. 차 옆자리에 앉았던 애나의 목소리가 다시 메아리친다.

'아빠 역겨워.'

그 목소리가 멈췄으면 좋겠다. 그만 좀. 시간을 또 되돌리고 싶어진다. 아직 어리고 아빠를 사랑했던 애나가 프림로즈 레인에서 꽃다발을 만들던 때로. 애나가 헨리를 영웅으로 우러러보던 때, 티타임이 되면 집까지 달리기 시합을 하자고 하던 때로.

바버라가 마당 저편에 있는 화로를 본다.

"불 피우게?"

"추울 거 아냐. 그래야지."

"고마워. 나도 머그잔에 수프 준비하고 있어."

잠시 침묵이 흐른다.

"정말 이게 실수라고 생각해, 헨리? 당신이 이 정도로 불편해할 줄은 몰랐어. 미안해."

"됐어, 바버라. 이렇게 된 마당에 최대한 잘 치르자고."

헨리는 트랙터를 거칠게 후진으로 놓고 마당을 빠져나와 트랙터의 원래 자리인 헛간에 주차한다. 어둑한 헛간에 들어오니 이제야 안정되는 심장박동을 느끼며 헨리는 트랙터에 가만히 앉아 있다. 그에게는 고요, 정적이 필요했다.

만약 날씨가 좋지 않으면 지붕 있는 이 헛간에서 기도회를 하기로 되어 있었다. 하지만 오늘 날씨는 맑음이다. 쌀쌀하지만 하늘이 쾌청하니 의식은 야외에서 진행할 것이다. 그래. 수프고 뭐고 추워서 사람들이 일찍 돌아갔으면 좋겠다.

지금은 여기 조금 더 머물자. 좋다. 헛간에 홀로 있는 것이 이렇게 편안할 줄이야. 헨리는 평생 여기서 움직이고 싶지 않다고 생각한다.

══════

1시간을 꽉 채운 헨리가 부츠 창고에서 겨우 장화를 벗고 있을 때 제니가 주방으로 와 엄마를 걱정한다.

"정말 괜찮겠어, 엄마?"

바버라는 거대한 냄비 두 개에 수프를 끓이고 있다.

"괜찮아. 사람이 얼마나 올지 몰라서 그렇지 딱히 힘들 것 없어."

헨리는 아내의 등을 바라본다.

"아까는 미안해, 여보. 내가 조금 흥분했어."

"알았어."

바버라는 남편을 돌아보지 않는다. 괜찮다고 제니의 어깨를 토닥일 뿐이다.

"세라는 어때?"

제니가 숨을 깊게 들이마신다.

"오고 싶어 하지. 못 와서 속상해한다고 세라 엄마가 그러셔. 아직도 실수였대. 약 먹은 거. 그래도 우리는 미안해서 죽을 것 같아."

어쩐지 제니의 말투가 불안하다.

"우리라니? 정말 안된 일이지만 너희 잘못은 아니야."

제니가 아빠를 돌아본다.

"실은, 우리 잘못일지도 몰라."

"웬 엉뚱한 소리야?"

"세라가 우리랑 살짝 다퉜거든. 방송 전에."

"우리가 누군데?"

"우리 전부. 나, 팀, 폴."

제니의 목소리가 갈라진다.

"1주년으로 다들 제정신이 아니었어. 엄마 아빠는 매일 싸우기만 하지…… 몰라. 내가 방송 같이 보자는 얘기하려고 애들 데리고 세라 집에 갔는데 분위기가 조금 과열됐어. 어떻게 할 수가 없었어."

"그래서……."

"다들 런던에 안 간 게 후회스러운 거야. 우리가 갔더라면 애나를 지켜봐 줄 사람이 더 있었을 테니까."

"그런 생각을 왜 해."

헨리가 말한다.

"하지만 다 그렇게 생각하잖아? 그래서 둘이 클럽에서 왜 안붙어 있었냐고 애들이 세라를 또 몰아세웠어. 정확히 무슨 일로 헤어졌냐고. 왜 분명하게 말하지 않냐고."

이제 제니는 엉엉 울기 시작한다.

"세라를 괴롭힐 생각은 없었어. 우리가 심했던 거야. 솔직히, 나도 존이랑 공연 본다고 여행에서 빠졌잖아. 이제는 걔랑 사귀지도 않는데. 내가 그랬다는 걸 믿을 수가 없어. 어떻게 동생보다 바보 같은 남자가 중요하다고 생각했는지. 우리는 그냥…… 거기, 런던에 없었다는 죄책감이 너무 커. 그렇다고 세라한테 화풀이를 하면 안 되는데……."

"싸웠다는 게 언제야?"

"방송 전날 밤."

'맙소사, 그래서 약을 먹었던 거군.'

헨리는 생각한다.

바버라가 제니를 감싸 안고 말한다.

"그래. 우리 딸 난처하겠네. 하지만 어떻게 할지 몰라서 괴로운 건 우리 다 똑같아. 네가 자책할 필요는 없어. 지금 네가 할 일은 세라와 터놓고 이야기를 하는 거야. 세라를 원망하지 않는다고 설명해줘."

"안 그래. 정말이야. 우리는 그냥……."

"속상하지. 다 그래. 언제 만나러 갈 수 있는지 엄마가 세라 엄마와 얘기해볼게. 좋게 풀면 돼. 이제 뚝. 눈물 닦고 새 코트 입어야지. 사람들 곧 도착하겠다. 엄마가 해결해줄게, 약속. 세라와 화해하게 될 거야. 응? 뭐가 문제야. 일단 오늘 밤은 강하게 마음먹고 있어야 해. 애나를 위해서. 알았지?"

헨리는 아내를 보며 언제 이런 묘기를 배웠는지 궁금해진다. 바버라는 딸들에게 어떤 말을 해야 하는지 모르는 법이 없었다.

'딸들이라고?'

복수형에 헨리가 얼굴을 찌푸린다.

"애나를 위한 일이라는 것만 기억해. 그래야 애나가 집에 돌아왔을 때 우리가 고개를 들 수 있지. 응?"

바버라가 티슈로 제니의 얼굴을 닦아주는데 초인종이 울린다. 헨리가 양말 바람으로 서둘러 나가 보니 목사가 방수 재킷과 장화 차림으로 서 있다.

"들어가지는 않을 겁니다. 진흙 때문에."

목사는 미소를 지으며 덧붙인다.

"좌석 아이디어 정말 좋은데요, 헨리. 이따가 읽을 글 조금 보여드리려고 왔습니다. 약속한 것처럼 교회 느낌을 너무 내지는 않았어요. 그냥 긍정적으로 사기를 높이는 글로 준비했습니다. 그리고 짧게 몇 마디 하고 싶으실 것 같은데 어때요, 바버라? 모두에게 도와줘서 고맙다고 하거나, 지역 언론에 목격자 제보 요청을 꾸준히 부탁한다거나 하는 말 어떻습니까. 사소한 것도 도움이 될 거라는 말도요."

바버라는 웃음으로 답하고, 헨리는 새 코트를 가지고 오겠다고 위층으로 올라가는 제니를 바라본다. 잠시 후 제니가 층계참 창문에서 큰소리로 외치는 소리가 들린다.

"잠깐만. 엄마 아빠, 창밖 좀. 이거 꼭 봐야 해……. 여기 와봐."

제니가 갑자기 흥분하자 목사도 놀라서 장화를 벗고 헨리와 바버라를 따라 계단을 오른다. 위층에서는 농가로 이어지는 좁은 길이 훤히 보인다. 석양빛 아래의 풍경에서 도저히 눈을 떼기 힘들다.

길 위로 온갖 불빛이 가느다란 선처럼 구불구불 다가오고 있다. 랜턴, 촛불, 횃불까지 전부 어둠 속에 자취를 남기며 불빛을 뿜어낸다.

헨리는 충격을 받는다. 입술이 떨리고 있다.

깜박이는 불빛을 바라보며 앞장서서 달리는 애나의 모습을 떠올린다. 코트 아래로 빠져나온 분홍색 체크무늬 교복을, 애나의 손에 들린 꽃다발을.

곧 가족연락관 캐시가 도착할 것이다. 그동안 너무 오래 미뤄왔다.

경찰에 이야기를 해야 한다.

모두에게 진실을 말해야 한다.

12

멜라니 샌더스 경사가 카페에 들어와 손목시계를 보는 그때 매슈는 설탕 봉지로 작은 피라미드를 만들고 있다. 매슈는 늘 한순간도 가만히 있지 못하고 꼼지락거린다. 샐리가 질색을 하는 습관이다. 지금은 피라미드를 무조건 세 개 세워 놓자고 혼자만의 도전을 하고 있다. 하나가 무너지면 즉시 새로 하나 더 세우고 쓰러진 피라미드를 수리해야 해야 한다. 조금 흔들리는 테이블은 예측할 수 없는 스릴을 더한다. 얼마나 푹 빠져 있었는지 그만둘 때가 되자 매슈는 유치하게도 아쉬워진다.

"주말에 귀찮게 해서 미안해, 멜라니."

매슈가 일어나 멜라니의 뺨에 입을 맞춘다. 테이블이 움직이며 쓰러지는 피라미드 쪽으로는 애써 눈을 피한다.

"괜찮아. 어차피 일하고 있었어."

멜라니의 시선 끝에는 설탕 봉지가 있다.

"경찰에 초과 근무 예산이 갑자기 넘쳐나나 보지?"

매슈는 널브러진 설탕 봉지들을 주워 모으고 반짝일 정도로 깨끗하게 닦인 스테인리스 보관함에 도로 넣는다.

"아니. 네가 알 수 없는 이유로 관심을 보이는 사건 때문에 런던에서 또라이 경위가 내려왔어. 베이비시터로 일하는 중."

손을 들어 웨이트리스를 부른 멜라니가 카운터 뒤를 쓱 보고는 카푸치노를 주문한다.

"그새 정이 들었나 보네."

멜라니가 인상을 쓰고 혀를 내민다.

매슈는 왠지 웃음이 나온다. 언제 봐도 좋은 친구다. 경찰대학 시절 매슈와 함께 인스턴트커피를 거부한 극소수의 동료 중에는 멜라니도 있었다. 멜라니는 첫날부터 작은 커피 메이커를 꺼낸 사람이었다. 둘 다 얼마나 놀림을 받았던지. 파트너로 일했을 때 멜라니는 제대로 된 에스프레소 머신이 있는 근처 카페를 찾으려고 아예 휴대폰에 앱을 깔았다. 감자튀김 샌드위치와 향긋한 이탈리아 커피는 두 사람에게 완벽한 아침 식사였다.

멜라니를 가만히 보고 있으니 매슈는 그때가 얼마나 그리운지를 새삼 깨닫는다. 멜라니와 일하는 것만이 아니다. 경찰로서의 사명감, 팀 의식, 협동 정신. 이런 게 그리웠다.

"좋아, 매슈. 무슨 일인지 이제 말할 거야? 나 시간 없어."

멜라니가 눈을 크게 뜬다.

"런던 경위가 밸러드 가족과 다시 얘기한다고 왔어. TV 방송으로 새로운 단서가 나온 모양이야. 나한테는 아직 별 얘기 없지만 여기서 나가는 대로 가족연락관을 그 집에서 데리고 나오려고. 무슨 일인데? 왜 관심을 보이는지 꼭 알아야겠어, 매슈."

매슈는 카페 안을 둘러보고 엽서와 편지 봉투가 담긴 증거 봉투를 주머니에서 꺼낸다. 봉투를 뒤집어 메시지를 읽은 멜라니가 미간을 찌푸리며 설명해달라는 듯 매슈를 다시 본다.

"엘라 롱필드가 받은 거야. 기차에 탔던 목격자 말이야. 꽃집 여자. 나한테 연락을 했거든. 전에도 비슷한 카드를 두 개 받았는데 아쉽게도 그건 버렸대. 소인은 제각각이야. 리스커드. 도싯 어딘가. 또 런던."

"경찰에 신고할 생각은 안 했대?"

"나도 보자마자 그렇게 말했어, 멜라니. 그런데 보낸 사람이 애나 엄마 바버라 밸러드라고 확신하는 것 같더라고. 곤란하게 하고 싶지 않았대. 죄책감 때문에."

멜라니가 긴 한숨을 내쉬고 있는데 웨이트리스가 커피를 가져온다.

"너는 여전하구나. 이런 건 곧바로 신고했어야지."

"그렇게 말하면 안 되지. 이건 내 일이야, 멜라니. 내가 엘라를 설득하지 않았으면 넌 이걸 만져 보지도 못했을 거고. 어쨌든 엘라도 나도 이게 단서라기보다는 장난일 거라고 생각해."

"매슈 네 촉이 그래? 장난이라고? 신상이 알려진 후에 그 사람 SNS에서 꽤 많이 시달렸잖아."

"맞아. 좀 심각했지, 그때."

매슈는 증거 봉투를 뒤집고 뒷면을 관찰하는 멜라니의 표정을 살핀다.

"어쩌다 유출됐는지 우리는 정말 몰라, 매슈. 진짜야. 물론 위에서는 시끄러웠지. 홍보실은 난리도 아니었고. 아무튼. 우리도 정말 오래 조사했어. 안심시키고, 보상도 얘기하고. 그런데 당시에는 그냥 인터넷 찌질이나 애들 장난일 것 같다는 느낌이 강했어. 애나 학교 친구들 정도? 불쾌하긴 해도 중요한 의미가 있다거나 수사와 관련이 있어 보이지는 않았어. 아니면 기차에 탔던 두 남자 짓이거나."

"이것도 그런 걸까? 웬 미친놈이 겁주려고?"

"글쎄. 여기에 꽤 공을 들였네."

멜라니는 엽서를 더 신중하게 살펴보고 있다.

"지금 와서 지문이 나올지는 모르겠다만 시도는 해봐야지. 시스템에 돌려볼게. 그냥 할 일 없는 정신병자 짓일 거야. 그래서…… 뭐야. 엘라라는 사람은 왜 실종자 엄마라고 생각한대?"

매슈는 엘라가 콘월에 방문해서 벌어진 그날의 소동에 관해 이야기한다.

"그것도 우리한테 얘기할 생각을 안 했단 말이지. 미치겠네."

"실종자 엄마는 아닌 것 같아, 멜. 내가 얘기해봤거든."

"아니, 매슈. 수사가 진행 중인데……."

"아까도 말했지만 나 아니었으면 너는 이거 만져도 못 봤다니까 그러네."

멜라니가 커피 거품을 손가락으로 찌른다.

"또라이 경위한테 설명할 거 생각하니 기운 빠진다. 네 말이 맞아. 이번에도 그냥 분탕 종자 짓이겠지. 그래도 보고하면 좋은 얘기 못 들을 거야."

"런던 경위는 뭐가 문제야? 수사에 별 진척이 없는 것 같던데."

"거만한 재수탱이야. 생긴 건 딱 열두 살. 능력이 웬만큼만 돼도 좋았을 텐데 이번에 소호 지구에서 터진 살인 사건에도 정신이 팔렸나 봐. 게다가 여기 내려와 있을 때마다 나를 개인 운전기사 취급하는 것 같아. 애초에 자주 오지도 않지만."

"이거 제출할 때 대충 뭉갤 수 있어? 도와줄 거지?"

"네 이름 빼달라고?"

매슈는 고개를 옆으로 기울이고 애처로운 강아지 눈망울을 흉내 낸다.

"이 얘기 이제 지겹겠지만 매슈 넌 경찰에 남았어야 했어. 너도 알고 나도 아는 사실이니까 순진한 척은 그만하셔."

매슈는 대답하지 않는다. 멜라니는 매슈가 경찰복을 벗은 진짜 이유를 아는 몇 안 되는 사람 중 하나다.

"그건 그렇고. 말해봐, 매슈. 실종자 엄마 어땠어? 가족연락관은 결백하다고 보던데."

"동감이야. 그쪽에서 보냈을 것 같지는 않아. 허점이 안 보여. 협박성 우편물이라고 둘러서 표현했는데 편지인 줄 알고 말하더라고. 엽서가 아니라. 하지만 수상한 구석이 없지는 않아."

"무슨 뜻이야?"

"남편한테 전화하고 싶어 하는 척을 하는 거야. 보디랭귀지로 봤을 때는 남편을 부를 생각이 전혀 없어 보였거든. 조금 이상하지……."

멜라니가 또 눈을 가늘게 뜬다.

"그 부모는 뭐가 문제야, 멜라니? 정말 둘 다 혐의 없는 거 맞아? 방송 효과는 어때? 가능성이 좀 보여?"

"있잖아. 우리 이 얘기 그만하고 예비 아빠로서 소감이나 들려줘. 그게 훨씬 재미있겠다."

13 목격자

루크 같은 아기를 둬서 나는 운이 참 좋은 엄마였지만 처음에는 그 사실을 전혀 알지 못했다. 기준도, 경험도 없었으니까.

솔직히 육아와 사업을 병행한다는 게 불가능할 줄만 알았다. 임신 막달이 되자 사방에서 무시무시한 경고가 쏟아졌다. '각오해.' 다들 그렇게 말했다. '수면 부족도 일종의 고문이야.' '혼자만의 시간은 이제 끝이야. 평화롭게 목욕할 시간도 없어.' 어쩌고저쩌고.

내가 사업을 유지할 수나 있을까 하는 고민만 깊어졌다.

'언제쯤이면 수월해져?'

딸 셋을 키우는 친구에게 물어봤던 기억이 난다. 루크가 태어나기 2주 전이었나, 친구는 평생 잊지 못할 대답을 했다.

'애는, 수월해지는 때라는 건 없어, 엘라. 커서 사춘기 오면 그때가 진짜……'

그날 집에 돌아온 나는 꽃집을 팔아야 할지도 모른다는 최악의 상황을 상상하며 목 놓아 울었다. 그런데 말이다.

남들 예상처럼 엄청나게 힘들지는 않았다.

물론…… 수없이 연습했는데도 카시트를 제대로 못 채웠을 때 병원 앞에서 느낀 당혹감을 기억한다. 뭘 어떻게 하는지 하나도 모르는 내가 이 작은 아기를 잘 보살필 수 있을지 걱정이 됐다. 또 처음 몇 주 동안은 밤마다 수유 사이에 자다 깼다. 깜박하고 요람에 눕히지 않아 아기가 침대에서 떨어졌을 거라는 섬뜩한 확신이 있었다.

'아기 어디 있어, 토니? 내가 어디에 뒀지?'

하지만 놀랍게도 삶은 빠르게 안정을 찾았다.

루크가 정말 순하고 잘 웃는 아기였기 때문이다. 루크는 거저 키운 아기였다. 엄마가 우리 집에 와 계셨고 가게 운영에 도움을 받아야 했지만 루크는 10주부터 통잠을 자기 시작했다.

루크는 먹이고 씻기면 혼자 행복하게 잘 노는 아이였다. 모빌이 보이는 매트에 눕혀만 놓아도 그냥 웃고 옹알이를 했다.

엄마는 말씀하셨다.

'너는 어렸을 때 안 이랬다. 아빠 닮았나 보네.'

루크의 순한 천성 덕분에 나는 계획보다 훨씬 일찍 가게로 돌아갈 수 있었다. 우리는 천장에 고리를 설치하고 옆으로 흔들흔들 움직이는 기구를 샀다. 루크는 몇 시간이고 작은 흔들의자에 앉아 위아래로 몸을 통통거렸고 내가 주문을 처리하는 모습을 보며 손님들에게 까르륵거렸다. 흔들. 까르륵. 흔들. 헤헤…….

한참 동안 침대에 앉아 이런 루크의 모습을 머릿속으로 하나하나 그려보고 있었다. 손으로 바지의 주름을 편다. 뭘 입어야 하나 고민스럽지만 옷을 갈아입지는 않는다.

'옷은 의미 없어, 엘라. 뭘 입어도 상황이 달라지거나 해결되지는 않아.'

중요한 것은 내 아들, 내 사랑스러운 루크가 지옥 같은 시간을 보내고 있는데 엄마가 돼서 까맣게 몰랐다는 사실이다. 전혀. 내 정신은 완전히 다른 곳에 있었다. 애나를, 콘월에 있는 애나 가족을, 빌어먹을 엽서를 생각하느라 바로 코앞에 있는 문제를 보지 못했다. 내 가여운 아들의 삶이 무너지는 중인데도.

루크가 마침내 실토했을 때의 충격은 굉장했다. 이번에도 나는 너무 순진했다. 둘이 대체 언제부터 관계를 하는 사이였는지…….

"다 됐어, 여보?" 토니가 문가에 서 있다. "루크 내려왔어."

"응. 그럼."

거실에서는 지난 24시간 동안 지겹도록 반복한 이야기를 루크에게 다시 들려준다. 후회하고 '만약에'를 가정할 때는 지났다고. 이제 우리는 현실을 직시해야 한다고. 우리 가족 다 같이. 이제는 혼자 고민할 필요 없다고 거듭 얘기한다. 여자 친구가 아기를 낳고 싶다고 하면 우리는 그 뜻을 지지해줘야 한다. 가족으로서. 둘이 꼭 같이 살아야 한다는 생각은 포함시키지 않아도 된다. 결혼도 마찬가지. 그러기에는 아직 너무 어린아이들이다. 하지만 아기를 키우는 데 적극적인 역할을 하겠다는 제안은 해야한다. 도와주겠다고. 현재 상황을 받아들이겠다고. 우리도 루크를 도울 것이다. 루크와 여자 친구를. 아기를.

루크는 얼굴이 하얗게 질렸다. 토니의 얼굴도 창백하다. 에밀리 부모의 속이 얼마나 더 참담할지 생각하는 사람은 나뿐인 걸까? 이제 겨우 열여섯인데…….

우리는 침묵 속에 차를 타고 간다. 20분. 다 와서는 루크가 방향을 알려준다. 아들 여자 친구 집이 어디인지도 몰랐다니. 그래서 이런 일이 생겼다는 생각이 든다. 나는 영화관까지 루크를 태워다주었다. 두 아이는 시내에서 만났다. 버스를 타고.

대체 어디서 섹스를 한 걸까.

이런 생각을 하다 보니 다시 기차가 떠오른다. 세라와 그 남자. 어떻게 그럴 수 있는지 궁금했다. 기차 화장실에서. 그리고…… 그때 받았던 충격을 기억하자 아이러니가 똑똑히 보인다. 내 오만함이.

라디오를 켜지만 루크가 꺼달라고 부탁한다.

"우체통에서 좌회전이요. 오른쪽 두 번째. 네. 골목 끝에 있는 단독 주택이에요. 저거요."

근사한 집이다. 현관 테라스를 따라 담쟁이덩굴이 핀 붉은 벽돌집. 창문은 새로 칠한 것처럼 보이고 앞마당도 그림처럼 완벽하다. 깔끔하게 깎은 잔디밭과 탐스러운 장미 화단과 풍성한 제라늄 화분들. 왜 이런 걸 일일이 눈에 담고 있는지도 모르겠다. 정말 차에서 내리고 싶지 않기 때문일까.

"그래. 준비됐니, 아들?"

앞장서서 가족을 이끄는 사람은 토니다. 토니가 먼저 차 문을 연다. 루크는 어깨만 으쓱한다. 루크를 보니 아직도 충격에서 빠져나오지 못한 얼굴이다. 피임을 했다는 말만 되풀이하고 있다.

"콘돔을 썼단 말이에요. 이해가 안 돼요."

"엄마가 말했지? 어차피 벌어진 일이야. 넌 우리만 믿어." 내가 말한다. "자…… 가자. 들어가야지."

에밀리 부모의 소개를 듣지만 서로 악수를 하지는 않는다. 다들 체면은 안중에도 없다.

에밀리는 배에 쿠션을 대고 커다란 안락의자에 웅크리고 앉아 있다. 루크만큼이나 얼굴이 창백하다.

"에밀리는 이런 식으로 만나는 걸 반대했지만 저희는…… 아이들 나이도 있고 하니, 같이 모여 회의를 해야 한다고 생각했어요." 레베카가 마치 연습한 듯 말한다.

레베카 남편의 시선은 루크에게 박혀 있다. 무슨 생각을 하는지 상상할 수밖에 없지만 무슨 생각이든 그의 머릿속에서 지워버리고 싶다.

루크는 착한 아이다. 그래, 큰 실수를 했지. 하지만 그건 에밀리도 똑같잖아. 그 아버지에게 이런 말을 할 용기가 있었으면 좋겠다. '내 아들을 그런 눈빛으로 보지 마시죠.'

"앞으로 어떻게 할지 에밀리와 루크가 이야기를 많이 나누고 있긴 한데, 두 가족의 입장을 알아야겠다는 생각이 들더라고요. 일의 진전을 위해서요." 레베카는 나를 보고 있다.

"네, 그럼요. 당연히 같이 의논해야죠. 우선 저희가 얼마나 죄송한지 그 말씀부터 드리고 싶어요. 아이들이 아직 어린데 이런 상황이 되어서…… 억장이 무너지셨을 거예요, 정말."

내게 닿은 토니의 시선이 느껴진다. 고개를 살짝 까딱해 잘하고 있다고 신호를 보낸 토니가 나를 거들고 나선다.

"아이들은 나름대로 의식 있게 행동했다고 들었습니다. 안전하게요."

토니가 에밀리 아빠를 보지만 돌아오는 것은 싸늘한 눈빛이다.

"우리 애는 열여섯입니다."

"아빠, 제발."

그러면서 에밀리가 루크를 힐끗 본다. 루크는 여전히 창백한 얼굴로 바닥만 보고 있다.

"우리 가족 생각을 분명하게 밝히면요." 나는 다시 토니를 보다가 에밀리 부모에게로 고개를 돌린다. "에밀리를 지원하는 일이라면 저희는 뭐든 다 할 겁니다."

"에밀리가 중절은 하지 않기로 했어요. 그 점은 사실대로 말씀드려야죠. 하지만 입양을 생각할 수도 있어요."

엄청난 충격을 느낀다. 우리 손자가…….

레베카는 딸의 눈에서 시선을 떼지 않는다.

"아직 우리끼리 여러 가지로 의논하고 있어요. 고려할 게 많으니까요. A레벨(영국의 대학 입학 자격시험-옮긴이)이라든가 대학 말이에요."

레베카의 목소리가 갈라지고, 내 배 속에서는 끔찍한 느낌이 솟구쳐 올라온다.

"이 부분에 대해서는 다시 상의할 수 있을까요?"

토니가 말을 이으려고 목을 가다듬는다.

"저희는 결정권자가 에밀리여야 한다고 생각해요." 레베카는 이제 자기 남편을 본다. "루크와도 상의를 할 겁니다, 물론. 하지만 일단은 모든 사람의 입장을 확인하고 싶었어요. 아이 뜻을 존중하는지에 대해서요."

"저는 에밀리 뜻대로 하겠다고 이미 말했어요." 루크는 레베카를 똑바로 바라보고 있다. "말했다고요."

"너 말 잘했다. 너야말로 결과를 생각하지 그랬냐. 일이 이렇게 되고……."

"아빠. 그러지 마요. 제발."

에밀리의 목소리는 듣기 괴로울 정도로 힘이 없다.

"그럼…… 오늘 저희에게 특별히 듣고 싶은 이야기가 있으신가요? 저희가 에밀리와 루크를 무슨 일이 있어도 지원하겠다는 얘기 외에요."

긴장해서인지 나도 모르게 왼쪽 주먹을 움켜쥐고 있다.

"없어요." 레베카가 턱을 치켜든다. "저는…… 저희는 다들 지금 상황을 아는지 분명히 하고 싶었을 뿐이에요."

그러고는 일어난다. 우리에게 이만 가보라는 신호다. 오늘은 루크가 우리 부부에게 정말 솔직히 고백했는지 확인하는 자리였을 뿐이다.

개인 이메일 주소가 적힌 종이를 레베카에게 건넨다.

"고마워요."

우리는 말없이 헤어진다. 악수도 없이. 더 할 말이 뭐 있겠는가.

집으로 돌아가는 차 안에서도 우리는 침묵을 지킨다. 이제 현실이 되었다. 열일곱에 루크는 곧 아빠가 된다. 소리 내어 말하고 싶다. 아기는 내가 키울게. 어떤 상황에서든 아이를 보내는 건 안 돼. 루크의 아이를⋯⋯.

그러다 집 앞에 도착하자 또 다른 충격이 우리를 기다린다. 우편함에 새로 온 엽서가 삐져나와 있다. 반은 안에. 반은 밖에. 이번에는 봉투가 없어 확실하다. 검은 바탕에 하얀 글씨.

지금은 저녁 8시. 그 말은 누군지 몰라도 이 짓을 하는 인간이 집에 왔었다는 뜻이다.

당황해서 집 앞에 얼어붙은 채로 나는 정확히 이곳에 서 있었을 다른 사람을 상상한다. 두렵다. 이게 무슨 의미일까. 내게, 또 우리 가족에게⋯⋯. 처음부터 경찰에 신고했어야 했다. 토니에게 말해야 했다. 전부 내게서 멀어지려 한다는 두려움은 허상이 아니었다. 하지만 오늘 밤 내가 중심이 되어서는 안 된다. 애나도, 이 엽서의 정체 모를 의미도.

오늘 밤은 루크가 우선이다.

오후 9시

불안한 모습 좋아.

그래서 내가 사람 지켜보기를 좋아하는 거지. 안 할 수가 없어.

계기가 뭐였더라. 이제는 기억도 안 나네. 중요해졌다는 것만 알면 됐지.
왜 지켜봐야 하냐면 아주 중요하기 때문이야. 그래야 사람들 행동이 어
떻게 달라지는지 알 수 있거든. 누군가 지켜보고 있다고 생각할 때와 그
렇지 않을 때.

누가 자기를 보든 말든 똑같은 사람도 있어. 하지만 대부분 아니야. 많이
보기 전까지는 알아차리기 힘든 차이지.

이것도 중요한 사실인데, 때로는 별짓 안 해도 돼. 사람들이 눈치를 채니
까. 스스로 티를 내더라고. 지켜보는 재미는 그때부터가 진짜야. 결국에
는 돌아보거든. 창문으로. 아니면 정확한 방향으로. 그러고 나서 블라인
드나 커튼을 칠 거야. 불을 끄고. 문이 잠겼는지 확인하고.

안 그러면 내가 살짝 도와줘야 해. 자극을 준다고 할까. 그 표정을 지을
때까지. 내가 어떤 의미인지 알고 또 이 세상에서 가장 좋아하는 표정 말
이야.

누가 자기를 지켜보고 있다고 느끼지만 더는 확신하지 못하겠다는 그 표
정……

세라는 침대에 앉아 사물함 위의 아이스티 컵을 바라보고 있다. 엄마가 왜 자꾸 차를 가져다주는지 모르겠다. 이상한 냄새 때문에 병원 차를 싫어하는데.

링거를 맞은 팔이 아직도 아프다. 왜 이렇게 오래 소란을 피우는지 처음에는 이해하지 못했다. 위세척만 하면 끝이라고 생각했다. 조금 토하고. 잘못했다고 사과하고. 집에 가고. 하지만 현실은 달랐다.

아무도 세라에게 진실을 말해주지 않는다. 하기는…… 뭐하러? 죽고 싶지 않고서야 누가 약물 과다 복용을 할까. 어떻게 목숨을 건졌다는 얘기를 일일이 해줄 리 없지. 하지만 아이스티를 빤히 바라보며 세라는 지금 이 상황의 문제를 깨닫는다. 문제가 뭐냐면, 세라는 죽고 싶다고 생각한 기억이 없다. 정확히 무슨 생각으로 약을 먹었는지 기억이 다 날아가 버렸다. 이번 방송에 어떤 얘기가 나올지 몰라 공포에 떨었던 기억밖에 없다. 기차 일을 모두 알게 될까 두려웠다. 클럽에서의 진실을……

그래. 단지 공포였다. 다 멈췄으면 했다.

하지만 의도적인 선택이 아니었다. 죽음은. 아니다. 정말 아니야. 지금 죽고 싶은 마음은 더더욱 없었다. 그래서 자세한 내용을 알아보기 두려웠다. 다들 세라의 간 때문에 난리였다. 별별 검사를 하고. 작은 소리로 속삭이고. 세라의 차트를 살필 때 의사의 표정이 심각하게 어두워지고.

손이 떨리는 느낌이다. 손을 내려다보니 정말 부들부들 떨리고 있다. 세라는 인터넷으로 찾아보지 말 걸 그랬다고 후회한다. 실제로 죽으면 어떤 느낌일까? 진짜로 아플까? 느낌이 올까?

잠시 애나가 떠오르지만 세라는 그 생각을 지운다. 이러지 마. 애나는 나타날 거야. 나타나야 해. 지독한 고통이 온몸을 꿰뚫는다. 싸우고 있다. 애나가 돌아오기를 바라는 마음과 들키고 싶지 않은 마음이……

그사이 엄마는 검사 결과를 애써 외면한다. 노래를 부르는 듯한 특유의 목소리로 아무 문제 없고 다 괜찮아질 거라는 말만 반복한다. 하지만 괜찮지 않다.

세라의 간 기능 검사 결과는 아직 위태위태하다. 오늘이 4일째인데 4일째가 가장 위험한 시점이라고 들었다.

그래, 휴대폰을 돌려받고 검색해봤다. 많은 사람이 4일째에 간부전으로 사망한다. 파라세타몰을 과다 복용한 사람이 목숨을 건졌다 해서 위험을 피했다는 뜻은 아니었다.

'내 간 못 쓰게 된대, 엄마?'

'그만해, 세라. 아무 문제 없을 거야.'

사실이 아니다. 검사 결과가 기준치 미달이라 이식을 해야 할지도 모른다. 확률은 반반이다. 간은 확실한 판단이 어렵다고 한다.

해독을 위해 활성탄을 투여했다. 그러는 동안 간이 잘 버티도록 링거도 맞았다. 하지만 무엇 하나 확실하지 않은 상황이다. 기다리는 수밖에…….

지금 세라에게 가장 필요한 사람은 언니다. 릴리 언니. 언니 얘기라면 엄마가 들으려 하지 않으니 페이스북으로 메시지를 보낸다. 하지만 답장이 오지 않는다. 오래전부터 방치 상태이긴 하지만…… 마지막으로 올린 사진도 이상한 요가 수행을 할 때다.

침대를 가리는 커튼이 부스럭거린다. 아래층 가게에 갔던 엄마가 돌아왔다.

"뭐 좀 사 왔어."

엄마는 잡지 두 권과 병문안용 포도를 들어 보인다.

엄마를 보고 있으니 익숙하고도 혼란스러운 감정이 무수히 솟구친다. 사랑. 분노. 짜증.

"아빠한테 전화해야겠다. 네 상태 말씀드려야지."

"아니야. 하지 마. 아빠 여기 오는 거 싫어. 릴리 언니나 불러줘."

"왜 그래, 세라. 당연히 아빠한테도 소식 전해야지. 그리고 아빠가 여기 온다고 하면……."

"하지 마. 여기 오는 거 진짜 싫다니까? 언니 얘기는 왜 피하는데?"

"릴리는 자기 갈 길을 선택했어. 이제 각자 인생이야. 아빠는…… 아빠가 네 걱정을 얼마나 하는지 아니?"

세라는 고개를 돌린다. 작년에 런던 호텔로 오겠다고 고집했을 때도 끔찍했다. 경찰과 이야기하고. 계속 전화하고. 확인하고. 세라가 경찰에 무슨 말을 할까 봐 걱정이라도 됐는지…….

세라는 포도와 잡지를 들고 부산스럽게 움직이는 엄마를 본다. 엄마는 티슈 상자를 치우고 음료수를 컵에 따른다.

지금까지 몇 번 시도했더라? 엄마에게 말을 꺼내려 했다. 수류탄의 핀을 뽑으려 했다. 하지만 늘 이런 식이었다. 무시와 차단을 겪고 핀은 다시 제자리에 꽂혔다. 세라의 가족이 평범한 이혼 가정이라는 허울은 그대로 남는다. 슬프지만 깔끔하고 아주 간단한 문제다. 이상한 구석은 하나도 없다. 이 세상에 이혼한 사람이 한둘도 아니고.

'아빠가 떠나셨어. 그래도 괜찮아. 불편할 일은 없을 거야. 이렇게 됐지만 엄마도 아빠도 너를 정말 사랑해…….'

그동안 애나에게 진실을 털어놓을까 고민한 적도 있었다. 하지만 애나의 삶은 세라와 너무 달랐다. 구김 없는 얼굴처럼 구김 없는 인생을 살았다.

세라는 푹신한 베개에 다시 등을 기대고 눈을 감는다.

"그래, 세라. 낮잠 잠깐 자면서 쉬어. 엄마는 잡지 읽을게."

세라와 애나 둘은 초등학교 3학년 때 처음 만났다. 당시에 세라 아빠는 화물차 기사여서 집을 자주 비웠다. 전원생활이 로망이라는 엄마 덕분에 세라 가족은 마을 외곽에 있는 방 2개짜리 소형 아파트를 사서 들어왔다.

세라는 애나네 집 티타임에 처음 초대받았을 때의 충격을 기억한다. 좁은 길로 차를 타고 들어가니 으리으리한 농가 본채가 나왔다. 정신이 하나도 없고 강아지들이 졸졸 따라다녔다. 장화가 일렬로 늘어서 있는 부츠 창고는 세라네 주방보다 넓었다. '상상해봐.' 집에 와서 세라는 가족에게 말했다. '강아지랑 부츠만 따로 두는 방이 있다니까? 대박이야.'

농장에 처음 갔던 날 밤, 세라는 침대에 누워서도 입을 다물지 못했다. 평소에는 방과 후 티타임이라고 해봐야 토스트에 레토르트 스파게티, 아니면 인스턴트 감자튀김으로 만든 샌드위치를 먹었다. 엄마가 나름 공을 들인다고 하는 주말의 티타임도 레토르트와 통조림이 기본이었다.

애나의 집은 꿈만 같았다. 애나 어머니가 만든 스튜는 대단했다. 허브 완자를 고명으로 올린 스튜는 국물이 진하고 맛도 끝내줬다. 홈 메이드 커스터드를 곁들인 애플 크럼블은 어떻고. 그날은 평일인 수요일이었다. 세라는 초대 손님인 세라를 위해 특별히 정성을 들여 푸짐한 식탁을 차렸다고 생각했다. 하지만 애나는 '아니, 원래 이런데'라고 했다.

'왜? 다른 거 먹고 싶은 거 있어?'

밭에서 일하다 티타임에 맞춰 들어온 애나 아버지는 멋지고 유머 감각도 뛰어났다. 두꺼운 털양말을 신고 식탁에 앉아 세라에게 양 몇 마리가 새로 왔는데 애나와 같이 와서 보고 싶냐고 물었다.

세라는 식탁을 둘러보며 애나를 주의 깊게 관찰했다. 한걸음 물러나 이상한 비누 거품 안에서 밖을 내다보는 기분이었다. 이 모습은 진짜로 애나 가족의 평범한 일상이었다. 손님에게 보여주기 위한 연극이 아니었다. 애나는 원래 이랬다. 전혀 다른 삶을 사는 아이였다.

질투 같은 감정은 아니지만 어떤 의식이 존재했다. 가슴에서 불편함이 꿈틀거렸다. 그전까지는 극명한 대조로 세라의 삶을 비춰본 경험이 없었기 때문이다.

애나는 다른 방면으로도 세라와 달랐다. 예쁘고 착하고 참을성이 강했다. 운동장에 어색하게 서 있던 세라에게 처음으로 다가온 친구도 애나였다. 애나는 전학생 세라에게 같이 줄넘기를 하자고 불렀다. 나중에는 공을 떨어뜨리지 않고 노래에 맞춰 둘이 차례로 공을 벽에 튀기는 게임인 투볼을 하며 놀았다.

투볼 게임을 좋아한다는 공통점을 발견하고 얼마나 기뻤는지. 둘은 학교에서 투볼의 명수로 유명해졌다. 그게 시작이었다. 애나와 세라. 평생의 절친.

하지만 애나를 집에 초대할 용기를 내기까지는 한참이 필요했다. 아마 애나 집에서 수십 번은 티타임을 즐긴 후였을 것이다. 스튜, 파이, 라자냐 등 갖가지 요리를 맛있게 먹고 나면 언제나 후식으로 푸딩이 나왔다. 특히 애나가 좋아하는 푸딩은 핫케이크 같은 빵 중앙에 자두조림을 올려 먹는 자두슬라이스였다. 향긋한 냄새가 일품인. 애나는 시나몬 향이라고 했다. 마당에서 투볼을 하며 간식으로 차갑게 먹을 때도 있었지만 보통은 푸딩으로 따뜻하게 먹었는데 애나 어머니는 자두슬라이스에 클로티드 크림이나 커스터드 크림을 곁들여 냈다.

애나의 언니인 제니도 티타임에 친구들을 종종 데려왔고, 그럴 때면 파티를 벌이는 것처럼 식탁이 꽉 차고 소란스러워졌다. 단골 중에는 팀과 폴도 있었다. 세라는 팀이 공공주택에 살아서 다행이라고 생각했다. 다른 세계에서 떨어진 듯한 기분을 공유하는 동지가 있어 기뻤다. 게다가 팀의 어머니는 요리와 아예 담을 쌓았다고 했다. 아들이 뭘 어떻게 챙겨 먹든 관심이 없었기 때문에 밸러드 부인은 아무 때나 와도 된다면서 팀에게 소고기 스튜와 업사이드다운 케이크 같은 음식을 배불리 먹였다. 다른 친구들에게도 마찬가지였다.

다섯 친구는 금세 무리를 이루고 농가를 놀이터 삼아 놀기 시작했다. 외양간 근처 덤불에 캠프를 설치했다. 날이 따뜻하면 아주머니가 앞마당 스프링클러를 틀어 티타임 전에 수영복을 입고 물놀이를 할 수 있었다. 아저씨는 다섯 명을 다 트레일러에 태우고 사륜 바이크로 끌어주었다. 달리는 내내 오빠들은 '빨리요, 더 빨리!'라고 외쳐댔다.

그해 여름, 농장은 세라의 두 번째 집이 되었다. 이루 말할 수 없이 행복했다.

그러던 어느 날, 크리스마스를 앞두고 애나가 대뜸 물었다.

'언제 너희 집 가면 안 돼, 세라?'

'글쎄.'

떨리고 창피하고 미안한 감정이 뒤섞였다. 가족이 부끄러운 것은 아니었지만 애나가 어떻게 볼까 걱정스러웠다. 그렇게 좋은 집에 사는 애가 왜 남의 집에 가고 싶다고 하는지 이해할 수가 없었다. 애나가 세라네 좁은 집과 냉동 감자튀김과 통조림 콩요리를 보고 놀랐을까? 그랬을지 몰라도 겉으로 표현하지는 않았다.

'진짜 따뜻하다.'

세라 엄마가 준 담요를 같이 덮고 아래층에서 텔레비전을 볼 때 애나는 이렇게 말했다.

'너희 집 너무 따뜻해, 세라. 우리 집은 겨울에 완전히 냉동실인데.'

둘은 중학교에 가서도 여전히 제일 친한 친구였다. 그리고 중학생이 되면서 세라는 특별한 재능을 발견했다. 자기가 그렇게 똑똑한지 세라도 모르고 있었다. 동네 초등학교라는 좁은 우물 안에서는 차이가 두드러지지 않았다. 그때도 받아쓰기 시험만 보면 1등을 하고, 글짓기 대회를 열었다 하면 작품이 전시되고, 수학 점수로 무조건 A를 받기는 했다. 하지만 세라의 재능은 중학교에 올라가면서 더 밝게 빛났다. 상위권이 아닌 과목이 없었다. 애나가 죽을 쑤는 수학도 마찬가지였다.

애나와의 관계에서 세라가 차지하는 역할이 달라졌다. 어깨가 으쓱해지고 자존감이 올라갔다. 그동안 아낌없이 베풀어준 가족에게 보답할 수도 있었다. 세라는 애나의 수학 숙제와 작문 숙제를 도와주었다.

폴도 머리가 좋았기 때문에 친구들은 폴과 세라를 '박사님'이라며 장난스럽게 놀렸다. 밸러드 부인의 친구 아들인 폴이 어느새 훤칠한 미남으로 자라며 세라는 밸러드 농장에 놀러 가는 날을 더욱더 손꼽아 기다리게 되었다. 친구들이 다 커서도 애나 부모님은 문을 활짝 열어두었다. 더 많이 먹어도. 시끄러운 소리를 내며 술래잡기를 하고, 나무를 오르고, 헛간에서 숨바꼭질을 해도. 다른 부모라면 시끄럽다고, 많이 먹는다고, 음악이 요란하다고, 집을 어지럽힌다고 잔소리했을 테지만 밸러드 부인은 조금도 개의치 않는 듯했다.

피자와 케이크와 스콘을 먹으며 세라와 폴의 도움으로 다 같이 숙제를 하던 때, 세라는 모든 균형이 완벽하게 맞아떨어진다고 생각했다. 서로 주고받는 관계. 행복하고 만족스러웠다.

그래. 중학교 1학년 그 시절은 가장 행복했던 황금기로 세라의 기억에 남아 있었다.

하지만 행복도 1학년 말까지였다. 다시 여름 학기가 찾아왔다. 세라가 만 열두 살 때, 그러니까 열세 살 생일이 얼마 남지 않았을 때였다. 엄마가 동창을 만나러 간 사이 세라의 첫 생리가 터졌다.

릴리 언니가 친구 집에서 자고 다음 날 올 예정이었기 때문에 세라는 생리대를 찾아 언니 방 서랍장을 뒤졌다. 제발 날개형으로 속옷에 붙이는 생리대가 있기를. 광고대로면 사용하기가 어렵지 않을 것 같았다.

하지만 아무리 찾아도 작은 탐폰 상자밖에 나오지 않았다. 세라가 겁에 질려서 어떻게 쓰는지 보려고 설명서를 꺼내고 있을 때, 아빠가 방에 들어왔다.

곧바로 눈물이 터져 나왔다. 창피해서 어쩔 줄을 모르는 세라에게 아빠는 바보처럼 굴지 말라고 이야기했다. 걱정할 일도, 부끄러워할 일도 아니라고 했다.

'누구나 겪는 일이야.'

아빠는 엄마가 오늘 집에 없는 게 안타깝지만 무섭거나 속상하다는 생각은 하지 말라고 했다. 물론 조금 어색할 수는 있어도 어른이 되는 과정일 뿐이니까.

어깨를 든든하게 감싸는 아빠의 팔을 느끼며 세라는 잠시나마 행복했다. 이런 일에 당황하지 않는 아빠, 두려움이나 어색함 없이 이런 얘기를 할 수 있는 아빠가 있어 안심이었다. 아빠는 세라의 손에서 설명서를 가져갔다. 탐폰 상자에 있던 종이를. 그러더니 이 제품은 언니들용이라 세라에게 클지도 모른다고 했다. 세라는 이렇게 물어볼 생각이었다. 그럼 같이 약국에 가서 뒷면에 접착테이프가 붙은 생리대를 사줄 수 있냐고. 하지만 아빠는 확인할 게 있다고 말했다.

'안 다칠지 보자.'

'응?'

'조금만 보여줘. 네가 얼마나 컸는지 확인하게. 어딘지 알지? 거기. 지금 탐폰을 써도 되는지 보면 알 수 있어.'

'아니야. 됐어. 엄마 올 때까지 기다릴래.'

'바보 같기는. 부끄러워할 필요 없어. 생리는 지극히 자연스러운 현상이야. 더럽거나 부끄러워할 일이 아니야.'

그때도 가슴 깊은 곳에서 짐작하고 있었지만, 그 상황은 정상이 아니었다. 하지만 충격이 너무 컸다. 상황을 이해할 시간이 없었다.

그래서 세라는 가장 끔찍한 행동, 하지만 달리 선택지가 없었던 행동을 했다. 아빠에게 보여준 것이다. 다 컸는지 손으로 만져보게 했다. 다 하고 나서 아빠는 이렇게 말했다.

'안 되겠다. 탐폰은 안 들어가겠어. 아직.'

얼른 가게에 가서 세라에게 맞는 다른 제품을 사 오겠다고 했다. '창피해할 것 없어.'

세라는 피를 흡수하도록 바지에 티슈를 넣은 채로 침대에 앉아…… 얼어붙었다. 움직일 수가 없었다. 끔찍한 침묵 속에 앉아 있을 뿐이었다. 삶 전체가 순식간에 쪼그라들어서는 딴딴한 공이 되어버린 듯했다. 생리통만큼이나 고통스러운 느낌이었다.

문제는 시간이 흐른 지금도 뭘 해야 하는지, 무슨 생각을 해야 하는지 모르겠다는 거다. 이 얘기는 엄마에게도 하지 않았다. 그 누구에게도. 애나도 몰랐던 비밀이다. 아무도 모르는 비밀.

핀은 여전히 수류탄에 꽂혀 있다.

부모님이 갑자기 이혼하고 세라가 아빠 집에 가지 않겠다고 거부했을 때 세라의 부모님은 그저 속상해했다.

"차 안 마셨네."

엄마가 사물함 위에서 컵을 치우고 셀로판 포장지를 벗겨 포도를 올려놓는다. 세라는 엄마를 본다. 엄마가 들고 있는 아이스티 컵을 본다.

지금 세라가 괴로워하는 이유는 또 있었다. 아빠가 입버릇처럼 하던 말이 머리를 떠나지 않는다. 애나의 미모를 찬양하던 말. 학교 공연 때마다. 학부모 회의 때마다. 물론 그런 사람이 아빠 한 사람은 아니었다. 하지만 병원에 갇혀 생각 말고는 할 일이 없을 때 곰곰이 생각해보니 아빠보다 그 말을 많이 한 사람도 없었다. 분명 이상할 정도로 자주 했다.

'참 예쁘다. 네 친구 애나 말이야. 보통 미인이 아니야.'

"애나 엄마, 바버러 아줌마가 잘 있냐고 전화 왔어. 다들 안부 전해달라고. 기도회도 무사히 마쳤나 봐. 지역 뉴스 보니까. 또 친구들도 병문안 오고 싶다더라. 응원차."

"친구들?"

"그래. 제니, 팀, 폴. 다들 걱정된다고 얼굴 보고 싶대."

"아니야. 싫어. 아직은."

"그래. 뭐. 내키지 않으면 어쩔 수 없지. 그래도 도움이 되지 않을까? 바버라 아줌마는 꼭 그랬으면 하던데. 아줌마가 너를 많이 아끼잖니."

"아직은 싫다고. 응? 퇴원하면. 퇴원하고 결정할래."

지금은 그 생각을 할 수가 없다. 별안간 다른 생각들이 세라의 머리를 차지하고 있다. 더 중요하고 혼란스러운 생각들이.

세라는 클럽에서 애나와 있었던 일의 진실을 경찰에 이야기하지 않았다.

그날 밤 아빠가 보낸 문자에 대해서도.

간혹 이런 질문을 받는다.

'왜 하필 꽃이야, 엘라?'

솔직히 내 인생에 꽃이 없었던 때가 언제인지 기억나지 않는다. 할머니와 산책하며 야생화 꽃다발을 만들던 어린아이 시절부터 꽃의 빛깔과 향기는 나를 매료시켰다. 이렇게 저렇게 결합할 때마다 느낌이 완전히 달라지고 분위기가 다양해지는 점도 좋았다. 커다란 프림로즈 꽃다발은 단순하면서도 햇살처럼 퍼지는 모양이 화사하다. 하지만 여기에 의외의 요소로 대조적인 색감의 블루벨 몇 송이를 더하면 분위기가 부드럽고 그윽하게 바뀐다. 푸른색과 노란색이 만나 지중해 느낌을 낸다고 할까?

엄마가 꽃을 직접 골라보라고 할 때면 날아갈 것 같은 기분으로 집에 있는 꽃병에 꽃을 넣어보며 각각 어떤 식으로 떨어지는지 실험하곤 했다. 튤립이 꽃병 가장자리로 축 늘어지지 않고 예뻐 보이려면 딱 맞는 높이의 꽃병에 꽂아야 한다는 사실도 배웠다. 너무 높아도 안 되고, 너무 낮아도 안 된다.

줄기를 아주 날카로운 각도로 자르고 깨끗한 물에 담가 장미를 되살리는 법을 배웠을 때의 희열을 어떻게 잊을까. 장미는 기적처럼 다시 고개를 들었다. '고마워요'라고 말하는 것처럼.

주말 아르바이트를 해도 될 만큼 컸을 때 내가 어느 가게에서 일을 시작할지 몰랐다면 거짓말이겠지. 고향 마을에는 작은 꽃집이 있었다. 등굣길에도 매일 꽃집 앞에 멈춰 서서 봄이면 양동이에 담아 바깥에 내놓은 수선화를 관찰하고 창문의 장식을 눈에 담았다. 사실 그렇게 특출난 가게는 아니었다. 꽃다발은 평범하고 인테리어도 평범하고 카네이션은 또 너무 많았다.

그래도 매주 토요일 6시간씩 일해보지 않겠냐는 제안을 받았을 때만큼 뿌듯했던 적도 없었다. 아침 일찍부터 사장님을 도와 그날 새로 들어온 꽃을 정리하며 가득 들이마시는 향기는 천국과도 같았다. 반짝이는 리본. 바스락거리는 종이와 셀로판. 대중의 취향을 존중하는 법도 금방 배웠다. 대체 왜 카네이션과 흉측한 양치식물을 그리도 좋아하는지. 고객의 비위를 맞추려고 처음에는 혀를 깨물어야 했다. 하지만 자신감이 생기고 아는 것도 많아지며 단골손님에게는 조금씩 내 의견을 표현하기 시작했다. '해바라기는 어떠세요? 백합도 좋지 않을까요? 변화를 줄 겸?'

얼마 지나지 않아 꽃집 사장님은 새 꽃을 주문하는 권한을 내게도 나눠주었다. 매장에서 정가로 파는 꽃다발도 직접 만들어보라고 했다.

'정말 안목 있다, 엘라. 타고났어. 너 정식으로 배워봐.'

그래서 그렇게 했다. 입문 클래스를 시작으로 결혼식용 꽃 장식을 배우는 고급 과정도 밟았다. 세 번째로 현대 디자인 과정까지 마친 후에는 대회에 출전했고 지역 대표로 상을 받아 지역 신문에도 실렸다.

수상자로서 나는 런던의 일류 플로리스트와 일주일 동안 함께 일할 기회를 얻고 새벽에 꽃시장을 돌아다녔다. 무섭고 힘들었지만 너무나 짜릿했다. 여기가 천국인가……

그러다 상상할 수 없는 일이 벌어졌다. A레벨을 마치고 대학에서 1년간 화훼와 경영을 공부하고 있을 때였다. 할머니가 돌아가시면서 나를 포함한 손주 다섯 명은 존재조차 몰랐던 유산을 나눠 받게 되었다. '여행 가.' 친구들은 말했다. '차에 다 써버려. 아니면 세계 일주하든지.'

그건 아니야. 밤에 자려고 누워 있으니 입가에 미소가 걸렸다. 나는 내가 무엇을 하고 싶은지 정확히 알고 있었다.

나는 용케 잘 협상해 지금 이 자리의 점포를 임차하고 내 가게를 열었다. 부모님은 정신 나간 짓이라고 했다. '소규모 창업을 했다가 1년도 안 돼서 망하는 사람이 얼마나 많은지 알아?'

그래, 한편으로는 부모님 말씀이 옳았다. 가게를 정상 궤도로 올리기까지 이렇게 오래 걸릴 줄은 예상하지 못했다. 첫해에 내가 번 순수 이익은 최저 임금을 겨우 넘는 수준이었다. 가게에 들인 시간은 얘기하고 싶지도 않다. 하지만 절대 실패하지는 않았다. 게다가 2년, 3년이 지나고 탄력을 받기 시작하며 상황은 역전되었다.

나는 결혼식과 휴가철을 중심으로 기본적인 수익 내는 법을 배웠다. 어머니의 날이나 밸런타인데이도. 하지만 장담하건대 핵심은 디테일에 있었다.

슈퍼마켓과 경쟁하려면 뭔가 뚜렷하게 다른 상품을 내놓아야 했다. 내 꽃의 차별점은 딱딱하지 않고 집에서 만든 느낌을 주는 쉐비 시크 스타일이었다. 나는 유행하기 전부터 부케를 손으로 묶었다. 흔히 볼 수 없는 삼실을 사용했고 시든 꽃으로 압화를 만들어 핸드메이드 라벨을 꾸몄다.

낭비하지 않는 법도 배웠다. 재고가 남으면 꽃다발을 할인해 팔았다. 무엇 하나 허투루 쓰지 않으려고 추가로 시간을 내서 압화를 만들었다.

얼마 후부터는 카드와 라벨을 부케에만 사용하지 않고 상품으로도 팔기 시작했다. 그러자 부수입이 쏠쏠하게 들어왔다.

나는 이곳에 있을 때 가장 행복했다. 내 가게. 내 창조물.

가게에 있으면 무슨 말을 해야 하는지, 남이 나를 어떻게 생각하는지 고민할 필요가 없었다. 촌스러운 사람, 고리타분한 사람이라는 말을 듣거나 말거나. 가게를 차렸을 때는 다들 내가 그렇다고 말했다.

나머지 세계가 이제 겨우 기지개를 켜고 있을 오전 6시, 나는 나만의 작은 세계에 있다. 이따 경찰이 집으로 오기 전에 주문을 처리해야 한다. 이곳이 아닌 현실 세계에서는 아직 실종 상태인 애나가 기다리고 있다. 이제 나뿐만 아니라 토니도 불안감을 느끼기 시작하는 엽서가 있다.

나는 꼼꼼하게 일한다. 생일 꽃다발은 정오에 찾으러 오기로 했다. 근처 호텔에서 열릴 저녁 만찬의 테이블 장식도 여섯 개 만들어야 한다. 커피를 두 잔 마신다. 한 잔 더.

아끼는 전지가위를 이용해 꼼꼼하게 작업을 한다. 새빨간 손잡이가 달린 가위는 시중에 나와 있는 것 중에 칼날이 가장 날카로운 제품이다. 역시 최고야.

그런데 이상한 일이 벌어진다. 6시 반쯤, 6시 45분이었나? 마지막 테이블 장식을 카운터에 두고 가게 뒤편과 연결된 작은 화장실에 다녀왔을 때다. 작업대로 돌아와 보니 전지가위가 사라지고 없다.

가게 바로 앞에서 차 소리가 난다. 그래, 인정한다. 나는 겁에 질린다. 이성을 잃는다. 내가 평소에 전지가위를 얼마나 조심스럽게 다루는데. 위험하기도 하지만 정말 비싸게 주고 샀기 때문이다. 바닥에 떨어뜨리는 것조차 싫어한다. 손잡이에 금이 갈까봐. 주방 셰프가 애지중지하는 칼이라고 생각하면 된다. 행운의 부적 같은 물건. 서랍에 여벌 가위가 두 개 있지만 다른 가위는 그만큼 편하지 않다. 똑같은 손맛이 나지 않는다.

출입문에 다가가 바깥 주차장을 내다본다. 차 한 대가 상향등을 켜놓아서 차에 탄 사람은 보이지 않는다. 가게 문을 확인한다. 열려 있다. 평소라면 걱정할 일이 아니다. 영업시간이 아니어도 내가 가게에 나와 있으면 영업 중이라 생각하니까. 불빛을 보고 가게에 일찍 찾아오는 고객을 놓치지 않기 위해 언제든 주문을 받으려 한다. 하지만 오늘은, 이번만큼은 문 위쪽의 걸쇠를 잠근다. 가만히 서 있으니 심장이 두근두근 뛴다. 잠시 기다려보자. 2분만. 조금만 더.

'정신 차려, 엘라. 쓸데없는 생각 하지 마.'

차가 출발하고 나서야 어깨의 긴장이 풀린다. 그러고 보니 위층이 살림집인 가게들도 있지. 새벽부터 움직임이 있다고 해서 놀랄 일이 아니다. 그냥 출근하는 사람이지 않았을까?

그런데 가게 뒤쪽의 작업 공간으로 돌아오자 당황스럽다. 아까와 다른 각도로 아치형 입구를 통해 가게 앞을 보니 전지가위가 계산대 위에 놓여 있는 것이 아닌가. 진심으로 거기에 둔 기억이 없다. 계산대에 가위를 놓은 역사가 없다. 미세한 경사가 있는 계산대에 내가 왜 가위를 올리겠나. 가위가 떨어지면 어쩌려고?

나는 주위를 둘러본다. 냉장고에서 꺼냈다고 생각한 재료가 보이지 않아 주방을 둘러보는 사람처럼.

피곤하다. 그래서인가 보다. '피곤해서 예민해진 거야, 엘라. 쓸데없는 생각으로 머리가 복잡해서. 토니 말이 맞아……. 일을 미루고 그냥 집에 있어야 했어.'

머리에서 너무나 많은 생각이 날뛰고 다닌다. 나는 마지막 장식을 서둘러 마무리하고 작업대 옆 쿨러에 완성품을 다 넣는다. 모든 꽃을 완벽한 온도로 유지해주는 꽃 냉장고에. 이제 돌아갈 준비는 끝났다.

집에 돌아오니 토니가 가운 차림으로 주방에 있다.

"괜찮아? 안 그래도 걱정했어. 그러게 같이 가자니까."

"괜찮아. 당신은 집에서 루크랑 얘기해야지. 일 다 끝냈어."

말투는 조금 차분해졌지만 서 있는 자세와 눈 밑의 다크서클을 보니 토니도 나만큼이나 잠을 못 잔 모양이다. 토니의 반응은 예상과 한 치도 다르지 않았다. 화를 내기보다 걱정부터 했다.

'나한테 말을 했어야지, 엘라. 비밀은 그만……'

그래서 더 비참했다. 마지막으로 받은 엽서는 보여줬지만 매슈에 관해서는 아직 이야기하지 않았기 때문에…….

"당신 혼자 가게에 나가도 될지 모르겠어. 시간이 너무 이르잖아. 정확한 상황 파악도 안 되고 있는데 말이야. 경찰 얘기부터 듣자. 내 부탁 좀 들어줘. 집에 있으라고. 아니면 나도 같이 가게 허락하거나."

"주문 들어온 게 있는데 어떡해. 그리고 잡아봤자 별 볼 일 없는 인간일 거야. 인생이 무료한 여드름투성이 애 소행이겠지."

말이 설득력 있게 나오지 않는다. 내가 무슨 생각을 하는지 이제는 나도 모르겠다. 나는 뭘 믿고 있는 걸까. 실제로는 얼마나 공포에 떨어야 하지?

"집에 왔었어, 엘라. 누군지 몰라도 엽서를 쓴 놈이 여기 왔었다고. 우리 집에."

"그래. 당신 말이 맞아. 그러면 얘기가 달라지지. 처음부터 당신과 의논해야 했어. 안 그래서 정말 미안해. 이제는 당신 말 들을게. 경찰도 30분 후에 온댔어. 그쪽에서 하라는 대로 할 거야, 토니. 전에는 그 엄마라고 생각해서 걱정을 안 했을 뿐이야."

"아침에 혼자 일하러 가는 문제만이라도 다시 생각해줄 수 없겠어?"

"당신 생각이 정 그렇다면 앞으로는 스케줄을 조금 조정해볼게." 토니의 얼굴을 바라본다. "루크랑 얘기해봤어?"

어젯밤 침대에서 그 말을 먼저 꺼낸 쪽은 토니였다. '우리가 아기를 입양하겠다고 하면 미친 생각일까?' 나는 안도감에 울음을 터뜨리며 남편을 와락 껴안았다. 남편도 나와 같은 마음이었다니. 우리가 아기 엄마 아빠로는 나이가 너무 많고 미친 짓일지도 모른다는 걱정도 있지만 에밀리 가족이 감당하지 못한다고 루크의 아이를 남에게 입양 보낼 수는 없었다.

"나중에 에밀리한테 말해보겠대. 아직 10주밖에 안 됐으니까 지금 결정하기에는 좀 이르잖아." 토니는 내 뺨에 손을 올린다. "안심한 것 같은데 잘은 모르겠어. 아직도 충격인가 봐."

이어 토니는 루크가 가게를 그만두고 싶어 한다고 전한다. 걱정이 너무 많아서 자기 한 몸 건사하기 힘들다고. 그 마음 백번 이해한다. 대체 인력을 찾기가 쉽지 않다는 게 문제지만. 다들 출근 시간이 너무 이르다고 질색한다. 그래도 루크가 우선이니까 어떻게든 방법을 찾아봐야지.

"좋아. 그럼 경찰이 뭐라고 할지 들어볼까? 루크랑 가게 얘기는 나중에 다시 해."

나는 아직 내 뺨을 어루만지는 남편의 손을 잡고 손에 입을 맞춘다.

솔직히 런던에서 수사를 지휘하는 경위를 만나게 될 줄은 몰랐다. 밸러드 가족에게 새로운 소식을 전하러 콘월에 내려가 있는데, 런던으로 돌아갈 때 우리 집에 들를 예정이라고 한다.

소식을 전해준 사람은 매슈였다. 매슈의 경찰 친구가 저번에 온 엽서를 수사 의뢰했지만 포렌식으로도 성과는 없었다. 지문도 나오지 않았다. 하지만 새로 온 엽서도 받아 보고 싶다기에 나는 엽서를 투명 지퍼백에 담아두었다. 매슈 말로는 엽서가 더 올 경우를 대비해 경찰에서 정식 증거 봉투와 특수 장갑을 줄 거란다. 그래야 지문을 확보할 가능성이 커진다면서. 매슈는 자기 이름을 언급하지 말아 달라고 부탁했다. 매슈가 아니라 내가 직접 엽서를 경찰에 넘긴 것처럼 말해달라고.

토니는 이제 뒤로 물러나 싱크대 아래를 보고 있다. 파리약을 찾는 것 같다. 주방 창문에서 윙윙거리는 금파리 때문에. 찬장에도 찾는 게 없자 토니는 아쉬운 대로 창문을 열고 행주로 파리를 획획 내쫓는다. 그러다 나를 돌아보고 고개를 옆으로 기울인다.

"많이 피곤해 보여, 엘라. 당신 괜찮은 거야?"

"그럼. 당신도 엽서 일 알게 돼서 안심이야."

헨리는 돌담에서도 가장 좋아하는 자리에 앉아 있다. 더 높고 말썽이 많은 들판을 한눈에 볼 수 있는 곳이다. 아래쪽 강변의 안개가 아직 걷히지 않았지만 양 떼는 안전한 반대편 길에 있고 강아지 새미도 행복하다. 헨리는 새미의 귀를 쓰다듬는다.

바로 지금 같은 순간에 헨리는 마음이 제일 차분해진다. 이른 아침 햇살이 안개를 뚫고 불타오르는 모습을 바라보는 이 순간. 아래쪽 들판에 울타리를 더 넓게 치면 좋겠다는 생각이 든다. 양이 질척한 경사로에서 강으로 떨어지지 않도록. 하지만 울타리는 비싸다. 농장에 돈을 쓰는 걸 바버라가 찬성할 리가 없다.

별장 주방을 리모델링하고 샤워기를 교체한다? 당연히 해야지. 웹디자이너를 고용해 검색 엔진 최적화 업그레이드인지 뭔지를 맡긴다? 그건 경제적으로 이치에 맞는다고 한다. 하지만 울타리? 사료? 트랙터 수리?

헨리는 강아지를 내려다본다. 숨이 차서 헐떡이며 혀를 빼물고 있다. 새미는 이곳 들판의 경계를 신이 나서 다 확인하고 왔다. 옆 들판까지.

헨리에게는 바로 이것이 현실 감각을 일깨워주는 모습이다. 가는 들판마다 신이 나서 가장자리를 뛰어다니다가 모든 경계를 확인했다고 의기양양하게 꼬리를 흔들며 주인 옆으로 돌아와 눈을 맞추는 강아지.

헨리는 손목시계를 본다. 1시간 남았다. 돌아가야 한다. 샤워하고 바버라와 또 한바탕 싸우게 되겠지. 가서 정식으로 벌을 받기 전까지 한 번 더 마음을 차분하게 진정시킨다.

'그만 가자, 친구.'

헨리는 일부러 멀리 돌아가는 길을 택한다. 오늘은 차마 프림로즈 레인을 못 지나가겠다. 집에 돌아와 부츠 창고에 방수 코트를 걸고 있을 때 바버라가 나타난다.

"어디 갔었어? 얘기 좀 해, 헨리. 경찰 도착하기 전에. 나 어떻게 될지 몰라서 걱정된단 말이야. 우리 제니를 생각해야지."

"금방 가."

주방으로 가니 바버라가 커다란 소나무 식탁에 앉아 손가락을 두드리고 있다. 오븐 옆에 놓인 주전자를 보고 차를 한 잔 끓일까 생각하지만 그러지 않기로 한다. 헨리는 다시 아내에게로 시선을 돌린다.

"나 큰일 날 수도 있어, 헨리. 당신 설득에 넘어가서 경찰에 거짓말하는 게 아니었어."

바버라는 스웨터 팔 부분을 끌어당기더니 소매를 말아 올린다.

"괜찮아, 바버라. 오해를 바로잡는 거잖아. 경찰도 이해할 거야."

"그래? 정말 그럴까?"

헨리는 눈을 감는다. 불안해하는 아내에게 미안함을 느낀다. 안 그래도 힘든 사람이 또 다른 문제로 괴로워하고 있다. 나쁜 남편이라서 미안하다. 하지만 백만 번 넘게 하니 미안하다는 말도 이제는 지겹다. 사과한다고 달라지는 것도 없는데.

"미안해, 바버라."

"그런 말 하기에는 좀 늦었지. 위증 아니야? 경찰한테 거짓말하는 거."

"그건 재판 중 얘기일 거야, 여보."

헨리는 바닥을 내려다본다. 두툼한 회색 털양말을.

'역겨워.'

또 애나 목소리가 들린다. 머릿속에서. 자동차 조수석에서 애나는 그의 얼굴을 쳐다보지 않으려 했다.

헨리는 문득 깨닫는다. 바버라가 무슨 말을 해도, 경찰이 무슨 말을 해도 지금보다 기분이 최악으로 떨어질 수는 없었다.

"사실 왜 거짓말을 해야 했는지 아직도 이해가 안 돼. 내 말은…… 당신 알기나 해? 그날 밤 내 심정이 어땠는지? 나 혼자. 우리 딸이 사라졌는데. 나만 여기…… 아무도 없이 혼자였어."

헨리는 눈을 감고 아무 말도 하지 않는다.

"당신, 짐 싸서 나가줘."

"아니, 왜 이래, 바버라. 그런다고 뭐가 달라져? 제니를 생각해. 내가 집을 나가면 농장은 어떻게 관리하고?"

"무슨 농장, 헨리. 농장은 이미 몇 년 전에 없어졌어."

헨리가 눈을 뜨고 아내를 응시한다.

"문제의 원인이 뭔지 모르겠어, 바버라? 당신은 농부와 결혼해놓고 인제 와서 남편이 농부라는 사실이 싫어진 거야."

"어떻게 그런 말을 해."

"그래?"

부부는 한동안 말없이 앉아만 있다.

"좋아. 같이 만나서 얘기해. 경찰하고. 애나가 실종된 날 밤에 내가 왜 거짓말을 부탁했는지 설명할게. 별일 없을 거야. 우리 같이 해결하면 돼. 나 때문에 화났다면 미안해. 하지만 나보고 집을 나가라는 말이 진심이라면, 미안하지만 내가 오늘 이후로 할 행동에 당신은 참견할 자격 없어. 지금은 일단 경찰 오기 전에 샤워부터 하고 올게."

위층에 올라가 일부러 뜨거운 물을 틀고 물줄기 아래 서 있으니 헨리는 실로 오랜만에 안도감을 느낀다. 드디어 놓아버렸다. 계속 이대로 살 수 있다는 망상에 빠져 있던 세월만 벌써 몇 년이었나.

하지만 이제는?

헨리가 샤워기를 향해 고개를 들고 여린 피부가 빨개지자 마지못해 물 온도를 조절한다. 그리고 잠깐이지만 어머니가 돌아가신 후로 한 번도 하지 않은 행동을 한다. 피부를 빨갛게 익힌

물줄기 속에서 헨리 밸러드는 눈물을 흘린다.

애나에게 바치는 눈물이다. 절대 돌아오지 못할 애나. 그가 얼마나 나쁜 놈인지 아는 애나.

'아빠 역겨워…….'

이후에는 면도를 하고 파란 체크 셔츠와 깨끗한 청바지와 남색 맨투맨을 고른다. 모든 행동은 무의식적이다. 머릿속으로 대본을 지어내려 하던 시기는 오래전에 지났다. 될 대로 되라지.

집에 찾아온 경찰은 총 세 명이다. 멜라니 샌더스라는 인근 경찰서 소속 경사는 전에 몇 번 봤을 때 괜찮은 사람이라는 인상을 받았다. 가족연락관인 캐시도 함께 왔고, 키만 큰 말라깽이 남자는 첫인상부터 마음에 안 들었던 런던 경위다.

분위기는 시작부터 예전과 딴판이다. 바버라가 쟁반에 커피를 내오지만 캐시만 받아들고 경위는 거부한다.

"저희에게 하실 말씀이 있다고요, 밸러드 씨?"

"네. 죄송합니다. 정말 송구하지만 애나가 실종된 날 밤에 관해 설명할 게 있어서요. 제대로 해명할 부분이 있습니다."

경위는 여자 경찰 두 명을 힐끗 보고 다시 밸러드 부부에게 고개를 돌린다.

"신기하네요. 밸러드 씨와 저 사이에 텔레파시가 통하나 봅니다. 왜냐하면 저도 딱 그 얘기를 하러 여기까지 왔거든요."

그는 빈정대는 말투를 숨길 생각도 하지 않고 아픈 구석을 찌른다.

"1주년 방송이 나가고 나서 아주 흥미로운 제보를 받았습니다. 조금은 당황스러운 제보들이었어요."

바버라를 쳐다보니 아내의 얼굴은 차갑게 굳어 있다.

"먼저 말씀하시죠, 밸러드 씨."

"네. 참 부끄럽습니다만, 애나가 실종된 날 밤에 제가 거짓말을 하고 바버라에게도 말을 맞춰달라고 했습니다. 너무 부끄러워서 그랬어요. 수사에 혼선을 빚고 싶지도 않았고요."

헨리는 아내의 뜨거운 시선을 느낀다.

"전적으로 제 잘못입니다. 아내는 아니에요. 제가 그날 술을 너무 많이 마셨어요. 집에 있었던 게 아닙니다."

"댁에 안 계셨다고요?"

"네."

"지금 이 이야기를 하는 이유가, 진술을 바꾸는 이유가 혹시 경찰에 새로 들어온 정보와 관련이 있을까요?"

"아닙니다. 그럴 리가요. 제가 그걸 어떻게 알고요?"

"좋습니다, 밸러드 씨. 따님이 실종된 날 밤 행적을 두고 진술을 번복하셨는데요. 그러면 당일 저녁 밸러드 씨 차가 기차역 근처에서 목격된 이유도 설명할 수 있을까요?"

"뭐라고요?"

"제가 오늘 여기 온 이유는 애나가 실종된 날 저녁에 왜 밸러드 씨 차가 헥스턴역 근처에서 목격되었는지 설명을 듣고 싶어서입니다. 이곳 농장에 있었던 두 분 말씀과 달리 런던행 급행

열차가 서는 기차역 근처에서요. 따님이 실종된 날 밤에 런던으로 가셨습니까, 밸러드 씨? 지금 그 얘기를 하려는 거예요?"

"무슨 소리예요. 당연히 아니죠. 다음 날 아침에 여기 있었잖습니까. 경찰과 연락할 때요. 형사님도 아시잖아요. 그럴 수 없다는 거. 그렇게 먼 거리를, 제가 무슨 수로……."

"이러는 게 어떨까요, 밸러드 씨? 조금 더 공식적인 절차를 따르는 게 낫겠다는 생각이 드네요. 가까운 경찰서에서요. 멜라니 샌더스 경사가 제일 좋은 조사실을 내줄 겁니다."

속에서 무시무시한 공포감이 치솟는다. 갑작스러운 온도 변화가 온몸을 휩쓸고 지나간다. 머리가 너무 혼란스러워 한순간 헨리는 지금 자기 몸이 더운지 추운지도 구분하지 못한다. 어쩐지 입은 옷이 이상해졌다는 느낌뿐이다. 천이 피부에 밀착되어 있다. 샤워하고 물기를 말리지 않은 것처럼 몸에 달라붙고 있었다.

공황에 빠져 아내를 바라보지만 지지나 위로를 받지는 못한다. 아내의 눈에는 두려움과 지독한 혼란만 있을 뿐이었다.

"가실까요, 밸러드 씨?"

선택권이 있냐고 물어봐야 한다는 생각이 든다. 이것이 체포인지…… 아니면 요청인지. 바버라에게 변호사를 부르라고 할까? 가지 않겠다고 뻗대면 안 되나? 하지만 헨리는 재빨리 이성을 찾고 다시 생각한다. 지금부터는 아주, 아주 신중해야 한다. 말실수를 하거나 경찰에 협조하지 않았다가는 역풍이 불 위험이 있었다. 크나큰 오해를 받을 수도 있다.

그래서 헨리 밸러드는 자리에서 일어나 경찰을 따라 밖으로 나가며 흥분을 가라앉힌다. 그리고 결심한다. 적어도 지금은 아무 말도 하지 말자고.

17

나는 침대에 누워 카르마를 생각한다. 그래, 바보 같은 짓이지. 하지만 그 엽서는 정말로 내 정곡을 찔렀다.

계속 여러 가지가 뒤섞인 꿈을 꾼다. 기차에서 본 애나. 지저분한 화장실에서 세라와 남자가 낸 소리. 루크와 여자 친구가 내게 안긴 충격.

정신과학 이런 데 관심이 없는 내 눈에도 아이러니가 똑똑히 보인다. 그냥…… 뭐랄까…… 인생이 내게 무서운 가르침을 내려주려는데 내 머리가 도저히 이겨내지 못하는 기분이다.

가끔은 밤에 가슴이 조여 올 정도로 증상이 심각해진다. 그러면 일어나서 차를 끓이게 되고, 그러다 보면 자연히 토니도 일어나 걱정한다고 애를 태운다. 그게 제일 싫다. 죄책감을 전염시키는 것. 혼자 있을 때는 머릿속으로 수도 없이 되감기 버튼을 누르고 그 불쌍한 아이의 실종에 내가 정확히 어떤 원인을 제공했는지 생각하고 또 생각한다. 다른 행동을 하게 과거로 돌아갈 수 있으면 좋겠다고 생각한다.

과거로 돌아가면 해결될까? 솔직히 말해서 지금도 마음의 눈을 통해 과거로 돌아가 보면 충격 말고는 아무 반응이 나오지 않는다. 만난 지 얼마 되지도 않은 애들이 화장실에서 섹스를 하다니.

사람들과 제대로 의견을 나눌 기회가 있었으면 좋겠다. 자신이라면 어떻게 했을지 공개적으로 묻고 싶다. 다른 사람들도 내가 들은 소리를 들었을 때 충격을 받거나 분노할까? 경찰은 '목격자'에 관한 정보를 일부만 흘렸다. '목격자'는 소녀들이 갓 출소한 남자들과 대화하는 소리를 듣고 너무 빨리 친해져 충격을 받았다고 했다. 아이들이 금세 어리석은 계획을 세웠다고. 위험한 계획을.

나는 그래서 비난을 받았다. 전과자들이 두 시골 소녀를 노리고 접근한 것이 명백한데도 개입하지 않았다는 이유 하나만으로. SNS와 타블로이드지에는 이런 얘기밖에 없었다. '내가 그 입장이었다면 어떻게 했을까? 남의 일이라고 참견하지 않았을까?' 소녀 두 명은 열여섯 살이고, 남자 두 명은 이제 막 교도소에서 나온 전과자들이었다.

화장실 섹스 이야기는 대중에 알려지지 않았고 경찰은 증거 때문에 어쩔 수 없다며 내게도 비밀을 지켜달라 요청했다. 말할 사람은 토니뿐이었다. 토니는 충격을 받는 게 당연하다고 한다. 사람들도 진실을 알면 참견하지 않을 것이라고.

루크와 여자 친구 문제가 터지고 나서 다시 그 얘기를 꺼냈을 때 토니는 전혀 다른 문제라고 말했다. 어린 여자애가 공중화장실에서 알지도 못하는 사람과 섹스를 하는 것과 서로 사랑하는 루크와 에밀리가 실수를 한 것은 다르다고 한다. 토니 말이 옳다는 것을 알지만 세라를 엄한 잣대로 판단한 내가 위선자 같다는 생각은 지워지지 않는다.

오늘 우리 남편은 일찍 출근했다. 토니도 소매업에 몸담고 있지만 나와는 분야가 달라서 슈퍼마켓에 시리얼을 판매하는 일을 한다. 지역 총괄 매니저 업무를 대행하고 있는데 영업 실적만 채우면 정식으로 그 자리에 오를 수 있다. 능력 있는 남편이 자랑스럽지만 일이 얼마나 고된지도 안다. 출장 횟수가 지금보다는 줄었으면 하는 바람도 있다.

남편의 출장이 잦은 요즘, 가게에 혼자 오래 있지 않도록 근무 시간을 조정하겠다고 토니와 약속했다. 최소한 경찰 수사 결과가 나오고 상황이 조금 더 안정될 때까지는 조심할 예정이다.

그래서 기분이 묘하다. 두 잔째 커피를 침대에서 마시고 있다니. 플로리스트에게 아침 8시라는 기상 시간은 늦잠이라 해도 과언이 아니다. 나는 곰곰이 생각하고 있다.

카르마에 대해.

또 내가 위선자인가 하는 생각을 한다. 그러니까, 현실 감각이 부족하다는 지적은 인정한다. 나는 열일곱 살 아들에게 섹스 경험이 없다고 믿었을 만큼 순진했다. 나라는 사람을 돌이켜볼수록 기차 일로 내가 위선을 떨었다는 걱정만 깊어진다. 성별로 판단을 했던 걸까? 생각해보자면 나는 세라가 '얌전한' 소녀라는 환상이 깨지고 나서 참견하지 않기로 결심했다. 만약 루크였다면? 아니다. 다시 생각하니 위선자는 아닌 것 같다. 내 아들이었어도 얼이 빠지고 충격을 받았을 거다. 어린 녀석이 방금 만난 상대와 그런 짓을 했다면.

나는 어느 정도의 선을 지키기를 원하는 사람일 뿐일까? 아니, 섹스라는 행위 자체만 이야기하는 게 아니다. 그 부문에 있어 토니와 나는 알아서 잘하고 있고. 그보다는 뭔가 '은밀'하지 않나? 섹스 말이다. 가볍게 할 게 아니잖아. 저녁 만찬 자리에서 낯선 사람과 이야기할 주제도 아니고. 기차 화장실에서 처음 만난 사람과 할 짓은 더더구나 아니다.

그렇다면 카르마는…….

갑자기 휴대폰이 울려서 액정을 보니 발신자가 매슈 힐이다. 시계를 확인한다. 8시 10분.

"네, 매슈. 안 그래도 전화하려던 참이었어요. 런던 수사관이 약속을 미뤘어요. 나중에 온다고요. 콘월을 금방 떠날 수가 없었대요. 수사 과정에서 뭐가 나왔다는데 진전이 있다는 뜻이면 좋겠어요."

"글쎄요, 재를 뿌리고 싶지는 않지만 그렇게 생각하기는 아직 이른 것 같아요. 방금 콘월에 있는 지인과 연락했는데 수사가 갑자기 꼬여버렸나 봐요. 듣자 하니 곧장 막다른 골목에 부딪혔대요. 그건 그렇고요. 빅뉴스. 방금 전화 받았는데 아기가 나오고 있대요. 지금 아내를 데리러 가는 길이에요. 사실 실감이 잘 안

나는데, 며칠 연락을 못 받을 수도 있어서 그 얘기 하려고 전화
했어요."

"며칠이라고요?"

내가 웃는다.

"현실을 너무 만만하게 보는 거 아닌가요, 매슈. 어쨌든 정말
기쁜 소식이네요. 어떻게 됐는지도 전해주세요. 혹시 아들인지
딸인지는 알아요?"

"아니요. 와. 어느 쪽이든……."

"네. 행운을 빌어요. 운전 조심히 하고 웬만하면 마음 가라앉
혀요."

"연락할게요."

전화를 끊고 나니 몸을 꼼짝도 하지 못하겠다. 매슈 힐은 앞
날을 전혀 예상하지 못하고 있다. 차라리 다행인 걸까.

왜냐하면 아이를 낳고난 후 사랑에는 상상보다 더 큰 두려움
이 뒤따른다는 깨달음을 얻은 부모는 세상을 전과 같은 눈으로
보지 못하거든. 애나의 실종에 나도 책임이 있다는 사실을 견디
지 못하는 이유도 결국에는 그거였다.

18

"그럼 들어오라고 할까? 5분에서 10분 정도만? 기운이 날지도 몰라. 간호사도 길지만 않으면 눈감아줄 수 있대."

엄마를 보니 알겠다. 지금 엄마는 세라의 의견을 묻는 게 아니다. 권유를 질문으로 포장할 때 엄마가 짓는 특유의 표정이 있다. 몸을 앞으로 살짝 기울이고 눈을 깜박이지 않으며 양쪽 눈썹을 치켜올린다. 오직 정답만을 받아주겠다는 신호다. 즉, '응'이라는 대답만. 어릴 때는 이 전략에 맞서 싸워보기도 했지만 세라가 이미 오래전에 깨달았듯 반항해봐야 소용없다. 게다가 설교를 들을 힘도 없었다.

"알았어. 하지만 피곤하니까 짧게 끝낼래."

오늘로 6일째다. 세라는 간 기능이 나아지고 있다는 확답을 받았다. 회진 때 병실에 들른 의사도 한시름 놓은 표정이고, 간호사들도 이제 '다 잘되고 있다'라고 말한다. 드디어 심리 상담도 끝났고 곧 퇴원을 하느냐 마느냐 하는 얘기까지 나오고 있다.

세라는 집에 가고 싶은지 잘 모르겠다. 시시각각 변하는 감정이 아직도 낯설게 느껴진다. 죽음을 두려워하다가도 어느 순간 엄마를 향해 짜증을 내고 있다.

다른 공포증도 다시 고개를 든다. 재연 방송을 보고 어떤 이야기들이 나왔을까 하는 걱정.

주눅 든 얼굴의 친구들이 줄지어 병실에 들어온다. 세라의 병실은 일반 어린이 병동 바로 옆에 있다. 열일곱 살은 성인 병동에 들어가지 못하는 나이라, 불편하지 않게 세라를 배려한 병원 측 조치였다. 아기들과 떨어져 있도록. 간호사들은 마침 옆 병실이 비어 있어 운이 좋았다고 한다.

'운이 좋다고?'

"뭘 사야 할지 몰라서 과자로 정했어. 너희 어머니는 허락하지 않겠지만, 뭐 어때."

팀이 비스킷과 초콜릿 상자를 들어 보인다.

세라는 화를 최대한 늦게 풀기로 결심했기 때문에 누구와도 눈을 맞추지 않는다.

어젯밤에는 다 같이 농장에서 놀던 꿈을 꾸었다. 아주머니가 팀을 위해 열어준 생일 파티 날. 팀이 아마 열 살? 열한 살쯤 되었을 거다. 팀 엄마가 따로 생일을 챙겨주지 않는다는 말에 애나 엄마는 말도 안 된다며 성대한 파티를 준비했다. 푸짐한 생일상에 생크림을 얹은 별 모양 초콜릿케이크도 올라왔다. 팀과 폴은 풍선 아트 세트를 사 와서 풍선으로 강아지, 검, 모자 만드는 법을 배웠다. 파티가 끝난 후 세라는 엄마가 태우러 오기로 한 장소까지 노란색 풍선 강아지를 옆구리에 끼고 농장 앞 좁은 길을 걸었다. 즐거웠던 하루가 끝났다고 생각하니 우울했다. 표정마저 변하는 느낌이었다. 옆에 있던 팀과 폴이 세라를 쳐다보았다.

'매번 느끼지만 집에 가기 싫지 않아?'

누가 했던 말인지 기억나지 않는다. 팀인지, 폴인지 모르겠지만 세라는 그 말에 고개를 끄덕일 때의 감정을 기억한다. 우울하면서도 조금은 죄책감이 들었다. 애나네 집을 더 좋아해서 가족에게 미안했지만 어쩔 수가 없었다.

그런데 지금은 어떻게 됐지? 세라는 겨우 고개를 들고 친구들의 얼굴을 바라본다. 우리가 어쩌다 이 지경이 된 걸까. 정확히 언제부터 그 시절의 관계가 끝났지?

제니의 얼굴이 창백하다. 세라는 제니가 말싸움 중에 했던 가시 같은 말을 기억하고 있기를 바란다. 제니도 팀과 폴 못지않게 세라에게 잔인한 말을 했다. 하지만 클럽에 있던 애나의 모습이 떠오르자 세라는 눈을 감고 다시 베개에 몸을 기댄다.

"미안해. 몸 상태는 괜찮아? 간호사 불러올까?"

제니의 목소리다.

"괜찮아. 그냥 피곤해서."

"아, 그래. 그럴 거야. 우리, 오래 안 있겠다고 아주머니랑 약속했어. 하지만 우리 마음은……."

제니가 말을 흐리더니 갑자기 숨을 헉 들이마신다.

"그러니까, 미안하다고 사과하고 싶어서 왔어. 그런 말 했던 거."

팀이 앞으로 나선다.

세라는 눈을 뜨고 다시 친구들의 얼굴을 본다. 팀. 폴. 제니.

"다 우리 잘못 같아서 괴로웠어. 쓸데없이 놀러 다니기나 하고. 진심이야." 폴은 어색해서 벨트 버클을 만지작거린다. "너한테 화풀이를 하는 게 아니었어."

"미안하다고……? 하지만 지금도 내 탓이라고 생각하지?"

세라는 오빠들에게서 시선을 거두지 않는다. 싸울 때 세라를 제일 노골적으로 비난한 것도 둘이었다.

"그 남자 탓이지. 경찰이 놈들만 찾으면 돼."

제니가 말한다.

때가 됐다. 세라는 심호흡을 한다.

"그래서…… 방송 효과는 어땠어? 제보는 많이 들어왔어? 폰으로는 데이터가 부족해서 못 봤어."

어색한 분위기가 깨지고 친구들은 방송이 얼마나 효과적이었는지 떠들어댄다. 제보가 아주 많이 들어왔다고. 다시 침대에 누운 세라는 정말 실수로 약을 먹은 거니 걱정할 필요 없다고 말한다.

"다시는 안 그럴 거지?"

제니가 절절한 목소리로 묻는다.

"응. 안 해. 엄마한테도 더 조심하겠다고 약속했어. 엄마를 또 힘들게 할 수는 없잖아. 내가 바보였지. 그래서 뭐야. 이번 방송. 정확히 무슨 내용이었어?"

제니는 애나의 예쁜 영상을 보여줘서 만족했다고 말한다. 제니가 프로듀서에게 이메일로 보내준 사진도 방송에 나갔다. 하지만 애나 어머니는 인터뷰를 통편집 당해 화가 났다고 한다.

"엄마가 인터뷰할 때 실종됐다가 돌아온 여자애들 얘기를 하면서 희망을 잃으면 안 된다고 했거든. 애나가 살아서 돌아오려면 작은 정보 하나라도 중요하다고. 그 부분을 다 잘랐어."

다들 한동안 말이 없다.

세라는 다시 눈을 감는다.

그때 엄마가 갑자기 병실에 돌아와 간호사들이 규칙까지 어기고 특별히 봐줬으니 우리도 눈치를 봐야 한다며 전부 내보낸다.

친구들은 작별 인사를 하고 세라에게 다시 사과한다.

손님을 보낸 후 침대 옆 의자에 앉은 엄마는 초조한 기색이다. 쉴 새 없이 치마의 주름을 편다.

"무슨 일 있어, 엄마?"

"없어."

"아닌데, 있잖아."

엄마는 빈 컵에 주스 원액을 따르고 플라스틱병에 든 물로 컵을 가득 채운다. 그러고는 마치 뒷면의 글을 읽으려는 것처럼 과자 상자를 살펴본다.

"그래. 경찰이 또 연락했어, 세라. 당연히 의사는 회복이 덜 됐다고 말하지. 너한테는 나중에 말하려고 했어. 그동안 많이 힘들었잖아. 그런데 경찰에서 퇴원하면 잠깐 또 얘기하고 싶다고 하니 너도 알고 있어야겠지. 미리 준비하려면. 그래야 그때 가서 당황하지 않을 테니까."

"왜? 무슨 얘기를 하고 싶대?"

"클럽 목격자가 더 나왔대. 방송이 나간 후에. 엄마도 거기까지밖에 몰라."

"하지만 다 말했단 말이야. 아는 대로 다."

"알아, 세라."

"싫어. 또 얘기하고 싶지는 않아."

"그래, 우리 딸. 이해해. 걱정할 필요 없어. 너는 쉬어야 한다고 엄마가 잘 설명할게."

세라는 베개에 몸을 기대고 눈을 감으며 머릿속에 울려 퍼지는 애나의 목소리를 다시 한번 지우려 한다. 그날 밤 클럽에서 본 애나의 간절한 표정을 잊으려 한다.

'부탁이야, 세라. 나 불안해. 이렇게 빌게. 제발⋯⋯.'

토니와 한 약속이 있다. 경보 장치를 새로 달기 전에 혼자 가게에 일찍 나가지 않겠다는 그 약속을 지켰냐고 묻는다면······. 글쎄. 우울한 10대 소년을 새벽부터 침대에서 끌어내기가 쉬운가.

화를 내기도 어렵다. 후임자를 찾을 때까지 일을 계속하겠다고 약속한 루크지만 요즘 돌아다니는 모습을 보면 꼭 좀비 같다. 피곤함에 찌들어서. 에밀리와의 일을 온 가족이 받아들일 시간도 필요하니 며칠 더 학교를 쉬라고는 했다. 하지만 어떤 태도를 보여야 할지 도통 모르겠다.

오늘도 아침 일찍 루크의 방 문을 두드렸지만 답이 없었다. 나중에 다시 가보니 루크는 꼴이 엉망이었다. 두통도 심하다길래, 그냥 약만 주고 나아지면 같이 가자고 부탁해야 했다. 토니는 브리스틀에 있고, 나는 딜레마에 빠진다. 위험해도 고객에 의무를 다하느냐, 안전하게 토니와의 약속을 지키느냐. 그나마 경찰이 할 일을 잘해주고 있어 다행이다. 내 신상 유출 건으로 미안해서 더 그러는 것 같다. 틈틈이 우리 집과 가게에 순찰차를 보내 외부에 '존재감'을 드러내고 있다. 경찰은 할 일 없는 인간의 짓이라고 확신하는 모양이지만 나는 어차피 가게에 새 경보장치도 달기로 했으니 문제가 다 해결되었다고 마음을 다스려본다.

그래서 오늘 하루만 가게에 혼자 일찍 나가고 루크에게 계속 연락을 하자고 결심한다. 얼마 전에 운전면허를 따고 토니가 소형차를 사줬기 때문에 마음만 먹으면 금방 달려올 수 있었다.

가게에 도착할 무렵 루크에게 문자를 두 개 더 보냈지만 역시 답장이 없다. 솔직히 루크가 일을 그만두고 싶다고 했을 때 든 감정은 서운함이었다. 루크는 열네 살 때부터 주말마다 가게 일을 도왔다. 적성에 맞는다고 했고 고객 응대도 잘했다. 여러 가지로 딱 맞는 일이었다. 용돈도 벌고, 조금은 기강도 바로잡히는 게 보였다. 게다가 시급을 받는 느낌을 체험할 수 있지 않은가. 돈을 버는 것이 얼마나 힘든지 깨닫고, 하루 업무가 끝난 후에는 보람을 느끼길 바랐다.

브리스틀 출장은 토니의 승진에 중요한 기회였다. 회사 측에서 시리얼 브랜드 이미지를 바꿔야 하나 결정 중이라고 들었다. 그래서 토니에게는 이번 일을 알리지 않기로 한다. 날이 밝기도 전에 나 혼자 나왔다고 화를 내고 걱정할 테니까.

그래. '집중하자, 엘라.' 할 수 있다. 시청에서 열리는 점심 만찬용 테이블 장식 여섯 개만 만들면 된다. 좋은 행사기도 하지만 나와 주기적으로 계약을 하는 케이터링 업체를 통해 들어온 일이라 기대를 저버리고 싶지 않다. 고정 거래처는 그래서 문제다. 계속 연락을 줘서 감사하고 뿌듯하지만 마음 한구석에는 그곳에 의존하게 될지도 모른다는 두려움이 늘 존재한다. 혹시라도 실수를 해서 고객을 잃을까 두렵다.

보통은 스케치를 하고 무드보드를 만들어 케이터링 업체 매니저 케이트와 이메일로 조율한다. 케이트는 안목이 있는 데다 SNS에 내 작품 사진도 종종 올려줘서 요즘에는 특히 덕을 본다. 케이트와 일하며 나는 흔히 볼 수 없는 작품을 만드는 플로리스트로 꽤 유명해졌다. 그래서 실수를 하거나 현실에 안주하고 싶지 않다.

매번 새로운 시도를 하려다 보면 갖가지 꽃병과 소품이 쌓이기 마련이다. 그래야 변화를 줄 수 있으니까. 보관 장소가 넓었으면 좋겠다고 생각하는데, 정말 솔직하게 말하면 내가 비주얼에 지나치게 투자하는 것인지도 모르겠다. 이곳처럼 작은 가게에서는 위험한 선택이다. 하지만 소품에 투자해야 고정 고객 확보에 유리하지 않나? 항상 뻔하지 않은 결과를 내놓아야 한다. 그렇게 하면 확실히 SNS 사진 공유도 늘어나고.

오늘은 아연으로 도금한 소형 양철 바구니를 사용한다. 초현대적이면서 강렬한 분위기로 가기로 케이트와 협의했다. 붉은 앤슈리엄과 흰 장미, 리시안서스를 아주 반짝거리는 초록색 포장지로 감쌀 생각이다. 무채색으로 꾸민 행사 장소에서 흰 식탁보와 대비되어 눈에 확 띌 것이다.

토니에게 늘 말하지만 나는 주문을 받을 때마다 행사에 참석한 사람들이 이런 질문을 하기를 바란다.

'꽃은 누가 했어요?'

충성 고객답게 케이트는 내 명함을 항상 잘 보이는 곳에 진열해둔다. 유일하게 아쉬운 점이 있다면 먼 지역에서 콘퍼런스 담당자의 신규 의뢰가 들어올 때다. 우리 가게에서 물건을 보낼 수 있는 거리에는 한계가 있기 때문이다.

이럴 수가. 그사이 루크가 답장을 한 통도 보내지 않았다.

밖은 아직 어둡다. 커피를 한 잔 더 마실까 생각하고 있을 때 자동차 엔진 소리가 들린다. 루크인가? 하지만 왠지 루크 차 소리 같지는 않다. 차가 가게 앞으로 다가온다. 멈춰 선다. 나도 동작을 멈춘다.

말도 안 돼. '평범한 차야, 엘라. 진정해.'

우뚝 서서 잠자코 기다리지만 차는 출발하지 않는다. 헤드라이트가 꺼진다. 위층 살림집에 사는 사람이겠지. 나는 그런 생각으로 마음을 다잡는다.

조금 기다렸다가 루크에게 다시 문자를 보내 보지만 응답이 없다. 이제는 소리가 들리지 않아 다시 앤슈리엄으로 몸을 돌린다. 꽃에 집중하자. 그런데…… 안 돼.

누군가 가게 문고리를 돌리고 있다. 물론 문은 잠긴 상태다.

'맙소사.'

루크는 열쇠가 있잖아. 루크일 수가 없다.

도움을 요청하려고 휴대폰을 집어 든다. 만약 누군가 문을 강제로 열고 들어오면 뒷문으로 도망치면서 경찰에 전화하자고 생각한다. 머릿속으로 계획을 세우는 와중에도 어이가 없고 한편으로는 두렵다.

손잡이가 다시 덜컹거린다. 누가 와 있는지는 보이지 않는다. 문 유리 부분에 블라인드를 쳐서.

나는 손끝 하나 움직이지 않는다. 지금은 가게 뒤편의 작업 공간에만 불이 켜져 있다. 문으로는 가지 않을 것이다. 절대로. 내심 루크라고 믿고 싶다. 루크가 열쇠를 잃어버렸다고. 하지만 루크라면 나를 부르지 않을까?

발소리가 난다. 그래. 밖에 있던 사람이 드디어 돌아서서 걸어가는 소리가 들린다. 좋아. 다행이다. 다행이야. 자동차 불빛이 다시 밝아진다. 차를 몰고 떠난다.

토니에게 전화해야 할까? 하지만 가게에 혼자 있으면 안 된다고 했던 약속을 기억한다.

너무나 이상하다. 장소는 그대로인데, 평소 안전하고 행복하다고 느꼈던 곳인데, 여기에 서 있다가 갑자기 전혀 다른 사람이 된 기분이다.

이 사람으로는 살고 싶지 않다. 달라진 내가 싫다.

이제는 눈물이 나오려는 느낌까지 든다. 나는 생각한다.

'이 바보 천치야. 1년 전에 당연히 해야 했던 행동을 왜 안 한 거야? 기차에 탔을 때 애들 부모한테 전화해서 책임을 넘겼어야

지. 네가 아니라 부모 책임으로 만들지 않고 뭐 했어?'

왜, 왜, 왜?

'그렇게 간단한 행동을 안 한 이유가 뭐야, 엘라?'

여기에 얼마나 서 있었는지 모르겠다. 하지만 커다란 벽걸이 시계를 힐끗 보니 시간이 지나도 너무 많이 지났다. 이제 진짜로 발등에 불이 떨어졌다.

그때 휴대폰 벨 소리가 울려 나도 모르게 화들짝 놀란다. 루크의 이름이다.

"방금 가게 앞에 왔었니?"

"아뇨? 무슨 말이에요? 저 지금 출발한다고 전화했어요. 엄마 왜 이렇게 놀랐어요?"

"아니다. 아무것도 아니야. 최대한 빨리 오기나 해. 너, 아빠랑 한 약속이 장난도 아니고……."

전화를 끊는다. 끊자마자 내 말투에 후회가 밀려든다. 망할. 사과 문자를 보낸다.

미안. 좀 피곤한가 봐. 커피머신 켬.

그제야 꽃으로 돌아가 의식적으로 아름다운 색과 향기에 흠뻑 빠진다. 일에 집중하자.

잠시 고민한다. 바구니를 잘못 선택했나? 이것 말고 거울 같은 사각 컨테이너를 써야 했을까? 아니, 어차피 늦었다. 다시 시작할 시간이 어디 있어. 지금 이대로도 괜찮을 것이다.

이제 날이 밝았다. 눈부신 헤드라이트 없이도 앞을 지나가고 멈춰 서는 차들이 똑똑히 보여 안심이었다. 어항 속 금붕어가 된 것처럼 누군가가 나를 지켜보고 있다는 터무니없는 느낌도 사라졌다.

오전 7시가 다 되어 문이 다시 덜컹거린다. 이번에는 루크라는 문자가 도착한다. 루크가 정말로 열쇠를 잃어버렸다.

"문은 왜 잠갔어요, 엄마? 지나가던 손님이 들르는 거 좋아하지 않았어요?"

"아빠가 그러는 게 좋겠다고 해서. 누가 재수 없는 엽서를 보내고 있으니까."

"경찰이 그냥 찌질이 소행일 거라고 했다면서요."

"그랬지. 그럴 거야. 그래도 조심해서 나쁠 것 없잖아. 음, 혹시 모르니까. 두통은 좀 어때?"

"다 나았어요. 그래서…… 또 봐야 해요? 경찰?"

루크의 얼굴에 걱정이 가득하다. 괜히 다 얘기했나.

"모르지. 아닐 거야. 다시 원래대로 돌아가겠지."

"진짜로, 엽서 보낸 사람 내가 잡으면 정신 차리게 혼내줄 텐데."

"그런 말 하지 마, 루크. 그런 말 해서 도움 될 거 하나 없어. 문제를 해결하는 건 이제 경찰 몫이야. 우리가 아니라."

"아빠는 다르게 말하던데요."

"뭐라고?"

"아, 아니에요."

루크가 당황스러운 표정을 짓는다.

"엄마, 커피 더 마신다고 했죠? 그나저나 나 배고파요. 뭐 먹을 거 있어요?"

헨리가 처음으로 총을 들어본 나이는 아홉 살이었다.

아버지는 어머니에게 말하지 말라고 당부했다. 조지 삼촌도 그날 그곳에 있었다. 헨리는 아버지와 삼촌을 따라 강 아래쪽 끝에 있는 들판으로 가서 토끼를 쐈다.

'유해 동물이야.'

아버지는 설명했다. 토끼 일곱 마리가 양 한 마리만큼이나 많이 먹는다고 했다. 그래서 토끼는 농작물에 악몽 같은 존재였다. 채소밭에도. 게다가 땅을 파는 습성 때문에 가축들도 큰 피해를 보았다. 아버지는 어렸을 때 송아지가 토끼굴에 빠져 다리를 심하게 접질린 모습을 봤다고 했다. 하는 수 없이 쏴 죽여야 했지만 잠긴 캐비닛에서 총을 꺼내올 때까지 송아지는 고통으로 몸부림치며 울부짖어야 했다. '빌어먹을 토끼들……'

그날 첫 번째 사격 훈련은 주로 규칙과 안전에 대해 배우는 시간이었다. 법과 총기 면허에 대해 배웠다. 헨리도 어른이 되면 엽총을 소유할 수 있다고 했다. 책임지고 규칙을 철저히 지킬 수 있다는 사실만 증명된다면. 합법이고 농사에 꼭 필요한 토끼 사냥과 달리, 오소리 사냥은 불법이기 때문에 아주 신중하게 행동해야 했다.

아버지와 삼촌은 안전 지침을 설명했다. 가축을 쏘면 안 된다. 일반인이 출입하는 구역도 금지. 밝은 낮에만 총을 쏠 수 있었다. 앞에 다른 사수가 없는지 늘 봐야 하고, 총을 쏘기 전에는 일행 전원의 위치를 확인해야 한다.

아버지는 잔디밭에 누워 총을 조립하고 헨리에게 총 쏘는 법을 가르쳐주었다. 반동으로 어깨가 밀리니 각오하고 있으라고 경고했지만, 그 느낌에 곧 익숙해질 것이라 했다. 또 조준 실력을 기르게 헨리를 데리고 사냥터와 사격장에 갈 계획이라고도 했다.

처음으로 총을 쐈을 때 헨리는 공포를 느꼈다. 소가 뒷걸음치다 쥐를 잡은 것처럼 첫발에 표적을 명중시켰다. 껑충 뛰는 듯했던 토끼가 픽 쓰러지는 모습을 봤을 때의 충격이란. 아버지는 깜짝 놀라고 신이 나서 환호했지만 헨리의 속마음은 아버지와 정반대였다. 인정하고 싶지 않지만 입에 구역질이 조금 올라왔다. 토가 나올지도 모른다고 생각했다.

'잘했어, 아들. 아주 훌륭해. 천재 아니야? 와, 조지. 봤어? 눈을 타고났어.'

현재 총기 수납장은 부츠 창고 옆 작은 서재에 있다. 모든 규정을 엄수했지만 헨리는 번호 자물쇠가 있는 제품을 살 걸 그랬다고 후회한다. 지금 있는 기본 철제 캐비닛은 열쇠를 따로 보관해야 한다. 열쇠의 위치를 아무에게도 말하면 안 되고 보관 장소도 주기적으로 바꿔야 하는 것이 원칙이다. 하지만 헨리는 '새로운' 비밀 장소를 몇 번이나 잊고 온 집안을 들쑤시고 다니며 바버라와 딸들에게 성질을 부려댔다. 그래서 요즘에는 양말 서랍에 열쇠를 보관한다. 낡아서 절대 안 신는 빨간 럭비 양말 안에. 기억하기 쉬울뿐더러 이런 생각도 있었다. 도둑이 들어봤자 양말 서랍을 뒤지겠어?

간혹 어린아이가 총을 만졌다가 사고가 났다는 뉴스를 보면 겁이 덜컥 나서 빨간 양말을 확인한다.

오늘 헨리는 휑하고 서글픈 손님방에서 이른 아침을 맞이한다. 경찰서에서 돌아오자마자 바버라는 헨리를 부부 침실에서 내쫓았다. 정식 체포가 아니었고 바뀐 진술을 경찰에서 아직 확인하고 있는데도 바버라는 짐을 싸서 아예 집을 나가라고 등을 떠밀고 있다. 상황이 나아지기는커녕 더 심각해졌다.

'뭐래, 경찰에서? 당신 차는 왜 기차역 근처에 있었던 거야? 술 취했었다며. 술집 주차장에서 잤다고 하지 않았어? 무슨 일인지 말을 안 하는 이유가 뭐야, 헨리······.'

손목시계를 본다. 새벽 5시 반. 전날 바버라가 저녁을 차릴 때 양말에서 꺼내 온 열쇠는 침대 옆 탁자에 그대로 있다. 헨리는 의자에 걸쳐둔 어제 옷을 입고 오른쪽 주머니에 열쇠를 챙긴다. 그런 다음 쓸데없이 아름다운 하늘에 얼굴을 찌푸리며 커튼을 친다. 오늘 같은 날에 어울리지 않는 하늘이다. 이런 기분, 이런 계획과 맞지 않는다.

헨리는 잠시 자신의 숨소리를 들으며 구름의 무늬를 바라본다. 권층운이다. 구름도 아버지에게 배웠다. 농부라면 구름을 읽을 줄 알아야 한다고. 권층운은 투명할 정도로 얇은 이불들이 빨랫줄에 걸린 듯한 모양새다. 곧 비가 내린다는 뜻이라 헨리의 가슴에서는 익숙한 충동이 저절로 솟구친다. 서둘러 나가야 해. 빨리 움직여.

최대한 발소리를 내지 않고 크게 삐걱거리는 세 번째 칸을 피해 조심스럽게 아래층으로 내려간다. 주방을 지나 부츠 창고에 가니 새미가 눈을 초롱초롱 빛내며 꼬리를 흔들고 있다.

익숙한 호박색 눈을 보자 속이 울렁거린다. 헨리는 기다리라는 뜻으로 강아지 머리를 쓰다듬고 서재로 가 주머니에서 열쇠를 꺼낸다. 제일 오래된 엽총을 선택하고 구석의 나무 서랍장 뒤쪽에서 탄약을 꺼낸 후(안전 조치에 어긋나지만 하다 보면 융통성을 발휘하게 된다) 철제 캐비닛을 잠그고 다시 부츠 창고로 걸어 나온다. 새미는 아직도 그 자리에 서서 고개를 갸웃하며 주인의 허락을 기다리고 있다.

"안 돼. 오늘은 아니야, 친구. 너는 여기 있어."

강아지는 무슨 소리냐는 얼굴이다. 귀를 뒤로 젖힌다. 벌떡 일어나 슬며시 움직인다.

"기다리라고 했지? 다시 자러 가. 어서."

다시 눈이 마주치고 새미는 슬금슬금 자기 침대로 돌아가 눕는다. 반짝이는 눈으로 주인을 보며 혀를 빼물고 헥헥거리는 새미를 뒤로 하고, 헨리는 밖으로 나간다.

바깥 날씨는 생각보다 더 쌀쌀하다. 진입로 맞은편에 있는 작은 잔디밭을 보자 또다시 텐트와 트램펄린이 떠오른다. 덤불 아지트에서 깔깔거리던 딸들의 웃음소리가.

어린 애나는 헨리가 잔디밭 한가운데에서 발목을 잡고 빙글빙글 돌려주는 놀이를 좋아했다. 키가 커버리는 바람에 더는 안전하게 놀아줄 수 없게 되었을 때 얼마나 아쉬웠던가.

'이제는 커서 못 해.'

'아이, 해줘, 아빠.'

'땅에 머리 찧는다니까. 안 돼.'

기도회를 떠올린다. 그날 헨리는 깜짝 놀랐다. 사람이 그렇게 많이 올 줄 몰라서 감동했다. 촛불도. 합창도. 바버라와 제니는 너무 슬퍼서 사람들과 함께하지 못하고 둘이 팔짱을 끼고 서 있었다. 울지 않으려고 입을 꾹 다물어야 했다.

돌아서서 집을 올려다보니 위층 커튼은 아직 닫혀 있다. 헨리는 빠르게 자갈밭을 지나 가까운 창고로 향한다. 위와 아래에 빗장을 걸어둔 트랙터용 대문을 지나 옆에 작게 난 쪽문을 이용한다. 안쪽 구석으로 가서 기도회 때 쓰고 남은 건초 더미 가운데 자리를 잡는다.

총을 땅에 내려놓자 심장이 빠르게 뛴다. 혹시 두려운 걸까?

대답은 들리지 않는다.

대답 대신 앨범 속 사진들이 눈앞에 펼쳐진다. 카드를 섞어 펼치는 것처럼. 바버라와 신혼여행에서 찍은 사진. 이제는 없는 사람들이다. 딸들의 어린 시절 사진. 금발인 애나와 흑발인 제니.

무의식이 감상적인 기억을 샅샅이 훑어주고 있는 것일까? 이쯤에서 포기하라고? 하지만…… 안 된다. 술에 취해 차에서 자지 않았다는 사실을 경찰도 곧 알게 될 것이다. 곧 경찰도, 바버라도 진실을 알게 될 것이다.

그러다 미처 못 했던 생각이 든다.

'헨리, 이 멍청아.'

집에서 총소리를 들을 수 있었다. 소리를 듣고 와서 그를 발견할 것이다. 현장을 볼 것이다. 아마 제니가 먼저 오리라. 왜 그 생각을 못 했지?

헨리는 주머니에서 휴대폰을 꺼내고 작전을 구상한다. 경찰에 전화하면 된다. 여기로 오라고 하자. 그래. 안에서 빗장을 걸면 경찰이 알아서 문을 열겠지. 가능할까? 아니면 집에서 멀리 떨어진 곳으로 걸어가야 하나? 언덕 위로?

하지만 다른 사람이 그를 발견할 텐데. 그 사람은 무슨 죄란 말인가.

완벽한 계획이 아니었다는 사실을 헨리는 이제야 실감한다.

혹시 종이가 있나 재빨리 주머니를 뒤진다. 펜은? 주머니에서는 오래된 영수증, 작은 철사 조각, 껌 종이밖에 나오지 않는다.

헨리는 눈을 감는다. 약을 먹었던 애나 친구 세라를 생각하자 얼굴이 찌푸려진다. 세라는 충분히 생각했을까? 진심이었을까? 유서는 썼나? 유서를 남기지 않으면 그의 입장을 어떻게 설명할까?

심장이 얼마나 빠르게 뛰는지 가슴이 다 아프다. 헨리는 해머를 당겨 총을 쏠 준비를 한 후 총을 다시 바닥에 내려놓고 목을 겨눈다.

어째서인지 텔레비전 드라마가 떠오른다. 분장 전문가는 실감 나게 보이도록 동물의 간을 이용해 피와 뇌 조직을 만든다고 했다. 지금 방아쇠를 이미 당겼다면 어떤 느낌일지 궁금하다. 아무것도 없을까? 아니면 다른 느낌? 종교가 없으니 무엇을 예상하는지도 모르겠다. 하지만 뜻밖에도 그는 고통을 걱정하고 있었다.

총구가 천장을 향하도록 엽총을 살짝 옮기고 결심을 한다. 종이가 없어 편지를 쓰지 못하니 전화를 해야겠다. 그래. 헨리는 경찰에 전화하기 위해 오른손에 다시 휴대폰을 든다.

멜라니 샌더스 경사의 번호는 전화번호부에 있다. 헨리는 샌더스 경사와 먼저 통화하기로 한다. 사람이 괜찮아 보였다. 솔직하고. 차분하고. 런던 경찰청 형사보다 훨씬 친절했다. 신호음이 들린다. 한 번. 두 번. 세 번. 제발 직접 받아라. 다섯 번. 여섯 번. 심장이 쿵쾅거린다. 헨리는 녹음된 메시지가 나오지 않기를 간절히 기도하며 눈을 질끈 감는다.

집에 가는 차 안에서 세라는 말이 없고 엄마만 쉬지 않고 떠든다. 학교는 쉬기로 했다. 다시 갈 마음이 들 때까지. 지금은 기운부터 차려야 한다.

엄마는 세라가 친구들과 화해해서 기쁘다고, 이제 친구들에게 의지하면 되겠다고 말한다. 이제는 서로를 비난하지 않는다고. 그런 허튼소리는 하지 말아야 한다고. 조만간 저녁에 파티를 열까? 영화도 보고?

세라는 아파트 마당을 걸을 때 발이 후들거려 놀란다. 내내 침대에 누워 있었기 때문인가. 거실 창문 아래에 있는 장미 덤불 세 개에 장미가 여러 송이 피어 있다. 들것에 누워 집에서 앰뷸런스까지 실려 갔을 때 현관 옆에 있는 화단을 지났던 기억이 난다. 그때는 피지 않았던 꽃이 지금은 다섯 송이나 있다. 아니, 여섯 송이다. 어쩐지 기분이 이상하다. 이렇게 갑자기 달라지다니.

"자, 세라. 엄마가 따뜻한 차를 만들어줄게."

차를 마시고 싶지 않지만 그냥 입을 다문다.

집에 들어온 세라가 거실에 멍하니 서 있는 동안 엄마는 작은

아임 워칭 유
167

가방을 소파에 내려놓는다. 세라는 가방을 본다. 타탄 무늬 손가방. 안에는 런던에 갔을 때 소중하게 사용한 메이크업 파우치가 있다. 아이라이너, 마스카라, 제일 아끼는 립글로스가 들어 있는. 세라는 소파 위에 달린 거울을 바라본다. 오늘은 화장을 하지 않았다. 눈이 작아 보인다. 입술이 바싹 말랐다.

맞은편 소나무 선반에 놓인 사진 액자들이 거울에 비쳐 보인다. 세라가 휴대용 풀장에 앉아 비누 거품을 부는 사진도 있다. 부모님은 세라의 옆에 앉아 환히 웃고 있다.

다른 사진 속의 세라는 물구나무서기를 한다. 치마가 뒤집혀 흰색과 분홍색이 섞인 물방울무늬 팬티가 보인다. 세라는 미간을 찌푸리며 누가 사진을 찍었는지 기억을 더듬는다.

선반 위를 쭉 훑어보다 프랑스로 휴가를 갔을 때 릴리 언니가 벤치에 앉아 있는 사진을 발견한다. 슬퍼 보이는 얼굴이다. 아니…… 슬픈 게 아니다. 정확한 표현은 슬픔이 아니다. 릴리는 왠지 어색하고 서먹서먹해 보인다.

주방으로 가는 아치형 입구에서 시끄러운 주전자 소리가 들린다.

"릴리 언니가 떠난 진짜 이유가 뭐야?"

"미안. 주전자 소리 때문에 못 들었어."

엄마가 다시 거실로 나와 세라를 본다. 세라는 언니의 사진에서 눈을 떼지 않는다.

"언니가 우리를 떠난 진짜 이유가 뭐냐고?"

"지금은 그런 얘기를 할 때가 아닌 것 같다. 좀 쉬어."

세라는 고개를 갸웃하고 몸을 틀어 엄마와 정면으로 마주 본다. 눈물이 나려는지 코가 찡하고 아랫입술이 떨린다. 언제나 그렇듯 엄마는 아무렇지 않게 수류탄에 핀을 다시 꽂을 사람이다. 세라도 늘 그쯤에서 포기하고 말았다.

"아빠 때문이었지? 그래서 아빠가 떠난 거야."

엄마의 얼굴이 하얗게 질린다.

"왜 그런 말을 해? 아빠가 왜 떠나셨는지 알잖니. 원래 엄마랑 아빠 사이가 별로였고…… 릴리 문제가 터졌을 때 조금……."

"무슨 문제가 터졌다는 거야?"

언니의 얼굴을 못 본 지도 3년째다. 가끔 세라에게 하던 안부 전화마저도 요즘은 끊겼다. 페이스북 친구이긴 하지만 페이스북을 보면 이 사람이 언니가 맞는지도 모르겠다. 무슨 히피 같이 생겨서. 튀는 색으로 머리를 염색하고 특이한 옷을 입는다. 데번에 있는 이상한 집단생활 공간에 살고 있다. 올리는 글은 전부 크리스털이니 치유니 하는 것들이다. 요가 아니면 캔들. 기 치료 아니면 스펠트 밀가루. 그래도 세라는 언니가 그립다. 상황이 이런데 언니는 어떻게 연락을 안 할 수 있지? 뉴스만 틀면 그 얘기뿐인데.

"나는 진실을 알고 싶어, 엄마."

"진실? 무슨 드라마에 나오는 얘기처럼 말하는구나. 그동안 많이 힘들었겠지. 혼란스러울 거야. 아빠 엄마는, 우리는 그냥 잘 안 됐어. 그것뿐이야. 그래도 너를 사랑하는 마음은 변함없다는 거 알잖아."

세라는 계속 엄마를 쳐다보며 눈빛을 읽으려고 노력한다. 엄마의 눈에 세라의 눈빛을 깊이 새기고 원하는 반응을 끌어내려고 한다. 하지만 물이 다 끓었다는 주전자 소리에 엄마가 고개를 돌린다.

"고맙지만 차는 됐어. 나는 가서 좀 누울래."

"샌드위치라도 줄까?"

"괜찮다고 했잖아."

세라는 소파에 놓인 작은 여행 가방을 들고 위층으로 직행한다. 침실 문을 닫은 후 차가운 세라믹 문고리를 잡은 채로 문에 등을 기댄다. 그러고 보니 릴리 언니가 고른 문고리다. 언니는 온 집의 문고리를 새로 바꿨다.

'작은 변화만 줘도 분위기가 확 바뀐다니까?'

릴리가 예술대학에 진학하고 싶다고 밝히고 쉴 새 없이 이런저런 프로젝트를 벌이던 시기였다. 릴리는 별별 계획으로 다용도실을 뒤집었다. 펠트 제작과 실크 프린팅을 한다고 하다가도 다음 주가 되면 순면 시트를 직접 염색해 조각 깔개를 만들었다.

그러더니 하루아침에 다 멈췄다. 그 대신 싸움이 벌어졌다. 고함을 지르고 위층 문을 쾅 닫았다. 학교를 무단결석하고 종일 침대에 누워 있었다. 프랑스 사진에서처럼 슬픈 표정을 지었다.

시간을 확인한 세라는 책상으로 가서 스탠드를 켜고 책상을 완벽하게 비추도록 스탠드 각도를 조정한다. 노트북 전원을 켜고 초조하게 로딩이 끝나기를 기다린다.

페이스북에 들어가니 빨리 나으라며 응원을 보내는 메시지로 넘쳐난다. 오늘이 퇴원일이라는 정보를 친구들 대부분 아는 듯하다. 소문은 참 빨리 퍼지는구나. 처음에 애나가 실종되었을 때는 불쾌한 메시지를 남긴 사람들 여러 명을 친구 목록에서 삭제해야 했다. 프로필을 아예 내릴까 생각한 적도 있었다. 요즘도 간혹 뉴스 기사 링크로 악플을 받지만 세라는 될 수 있는 대로 무시하고 도를 넘는 사람만 차단한다. 사람들이 하는 말을 견딜 수 없지만, 안 보이는 곳에서 할 말이 더 무섭기 때문이다. 그래서 세라는 프로필을 내리지 않았다.

언니의 페이지를 찾아 클릭한다. 프로필 사진이 바뀌었네. 머리카락 끝만 분홍색으로 염색한 릴리의 사진이다. 세라가 모르는 곳에서 찍은 사진도 잔뜩 올라와 있다. 과수원에서, 들판에서. 새벽에 야외 요가를 하는 사진에는 배경을 흐리게 하는 효과를 주었다. 여러 명이 팔짱을 끼고 일부러 카메라를 쳐다보지 않는 사진도 있다.

언니에게 메시지를 보내려고 창을 켜자 울컥 슬퍼진다. 자매의 대화는 그 일이 일어나고 얼마 지나지 않았을 때가 마지막이었다. 세라는 언니와 나눈 메시지를 전부 읽어본다. 릴리가 몇 번 말을 걸었지만 당시에는 충격이 너무 심해서 세라 쪽에서 메시지를 씹었다.

지금은 감정이 완전히 달라졌다. 세라는 한쪽 입술을 옆으로 깨물고 타자를 친다.

나랑 얘기 좀 해, 언니…….

이대로 전송하려다 세라는 메시지를 다시 읽고 얼굴을 찡그린다. 너무 모호하다. 뭐라고 답장을 보낼 만한 내용이 아니다. 바뀐 휴대폰 번호를 추가하고 메시지를 조금 더 길게 쓴다.

아빠 얘기야. 아빠가 애나 사건과 관련이 있는 것 같아…….

전송 버튼을 누르기 전 키보드에 손을 올리고 쿵쾅쿵쾅 뛰는 심장을 느낀다. 문득 못 하겠다는 생각이 든다. 수류탄의 핀을 뽑을 용기가 있을까? 세라는 잠시 양손을 입가에 올린다.

그러다 훅 숨을 내쉬고 전송을 누른다.

"진짜 그 눈빛 좀 어떻게 해봐."

아내가 매슈를 보고 웃는다. 갓 태어난 딸은 엄마의 왼쪽 가
슴을 행복하게 빨고 있다. 몸집은 거짓말처럼 작으면서 검은 머
리카락이 수북하다. 아기는 제왕절개 수술 이후 샐리의 배를 보
호하는 쿠션 위에 얌전히 놓여 있다.

매슈는 어떻게 할 수가 없다. 입이 벌어지고 눈이 휘둥그레
커진다. 아직 너무…….

"미안. 믿어지지가 않아서 그래."

"알아. 기적이지. 그 얘기만 몇 번째야, 매슈. 당신 이러는 거
나도 좋아. 정말이야. 그런 표정으로만 보지 말아달라고."

"무슨 표정?"

"숭배하는 표정. 갑자기 내가 무슨 여신이 된 것처럼. 소름 끼
쳐. 섹스 표정보다 더 심해."

"내 섹스 표정은 아무 이상 없어."

매슈가 장난스럽게 혀를 내민다. 고백할 생각 없지만 매슈는
욕실 거울로 섹스 표정을 확인한 적이 있다. 연애 초기에 그 표

정이 아주 '재미있다'라고 한 샐리 말을 듣고 신경에 거슬려서 홧김에 한 행동이다. 전에는 그런 말을 한 사람이 없었는데. 욕실 거실로 비추어본 표정은 딱히 걱정할 정도는 아니었지만 꽤 강렬했다.

"나한테 당신이 대단한 사람이라는 말 했나?"

매슈는 손을 뻗어 아내의 팔을 만지고 딸의 검은 머리를 쓰다듬는다.

'딸.'

머릿속으로 그 단어를 음미하고 깊이 숨을 들이마신다.

"그래서, 아빠는 오늘 계획이 어떻게 돼요?"

당황스러운 질문이다.

"무슨 소리야? 내가 사랑하는 두 여자와 여기 앉아 있어야지. 다른 계획이 있어?"

"종일?"

"안 돼?"

"당신이 그런 얼굴로 앉아 있으면 내가 잠을 못 자고, 당신이 사랑하는 딸도 못 자고, 당신은 지루함에 말라 죽을 거거든."

"지루하지 않아. 이건……."

"기적이지. 알아."

두 사람은 웃음을 터뜨린다.

병실 안을 둘러보던 매슈가 자리에서 일어나 다른 의자에 놓여 있는 가방 쪽으로 걸어간다. 가방 안에는 아기용품이 한가득

들어 있었다. 보들보들하고 앙증맞은 물건들은 다 흰색과 레몬색이다. 아기의 성별을 미리 확인하고 싶지 않았기 때문이다.

해가 잘 들어오는 1인실을 독차지한 배경에는 응급 제왕절개수술이 있었다. 끔찍했던 상황이 다시 떠오르자 매슈는 아내를차마 쳐다볼 수 없어 고개를 돌린다. 분만이라는 고문을 8시간당한 후 아기가 자세를 잘못 잡고 있어 제왕절개를 해야 한다는말을 들었을 때의 감정은 공포였다. 샐리는 제왕절개를 원하지도 않았다. 걱정하지 말라고 안심시키는 매슈와 손을 잡고 수술실에 실려 가던 동안 아내의 얼굴에 떠오른 충격과 고통, 두려움을 매슈는 평생 잊지 못할 것이다.

그래서 지금 이렇게 기쁘기만 한 것 같다. 숭배하는 표정을지을 수밖에 없다. 안도감이 집채만 한 파도로 밀려든다.

"이렇게 하자. 당신은 몇 시간 집에 가 있어. 샤워하고 잠도좀 자. 내가 적어준 것들 챙겨서 밤에 다시 오면 되잖아. 엄마가오후에 다시 전화한다고 했는데, 솔직히 나 너무 피곤해, 매슈.그냥 자고 싶어."

매슈가 몸을 틀고 샐리의 침대 옆으로 가서 앉는다.

"진심이야? 당신만 두고 간다는 게 아직 안 내켜."

"몇 시간이나 여기 있었잖아."

"당신이 겪은 일에 비하면 고생도 아니지."

샐리가 입을 꾹 다문다. 매슈는 글썽이는 눈물을 본 듯하다고생각한다.

"무서웠지?"

지금 말을 하면 목소리가 갈라질 것 같아 매슈는 고개를 끄덕이고 혹시나 해서 헛기침을 한다.

"저기, 매슈. 내가 예상에 없던 입원을 며칠 하게 됐잖아. 그김에 당신은 나 퇴원할 때까지 하던 일 계속하는 게 어떨까."

"일 생각 안 하고 있었어."

거짓말이다. 샐리가 고개를 옆으로 기울인다. 역시 아내는 속일 수 없다.

"그래. 조금은 했어. 다른 것보다 이렇게 되고 나니까 전부 달라 보여서 그래."

"무슨 뜻이야?"

"아니야, 아무것도."

매슈는 괜히 말했다고 후회한다. 새로운 생각이 머릿속을 헤집고 다니는 지금, 사랑스러운 딸을 일과 연결하고 싶지 않다. 아내를 일과 연결하고 싶지 않은 것도 마찬가지다. 하지만 이제는 전과 완전히 달라진 생각들이 머리를 침범하고 있다. 지난해 뉴스 보도에 계속 사용된 애나의 페이스북 사진이 떠오른다. 애나 엄마 바버라도, 엘라도 떠오른다. 모든 것을 바라보는 시각이 달라졌다. 속이 뒤틀리고 매슈는 자기도 모르게 오른쪽 다리를 앞뒤로 흔든다.

"아무튼, 병문안 사이사이에 일을 좀 하는 게 좋다고 봐. 나를 떠받드는 건 퇴원 허가가 떨어진 후에 얼마든지 할 수 있잖아."

매슈는 아랫입술을 깨문다. 원래 샐리는 가능한 한 빨리 집에 보내달라고 병원에 요청할 작정이었다. 매슈도 처음 몇 주는 일에서 손을 떼기를 바랐다. 그러나 제왕절개 후 입원을 하면서 모든 계획이 틀어졌다.

"그래. 당신 말이 맞아. 집에 가서 빨래하고 일 조금 하다가 저녁에 돌아올게. 정말 괜찮은 거 맞아?"

"괜찮은 거 맞아."

매슈는 샐리에게 애정 어린 키스를 하고 딸의 이마에 살며시 입을 맞춘다.

"대단하지?"

"기적이야."

장난스럽게 대답하지만 또다시 샐리의 눈에 글썽이는 눈물이 비친다.

━━━

1시간 후 집에 돌아온 매슈는 집 안을 마냥 서성인다. 얼마 후면 다 같이 돌아올 곳이라니 믿어지지 않는다. 온 가족이. 매슈와 샐리만이 아니라 세 사람이다. 매슈는 주위를 둘러본다. 셋이 살기 충분한가 하는 의문이 갑자기 들었기 때문이다. 구석의 고리버들 바구니에 새로 산 물건들이 담겨 있다. 몇 가지는 매슈가 아예 모르는 물건들이다. 조립이 필요하다는 아기 운동 기구.

기저귀 매트 등등.

한꺼번에 온갖 감정이 밀려든다. 신난다. 또 경이롭고 죽을
만큼 두렵다. 내가 준비됐나? 매슈는 궁금해진다. 준비를 완벽
하게 한 사람이 존재하기는 할까?

에스프레소 머신 스위치를 켜고 우편물을 훑는다. 중요한 편
지는 없다. 우편물을 주방 카운터에 내려놓고 휴대폰을 꺼내는데
예열이 됐다는 신호로 커피머신의 초록색 불빛이 깜박거린다.

매슈는 노즐 밑에 도자기로 만든 에스프레소 컵을 놓는다.
너무 피곤해서인지 다른 세계에 있는 기분이다. 주변 공간과
어울리지 않고 단절된 느낌. 더블 샷 버튼을 누르고 다른 손으
로는 멜라니에게 전화를 건다. 놀랍게도 멜라니는 곧장 전화를
받는다.

"언제 물어보나 했다. 어떻게 알았어? 북소리라도 들린 거야?
아니면 내 추측대로 정말 심령술사인 거야?"

멜라니가 목소리를 낮추고 속삭인다.

매슈는 얼굴을 찌푸리고 동작을 멈춘다. 지금 무슨 소리야?

"소문은 빠르게 퍼지잖아."

"엘라가 알아? 그래서야?"

매슈는 대답하지 않는다.

"아무튼, 다른 데서는 절대 얘기하지 마. 지금 완전 개판이거
든. 아직 언론은 냄새를 못 맡았다는 것 같아. 우리야 계속 그러
기를 바라고 있지. 당분간이라도."

매슈는 허풍이 통했다는 데 놀라서 에스프레소의 진한 크레마를 가만히 쳐다본다. 커피를 한 모금 홀짝이며 대체 무슨 일일지 생각한다. 어젯밤만 해도 런던과 콘월 수사팀은 언론에서 사건을 대대적으로 다루기를 원했다. 경찰이 갑자기 언론에 알리고 싶지 않다고 하는 내용이 과연 뭘까?

"멜라니 네가 가능한 만큼만 얘기해봐. 그럼 나도 아는 정보를 다 공유할게. 또…… 안테나 세우고 있다가 언론이 알아차리는 낌새가 보이면 알려주고."

매슈가 지역 신문 기자들과 제법 친하다는 사실을 멜라니도 잘 안다.

"발설 금지야."

"왜 이래, 멜라니. 나 몰라? 내 커리어를 망가뜨렸을지는 몰라도 네 커리어까지 무너뜨릴 사람은 아니야."

"알았어. 하지만 전화로는 안 돼. 솔타시에 가장 빨리 올 수 있는 시간이 언제야? 우리 가는 그 카페에 말야."

"문자할게."

"좋아. 다른 사람한테는 입도 뻥끗하지 않기다?"

"약속."

"아, 참, 샐리는 어때? 예정일 지나지 않았어?"

죄책감이 불쑥 휩쓸고 지나간다. 잠시지만 잊고 있었다. 아니다. 정확히 잊은 건 아니지만, 전원을 껐다고 해야 하나? 어떻게 그럴 수 있었는지 기가 막힌다. 앞으로도 그럴까? 일, 가정……

완전히 분리해 생각하려나? 병원에서 봤던 사랑스러운 모습이 돌연 눈앞에 생생하게 떠오른다.

"나 아빠 됐어, 멜. 공주님이야. 예쁜 딸이 생겼어."

헨리는 유치장 안을 둘러보다 문득 새미를 생각한다. 다리를 실컷 뻗을 수 있게 제니가 산책을 시켜줘야 할 텐데. 그러다 몸을 앞으로 숙이고 머리를 감싸 쥔다. 불쌍한 제니. 안 그래도 괴로워하는 아이에게 이런 일까지 생기다니.

눈을 감고 자신이 자초한 끔찍한 대참사를 떠올린다. 아아, 왜 방아쇠를 당길 용기가 나지 않았을까?

침대로 쓰라는 딱딱한 단상에 누워보지만 허리만 아프다. 파란색 얇은 비닐 매트리스 따위로는 콘크리트판의 단단함을 완화하지 못한다. 여기 얼마나 오래 갇혀 있어야 할까? 문을 보자 저 문이 닫히던 소리가 떠올라 소름이 돋는다. 반대편으로 넘어오기 전까지는 감히 상상도 하지 못할 소리였다. 평소 폐소공포증은 없었지만 이런 식으로 시험에 든 적도 없었다. 헨리는 야외에 익숙했다. 자유에. 상쾌한 공기에. 법에 뭐라고 나와 있는지 기억을 더듬는다. 기소되지 않은 사람을 경찰이 언제까지 붙잡아둘 수 있더라?

신발과 벨트는 경찰이 가져갔다. 그러고 보니 헨리만큼 양말 바람이 편한 사람도 별로 없겠다는 생각이 든다. 장화는 부츠 창고에 보관하고 슬리퍼는 영 불편해서 신지 못하니까. 지난 며칠 사이 살도 빠졌는지 일어나서 작은 창문에 섬뜩한 창살이 달린 문으로 가는데 바지가 헐렁하다.

바버라와 자두슬라이스를 생각한다. 마당에서 옆으로 재주넘기를 하는 애나를 생각한다. 스프링클러 사이를 뛰어다니는 애나와 친구들을 생각한다. 지금 헨리에게 필요한 것은 과거로 데려다줄 타디스(영국 드라마 〈닥터 후〉에 나오는 시공 이동 장치-옮긴이)다. 그래. 지금과 완전히 다른 인생으로 돌아가게 해줄 타임머신.

갑자기 조급해지고 화가 난다. 이제는 못 참겠다. 전부 다. 이 상황도, 이 거지 같은 곳도.

"얘기 좀 할 수 없을까요?"

답이 없다.

헨리는 문을 차며 더 큰소리로 외친다.

"나랑 말 좀 합시다."

몇 분 후, 창살 커버가 한쪽으로 미끄러지는 소리가 들리고 제복 경찰이 안을 들여다본다.

"조용히 해주시죠."

"변호사를 부르고 싶습니다."

"'아무 짓도 안 했다' '변호사는 필요 없다' 이러던 분 아니었나요?" 순전히 빈정거리는 말투다.

"아니, 이제는 변호사 불러줘요. 내 권리에 따라 변호사가 오기 전까지는 아무와도 이야기하지 않을 겁니다."

"네, 네. 알겠습니다. 하지만 여기 책임자는 우리고 그쪽은 기다려야 해요."

헨리는 창살 너머로 경찰과 눈을 마주친다.

"나는 잘못한 게 없어요."

"그러시겠죠."

2시간이 지나고 수치스럽게도 칸막이 없는 불결한 화장실을 사용해야 하는 상황이 되자 헨리는 창살 커버가 움직이지 않기만을 기도한다.

헨리가 국선변호사 말고 담당 변호사를 고집하는 바람에 일이 늦어지는 듯했다.

한참이 지나고 지금까지는 재산과 유언장 문제만을 다뤘던 애덤 벤슨 변호사와 단둘이 얘기할 시간을 받았을 때, 헨리는 상황이 얼마나 심각하고 자신이 얼마나 잘못된 판단을 했는지 이제야 깨닫는다. 애덤은 형사 소송을 맡은 경험이 별로 없다고 솔직히 고백한다. 헨리는 다른 변호사를 원하지 않는다고 말한다. 애덤의 조언은 간단하다. '진실을 말해요. 저를 믿고요.'

"혹시 해야 할 얘기 있어요, 헨리? 만약 있으면 지금 하는 게 좋아요. 그래야 상황에 더 적합한 지인을 연결해줄 수 있으니까요."

진실?

헨리는 차 옆자리에 앉아 있는 애나를 떠올린다. 잿빛이던 그 얼굴을.

'역겨워.'

=====

헨리의 아랫입술이 떨린다. 안내를 받고 조사실로 들어가니 애덤이 미리 와 있고 맞은편에는 재수 없는 런던 경위가 앉아 있다. 헨리가 혐오하는 남자다.

"날 가둬둘 이유가 없습니다. 나는 아무 짓도 안 했어요. 불법은 안 저질렀습니다."

"경찰에게 엽총을 겨눴죠, 밸러드 씨. 우리는 그걸 '위협 행위'라고 부릅니다."

"당신들이 내 창고에 침입했잖습니까. 놀라서 그랬어요. 내 사유지를 지키고 있었다고요."

"저희가 침입한 건 밸러드 씨가 흥분한 상태로 저희 쪽에 전화해서는 멜라니 샌더스 경사와 통화하게 해달라고 윽박을 질렀기 때문입니다. 본인이나 다른 사람을 다치게 할까 봐 강제로 문을 열었던 거예요. 피차 아는 사실이니 무단 침입이라는 허튼소리는 이쪽에서 그만두죠. 시간 낭비하지 말고."

애덤은 눈을 크게 뜨고 헨리를 보며 계속하라며 고갯짓을 한다.

"정신적으로 힘들었어요. 도저히 견딜 수가 없었습니다. 애나가 사라졌다는 걸."

심장이 뛰는 소리가 들리고 헨리는 애써 표정을 누그러뜨린다.

갑자기 집에 가고 싶다. 바버라에게 미안하다고 말해야 한다. 창고에서 그런 꼴을 보인 제니에게는 더 사과해야 한다. 고함을 지르고. 경찰과 대치하고. 불쌍한 새미는 밖에서 미친 듯이 짖었다. 난리였다. 그야말로 난장판이었다. 그리고 헨리가 대화하고 싶은 상대는 멜라니 샌더스다. 런던에서 온 이 자식이 아니라.

"왜 멜라니 샌더스 경사를 못 만나게 하는 겁니까?"

창고에서 전화했을 때도 샌더스와 이야기하고 싶다고 말했다. 그녀에게만.

"샌더스 경사는 지금 근무 중이 아닙니다. 전화로 말씀드렸다시피……. 자, 이번 사건이 있기 전에…… 마지막으로 저희와 공식적인 대화를 나눴을 때로 돌아가 보면……."

경위는 웬 서류를 내려다보고 있다. 헨리는 저번 방송 이후 조사했을 때의 진술서라고 추측한다.

"애나가 실종된 날 밤 행적에 관해 말을 바꾸셨습니다. 이제는 과음으로 차 뒷자리에서 잠을 자기로 했기 때문에 차가 밤새 기차역 근처에 있었다고 하고요."

"맞습니다."

"사모님께도 그렇게 말씀하셨습니까? 그래서 거짓말을 부탁했다고요?"

"네. 술에 너무 취해서 부끄러웠습니다. 좋은 인상을 주지 않을 거라 생각했어요."

"하지만 문제가 있어요, 밸러드 씨. 제보 요청 방송을 보고 전화를 준 목격자들과 다시 얘기해봤는데 차 뒷좌석에서 자는 사람은 본 적이 없다고 하더군요."

"누워 있어서 못 봤겠죠. 제가 술집에서 차로 걸어오기 전 시간대일 수도 있고요."

"아, 네…… 술집. 라이언스 헤드 말이죠. 자, 여기에도 문제가 있습니다. 궁금한 점이, 왜 술집 주차장에 차를 세우지 않았을까요? 또…… 라이언스 헤드에서도 그날 밤 밸러드 씨를 본 사람이 없다고 합니다."

"사람이 많았어요. 주차장도, 술집도요. 만석이었거든요, 사실. 어떻게 저를 기억하겠습니까?"

테이블 아래에서 갑자기 손바닥에 땀이 나는 느낌에 헨리는 바지에 손을 닦는다. 변호사를 보니 말을 받아 적고 있다. 메모는 왜 하는 걸까. 건너편에는 인터뷰 내용을 녹음하는 블랙박스가 있다. 혹시 녹취록을 만들까? 헨리가 거짓말에 관해 배우고 있는 사실이 하나 있다. 거짓말을 하려면 세부 사항을 일일이 기억해야 한다는 점이다. 항상 일관성이 있어야 한다. 그래서 거짓말을 추가할 때마다 더 힘들어지는 것이다.

"따님 친구인 세라를 얼마나 잘 아십니까?"

경위가 갑자기 몸을 앞으로 기울이고 헨리의 반응을 유심히 관찰한다.

"무슨 뜻인지 모르겠네요. 세라라면 애나와 제일 친한 친구입니다. 몇 년 됐어요. 집에도 자주 놀러 오고요. 다른 친구들처럼요. 애나 친구라면 언제든 환영이거든요."

"그러면 세라를 마지막으로 언제 보셨죠, 밸러드 씨?"

"뭐라고요?"

세라는 노래를 생각하고 있다. 세라와 애나가 초반에 중독되다시피 했던 투볼 이후로 빠르게 공감대를 형성한 취미가 있다면 그것은 노래였다. 초등학교 때 같이 한 합창부 활동은 정말로 즐거웠다. 그러다 중학교에 올라가면서 둘은 뮤지컬 동아리에 가입했다.

뮤지컬을 향한 야망을 키운 이곳에서 두 소녀는 몇 년간 슬픔과 분노, 환희와 절망이라는 감정의 롤러코스터를 경험했다. 7학년, 8학년 때까지만 해도 동지애가 더 강했다. 저학년은 코러스로 합창을 했으니까. 하지만 둘 사이에 중요한 배역 오디션이 끼어들면서 모든 것이 경쟁으로 변했다. 호르몬, 열망, 불안감이 끓어오르는 가운데 애나와 세라는 붙었다 떨어졌다 하는 모든 결과를 전과 다른 눈으로 바라보게 되었다.

세라가 공부에 의외의 재능을 보이는 동안, 애나는 노래에 두각을 드러냈다. 10학년이 되자 두 친구는 뮤지컬 스타가 되겠다는 꿈에 매달렸다. 가능성이 충분하다고 생각했고 같은 대학에 지원해 함께 음악과 연극을 공부하자는 계획을 세웠다. 같은 아파트에 살며 매일 웨스트엔드 무대에서 노래를 부르는 상상을 했다. 철없는 소리 한다는 듯한 팀과 폴과 어른들의 눈빛을 외면하면서. 가장 비웃은 사람은 애나 아버지였다.

'〈엑스 팩터〉가 애를 망치네.'

애나 아버지는 양말 바람으로 저녁 식사 자리에 앉아 이 말을 주문처럼 외웠다. 학교 공연이 즐거우면 그것으로 끝이지 직업으로 삼겠다는 착각을 하면 안 된다고.

'너희 둘, 뮤지컬과 애들이 결국 뭐 하고 사는지 알아? 식당에서 서빙하고 맥주를 따라. 말도 안 되는 헛꿈 버리고 열심히 공부해서 제대로 된 학위를 따. 직업을 가지게……'

세라와 애나는 전부 무시했다. 애나 방에서 애나 이불을 뒤집어쓰고 나란히 앉아 좋아하는 공연 DVD를 릴레이로 감상했다. 〈캣츠〉, 〈팬텀〉, 〈스타라이트 익스프레스〉.

그러다 11학년 초에 희소식 중의 희소식이 들려왔다. 두 사람이 가장 좋아하는 뮤지컬이 연극부 신작이라는 공지가 뜬 것이다. 바로 〈레 미제라블〉이었다.

세라는 한숨을 쉬며 시계를 보고 그때 기억에 눈을 가늘게 뜬다. 서로 어느 배역에 도전할지 애나와 처음 상의했던 때. 애나의 방에 앉아 둘 다 점점 말을 잃었던 기억이 난다. 두 친구의 우정이 앞으로 어떻게 될지 흥분과 두려움을 느끼고 있었다.

의리나 양보는 설 자리가 없었다. 세라도 애나도 팡틴 역에 영혼을 바칠 각오가 되어 있었다.

세라는 애나가 오디션에 붙을 가능성이 더 크다는 사실을 처음부터 알았지만 포기하지 않았다. 방에서 영화 속 앤 해서웨이의 연기를 수도 없이 돌려 보며 뉘앙스, 호흡, 눈물을 하나도 빠짐없이 완벽하게 익혔다. 부끄럽게도 애나가 감기에 걸리거나 중요한 GCSE 학년에 딴짓이나 한다며 애나 아버지가 반대했으면 좋겠다고 생각했다.

오디션 날, 절친이자 숙적인 두 사람은 겉으로는 서로에게 행운을 빌었지만 속으로는 전에 없던 복잡한 생각을 품고 있었다. 세라는 지독한 야망과 질투심에 사로잡혔다.

10월 3일에 모든 것이 끝났다. 연극부 게시판에 붙은 공고가 못을 박았다. 팡틴은 애나가 연기한다. 세라는 코러스였고 테나르디에 부인의 대역 배우라는 '추가적인 책임'을 맡았다. 악역 말이다.

애나의 표정에는 타고난 성품이 그대로 드러나 보였다.

'내가 빠질까, 세라? 아니…… 너한테 그 정도로 중요하면 내가 포기할게. 어차피 아빠도 반대할 거야. 이 일로 우리 사이가 어색해지는 건 싫어.'

'아니야, 바보야. 네가 돼서 기뻐.'

그래서 몇 주, 몇 달 동안 세라는 전부 지켜봐야 했다. 애나에게 스포트라이트가 쏟아지는 모습을. 모든 사람이 애나의 재능에 감탄했다. 뮤지컬 동아리가 '웃기다'라고 무시하던 남자애들도 애나를 보는 눈이 달라졌다. 리허설 촬영분을 페이스북에 올

린 덕분이었다. 뮤지컬이라면 질색하던 팀과 폴도 태도가 유해
지더니 준비는 잘되고 있냐며 관심을 보였다. 세라는 그때까지
도 폴을 남몰래 짝사랑하고 있었다. 공연 의상을 입은 애나가 멋
지다고 폴이 페이스북에 장난스럽게 댓글을 다는 꼴도 보기 싫
었다.

그 시기에 세라는 노선을 틀었다. 딱히 의식적으로 내린 결정
은 아니었다. 자존감을 높이기 위한 실험이랄까……. 거기서 삐
끗하자 아래는 미끄러운 내리막길뿐이었다. 다른 방법으로도
남자들 사이에서 인기가 높아진다는 걸 깨달았다. 처음에는 힘
을 느꼈다. 세라에게도 세라만의 스포트라이트가 떨어졌다. 하
지만 너무나도 빠르게 지저분한 뒷면이 드러났다. 소문과 악플.
사진 유포. 눈 깜짝할 사이에 모든 것이 세라를 떠났다.

얼마 지나지 않아 세라에게는 걸레라는 꼬리표가 붙었다. 파
티에서 세라가 럭비팀 선수 두 명에게 오럴섹스를 해줬다는 추
잡한 소문이 돌았다.

역시 의리 있는 친구 애나는 악플러들을 무시하라고 했다. 세
라는 궁금했다. 애나도 마음 깊은 곳에서는 세라의 탈선을 의심
했을까? 하지만 둘이 제대로 얘기해본 적은 없었다. 공개적인
자리에서 애나는 무조건 세라의 편을 들었다. 세라가 똑똑해서
사람들이 질투심에 없는 말을 지어낸다고 했다. 전부 진실이라
는 말을 애나에게는 하지 않았다.

전부 다.

다섯 친구의 우정이 깨지기 시작한 것도 그때부터였다. 팀과 폴이 다른 남자애들한테 너무 많은 얘기를 들어서였을까? 세라는 확신할 수 없었다.

휴대폰으로 기차 시간표를 확인하는 지금, 세라는 당장 틴틀리로 가야 한다는 사실을 깨닫는다. 조건 없이 이해해줄 한 사람과 모든 문제를 의논해야 했다.

릴리 언니와.

지난 1년 동안 세라는 애나에게 무슨 일이 일어났든 앤터니와 칼이 범인이라고 굳게 믿었다. 하지만 속에서 새롭게 꿈틀거리며 올라온 혼란스러운 생각은 날이 갈수록 커지고 있었다.

아빠가 예고도 없이 〈레 미제라블〉 공연을 보러 학교에 왔던 일이 머리를 떠나지 않기 때문이었다. 아빠는 공연에서 애나가 얼마나 예뻤는지 몇 번씩이나 이야기했다.

그리고 세라는 런던의 진실을 잊을 수 없었다. 클럽 사건의 진실. 그 문자도.

두려워서 아무에게도 말하지 못한 문자가 있었다.

오후 8시

지켜볼 사람은 신중하게 고르는 편이야.

일단 특별해야지. 내가 사랑하고 곁에 있어줘야 할 사람을 고를 때도 있고, 증오하는 사람을 고를 때도 있어. 중간에서는 절대 안 골라. 강렬한 감정을 주지 않는 사람을 굳이 뭐하러?

지금 내 문제는 사정이 있어서 한동안 지켜보지 못했다는 거야. 짜증 나게. 속이 뒤집히는 느낌이 드는군. 담배가 고플 때처럼.

하지만 동요해서는 안 돼. 누군가를 지켜볼 때는 그 사람보다 몇 수 앞을 내다봐야 하거든. 아무렇지 않은 표정을 유지해야 하지. 아무렇지 않은 말투로 말을 하고.

또 그게 내 주특기 아니겠어?

아무렇지 않은 표정.

아무렇지 않은 말투.

내가 누구를 지켜보는지 알 수 없게 말이야. 그 이유도.

루크는 어제 밤늦게 문자를 받았다. 에밀리가 아이를 잃었다. 우리는 밤새도록 결론이 나지 않는 이야기를 반복하고 있었다.

루크는 충격에서 헤어 나오지 못한다. 슬픔과 안도감과 지독한 죄책감이 한데 뒤섞여서. 에밀리는 루크와 통화를 거부했다. 한 번 연결이 되었지만 울기만 하고 자기를 내버려달라는 문자를 보냈다. 어떤 감정을 느껴야 하는지 모르겠다고 한다. 그걸 아는 사람이 있을까.

이렇게 우울해하는 루크는 처음 본다. 이렇게 슬픈 모습은. 학교에는 계속 보내지 않는다. 루크는 진도가 많이 뒤처졌을까 걱정하지만 나는 루크라면 따라잡을 수 있다고 본다. 필요하다면 유급을 해도 되고. 오늘은 집에 남아 루크를 위로해주고 싶은 마음이 간절하지만 또 딜레마에 빠진다. 아침 8시에 오는 배달 트럭에 맞춰 웨딩 부케를 완성해야 한다. 늦어도 오전 10시 반까지 부케를 신붓집에 배달하고, 나머지 꽃도 바로 피로연장에 보내야 한다. 급히 주문을 맡아줄 사람이 있는지 업계 친구들 몇 명에게 전화를 돌려보지만 스케줄이 다 꽉 차 있다.

어떻게 해야 할까? 신부와의 약속을 저버려?

토니는 다른 지역 총괄 매니저들과 만난다고 2박 3일 일정으로 집을 비운다. 단합대회 같은 모임이다. MD가 참석할지 모르기 때문에 빠질 수도 없었다. 그래서 나는 결정을 내려야 한다. 루크를 두고 가는 것이 현명한 처사일까? 이제 새로운 경보 장치를 설치했으니 혼자 일찍 가게에 나가도 안전할까?

자물쇠와 경보 장치를 바꿔 달기는 했지만 거지 같은 기계에 하자가 있어 상가 위에 사는 가족들한테 항의가 들어왔다. 무언가가 경보기를 작동시키고 있다. 벌써 세 번이나 허위 작동으로 불려 나갔고, 솔직히 말해서 질렸다. 들인 돈이 얼마인데 제 기능도 못 하다니. 업체에서는 전화로 변명만 쏟아낸다. 내가 설치를 잘못했다는 투로. 사람을 바보로 아나? 나는 설명서를 토씨 하나도 빠뜨리지 않고 그대로 따랐다.

업체는 마지막으로 보낸 이메일에서 시스템 안정화에 시간이 필요하다며 횡설수설한다. 이게 무슨 며칠 가라앉는 시간이 필요한 파마머리인가? 우리는 기계 이야기를 하고 있다. 기계의 결함에 관해 제대로 설명해 주어야 한다. 나는 발끈해서 소비자 보호원에 신고하겠다고 으름장을 놓았다. 그랬더니 쥐가 경보기를 작동시킬 수 있다는 답장이 온다. 쥐라고? 이게 말이 되는 소리야?

결국 새벽 2시에 불쌍한 루크를 집에 두고 가게로 뛰쳐나가야 했다. 여기서 한 가지 고백하자면, 나는 멍청한 경보 장치를 재설정하지 않고 전원을 껐다. 그러면 안 된다는 거 안다. 하지만 문제를 해결하렸더니 악화시키지 않나. 공간 낭비다.

이제 새벽 5시가 됐다. 배달 트럭이 도착할 시간에 맞춰 꽃을 완성하려면 당장 나가야 한다. 차 두 잔을 끓인 뒤 한 잔은 루크 방으로 들고 올라간다.

루크는 어제 입은 운동복 차림 그대로 침대에 앉아 있다.

"차 만들어 왔어."

못 알아듣는 언어인 것처럼 루크가 나를 본다. 모르는 사람인 것처럼.

"학교에서 다 알게 될까요?"

"글쎄. 안 그러기를 바라야지."

"저도요. 못 견딜 것 같아요. 아니, 에밀리가 말이에요."

그러면서 양손으로 머리를 감싼다.

"저기, 루크. 가게에 같이 안 나가도 돼. 그런데 아빠는…… 엄마가 또 혼자 갔다는 걸 알면 아빠가 화낼 거야. 그러니까 아빠한테는 말하지 말자."

나를 돌아보는 루크의 눈빛이 묘하게 멍하다.

"혼자 가도 괜찮아요?"

"그럼. 당연하지. 걱정할 필요 없어, 아들. 경보 장치 달았잖아. 아무 문제 없어. 경찰도 누가 괜히 관심받고 싶어서 보냈다고 하잖아. 못된 짓이지만 악의는 없을 거래."

"정말 괜찮겠어요? 같이 갈까요?"

"됐어, 루크. 너 얼굴이 너무 안 좋아. 푹 쉬고 집에 안전하게 있겠다는 약속만 해줘. 결국에는 다 해결된다는 것도 잊지 말고. 네 곁에는 엄마 아빠가 있어. 지금은 무척 슬프고 혼란스럽겠지만 차차 나아질 거야."

"아직도 걱정돼요……? 그 여자애. 애나?"

"아니. 이제는 생각하지 않으려고 해. 지금 엄마가 걱정하는 사람은 너야."

그런 다음 휴대폰을 계속 옆에 두고 있을 테니 걱정스러운 일이 있으면 곧바로 전화하거나 문자를 보내라고 말한다. 오늘은 가게 문을 열지 않을 것이다. 결혼식 꽃을 트럭에 싣고 나면 영업 종료 팻말을 걸고 곧장 집으로 올 계획이다.

"괜찮아, 루크? 몇 시간 혼자 있을 수 있지?"

루크가 고개를 끄덕인다.

"휴대폰 켜두고 있어, 아들."

또 끄덕끄덕.

━━━━━

차가 밀리는 법이 없는 아침 시간이라 나는 금세 가게 앞에 도착해 차 안에 앉아 있다. 우습게도 얼마 전부터는 차 문을 잠그고 운전을 한다. 토니에게도 말하지 않은 사실이다. 무슨 일이 벌어질까 봐 이러는지도 모르겠다.

솔직히 말하면 가게에 있을 때 감시를 당하는 느낌이 든다.

왜, 그 묘한 감각 있지 않은가. 누군가 어깨를 톡톡 건드려 돌아봤는데 뒤에 아무도 서 있지 않을 때처럼. 아마 피해망상일 거다. 루크와 토니에게는 경찰의 말을 믿는다고 했지만 사실 내게는 그만큼의 확신이 없다. 계속 전지가위 일을 생각하고 있다.

매슈에게 다시 연락할까도 생각하지만 아내가 출산하러 간다고 한 이후로 연락 두절인 사람을 귀찮게 하고 싶지는 않다. 또 매슈는 사립 탐정이지 경호원이 아니니까.

차 주변을 둘러본다. 아무것도 움직이지 않는다. 상가 위의 살림집들도 아직 불을 켜지 않았다. 차에서 가게까지 스무 발짝도 되지 않을 것이다. 아침저녁으로 백만 번은 걸었던 길이다. 이대로 있을 수는 없다.

'정신 차려, 엘라.'

숨을 깊이 들이마시고 도어락 레버를 누르자마자 차에서 내린다. 벌써 가게 열쇠를 꺼내 들고 문 앞에 도착한 후에야 키를 눌러 차 문을 잠근다. 아직도 두근거리는 가슴을 안고 잽싸게 가게 안으로 들어와 자물쇠가 찰칵 걸릴 때까지 문을 등으로 누르고 있다. 새로 단 특수 자물쇠는 호텔과 비슷하게 일단 문이 닫히면 열쇠로 열어야 한다. 낮에는 그날의 꽃을 가득 채운 통을 사이에 껴서 문을 열어두지만 지금은 완전히 꽉 닫혔는지 이중으로 확인한다. 잘 잠겼다. 문 안쪽의 블라인드도 올리지 않는다. 진열창으로 내부가 보이지만 그거야 어쩔 수 없다. 어차피 나는 주로 가게 뒤쪽에서 일할 거고.

준비 공간으로 서둘러 이동하며 벗은 코트를 의자에 대충 걸치고 커피머신의 전원을 켠다. 지금 나는 주문 처리 기계다. 오늘 아침을 위해 어젯밤 커피머신에 원두를 채우고 테이블 장식 여섯 개를 똑같이 만들어 쿨러 가운데 선반에 올려두었다. 부케 세 개를 만들 꽃은 조심스럽게 물에 담가 먼저 만들 순서대로 아래쪽 선반에 보관했다. 신부 들러리 부케 두 개를 먼저 만들고 다음으로 신부 부케를 만들기로 한다.

처음에 사업을 시작했을 때는 결혼식 꽃을 다 전날 만들었다. 시간 부족으로 실수를 할지도 모른다는 걱정이 있었기 때문이다. 이제는 작업 시간을 전부 파악하고 있고 자신감도 붙었다. 모든 작품이 쌩쌩하기를 원해서 배달 문제나 꽃 선택에 어려움이 있는 경우가 아니라면 신부 부케를 전날 만들지 않는다.

전에는 배달도 직접 했지만 지금은 유능한 배달 기사의 도움을 받고 있다. 톰은 인건비가 싸면서도 믿음직하고 꽃을 조심스럽게 다룰 줄 아는 친구로 지금까지 나를 실망시킨 적이 없었다. 톰이 3시간 안에 도착할 예정이니 빨리 일을 시작해야 한다.

오늘 만들 부케 세 개는 장미와 큼지막한 데이지로 소박하게 만들어달라는 주문이 있었다. 장미와 데이지라면 구하기 어렵지 않은 꽃들이다. 편안한 느낌으로 직접 끈을 묶어 마무리하는 게 내 특기지만 오늘의 신부는 리본을 이용한 전통적인 장식을 원한다. 부케를 만드는 데 오래 걸리지는 않지만 나는 항상 여유 시간을 두는 편이라 이대로 하면 문제없이 완성될 것이다.

신부가 심플한 디자인으로 가서 좋다. 드레스에 레이스가 많다 보니 꽃은 대조적으로 아주 소박한 노선을 고수하고 있다. 현명한 선택이다.

신부 들러리 두 명의 부케에는 진분홍색 거베라를 바탕으로 장미꽃 봉오리를 조금 더했다. 작업대에 모든 것을 준비 상태로 두고 작업대 가장자리에는 꽃 테이프를 미리 잘라서 붙여놓는다. 그런 다음 첫 번째 부케를 만들기 시작한다. 제일 예쁜 꽃을 중앙에 놓고 바깥을 향해 소용돌이 형태로 꽃을 배치한다. 순조롭다. 꽃 상태도 최상이고 나도 적당한 리듬을 찾는다. 오늘 같은 날도 드물다. 금세 필요한 형태가 완성되어 나는 거울 앞으로 이동한다. 앞에 들었을 때 부케가 어떤 모습일지 확인할 수 있도록 특별히 설치한 거울이다. 좋아. 이거다. 결과물이 아주 만족스럽다. 모양도 딱 좋고. 작업대로 돌아가 테이프로 줄기를 고정한다. 너무 꽉 감지는 말고. 꽃을 망가뜨리지 않으려면 조심해야 한다. 작업대에 준비해둔 꽃병에 첫 번째 부케를 꽂은 후에는 고개를 빼고 커피가 다 됐는지 살핀다. 커다란 머그잔에 커피를 따르고 미니 냉장고에 있던 우유를 첨가해 자리로 돌아온다.

잠시 꽃 생각을 멈추고 나니 이제야 다른 것들이 머리에 들어온다. 천장에 달린 고리가 내 시선을 사로잡는다. 루크가 어릴 때 저 고리에 아기용 흔들의자를 매달았었다. 몸을 통통 튀기며 웃던 루크의 모습을 그려본다. 너무나 행복했던 모습을.

어젯밤 루크를 위로할 때 아무리 노력해도 적당한 말이 떠오

르지 않았다. 어쩌면 곧 할머니가 될 수도 있었다는 생각에 이르
자 감정이 북받친다. 눈물이 난다. 소리를 내지는 않는다. 뺨이
촉촉이 젖는 감각을 느낄 뿐. 나는 커피를 마시며 하염없이 눈물
을 흘린다. 짭짤한 눈물이 입으로 흘러내려 커피와 섞인다. 이래
서는 안 된다고 고개를 젓고 카운터에 있는 가방에서 티슈를 꺼
낸다. 눈물을 닦고 코를 풀고 다시 꽃을 쳐다본다.

자동 조종 장치에 다시 전원이 들어왔다. 싱크대 옆에 놓인
수건으로 손의 물기를 꼼꼼하게 닦고 서랍에서 결혼식에나 쓰
는 비싼 아이보리색 양면 리본과 작은 진주 핀 상자를 고른다.
이건 특히 조심히 다뤄야 한다.

꽃병에서 부케를 뽑고 제일 아끼는 빨간 손잡이 전지가위로
줄기 길이를 일정하게 다듬는다. 그런 다음 리본을 아주 꼼꼼하
게 대각선으로 돌리며 줄기를 감싸고 깔끔해 보이도록 리본 끝
을 펼치고 핀으로 고정한다. 불편하지 않은지 부케를 허리 높이
에 들고 다시 거울로 비춰본 다음, 손으로 리본을 쭉 훑으며 튀
어나온 핀이 없는지 확인한다. 아무 이상 없다. 예쁘게 잘 만들
어졌다.

다음 작업은 조금 더 까다롭다. 두 번째 신부 들러리 부케를
첫 번째와 똑같이 만들어야 하기 때문이다. 다르거나 균형이 맞
지 않아 결혼사진을 망치면 안 되니까. 경험 없이는 습득하지 못
하는 부분이다. 반드시 디테일에 집중해야 한다는 것.

싱크대 위에 있는 시계를 올려다보는 순간, 그 소리가 들린

다. 나는 손끝 하나 움직이지 않고 미간을 찌푸린다. 이해가 안 돼서. 꼭 문에 열쇠가 돌아가는 소리 같다.

지금 서 있는 자리에서는 통로 너머의 판매 구역이 보이지 않는다.

"루크니?"

루크 말고 열쇠를 누가 가지고 있겠어.

다시 동작을 멈추고 마치 존재감을 없애려는 사람처럼 가만히 서 있다. 이렇게 하면 나쁜 일이 생기지 않을까 봐.

"루크, 엄마 겁주지 말고. 무슨 일 있어?"

이번에도 대답이 없다. 나는 소리 없이 가방에 손을 넣고 휴대폰을 꺼내 경찰에 전화를 건다.

"누군지 모르겠지만 나 지금 경찰에 전화하고 있어요. 들려요?"

또 무슨 소리가 난다. 문고리가 철컹거리고 이어서 발소리가 들린다. 나는 가게 앞을 볼 수 있게 문으로 다가간다. 바깥에는 헤드라이트 불빛이 환하다. 차 한 대가 후진하는가 싶더니 빠르게 출발해 떠난다.

심장이 두근거리고 아직 손에 들린 휴대폰에서 뒤늦게 긴급신고 전화가 연결되는 소리가 흘러나온다. 바로 그때였다. 저게 뭐지…… 창문 너머에. 문 바로 앞의 바닥에 뭐가 보인다.

"경찰, 소방대, 구급차 중 필요한 긴급 서비스를 말씀해주세요."

땅에 놓인 물건을 바라본다. 가게 문과 겨우 50센티미터 거리다. 혼란스러운 사진들이 뒤섞여 머릿속에서 갑자기 빙글빙글 돌아간다. 무엇 하나 이해가 되지 않는다.

"죄송해요. 실수로 걸었어요."

나는 전화를 끊고 문으로 걸어간다. 잠금장치를 풀고 밖으로 나가 그 물건을 주워 들고는 안에서 얼른 문을 다시 잠근다.

심장이 천천히 뛰기를 바라며 다른 손으로 가슴을 꾹 누르는 동안에도 머리에서는 갖가지 질문이 터져 나온다.

그 물건을 들고 빤히 바라본다. 이렇게 하면 다른 것으로 바뀌기라도 하는 것처럼. 뒤집어서 뒷면을 본다. 너무나도 익숙한 물건이다. 모든 기억이 생생하게 되살아난다.

루크 번호로 전화를 건다. 대여섯 번 신호음이 가고 루크가 잠이 덜 깬 목소리로 전화를 받는다.

"왜, 엄마? 나 자고 있었어요."

"아직 집이야?"

"응. 그럼요."

말이 되지 않는다. 왜 거짓말을 하지? 루크가 왜 여기까지 와서 내게 겁을 줘?

손안의 단단한 플라스틱을 뚫어져라 보며 엄지로 윤곽선을 따라 그린다. 분명 루크 것이다. 이제 어떻게 할지 생각을 해봐야 한다.

헨리는 벽에 붙은 파리를 쳐다본다. 경찰이 왜 세라에 관해 묻는지 모르겠다. 이유를 설명해주지도 않는다.

몇 시간째 갇혀 있는 기분이고 파리 때문에 돌아버릴 것만 같다. 잠깐 가만히 있던 파리가 튀어 오른다. 처음에는 대각선으로 60센티미터쯤, 다음에는 수직으로 뛴다. 헨리는 눈을 가늘게 뜨고 이 장면이 왜 묘하게 익숙한지 생각한다. 기억을 더듬다 마침내 연관 관계를 찾는다.

헨리가 큰소리로 웃음을 터뜨린다. '노먼 베이츠(영화〈사이코〉의 마지막 장면에서 노먼이 유치장의 파리를 해치지 않을 것이라는 내레이션이 나온다-옮긴이)잖아.' 또 웃음이 나온다. 헨리는 비현실적인 황당함에 고개를 절레절레 젓는다. 소리가 잘 울리는 경찰서 유치장에서 웃음소리의 메아리가 끊길 때까지 그 소리에 귀를 기울인다. 외부에서 먼저 잦아든 소리는 이내 머릿속에서도 희미해진다. 완전한 침묵이 내려앉기를 기다리며 헨리는 몸을 앞으로 숙이고 양손으로 머리를 감싸 쥐다가 결심을 하고 자리에서 일어난다.

'좋아, 노먼, 이번에는 우리 파리를 죽여볼까?'

드디어 뭐라도 실제로 할 수 있는 일이 생겼다. 새로운 목표가 서자 갑자기 기운이 솟은 헨리는 다음 문제의 답을 찾아 유치장 안을 둘러본다. 즉, 무엇을 무기로 사용할 것이냐. 셔츠를 벗어 파리를 내리칠까 하는 생각도 잠깐 하지만 유치장 간수가 창구를 통해 그의 흐물흐물한 상체를 본다고 상상하니 셔츠는 안 되겠다. 안전 규정 때문에 벨트는 아직 경찰이 갖고 있다.

'흐으으음.'

그때 아이디어가 떠오른다. 헨리는 발을 내려다본다.

왼쪽 양말을 벗고 탄력을 시험해본다. 만족스럽게 쭉쭉 늘어나는 천이다. 좋은데. 쓰레기 같은 인조 섬유가 아니라 면과 울 혼방이라서 다행이다. 임무를 아주 잘 수행하겠다. 이제 헨리는 파란색 비닐 매트리스에 꼼짝도 하지 않고 앉아 때를 기다린다. 다시 몇 번 움직인 파리가 바로 맞은편 벽의 중간쯤 와서 앉는다. 헨리는 천천히 파리를 조준하고 최대한 몸은 움직이지 않는다.

'참아, 헨리. 참고 있어. 기다리고…… 기다렸다가…….'

발사!

에라이…….

양말이 놀라운 속도로 벽을 강타하지만 간발의 차이로 표적을 놓치고, 파리는 좁은 유치장 안을 윙윙거리며 누빈다.

헨리가 일어나 양말을 회수하고 다시 침대에 앉는데 미처 깨닫지 못한 아이러니가 보인다. 그의 인생은 파리와의 전쟁이었다.

어렸을 때부터 소들을 괴롭히는 파리가 싫었다. 파리가 눈으로 슬금슬금 다가가 불쌍한 소나 송아지가 꼬리와 귀를 터는 모습을 볼 때면 조금 메스꺼운 느낌도 들었다.

동물도 동물이지만 파리가 얼마나 위험한지도 잘 알았다. 주방에서 어머니는 파리가 안 좋은 병을 옮긴다고 큰소리로 불평했다. 어머니는 식당 주방에서 본 파리 퇴치기의 축소판을 주방 벽 위쪽에 설치했다. 헨리는 기계를 홀린 듯 바라보면서도 푸른색 막대기가 지지직 소리를 내며 또 한 번 사형 선고를 내릴 때면 왠지 토할 것 같았다.

한편 농장에서는 동물들을 위해 파리를 막는 방법을 아버지에게 배웠다. 가축을 관리하려면 꼭 필요한 가르침이었다. 파리는 불쾌한 곤충일 뿐만 아니라 눈병, 저조한 수익 등 온갖 문제의 원인이었기 때문이다. 직접 농장을 관리하게 된 이후로 헨리는 매년 살충제와 귀에 다는 파리 방지 태그에 막대한 예산을 책정하는 기막힌 현실에 익숙해졌다.

'진짜 파리가 싫다.'

헨리는 새로운 적을 찾아 경찰서 유치장을 둘러보며 생각한다. 파리가 스테인리스 변기라는 흉물에 이끌리지 않을까 추측했는데 역시나 몇 분도 되지 않아 변기 가장자리에 자리를 잡는다.

헨리는 언제 여기서 내보내 줄지 문득 궁금해진다. 제발 큰

볼일을 보기 전에 그렇게 되기를. 더없이 은밀한 일을 치르고 있을 때 간수가 문을 연다는 생각만 해도 견딜 수가 없다. 혹시 규정이 있을까? 창구로 먼저 확인하고 볼일을 다 볼 때까지 기다려준다거나?

파리는 움직이지 않는다. 헨리는 양말을 다시 한번 쭉 늘리고 손을 제외한 나머지 몸은 움직이지 않으려고 노력한다. 파리는 이제 걷고 있다. 변좌 없는 변기 안에 들어가더니 가장자리로 다시 나와 시계 반대 방향으로 움직인다. 드디어 또 멈추는 놈을 보고 헨리가 목표를 겨냥한다.

이번에는 승리감만이 아니라 유치한 희열마저 손에 넣는다.

"잡았다!"

생각 외로 큰 목소리가 터져 나오고 곧이어 문 창구에 처음 보는 얼굴이 나타난다. 교대를 했는지 조금 더 젊은 간수로 바뀌었다.

"뭐 하는 겁니까?"

헨리는 목표물을 맞힌 대가를 이제야 깨닫고 죽을상을 짓는다. 양말이 죽은 파리와 물에 빠지고 말았다.

"양말이 변기에 들어갔어요."

"양말을 왜 변기에 넣어요? 혹시 변기 막히게 하려고 그래요?"

"아니요. 파리를 잡고 있었어요."

"뭐, 직접 건지세요."

그러면서 젊은 간수는 문 앞을 떠난다.

헨리는 방금 들은 말을 곱씹으며 어떻게 하면 유리하게 활용할 수 있을지 잠시 고민한다. 설마 진짜로 변기에 손을 넣으라는 말은 아니겠지? 아니. 그렇게 했다가는 정식으로 항의할 것이다. 변호사에게 말하고 관계자들에게도 편지를 쓸 거다. 지역 신문에도.

이렇게 말도 안 되는 불평을 하려고 다시 입을 여는 찰나, 문이 열리는 소리가 나더니 고무장갑을 낀 간수가 나타난다. 비닐봉지와 플라스틱 변기 솔 세트를 들고.

"가서 벽에 붙어요."

헨리는 무뚝뚝한 명령을 즉각 따른다. 그가 보는 앞에서 청년은 변기 솔로 양말을 건지고 비닐봉지에 넣은 후 물을 내린다.

"파리 시체 봤어요?" 헨리는 파리를 잡았다고 믿고 싶다.

"파리고 뭐고, 다시 이런 일 없게 반대쪽 양말도 내놓으시죠."

"발이 시릴 텐데요."

"우리 배관에 장난질하기 전에 그 생각을 하지 그랬어요."

헨리는 한숨을 쉬고 남은 양말을 벗어 건넨다.

"변호사 언제 다시 오는지 알아요? 날이 밝자마자 온댔거든요. 어젯밤 내가 형사에게 한 말은 확인했습니까? 애나가 실종됐을 때 진짜로 어디 있었는지? 이제는 풀어줄 거예요? 그냥 여기 가둬둘 수 없습니다. 인권 침해예요."

후 하고 긴 한숨을 내쉰 유치장 간수가 밖으로 나가 문을 다시 잠그고 반대쪽에서 말을 한다.

"내 소관은 아니잖아요? 내가 누군데요?"

그러고는 비닐봉지를 들어 올린다.

"나는 지저분한 뒤처리나 하는 사람이죠."

세라는 구식 오븐에 부산스럽게 주전자를 올리는 릴리를 물 끄러미 바라본다. 애나 집 주방에 있는 오븐과 비슷하지만 더 작 고 초라하게 생겼다. 애나네 남색 오븐은 훨씬 크고 화구도 더 많다. 애나 어머니는 도금 부분과 덮개가 반짝이도록 시도 때도 없이 광을 내곤 했다. 여기 있는 크림색 오븐은 더럽고 칠이 벗 겨져 전체적으로 방치된 느낌이 난다.

"차 마실래? 아니면 커피?"

릴리가 돌아선 채로 물으며 오븐 옆에 있는 찬장을 열고 독특 한 도자기 찻잔 두 개를 꺼낸다. 짙은 녹색에 커다란 흰색 데이 지가 그려져 있다.

"어, 커피 마실게."

릴리는 세라가 기억하는 언니가 아니다. 더 마르고 파격적으 로 변했다. 허리까지 오는 긴 머리가 등에 V자 형태로 떨어지도 록 자르고 화려하고 안 예쁜 분홍색으로 머리끝을 염색했다. 릴 리가 틴틀리 기차역으로 마중 나왔을 때부터 자매의 중심 화제 는 릴리의 머리 색과 바뀐 스타일이었다. 세라를 여기 오게 만든 문제는 둘 다 의도적으로 피하고 있었다.

릴리가 뒤를 돌아 오븐 손잡이에 등을 기대고, 머리에 아주 만족한다는 이야기를 또 시작한다. 릴리는 머리카락을 손가락으로 매만지며 '변화를 주기 위해' 마지막 10센티미터 정도를 탈색하고 토너와 식물성 염료를 사용해야 했다고 설명한다. 성공은 못 했지만 가지색도 시도해봤고 초록색으로도 염색했었다고 한다. 지금 한 분홍색이 제일 마음에 들지만 물이 금방 빠질까 걱정이다.

릴리는 진짜로 어떤 생각이 드는지 세라의 소감을 묻는다. 세라는 아주 멋져 보인다고 말했다. 완전한 진심은 아니다. 세라는 언니의 새로운 모습이 당혹스러웠기 때문이다. 릴리가 세라와 엄마를 만나러 마지막으로 콘월에 왔을 때는 3년 전쯤이었다. 크게 싸우고 나서 아빠가 떠나고 릴리도 집을 나가기로 한 직후였나 그랬을 거다. 아픈 사람처럼 보였지만 지금보다는 세라가 아는 언니에 가까웠다. 갈색 단발, 평범한 청바지와 맨투맨. 최소 6킬로그램은 더 나갔다.

그때 릴리는 데번에서 행복하게 잘 살고 있다는 사실을 확인해주기 위해 왔을 뿐이라고 말했다. 그러면서도 데번의 어느 곳에 사는지 사는 곳은 명확히 밝히지 않으려고 조심하는 것 같았다. 릴리는 좋은 친구들을 만났고, 새 인생을 살며 그림을 그리고 자신에게 의미 있는 일을 할 수 있게 되었다고 했다.

세라는 이렇게 말하고 싶었다.

'이제 나는 상관없다는 거야?'

하지만 그럴 용기가 없었다. 나중에 릴리가 '넌 괜찮아?'라며 작은 소리로 물었지만 어쩐지 겁에 질린 말투를 들으니 괜찮다는 대답밖에 나오지 않았다. 언니가 얼마나 그리운지, 부모님이 이혼하고 갑자기 가족이 뿔뿔이 흩어져서 지금까지도 얼마나 황당하고 화가 나는지 말하지 못했다.

새로운 릴리는 히피를 흉내 낸 듯한 옷을 입는다. 면 스커트는 종아리까지 내려오고 소작농 같은 블라우스에는 소매와 가슴 부분에 끈이 달려 있다. 끈을 리본으로 묶을 수도 있어 보이지만 리본을 묶지는 않았다. 옷에 다 가려져 있지만 옷 사이로 삐져나온 몇 군데를 봤을 때 언니는 너무 말랐다. 뼈밖에 없을 정도로 말랐다. 특히 비즈 팔찌를 여러 개 매단 손목이 심했다.

"애나 일로 자주 연락 못 해서 미안해."

릴리가 불쑥 말을 꺼내더니 다시 등을 돌리고 커다란 노란색 커피머신에 물을 붓는다.

"많이 힘들었지……?"

애나가 실종된 직후 몇 번 전화가 오기는 했다. 엽서 한 장과 짧은 페이스북 메시지 몇 개도 받았다. 세라는 더 자주 연락하기를 기대했고 언니에게 의지했으면 좋겠다고 생각했다. 하지만 그 얘기를 하고 싶지 않다는 말은 사실이었다. 가슴 속 진심이 그랬다. 릴리가 조금 더 애를 썼더라면 그때 진실을 털어놓았을까? 집요하게 캐물었더라면? 답을 알지 못하기에 세라는 말없이 커피를 기다린다. 여기 오는 기차에서 상상했던 풍경은 이런 게 아니었다. 진실이 줄줄이 쏟아져 나올 줄 알았다.

울고. 껴안고. 안도하고.

'아빠가 애나 사건과 관련이 있는 것 같아……'

언니는 왜 묻지 않는 걸까?

막상 여기 와보니 일이 어떻게 흘러갈지도 모르겠다. 세라와 릴리는 생전 처음 보는 사람들처럼 넓고 어수선한 주방에 서 있다. 핀은 빌어먹을 수류탄에 다시 단단히 꽂혔다.

"여기 온다고 엄마한테 말했어?"

"어디인지는 빼고. 언니 찾아가니까 걱정하지 말라고만 했어."

"잘했어. 엄마가 여기 주소는 몰랐으면 좋겠어."

릴리가 스커트를 매만지며 눈에 보이지 않는 보풀인지 얼룩인지를 뜯는다. 문득 시선을 느껴서 보니 언니는 눈을 깜박이지 않고 세라를 응시하고 있다.

"언니가 전화해서 나랑 같이 있다고 확인해주면 안 될까."

"그래야 한다고 생각해?"

"응. 엄마 많이 불안해지나 봐."

잠시 침묵이 흐르고 세라는 죄책감을 느낀다.

"경찰에 실종 신고를 했어. 내가 가출했다고."

"아니, 세라, 처음부터 그렇게 말했어야지. 경찰이 여기 오는 거 우리는 싫단 말이야."

"미안해."

"그래."

천장을 올려다보던 릴리가 다시 세라에게로 고개를 돌리고 허리에 손을 올린다.

"그런데 나 지금은 따로 휴대폰이 없어. 웬만하면 안 쓰려고 해서. 하나만 비상용으로 같이 써."

세라는 별일이 다 있다고 생각한다. 휴대폰이 없다고? 언니가 말하는 '우리'가 대체 누구인지 호기심을 느끼며 세라는 주머니에서 휴대폰을 꺼내고 번호를 선택해 전화를 건다. 기다렸다가 엄마 목소리가 들리자 눈을 크게 뜨며 전화기를 릴리에게 건넨다.

"네, 엄마. 릴리예요. 세라 말 사실이니까 걱정할 필요 없다는 얘기 하려고 잠깐 걸었어요. 실종 아니에요. 나랑 며칠 있을 거고 여기 진짜 안전한 곳이에요."

언니의 귀에 밀착된 휴대폰에서 엄마 목소리가 흘러나온다. 목소리가 커서 단어 몇 개는 똑똑히 들린다. '집.' 뭐라 뭐라 한참 얘기하다가…… '경찰.' 세라는 릴리의 표정을 읽으려 한다. 미간의 주름이 깊어진다. 눈이 가늘어진다. 재빨리 머리를 굴리고 말을 가로채서…….

"저기, 화나는 거 이해해요, 엄마. 그런데 세라는 지금 집에 가고 싶지 않대요. 경찰 부를 필요 없어요. 세라는 가출한 게 아니라니까. 실종이 아니라 그냥 나랑 같이 있는……. 경찰이 세라와 할 얘기가 있으면 집에 갔을 때 하라고 해요."

또 한바탕 더 큰소리로 엄마가 끼어들고 릴리는 눈을 질끈 감고 얼굴을 찡그리며 엄마 얘기를 듣는다.

"아니, 미안하지만 그건 안 돼요. 문자받을 수 있게 휴대폰 전원은 켜두라고 할게요. 네. 그럼 끊어요."

릴리가 휴대폰을 허리 쪽으로 내리고 통화 종료 버튼을 찾는 듯하더니 세라에게 전화기를 다시 건넨다.

"그래, 엄마는 여전하네."

세라가 고개를 절레절레 젓는데 전화가 금세 다시 울린다. 병원에서 새로 받은 벨 소리다. 옛날 전화 같은 따르릉 소리. 그때는 좋다고 다운받았다. 옛날 시트콤이 떠올라서. 여기 오니 갑자기 촌스럽게 들린다. 액정에 뜨는 발신자는 또 엄마다. 세라는 수신을 거부하고 휴대폰 설정을 무음으로 바꾼다. 그사이 릴리는 뒤를 돌아 완성된 커피를 새빨간 머그잔 두 개에 붓고 질문 대신 우유갑을 들어 보인다. 세라는 고개를 끄덕인다.

자매는 그 자리에 서서 커피를 마신다. 세라는 의자를 찾아 주위를 둘러본다. 이렇게 두려운데 대화를 시작할 용기를 낼 수 있을까? 다시금 궁금해진다. 세라의 생각을 읽기라도 한 듯 릴리가 별안간 집 구경을 시켜주겠다고 나선다. 앞장서서 주방을 획 나가는 언니의 뒤로 치맛자락이 펄럭인다.

"이리 와. 집 구경시켜 줄게. 사람들도 만나 봐야지."

세라는 머그잔을 받치느라 어색하게 걸음을 내디딘다. 지금 구경 같은 건 하고 싶지 않고, 사람들은 더더욱 만나고 싶지 않다.

집은 넓고 독특한 분위기를 풍긴다. 전체적으로 거칠고 허름한 스타일이다. 거실에는 빛바랜 소파가 커다랗게 놓여 있고, 식당은 벽 한 면을 책으로 뒤덮었다. 널찍한 일광욕실에는 곳곳에 식물이 있다. 밝은색 양탄자가 깔린 바닥은 전부 원목이다. 릴리는 걸으면서 쉬지 않고 조잘거린다. 릴리와 세 커플, 집주인 캐럴라인이 집을 같이 쓴다고 설명한다. 공동생활체는 아니고 뜻이 맞는 사람들끼리 한곳에 모여 산다고 하나? 대부분 화가다.

"일을 하는 거야? 내 말은…… 돈이 어디서 나서?"

세라는 일광욕실 한가운데 서서 커피를 마신다. 다른 사람들은 어디 있을까? 오늘 집에 있어서 세리와 만나게 될 사람은 누구일까?

"우리 다 일을 하고, 각자 방식대로 집에 기여하고 있어. 집은 캐럴라인 부모님 소유야. 임대료가 아주 저렴하지."

"운 좋네."

"우리는 자기 운은 자기 스스로 만드는 거라고 믿어. 내가 어떻게 했느냐에 따라 지금의 내 모습이 결정되는 거야. 잠재력을 발휘하는 것도."

어디서 들었던 얘기다. 기억을 되짚어 보니 집에 처음 돌아왔던 그때 릴리가 했던 말과 정확히 일치한다. 세라는 베일에 싸인 캐럴라인이 한 말인가 보다 생각한다.

"어떤 사람이야? 캐럴라인은?"

"캐럴라인은 아주 특별한 사람이야."

릴리가 양손으로 커피 잔을 감싸 쥔다.

"정말 많이 특별해. 이따가 보면 알 거야."

"다들 내가 있어도 괜찮대?"

릴리는 미소를 짓지만 대답하지 않는다. 언니를 유심히 보던 세라가 더는 못 참겠다고 마음을 먹는다.

"좋아. 그럼 우리 둘만 있는 동안 진짜 아빠 얘기하자, 언니. 나 그러려고 온 거야."

말이 떨어지기 무섭게 릴리의 얼굴이 달라진다. 핏기가 사라지고 두려움과 지독한 피로가 섞인 듯한 표정이 얼굴에 떠오른다. 얼어붙은 것처럼 갑자기 몸이 굳는다. 릴리가 대답을 하려고 숨을 들이마신 순간, 정원으로 나가는 문에서 한 남자가 등장한다. 마당을 가로질러 오는 남자를 못 봤던 세라는 끼익하는 문소리에 놀라 커피를 쏟을 뻔한다.

"어떡해. 미안해요. 못 봤어요."

"내 실수지."

남자가 손을 내밀며 방으로 들어온다. 의외의 행동이었다. 격식을 차려서 악수를 청하다니. 남자도 릴리처럼 옷을 입었다. 과거에서 온 사람처럼. 발목 부분을 끈으로 묶은 연두색 헐렁한 바지. 남색 티셔츠.

"네가 새프런Saffron 동생이구나?"

"새프런?"

세라가 릴리를 돌아보고 고개를 갸웃하며 놀란 표정을 짓는다.

"여기 오면 다 이름을 새로 받아."

릴리는 제멋대로 들어온 사람을 향해 웃고 있다.

"이쪽은 문Moon(달)이야."

'뭐야. 꽃? 달? 사이비 집단인가?'

그러고 보니 문도 릴리와 똑같이 밝은 색깔 팔찌를 찼다.

"음, 만나서 반가워요, 문. 와 있어도 된다고 허락해줘서 고마운데 지금은 언니랑 단둘이 할 얘기가 있어요."

세라는 이렇게 말하면, 우리가 가족이라고 언급하면 충분히 알아들을 거라 생각했지만 착각이었다. 남자는 릴리에게 가까이 다가와 릴리가 왼쪽에 찬 팔찌에 손을 올린다. 팔찌에서 비밀을 읽으려는 것처럼 릴리의 얼굴을 가만히 바라본다.

"우리 얘기했지, 새프런? 이제 결정은 네가 하는 거야. 내가 옆에 있어줄까? 응?"

"얘기를 했다니 무슨 뜻이야?"

세라는 어이가 없어서 커피 잔을 작은 테이블에 내려놓고 자세를 똑바로 한다.

"이건 우리 문제예요. 가족 문제. 나는 우리 언니랑 중요하게 할 말이 있어요. 단둘이서."

문은 움직이지 않는다.

'이 사람 언니 애인인가? 그래서 이래?'

릴리는 아직도 고통스러운 얼굴로 별다른 말을 하지 않는다. 결국 문이 다시 입을 연다.

"네 선택이라는 걸 명심해, 새프런. 세라와 얘기하고 싶어?"

긴 침묵이 흐른다.

"아니면 싫어?"

"더블 샷 에스프레소요."

매슈가 지갑에서 5파운드 지폐를 꺼내는데 멜라니가 옆에 나타난다.

"더블 샷? 정말 괜찮겠어, 매슈?"

매슈가 돌아서서 진심으로 환희에 찬 미소를 보내며 멜라니의 뺨에 입을 맞추자 멜라니가 얼굴을 붉힌다. 매슈의 얼굴도 붉어진다.

"멜라니 너는 뭐 시킬래? 케이크? 쿠키? 내가 쏠게."

"나는 조심해야 해. 카페인 과다 상태라."

멜라니는 차 메뉴판을 훑고 나서 레몬을 곁들인 얼그레이를 택하고 케이크는 됐다고 거절한다. 매슈는 아랑곳하지 않고 당근케이크를 한 조각 주문한 후 조용한 구석에 가서 앉는다.

놀랍게도 멜라니가 작은 배낭에서 선물을 꺼낸다. 분홍색 포장지에 하얀 황새 그림이 있고 리본도 분홍색이다.

"안 줘도 되는데, 뭐야, 멜라니. 무슨 시간이 있어서 준비했어?"

매슈는 조금 당황한다. 너무 감동했다.

이번에는 멜라니가 환히 웃으며 열어보라고 재촉한다. 상자 안에는 깜찍한 아기 우주복과 모자 세트가 들어 있다. 흰색 바탕에 연분홍색 하트 무늬.

"예쁘다. 진심으로 감동했어."

"그래서, 어때? 아빠가 된 소감?"

매슈는 심호흡을 한다. 멜라니는 직계 가족 외에 처음 만난 사람이다. 병원 밖에서 처음 만난 사람.

"말도 마. 샐리가 대단했지만 난산이었어."

그러고는 유혈이 낭자한 부분을 제외하고 제왕절개로 일어난 드라마를 간략히 요약해준다. 복도에서 소식을 기다리던 공포, 두려움, 이후 찾아든 기쁨. 하지만 샐리가 며칠 병원에 꼼짝 없이 갇히며 매슈도 뭘 어떻게 해야 할지 모르는 난감한 처지에 빠졌다.

"그래서 일하는 중이구나? 어쩐지 이상하다 했어."

"이 사건 때문이야, 멜라니. 마음이 조금 쓰이네. 그리고 지금……."

매슈는 말을 멈추고 음료를 가져온 웨이트리스가 대화를 못 듣게 저쪽 계산대로 돌아가기를 기다린다. 멀어지는 웨이트리스를 보고 있자니 붉은 기가 도는 금발이 눈에 들어오고 몇 년 전 맡았던 영아 유괴 사건이 떠오른다. 그때 젊은 엄마도 머리카락 색이 저랬다. 또 저 웨이트리스처럼 곱슬머리였다. 사건이 일어나고 아이 엄마가 조사를 받을 때를 기억한다. 엄마는 조사를 받다 말고 나가 구토를 했다. 두려움으로 얼굴이 새하얘져 손을 벌벌 떨고 앉아 있는 모습이 얼마나 안쓰럽던지. 생각하니 부끄럽지만 당시에는 일 처리가 늦어진다고 조금 짜증도 났었다. 이제야 그 마음을 이해…….

앞을 보니 멜라니가 그를 물끄러미 바라본다.

"괜찮아, 매슈?"

"미안. 잠깐 다른 생각 했다. 아직 잠도 제대로 못 잤어. 아침저녁을 병원에서 보내고 집에 가서도 이것저것 하느라."

"일도 하고."

"일도 하고, 맞아. 퇴원하기 전에 몇 가지 마무리 지어야지."

"글쎄, 그 와중에 애나 밸러드 사건 종결까지 돕겠다는 기대는 안 하는 게 좋아. 지금 완전히 엉망진창 난장판이니까."

멜라니가 몸을 앞으로 기울인다.

"좋아. 이건 너를 믿기 때문에 하는 얘기야. 왜냐하면 지금 나도 너처럼 사표 써버리고 싶은 심정이거든."

매슈는 멜라니의 표정을 해석하려 해본다. 설마 진심은 아니겠지. 그냥 푸념일 거야……. 얼마나 후회하는지 말해줘야 하나? 되감기 버튼을 누를 수 있기를 간절히 원하는 날도 있다고?

"그만두면 안 돼, 멜라니. 응? 너는 뭐시기 경위 세 명 몫을 하는 사람이야."

"그렇기는 하지만…… 너도 알다시피 그런다고 달라지는 거 없잖아."

매슈는 한숨을 쉴 뿐이다. 그렇지 않다고 말할 수 있다면 얼마나 좋을까.

"좋아, 매슈. 내 말 잘 들어……. 우리만 아는 비밀이다?"

"……목숨 걸고 약속해."

이미 오래전에 규정을 다 어겼다는 사실을 피차 알고 있었다. 두 사람이 서로를 신뢰하지 않으면 불가능한 일이었다.

"우리 경찰서에 애나 아버지 전화가 왔단 말이야. 나랑 통화하고 싶다고. 나 아니면 얘기하지 않겠다고 했대. 알고 보니까 엽총을 들고 자기 집 창고에 있었어."

"미쳤군."

"내 말. 그래서 또라이 경위가 무슨 결정을 내렸는지 알아? 나한테 숨겼어. 그것도 모자라 나를 배제하려고 내 근무일을 휴일로 몰래 조정한 거 있지. 그러고는 어설프게 행차하셔서 나를 만나게 할 수 없다고 밸러드 씨를 자극한 거야. 일을 완전히 그르쳤지. 결국 헨리 밸러드가 눈에 보이는 것 없이 총을 휘두르는 사태가 벌어졌고 하마터면 자기 총에 자기가 맞을 뻔했어."

"기가 막히네. 그래서 지금은?"

"실종자 아빠를 유치장에 가두고 나는 근처에 얼씬도 못 하게 해. 순경 하나가 귀띔해줘서 실종자 집에 애나 엄마랑 같이 있는 가족연락관하고 방금 겨우 통화했어."

"왜 너를 자꾸 배제하려는 걸까?"

"누가 알겠어? 그 인간이 거만하고 쥐뿔도 쓸데없는 무능력

자라는 걸 내가 알아차렸기 때문인가 보지."

"설마 그 얘기를 대놓고 하지는 않았지?"

멜라니가 얼굴을 붉힌다.

"오, 멜라니."

"아니, 다른 연쇄살인 사건도 맡고 있다는데, 내가 봤을 때 애나 밸러드를 찾는 데는 아무 관심이 없어. 게을러서 시신이 나타나면 과학수사대가 다 해결해주겠거니 하고 기다리는 거야. 여기 와 있는 건 이 동네에 누구 조사할 사람이 있어서일 뿐이고."

"알겠어. 정말로 이제는 실종자 아버지가 용의선상에 올랐다는 거야? 내 말은…… 가능해 보여? 엑서터에서 출소했다는 두 남자는 어쩌고? 나는 핵심 용의자가 아직 걔들이라고 생각했어."

멜라니가 의자에 기대앉는다.

"나도 그래."

그 순간, 멜라니의 전화벨이 울린다. 바뀐 재즈풍 벨 소리를 들어도 매슈는 놀라지 않는다. 원래부터 멜라니는 재즈라면 환장했다. 첫 훈련 과정을 통과했을 때 동네에 있는 멋진 재즈 바에서 파티를 준비했을 정도니까. 정말 잊지 못할 저녁이었다.

멜라니는 주머니에서 휴대폰을 꺼내고 매슈가 괜찮다고 고개를 끄덕이자 일어나서 조용한 곳으로 가 전화를 받는다.

매슈는 커피를 다 마시고 테이블 가운데에 놓인 도자기 그릇에서 설탕 봉지를 꺼낸다. 피라미드를 만들까 하다가 참는다. '손장난은 그만해. 오늘은 아니야.' 설탕을 도로 넣고 기다리니 멜라니가 자리로 돌아온다.

"갈수록 재미있어지네. 지금 무슨 상황인지 말해도 넌 못 믿을 거야."

매슈는 대답 없이 눈만 동그랗게 뜬다.

"좋아. 일단. 나는 서장님 만나러 가야 해. 쥐방울 같은 놈이 나를 고발했어. 정식 탄원서로."

"아니, 무슨 일이야, 멜라니. 나 때문이야?"

"그럴 리가. 너랑 얘기 중인 거 그쪽에서 모르는데. 아무튼, 신경 쓰지 마. 내가 알아서 할 수 있어."

멜라니가 숨을 깊이 들이마신다.

"있잖아…… 경찰에서는 언론 보도를 막으려고 하는데, 농담 아니고 지금 벌어지는 일은 절대 못 덮어."

"이분은 왜 맨발이에요?"

헨리를 조사실로 데려오는 순경을 보며 경위가 묻는다.

"양말 안 기다린다고 변호사에게 이미 말했습니다. 그냥 빨리 해치우죠."

헨리는 변호사 옆에 앉는다. 런던 경위는 '녹음 중'이라며 헨리 밸러드가 맨발로 조사를 받는 것에 불만을 표하지 않았다고 말한다. 하지만 개인적으로는 지금 상황에 아무 관심 없다는 말투와 표정이다.

"내가 했던 말은 확인해봤습니까?"

"질문은 제가 합니다, 밸러드 씨."

헨리는 아랫입술을 깨물고 앞에 놓인 두 장짜리 서류를 훑는 경위를 본다. 서류가 거꾸로 뒤집혀 있어 읽으려 해도 이름만 겨우 보인다. 경찰이 헨리의 새로운 알리바이를 조사해 확인하기는 한 모양이다.

'에이프릴.'

"그래서…… 사모님도 외도 사실을 아십니까?"

"아니, 모릅니다."

바버라가 이미 최후통첩을 했다는 말을 보태지는 않을 것이다. 전에도 딸들이 어릴 때 바람을 피운 적 있었다. 바버라가 남편보다는 애나와 제니와 아이들 친구에 더 관심을 보이는 것 같았을 때. 진지한 관계는 아니었고 후회만 남았다. 사실을 알아낸 바버라는 그에게 한 번 더 기회를 줬지만 또 기대를 저버리면 두 번은 용서하지 않겠다는 의사를 분명히 밝혔다.

"차에서 잤다는 헛소리를 부인이 정말 믿는다고 생각해요, 밸러드 씨?"

"모르죠. 하지만 에이프릴 이야기는 아내에게 하지 않는 게……."

"그러시겠죠. 하지만 지금까지 우리가 접수한 당신 이야기는 세 가지나 됩니다. 내 시간을 낭비하고 있어요. 수사가 장난이 아니라는 이야기를 꼭 말로 해야겠습니까?"

"어떻게 감히!"

헨리가 자리를 박차고 일어나자 의자 다리가 시끄럽게 타일 바닥을 긁는다.

"앉아요!"

헨리는 무시한다.

"내 딸이 아직 안 돌아왔습니다. 꼬박 1년이 지났는데 내 딸이 어떻게 됐는지 당신들은 단서 하나 못 잡고 있다고! 초기에 용의자 둘이 튀는 것도 못 막은 주제에 이게 장난이 아니라는 얘기를 나한테 하겠다는 겁니까?"

변호사가 점잖게 헨리의 팔을 붙잡고 다른 손으로 앉으라는 신호를 보내지만 헨리는 분노에 차서 씩씩거린다. 이 무능한 형사 놈의 장단에 맞추는 것도 이제는 못 해 먹겠다.

"밸러드 씨가 처음부터 진실을 얘기했더라면 저희도 시간을 크게 절약할 수 있었을 겁니다. 그만 앉아주시죠."

이제는 헨리도 순순히 말을 듣는다.

"에이프릴과 얘기해봤어요? 진술을 받았습니까?"

사람들 앞에서 그 이름을 큰 소리로 말하려니 기분이 이상하다. 경찰이 그곳을 급습해 소란을 피운다는 생각은 하고 싶지 않다.

"네. 마지막으로 바뀐 이야기가 사실이라고 확인해줬습니다. 그런데 주변 여성들에게 거짓말을 해달라는 게 습관인가요? 처음에는 사모님에게 거짓말을 부탁했잖아요."

"바버라는 아무 잘못 없습니다. 얼마나 취했는지 경찰에게 알리고 싶지 않다고만 했어요. 계획대로 드라이브를 나갔다가 차에서 잤다고요."

"사모님은 진짜라고 믿었고요?"

헨리는 맨발을 내려다보며 고민에 빠진다. 양말을 가져올 때까지 기다렸어야 했나? 이제는 그냥 보내줄 줄 알았다. 왜 질문을 계속하지? 법대로라면 무슨 혐의로 그를 기소하든 석방하든 결정할 시간이 1시간밖에 남지 않았다.

"굳이 말 안 해도 잘 아시겠지만 저는 밸러드 씨에게 공무 집행 방해 및 위협 행동 혐의를 물을 수도 있습니다."

"창고에서 흥분했던 건 멜라니 샌더스와 대화하고 싶었기 때문입니다. 말했잖아요."

"왜 하필 멜라니 샌더스죠?"

말 자체보다는 말투에 더 많은 의미가 담겨 있다. 헨리는 경위의 얼굴을 찬찬히 뜯어보고 신중하게 대응해야 한다는 신호를 포착한다.

"대하기 편하다고 생각했습니다. 그게 다예요. 가족연락관 캐시도 그렇지만 우리 가족에게 잘해줬으니까요."

"알겠습니다. 뭐, 말씀드렸다시피 샌더스 경사는 휴가 중이에요. 사건 담당자는 접니다."

서류 뒤섞는 소리가 한참 들린다. 기다리다 못해 헨리의 변호사가 말을 꺼낸다.

"저기, 다른 문제가 없고 밸러드 씨 진술을 확인하셨다면 저는 이만 석방 요청을 하겠습니다. 의뢰인은 몹시 힘든 시간을 보냈고 가족과 함께 있어야 해요."

경위가 그 말을 듣고 생각하는 듯할 때 조사실 문이 벌컥 열린다.

"또 뭐야? 양말 얘기는 아니겠지?"

순경이 조사실로 들어와 경위의 귀에 속삭인다. 어리둥절하게도 경위는 표정을 싹 바꾸더니 녹음테이프에 대고 조사실을 나갈 것이며 잠시 조사를 중단해야 한다고 말한다.

"무슨 일입니까?"

헨리가 돌아보지만 변호사는 어깨만 으쓱한다.

몇 분 나갔다가 돌아온 경위는 의자에 걸쳐둔 재킷을 집어 들고 헨리에게 일단은 별다른 혐의 없이 석방하지만 경찰이 가진 권리에 따라 추가 조사를 하고 다시 대화를 요청할 수 있다고 알린다.

그런 다음 숨을 깊이 들이마시고 헨리를 가만히 바라본다. 이어 전하는 말은 경찰 수사에 '뜻밖의 진전'이 있다는 내용이었다. 말투가 전과 다르게 조심스러워졌다. 경위는 집까지 헨리를 태워줄 테니 가는 길에 자세한 설명을 들으라고 말한다.

헨리는 영문을 알 수 없었다. 원래는 바버라에게 전화할 생각이었다. 에이프릴 사태가 밖으로 새어 나가지 않았기를 바라며 아내가 데리러 와줬으면 했다. 경찰이 택시도 아니고 집까지 태워준다는 이유가 뭘까. 조사실에 있는 사람들의 얼굴을 살펴본다. 확실히 분위기가 달라졌다.

"왜 그래요? 무슨 일 있어요?"

"가는 길에 자세히 말씀드리죠, 밸러드 씨."

'생각해. 생각하자.'

세라는 소파에 앉아 몸을 숙이고 머리를 감싸 쥔다. 생각을 해야 한다. 누구인지 알아볼 수도 없는 이 낯선 사람에게서 진짜 언니를 끄집어낼 말을 찾아야 한다. 하지만 아무 말도 떠오르지 않고, 세라는 밤마다 그랬던 것처럼 애나와 마지막으로 나눴던 대화를 생각하고 있다. 경찰에 이야기하지 않았던 끔찍한 말다툼에 대해. 여기서 릴리에게 털어놓을 작정이었다. 예전의 언니에게.

맞은편에 앉은 사람은 셋으로 늘었다. 비즈 팔찌를 만지는 이상한 행동을 보며 세라는 언니와 얘기할 수 있게 다 꺼졌으면 좋겠다고 생각한다. 문 옆에 있는 커플은 자기 이름을 레인보 Rainbow(무지개)와 워터폴Waterfall(폭포)이라 소개한다.

"그래서, 여기 사이비야?"

세라가 그들을 빤히 보며 마침내 내뱉는다. 기분이 상하든 말든 이제는 신경 쓰지 않는다.

"아니…… 팔찌도 그렇고, 이상한 이름은 뭔데?"

아임 워칭 유

"이상하게 생각하지 마, 세라. 좋은 거야. 진정과 치유에 도움을 줘."

릴리는 세라를 똑바로 바라본다. 건드리면 부서질 듯한 언니 모습에 세라는 답답해져서 갑자기 눈물이 날 것만 같다.

"알았어. 언니가 이 사람들한테 나가달라고 안 하면 그냥 여기서 얘기할게. 아빠 얘기야, 언니. 내 착각일지는 모르겠지만 이 사람들이 대화 내용을 듣는 거 언니도 원하지 않을 거라 생각해."

릴리는 이제야 새로운 괴짜 친구들을 돌아보고 세라와 단둘이 있게 비켜달라고 부탁한다.

"정말 괜찮겠어?"

문이 아주 다정하게 말하며 릴리의 눈을 가만히 들여다본다. 세라는 두 사람이 연인이라고 확신한다.

"응. 괜찮아. 필요하면 내가 부르러 갈게."

드디어 세 사람 다 방을 나가자 릴리가 문을 닫고 세라의 맞은편 자리로 돌아온다.

"여기 뭐 하는 데야, 언니? 지금 언니 옷차림, 지금 하는 행동, 마음에 안 들고 이해도 안 돼. 내 말은, 우리 자매잖아. 그런데 지금 언니는 나랑 인연을 끊고 싶어 하는 사람 같아."

"그런 거 아니야."

"그럼…… 그럼 뭔데? 아니, 내 절친이 실종된 지 1년째야. 죽었을지도 모른단 말이야. 그런데 언니는 연락도 하지 않았어."

"미안해. 내가 그러면 안 되는 거였지. 네 말이 맞아. 언니 잘못이야. 있잖아. 여기 왔을 때 나 상태가 많이 안 좋았어, 세라. 공간이 필요했어. 스스로 강해지고 더는 약해지지 않을 방법을 찾아야 했어."

세라는 한동안 말없이 앉아 릴리가 가출하고 부모님이 갈라서기 직전의 집안 풍경을 회상한다. 문이 쾅 닫혔다. 고함이 들렸다. 더 싫었던 것은 닫힌 문 뒤에서 속삭이는 말들이었다. 무슨 일인지 세라에게만 말해주지 않는 상황. 엄마의 그런 모습.

다음으로는 그날 끔찍했던 아빠의 모습을 생각한다.

'네가 얼마나 컸는지 확인하게……'

세라는 정확한 시기를 기억하려 한다. 언제였더라? 모든 게 끝장나기 몇 달 전? 맞아. 그쯤이다. 그게 부모님의 이혼에 아주 복합적인 감정을 느낀 이유였다. 어렸을 때 사랑했던 아빠가 그리웠지만 한편으로는 아빠가 집을 나가서 안심했다. 그래서 미안하고 혼란스럽고 괴로웠다.

"아빠가 떠난 진짜 이유가 뭐야, 언니?"

"너는 왜 애나 일에 아빠가 관련이 있다고 생각하는데? 갑자기 그런 생각이 왜 들었어? 왜 그런 말을 해?"

"왜냐하면 1년 내내 그것 때문에 걱정했으니까. 연관됐을 수도 있는 이유 언니도 알잖아."

릴리가 손을 떤다. 세라는 언니의 손에서 눈을 뗄 수 없다. 반대쪽 손으로 소매를 당기는 언니를 보며 세라는 집에서 봤던 다른 광경을 기억한다. 릴리가 학교를 빠지고 자해를 시작했을 때. 언니는 수학 교재인 컴퍼스로 팔을 긋고 있었다.

"전에 아빠가 나한테 이상한 행동을 했어, 언니. 아무도 모르는 얘기야. 엄마도, 애나도. 아무한테도 말 안 했어. 정확히 어떤 행동이었는지, 내가 과대 해석하는 건지 모르겠어. 하지만 정상적인 행동이 아니었고, 애나 사건이 일어난 이후로 자꾸 그때 생각만 나. 언니도 내가 미쳤다고 생각해? 아빠가 떠난 이유를 의심하는 게? 아무리 물어봐도 엄마는 말을 안 해주고 나는 아빠가 바람을 피워서 엄마가 상처받았다고 생각했어. 하지만 언니가 말을……."

"뭐야, 세라. 그 사람이 너도 아프게 한 거야?"

릴리는 완전히 충격에 빠진 표정이다. 눈물이 고이고 있다.

"진짜로 아프게 한 건 아니고."

세라가 말을 하다 말고 고개를 돌린다.

"나를 만졌어. 그러면 안 되는……."

"말도 안 돼. 언제? 한 번 이상이야?"

"아니. 딱 한 번. 집 나가기 몇 주 전에."

일어나 창문으로 가서 밖을 내다보던 릴리가 흙빛이 된 얼굴로 세라를 홱 돌아본다.

"내가 경찰에 신고했어야 했어. 어떡해, 다 내 잘못이야."

"무슨 뜻이야? 언니가 경찰에 신고했어야 한다니? 왜?"

"아빠는 좋은 사람이 아니야, 세라. 그 사람은……."

릴리는 왼쪽 팔목에 찬 팔찌들을 오른손으로 쥐고 알이 큰 팔찌를 쉬지 않고 빙글빙글 돌린다.

"사실 그 사람이 내게 한 행동이 있어. 자주. 너무 무서워서 아무 데도 말할 수가 없었어."

어쩔 줄 몰라 하며 릴리가 다시 와서 앉는다. 상체를 앞으로 숙인다.

"그런데 갈수록 심해졌고 너까지 아프게 할까 봐 겁이 났어. 내가 너를 보호하고 있다고 생각한 거야. 그래서 엄마한테 말했지. 그 사람이 내 방에 들어온다고. 우리가 새집으로 이사한 후부터. 하지만 엄마는 내 말을 안 믿으려고 했어."

"엄마한테 말했다고? 엄마가 알았어?"

"응. 나는 엄마가 얘기를 듣자마자 경찰에 신고할 줄 알았어. 하지만 엄마는 아빠한테 말했고 아빠는……."

긴 침묵이 흐른다. 릴리는 이제 팔찌의 구슬을 신경질적으로 잡아당기고 있다.

"내가 관심을 끌려고 거짓말한다고 했어. 머리가 어떻게 됐고, 학교에 빠진 벌을 안 받으려고 헛소리를 지어냈다고. 도움을 받아야 한다고 했어. 정신과 의사를 찾아가거나."

세라는 양손으로 입을 틀어막아야 했다. 릴리가 뺨에 흘러내리는 눈물을 닦는다.

"그래서 결국 내가 말한 거야. 아빠가 안 떠나면 내 발로 경찰서 가서 아빠를 신고하겠다고."

세라는 바닥을 본다.

"그렇게 해야 했다는 걸 이제 알았어. 경찰에 신고했어야 해. 정말, 너무 미안해, 세라. 나는 그냥 다 끝나기만 바랐어. 그 사람이 떠나면 너라도 안전해진다고 생각했어. 이미 그랬을 줄은……. 아무튼, 그 사람이 떠났는데도 엄마는 내 말을 안 믿고 나를 용서하지 못한다고 했어. 그래서 폐인이 돼서 여기까지 온 거야."

세라는 방 안을 둘러본다. 눈살을 찌푸리고 여기 있던 사람들을 생각한다. 문, 레인보, 워터폴…….

"그래서 여기는 뭐 하는 데야, 언니? 이 사람들은 누구고?"

"전화 상담 서비스를 받다가 알게 됐어. 캐럴라인은 이런 일을 당한 사람들이 와서 살게 하는 거야."

"그럼 전부…… 문이랑 다른 사람들도……."

릴리는 말없이 고개를 끄덕인다. 세라는 충격에 빠져 아까 본 장면들을 다시 짜 맞추고 살펴본다. 정원에서 들어오던 문. 악수. 걱정하는 눈빛.

"사람들이 이상하게 보기는 하지. 괴상한 공동체 아니냐면서. 그래도 우리는 신경 안 써. 이렇게 모여 있으면 더 강해지는 기분이거든."

"나중에는 왜 신고하지 않은 거야, 언니?"

"그러고 싶었지만 그럴 용기가 없었어. 그리고 이곳 사람들은 강요하지 않아. 본인에게 결정권을 주지. 각자 선택인 거야."

"그래서 친구들이 언니를 보호했던 거야? 사정을 다 알아서?"

"응. 전부 다 알아. 너를 생각하면 내 상태가 다시 안 좋아진다는 것도. 집 생각이나 엄마 생각을 할 때도 그렇지만. 친구들은 나를 걱정하는 거야."

세라는 언니의 손을 다시 본다. 꼼지락거리는 손이 덜덜 떨린다.

"저기, 미안해. 나 때문에 언니가 힘들어지는 건 싫지만, 그날 밤 애나와 있었던 일에 대해 꼭 얘기하고 싶었어. 그래서 여기 온 거야. 그래서 지금도 걱정하는 거고."

"그럼 해봐."

"경찰에 이 얘기를 하지 않은 건⋯⋯. 글쎄, 왜 안 했는지 나도 모르겠어. 바보 같은 생각일까 봐 겁이 났어. 칼과 앤터니가 범인이라고 생각했으니까. 그런데 갈수록 무서워져. 애나한테 일어난 일이 내 잘못 같아서."

"왜 그런 생각을 해?"

"애나가 실종된 날 밤에 아빠가 문자를 보냈어. 우리가 런던에 있다는 얘기를 엄마한테 들었다고 런던 호텔에서 만나자고 했어. 직장을 옮겨서 엄청 좋은 곳에 있다는 거야. 큰 화물 회사 부장 됐다는 얘기 들었어? 아무튼. 나는 싫다고 했지. 그런데 애나한테 문자를 보여줬어."

"설마 애나가 만났다고 생각하는 건 아니지?"

"그게 문제야. 모르겠다는 거. 그런데 우리가 대판 싸웠거든.

나랑 애나. 그때 애나가 했던 말이 자꾸만 생각나."

"이해가 안 돼."

"애나는 불안하다고 했어, 언니. 우리가 술을 너무 많이 마셔서. 그러더니 아빠를 클럽으로 부르자고 했어. 호텔까지 데려다 달라고……."

주방에 루크와 있으니 입이 마르고 가슴이 두근거린다.

내 주머니 안에는 가게 앞 바닥에서 주운 납작한 플라스틱 조각이 들어 있다. 단순한 플라스틱 하나로 머리가 너무 어지럽다. 루크가 왜 내게 거짓말을 하지? 마음 깊은 곳에서는 화가 난 걸까? 자기가 이렇게 힘든데 엄마라는 사람이 애나 실종 사건에만 몰두해서?

"텐토르스Ten Tors(청소년 여섯 명이 한 조를 이뤄 10개의 봉우리를 정복하는 하이킹 대회-옮긴이) 때 받았던 지도 확대경 있지? 메달이랑 같이 줬던 거."

최대한 아무렇지 않은 목소리를 꾸며낸다.

"네?"

"플라스틱 돋보기. 그거 좀 빌려줄래? 새로 받은 주문서 중에 글자가 너무 작은 게 있어서 읽기 힘드네."

루크의 얼굴을 보지만 답은 전혀 나오지 않는다. 내가 잘 있나 보러 가게에 왔던 건가. 그러다 마음이 바뀌었고. 하지만 굳이 왜? 거짓말을 뭐 하러 하지? 말이 되지 않는다.

"그건 진작 잃어버렸죠. 돋보기 하나 사요. 돋보기안경이나."

짜증 섞인 목소리다.

"안경 쓰는 게 그렇게 창피해요?"

"언제 잃어버렸어?"

"아, 그만, 엄마. 그게 뭐가 중요해요?"

카운터에 놓인 주전자 옆에서 휴대폰 문자 알림음이 들리지만 나는 확인하지 않는다.

곧 휴대폰 벨 소리가 울린다. 가서 보니 매슈의 전화라 전화를 받는다. 매슈가 속사포처럼 쏟아내는 말은 받아들이기 힘들만큼 충격적이다.

"텔레비전 켜 봐."

채소 보관함 위쪽 선반에 리모컨이 있다고 내가 손짓한다.

"뭔데요? 누구 전화예요?"

"TV 켜, 루크. 뉴스 채널. 어디든 뉴스 하는 데."

요리책과 파일로 가득한 책장 위의 소형 평면 텔레비전을 향해 루크가 리모컨을 급히 누른다. 마침내 화면이 켜지고 루크는 편성표에서 뉴스 채널을 찾는다. 소리는 없지만 애나의 익숙한 페이스북 사진이 화면을 채우고 아래로 자막이 지나간다. 맙소사. 그때 호텔과 똑같은 상황이잖아……

"소리 키워봐, 루크. 빨리."

내가 속보 자막을 읽는 동안 매슈는 많지는 않지만 아는 대로 정보를 전한다. 화면 밑에 흐르는 자막은 10대 소녀 애나 밸러드 실종 사건의 용의자로 칼 프레스턴을 지목한다. 두 번째 헤드라인이 뜨며 스페인의 한 아파트에서 약 1시간 전 총성 여러 발이 들린 후 경찰이 일대를 봉쇄했다는 사실을 확인해준다.

먼저 시끄러운 볼륨이 터져 나오고 화면이 다시 전환된다. 스튜디오에서 금발 앵커가 이어폰에 손을 대며 대본을 바삐 넘기고 있다.

"지금 알려진 건 이게 다예요, 엘라. 이만 끊을게요."

매슈의 목소리가 이제는 텔레비전 소리와 섞여 잘 들리지 않는다.

"하지만 뭐라도 새로운 정보가 들어오면 전화할게요. 경찰에서는 보도를 막으려고 했는데 신고한 이웃 주민이 곧장 지역 방송국에도 제보했대요."

매슈에게 고맙다고 인사하고 목소리를 낮춰 아기는 잘 있냐고 짧게 묻는다. 매슈는 몇 시간 있다 병원에 돌아가야 하지만 필요하면 문자 보내도 된다고 말한다.

루크와 나는 얼이 빠진 상태로 주방에 서 있고 앵커가 현재까지 들어온 정보를 요약한다.

"혼란스러운 상황이지만 지금까지 들어온 정보를 정리해보면 마르베야 외곽에서 약 2킬로미터 떨어진 소규모 개발 구역 아파트에서 경찰 신고가 들어왔다고 합니다. 제보자는 최근 용의자 두 명을 수배하는 영국 방송을 보고 한 남자를 알아봤다고 하는데요. 1년 전 실종된 청소년인 애나 밸러드와 관련해 조사를 하기 위해……."

이제 앵커는 기자와 전화 연결을 한다. 기자는 현장 폴리스라인 바로 앞에 있다고 말한다. 내가 루크를 보며 묻는다.

"왜 생중계로 연결을 안 하지? 기자 말이야."

"카메라가 아직 안 도착했나 보죠."

루크는 아직도 리모컨을 들고 간이 식탁 의자에 걸터앉아 있다.

답답하게도 기자가 하는 말은 전부 조금 전 앵커가 했던 말의 반복이다. 하지만 곧 정보가 추가된다. 이웃에 사는 목격자의 인터뷰다.

"1시간 전쯤 총소리가 들려서 처음에는 테러가 난 줄 알았어요. 겁이 나서 그냥 바닥에 엎드렸죠."

"총성이 어디서 들렸나요? 이후 상황을 정확히 묘사할 수 있을까요?" 이제 텔레비전 화면이 반으로 갈라지며 한쪽에는 런던 스튜디오에서 질문을 하는 앵커가 보이고, 옆에는 마르베야 바로 외곽에 있는 아파트의 위치가 뜬다. 나는 여전히 답답해서 죽을 지경이다. 빨리 현장 영상을 보고 싶은데.

"위에서 총을 쏘는 것 같은 소리가 났어요. 아마 2층? 모르겠네요. 저희는 바닥에 한참 엎드려 있었어요. 저랑 친구들요. 체감은 몇 시간 같았지만 10분인가, 15분쯤 지났을 거예요. 집 뒤쪽 창문으로 경찰이 보이더라고요. 창문으로 부르더니 주민 일부를 아파트 밖으로 내보내는 중이라고 했어요. 경찰이 방패 같은 거로 가려줘서 저희도 아파트 뒤쪽에 천막 친 통로를 지나서 안전한 곳으로 대피했어요. 지금 있는 곳으로요."

"그러니까 아파트 안에 다른 분들은 아직 남아 있는 거죠?"

"네, 많이요. 제가 봤을 때 경찰도 일부만 대피시킨 것 같아요. 너무 위험해서 그랬을 거예요. 앞으로 달려가는 사람도 몇 명 봤는데 미친 거죠. 총 쏘는 사람이 위층 창문에서 딱 볼 수 있잖아요. 마음만 먹으면 당장 쏠 수도 있다고요."

"현재 상황에 대해 경찰로부터 들은 얘기가 있나요?"

"아니요, 전혀요. 그냥 폴리스라인을 넘어오지 말라는 말만 했어요. 안전하게 집에 돌아갈 수 있을 때 알려준다고요."

"지금 계신 곳에서는 뭐가 보이나요?"

"아까보다 경찰 수가 많아졌어요. 권총 말고 소총을 든 경찰도 있고요. 사방에 밴이 깔렸고 방송국에서도 도착하고 있어요. 몇몇은 트럭을 타고요. 처음에는 다들 테러라고 생각했던 것 같아요. 그런 생각이 들잖아요? 요즘에는?"

"저희 쪽에도 제보가 들어오고 있습니다. 아직 경찰의 확인을 받지는 못했지만 작전의 중심에 칼 프레스턴이라고, 콘월 청소년 애나 밸러드의 실종 사건과 관련해 조사하려고 수배 중인 남자가 있다는 얘기가 있어요. 그 얘기 들어보셨나요?"

"네, 들었어요. 지금 길에서 하는 얘기도 다 그거예요. 아파트 주민 하나가 무슨 프로그램에서 보고 그 남자를 알아봤다고 하더라고요. 그런데 제가 생각하는 그 남자라면 우리는 이름을 마크라고 알고 있거든요. 머리카락 색도 완전히 달라요. 지금은 훨씬 밝은색이에요."

"칼 프레스턴의 공식 수배 사진을 보셨다는 말씀인가요?"

"방금 폰으로 봤어요. SNS에 쫙 깔렸잖아요. 확실히 닮긴 했어요. 얼굴이요. 아까도 말했지만 저희가 아는 이름은 마크예요. 아마 건축 일을 하는 사람이고요. 신축 공사 현장에서 일한다고 알고 있어요."

"개인적으로 친분이 있나요? 어떤 사람인지 말씀해주실 수 있을까요?"

"별로요. 남하고 잘 안 어울리는 사람이라서요. 같이 사는 여자가 있을 거예요. 조금 어린 여자요. 금발이고…… 계단에서 몇 번 마주친 적은 있어도 말을 해본 적은 없어요."

마지막 대화를 듣자 배 근육이 경직된다. 루크가 나를 홱 돌아본다. 휘둥그레 뜬 눈을 깜박이지도 않는다.

"혹시 애나일까요?"

"모르지."

"그런데 도망을 왜 안 가지? 아니, 그 여자가 애나고 붙잡혀 있다면 도망쳐야 하지 않아요? 놈이 일하러 갔을 때."

심장이 가슴을 쿵쾅쿵쾅 때리고 손가락 끝에서, 목에서 맥박이 뛴다. 피가 갑자기 온몸에 빠르게 도는 느낌이다. 지금에서야 깨닫지만 그동안 나는 최악을 가정하고 있었다. 애나가 죽었을 것이라고. 애나가 아직 살아 있을 수 있다는, 예상치 못한 새로운 가능성을 받아들이기가 힘들다.

"나는 좀 앉아야겠다."

"아무래도 아빠한테 전화해서 집으로 오라고 해야 할 것 같아요."

"아빠 바쁜데……."

루크는 벌써 주머니에서 휴대폰을 꺼내고 토니의 번호를 찾고 있다.

"엄마 옆에는 아빠가 필요해요. 집으로 오라고 해요."

휴대폰을 귀에 대고 전화가 연결되기를 기다리던 루크의 표정이 바뀐다.

"잠깐. 혹시 칼이라는 남자랑 그냥 가출한 거 아니에요?"

"뭐?"

뜬금없는 얘기에 얼굴이 절로 구겨진다. 이해가 전혀 안 된다. 지금 이 상황을 도저히 감당할 수가 없다. 퍼즐이 맞춰지지 않는다.

"봐봐, 처음부터 실종이 아니었던 거예요. 엄마가 쓸데없이 죄책감을 느꼈는지도 모른다고요. 진실을 알고 보면 콘월에 사는 게 싫어서 그냥 도망친 건지도 몰라요."

아버지

헨리는 경찰차 뒷좌석에 앉아 흐릿하게 스쳐 지나가는 익숙한 장소들을 바라본다. 버스 정류장. 전쟁기념관. 오늘 전쟁기념관에는 하얀 꽃다발이 있다. 무슨 기념식이 있었나? 이유를 생각해보려 하지만 기억이 나지 않는다.

다음으로는 검은 비옷을 입은 여자가 바퀴 달린 요상한 장바구니를 끌고 가는 모습을 본다. 가방 천은 초록색과 파란색이 섞인 체크무늬고, 헐거운 바퀴 탓에 오른쪽으로 몸체가 쏠린다. 여자는 방향을 똑바로 하려고 가방을 이따금 왼쪽으로 당긴다. 헨리는 바퀴 없이 가방만 드는 게 차라리 낫겠다고 생각한다.

앞자리 조수석에서는 경사가 누군가와 전화를 하고 있다. 한쪽 대화만 듣고 있으려니 열불이 난다. 분명 심각한 일이 터졌는데 무슨 일인지 아직도 알아내지 못했다. 왜 갑자기 헨리를 풀어준 걸까?

"도대체 무슨 일인지 말 좀 해주면 안 됩니까?"

경사가 마침내 전화를 끊고 몸을 틀어 헨리에게 옆얼굴을 보인다.

"지금은 말을 길게 할 수 없습니다, 밸러드 씨. 하지만 따님 실종 수사와 관련해 스페인에서 경찰 작전이 진행 중이에요."

"스페인이라고요? 왜 스페인이죠? 이해가 안 됩니다."

"네. 저희도 그래서 언론에 나가지 않기를 바랐지만 상황이 달라져서……."

'돌아가시겠군.'

"무슨 상황이요?"

"칼 프레스턴이 스페인에서 거짓 신분으로 일하며 살고 있다는 제보가 들어왔습니다. 목격자가 1주년 방송의 재방송을 봤다고 해요. 저희 대신 스페인 지역 경찰이 체포하러 출동했습니다. 원래는 저희 쪽 팀원을 보낼 계획이었어요. 외국 경찰과 얘기하다 보면 일이 조금 복잡해지는 경우가 많습니다. 아무래도 규정이 있어서요. 신중하게 접근해야 합니다."

"그래서 어떻게 됐습니까? 놈이 애나 얘기해요?"

"말씀드린 것처럼 상황이 달라졌습니다. 체포를 거부하고 있어요. 저희도 실시간으로 상황을 보고 있습니다."

"실시간 상황이라고요? 그게 대체 무슨 말입니까?"

"뉴스에 나오고 있다는 뜻입니다, 밸러드 씨. 캐시가 사모님과 있어요. 댁에 도착하시면 소식을 들으실 수 있을 겁니다. 솔직히 거기나 저나 아는 건 비슷하겠지만요."

"애나는요? 애나에 대해 얘기하는 사람은 없어요?"

"죄송합니다, 밸러드 씨. 저도 더는 몰라요."

드디어 농장에 도착하니 본채 앞에 조금 오래된 듯한 검은 해치백이 서 있다. 정확히 기억나지 않지만 팀 아니면 폴의 차다. 헨리는 순간 짜증이 솟는다. 가족연락관이 집에 와 있는 것도 못마땅한데. 캐시가 아무리 상냥해도 헨리는 캐시도 경찰이라는 사실을 잊지 않는다. 반면 바버라는 캐시와 필요 이상으로 친해졌다.

차가 창고를 지나자 근육이 경직된다. 체포될 당시 엽총을 들고 난동을 부렸던 기억이 떠오른다. 눈물을 흘리던 제니의 모습도. 바버라가 이제 어떻게 나올지 짐작조차 할 수 없다.

'진실이 뭐야, 헨리? 그날 밤 어디 있었어?'

하지만 헨리의 머릿속에는 온갖 새로운 가능성이 복잡하게 휘몰아치고 있다. 스페인이라고?

현관문 앞에 막연히 서 있던 헨리가 잠시 후 상황을 파악한다. 경사는 헨리가 열쇠로 문을 열어주기를 기다리고 있었다. 소지품은 경찰서를 나올 때 돌려받았다. 헨리는 주머니를 뒤져 겨우 열쇠를 찾는다. 왠지 불편하고 이상하다. 현관문이 잠겨있는 날이 거의 없고 평소에는 부츠 창고 쪽 옆문을 이용하기 때문이다.

복도에 들어서자 경사는 가족연락관과 잠깐 이야기한 후 돌아가겠다고 설명한다. 하지만 헨리는 집에 머물러야 하고 혹시 어디 갈 일이 있으면 경찰에 알릴 의무가 있다. 새로 들어오는 정보는 캐시를 통해 전달하겠다고 한다.

"이해하셨죠? 조만간 저희를 다시 봬야 할 수도 있습니다."

헨리는 어깨를 으쓱한다. 텔레비전 소리와 말소리를 따라 거실로 들어가니 모두가 두 사람을 돌아본다.

제니는 ㄱ자 소파에 팀과 나란히 앉아 있다. 얼굴이 창백해져 서는 한 손으로 입을 가린다. 바버라는 텔레비전과 제일 가까운 등받이 의자에 앉아 있다. 기도하는 것처럼 양손을 모아서 입술에 댄다. 옆의 소파 발판에 앉은 캐시가 바버라의 등에 손을 올린다.

텔레비전을 보니 좁은 거리 끝의 폴리스라인 같은 경계선 앞에 기자 한 명이 서 있다. 하늘도 참 새파랗다……

"현재 대치 작전의 중심에 있는 남성이 칼 프레스턴이라는 경찰의 공식 발표가 나왔습니다. 10대 청소년 애나 밸러드의 실종과 관련해 조사를 하기 위해 수배 중으로……"

"무슨 일이야?"

헨리가 바버라를 보지만 바버라는 텔레비전에서 눈을 떼지 않는다.

"조용히 해, 아빠. 안 들려."

제니가 몸을 더 앞으로 기울인다. 기자는 계속 설명한다.

"이 남성은 2층에 살고 있다고 합니다. 총을 발사한 시점은 오늘 오전 경찰이 그를 체포하기 위해 진입했을 때입니다. 대피에 성공한 주민들도 있습니다만 대다수 주민은 아직 아파트 안에 남아 있으며 그대로 숨어 있으라는 경고를 받았습니다. 경찰은 현재 구역 전체의 출입을 통제하고, 통제 구역 안에 있는 사람들에게 상황이 해결될 때까지 실내에 머물며 창문에 다가가지 말 것을……."

"개판이군."

듣고 있던 헨리가 말한다.

"처음에는 도주하게 내버려 두더니 이제는 연극을 벌이지 않으면 체포도 못 한다고? 미치고 팔짝 뛰겠네."

"조용히 하라고, 아빠. 다시 돌려봐, 팀. 다른 쪽에 더 있었어. 애나를 본 것 같다는 여자가……."

"애나를 봤다고? 누가 애나를 봤대?"

심장이 쿵 내려앉고 목구멍에 갑자기 액체가 올라오는 것 같다. 헨리는 숨이 막힌다.

"아, 진짜, 안 들리니까 조용히 하라고. 리모컨 줘봐."

제니가 팀에게서 리모컨을 빼앗아 채널을 바꾼다. 장면은 같고 기자만 달라졌다. 그사이 캐시가 자리에서 일어나 경사와 복도로 나간다. 헨리는 문이 닫히는 모습을 보고 갈등한다. 텔레비전에서 나오는 소식을 들을 것인가, 저들이 뭐라 속삭이는지 귀를 기울일 것인가.

아까와 다른 기자가 새로운 정보를 전달하자 헨리의 심장이 미친 듯이 뛴다.

"지금 제 옆에는 조금 전 경찰 지시로 대피한 주민인 어맨다 제닝스 씨가 나와 계십니다. 인터뷰에 응해주셔서 감사합니다. 이 남자, 여기서는 마크라고 불리죠, 그가 어린 금발 여성과 있는 모습을 보셨다고요?"

"네, 맞아요. 온 지 6개월쯤 됐어요. 남자는 건축 현장에서 일하는 사람이에요. 여자는 자주 못 봤어요. 얼굴을 가리고 다녀요. 남들과 어울리지 않고요."

"애나 밸러드의 사진도 보셨나요? 이 여성과 동일 인물일 수 있다고 생각하세요?"

기자는 목격자에게 휴대폰 화면을 보여준다. 애나의 사진이겠지. 헨리는 숨을 참는다. 거실이 찬물을 끼얹은 듯 고요해진다. 하나. 둘. 셋. 목격자는 휴대폰을 아주 유심히 보고 있다. 고개를 옆으로 기울이고……

"애나야. 애나를 잡고 있어……."

애가 타서 바버라의 목소리가 높아진다. 손은 양쪽 팔걸이를 꽉 움켜쥐고 있다.

"어떡해, 애나가 잡혀 있어."

아무도 대답하지 않지만 나갔던 경찰 두 명도 문가로 돌아와 같이 텔레비전을 보고 있다.

"글쎄요. 잘 모르겠어요."

인터뷰 중인 주민은 계속 휴대폰 사진을 보며 고개를 젓는다.

"이런 식으로 보도하면 안 돼요."

캐시가 문가에서 말한다.

"책임감은 어디다 팔았나. 놈이 방송을 다 보고 있을 거라고요. 범인을 자극할 뿐이에요."

"어쨌든 당신들보다는 많은 걸 알려주잖습니까."

헨리가 내뱉는다. 딸을 생각하니 갑자기 속이 넘어올 것처럼 울렁거린다.

'아빠 역겨워…….'

헨리가 사람들의 얼굴을 살피는 사이, 텔레비전 속의 기자는 곧 새로운 소식을 전하겠다고 약속하며 스튜디오로 마이크를 넘긴다. '일단 오늘의 나머지 뉴스를…….'

헨리는 제일 먼저 바버라를 본다. 정면으로 쳐다보지만 바버라는 이쪽으로 고개를 돌리지 않는다. 외도 사실을 알았나? 캐시에게 들은 걸까? 맞은편에서 제니는 소리 없이 울고 있다. 팀이 제니의 어깨에 팔을 두른다.

돌연히 비누 거품 안에 들어온 듯 소리가 들리지 않는다. 조금 전까지만 해도 헨리는 딸이 죽었다고 확신하고 있었다. 딸이 세상을 떠났다고 상상했을 때 처음에는 끔찍하고 고통스러웠지만 일말의 안도감이 없지는 않았다. 뭐가 됐든 공포스러운 상황은 끝났다. 누군가가 애나에게 한 짓은 현재 진행형이 아니라 과거였다. 이상하지만 그런 상상은 헨리에게 위안을 주었다. 지금도 진행 중이라는 생각은 차마 견딜 수가 없었기 때문이다.

헨리는 팀과 함께 앉아 있는 다른 딸을 돌아본다. 지금 그는 아이들이 어릴 때를 다시 생각하고 있다. 앞마당 튜브 수영장에서 장난을 치고 놀던 모습을. 참 행복한 시절이었다. 하지만 다 커버린 녀석들은 런던에서 동생들을 보살피는 대신 자기들 좋자고 놀러 나갔다. 세라를 탓할 것도 없다. 만약 팀과 폴, 두 놈이…….

"팀. 늦었는데 너는 이만 집에 가봐라."

잠깐 곤혹스러운 표정을 짓던 팀이 군말 없이 자리에서 일어나 오른손으로 머리카락을 쓸어 넘긴다.

"아니야. 앉아, 팀. 가지 마. 팀은 내가 불렀어."

제니가 헨리를 쏘아본다. 경멸에 가까운 표정이 헨리는 마음에 들지 않는다.

"지금이 달 착륙 같은 건 줄 알아?"

고함을 치는 목소리에 헨리 자신도 깜짝 놀란다.

"농담하지 마. 어떻게 이런 때 농담을 해?"

바버라가 쏘아붙인다.

"농담으로 한 말이 아니야. 진심이야. 구역질 나. 훔쳐보는 쇼냐고. 우리 딸을. 다들 보는 게……."

팀은 아직 서서 헨리를 쳐다보고 있다. 헨리는 이제 캐시를 돌아본다.

"어떻게 경찰은 이 지경으로 놔둘 수가 있습니까? 무슨 리얼리티 방송도 아니고. 역겨워서 못 봐주겠네."

말하던 목소리가 갈라지고 헨리는 별안간 울음을 터뜨린다.

헨리는 지금 이런 생각을 하고 있다. 만약 애나가 아직 살아 있다면 지난 1년 동안 무슨 일을 당했을지 누가 알겠는가. 끔찍한 이미지들이 떠오른다. 너무도 어둡고 잔혹한 상상을 멈추게 하려는 듯 헨리가 갑자기 손바닥으로 머리를 퍽퍽 때린다. 내 어린 딸이……

"주방으로 오시죠. 제가 달콤하게 차 한 잔 만들어드릴게요. 충격이 커서 그래요."

캐시의 목소리는 짜증 날 정도로 차분하다.

"차는 필요 없으니 다들 가요. 너…… 팀. 너랑은 상관없는 일이야. 그만 나가줬으면 좋겠다. 당신도 나가요."

헨리가 캐시를 본다.

"캐시는 여기 있어야 해, 헨리."

바버라가 떨리는 목소리로 말한다.

"팀도 내가 와 있으라고 했어. 제니가 원했어. 지금 당신만 힘든 거 아니야, 헨리."

"아니. 팀이 제 친구들과 놀러 간다고 빠지지만 않았어도 우리는 지금 여기 없었을 거야."

팀이, 제니도 놀란 소리를 내지만 헨리는 개의치 않는다. 사실 아닌가. 처음에 런던 여행을 찬성했을 때만 해도 팀과 폴이 아이들 보호자로 동반할 줄 알았다. 두 녀석이 대입 시험을 마친 직후였다. 대학 갈 나이가 된 건장하고 건실한 남자애들. 바버라는 처음부터 여행을 마뜩잖게 여겼다. 스케일 작게 그냥 가까운 곳에 다녀오기를 원했지만 헨리는 남자애들을 믿었다. 녀석들이 여행에서 발을 뺐을 때는 시기가 너무 늦어서 안 된다고 할 수가 없었다. 애나는 엄마를 설득해달라고 애원했다. 하지만 진실이 무엇인지 아는가? 만약 애나와 세라가 단둘이 기차에 오르지 않았더라면 칼과 앤터니가 두 아이를 표적으로 삼았을 리가 없다. 헨리가 잘못된 선택을 해서…….

"죄송해요, 아저씨."

팀이 몸을 일으킨다.

"네 잘못 아니야, 팀. 신경 쓰지 마."

제니가 다시 채널을 바꾸며 엄마와 아빠를 번갈아 본다.

"다들 조용히 하고 그만 싸워. 둘이 싸우는 것도 지겨워. 지금 애나가 저기 있을 수도 있어. 스페인 아파트에, 완전히 겁에 질려서. 그런데 엄마 아빠는 서로 삿대질하면서 소리나 치고 싶다는 거네."

바버라가 일어나 제니를 달래려고 옆자리로 옮긴다. 제니의 머리카락을 쓰다듬으며 제발 부탁이라는 표정으로 헨리를 돌아본다.

"나는 가는 게 좋겠어, 제니."

팀이 열쇠를 찾아 주머니를 뒤적인다.

"아니야, 팀." 바버라가 손을 뻗어 팀의 팔을 잡는다. "제니는 네가 있는 게 좋대."

"아니에요. 죄송해요, 아저씨 말씀이 맞아요."

팀이 떨리는 목소리로 말하며 헨리를 본다.

"제가 그때 거기 갔어야 해요. 저번에도 그래서 세라에게 화를 냈던 거예요. 책임을 떠넘기려고요."

"세상에…… 세라."

제니가 새로운 정보를 찾으려 쉴 새 없이 채널을 넘기다 갑자기 다른 손으로 주머니에서 휴대폰을 꺼낸다.

"세라랑 연락한 사람 없어? 세라가 이걸 보면 큰일 날 수도 있어."

어릴 때 세라는 어둠을 참 무서워했다. 침입자가 침대 밑에 숨어 있는 영화를 본 이후로 삐걱거리는 철제 프레임 침대를 소파형 침대로 바꿔달라고 엄마를 졸라댔다. 그런 침대는 밑에 공간이 없으니까. 하지만 침대는 바뀌지 않았고 어린 세라는 매일 밤, 바닥에 늘어진 이불을 들추고 침대 밑의 어두운 그림자를 확인하곤 했다.

그때는 릴리와 같은 방을 썼고 악몽을 꾸고 한밤중에 벌벌 떨며 일어나기 일쑤였다. 세라는 무서운 영화 장면을 생생한 꿈으로 재현하는 재주가 있었다. 꿈속에서 피해자인 주인공 역할은 세라로 캐스팅이 바뀌었다. 진짜가 아니라는 걸 알아도 꼭 진짜 같은 느낌이었다. 하지만 불을 켜면 잠이 오지 않는다는 릴리 때문에 엄청난 갈등이 있었다. 세라는 스탠드를 켜면 안 되냐고 어둠 속에서 속삭였다. 그러다 '안 돼'라고 꿍얼거리는 대답을 들으면 언니 침대에서 같이 자도 되냐고 물었다. '제발, 언니.' 하지만 잠에 취한 언니가 오라고 허락한 후에도 어둠 속에서 바닥에 발을 올리기가 너무 두려웠다. 침대 아래에서 팔 하나가 쑥 나올까 봐.

"밤에 언니가 우리 침대 사이에 의자 놨던 거 기억나? 내가 무서운 꿈꾸고 나서 바닥 안 딛고 내 침대에서 언니 침대로 건너갈 수 있게?"

세라는 그때보다 나이가 들고 살이 너무 빠지고 약해진 언니를 본다. 어쩐지 상황이 역전된 기분이다. 이제는 세라가 언니를 지켜줘야 할 것 같은 기분…….

"응. 너 정말 귀찮았지."

릴리가 치마의 주름을 펴고 미소를 짓는다.

"그 일이 일어나기 전이야?"

"응. 그건 내 방이 생겼을 때."

릴리는 창문으로 고개를 돌리고 두 사람은 잠시 침묵을 지킨다.

세라는 섬뜩한 아이러니를 생각하고 있다. 이사하고 세라만의 방이 생겼을 때 이제는 밤에도 조명을 켜놓을 수 있다고 얼마나 기뻐했던가. 그 결과 언니가 어떤 일을 당했는지 깨달은 지금은 경악스럽기만 하다.

세라는 언니를 보고 아빠를 생각한다…….

테이블에 놓인 세라의 휴대폰이 진동한다. 혹시 경찰이 보낸 걸까?

"또 엄마일 거야. 무시해, 세라."

하지만 진동은 다시 울린다. 다시…… 또다시…….

전원을 꺼버릴 생각으로 세라가 휴대폰을 집어 든다. 하지만 문자를 보낸 사람은 엄마가 아니었다. 다 친구들 문자다.

TV 켜봐……

뉴스 봤냐……

괜찮아?……

야! 전화해……

"뉴스 틀자."

"왜?"

"모르겠어."

릴리가 커피 테이블 아래쪽 선반에 손을 뻗어 리모컨을 찾는 사이 세라는 엄마가 판을 키워 일이 더 심각해졌나 생각한다. 세라가 정말로 실종되었다고 경찰을 설득해 실종자 찾기 방송이라도 하는 건가? 하지만 릴리가 뉴스 중인 채널을 찾았을 때 화면에 뜬 사진은 세라가 아니었다.

애나. 또 애나다. 페이스북에 있던 사진. 세인트 미카엘스 마운트 앞에서 눈부신 금발을 바람에 휘날리며 찍은 사진이 떠 있다. 기자가 말한다.

"경찰 당국은 아파트 안에 무장하고 있는 남자가 1년 전 발생한 애나 밸러드라는 청소년의 실종 사건과 관련해 수배 중이라는 사실을 확인했습니다."

"세상에, 이게 무슨 일이야?"

릴리가 리모컨을 쥔 채로 몸을 앞으로 기울인다.

"나 토할 것 같아."

입에 다시 커피 맛이 느껴진다. 이제는 역한 맛으로. 담즙도 올라온다.

"뭐 가져다줘? 대야?"

그럴 시간이 없다. 세라는 주위를 보다 소파 옆에서 종이 쓰레기통을 발견한다. 절묘한 타이밍으로 상자를 집어 들고 구토를 한다. 한 번. 두 번. 진짜 토사물은 아니고 액체만 나온다. 토하고 또 토한다.

"물 가져올게."

릴리가 일어나 주방인 듯한 곳으로 사라진다.

세라는 무릎에서 쓰레기통을 내려놓지 못하고 숨을 참는다. 혹시 애나의 시체가 발견되었다고 말할까? 애나가 정말 죽었다고…….

하지만 아니다. 목격자는 젊은 금발 여자를 봤다고 말한다. 이해할 수가 없다. 뉴스에서는 암시만 할 뿐 그 여자가 애나라고 확정하지 않는다.

채널을 돌릴 때마다 조금씩 다른 내용이 나온다. 한 목격자는 총성 다섯 발을 들었다고 단언한다. 다른 목격자는 두 발이란다. 화면 아래의 헤드라인을 보면 확인된 사상자는 없지만 넓은 구역의 출입을 통제했다고 한다.

세라는 뉴스보다 더 많이 아는 친구가 있지 않을까 해서 문자를 읽으려고 다시 휴대폰을 확인한다. 페이스북은 난리가 났다. 트위터도.

밸러드 가족이 가장 많이 알고 있을 거란 생각에 휴대폰에서 제니의 번호를 찾지만 세라는 차마 통화 버튼을 누르지 못하고 마음을 바꿔 페이스북을 다시 훑는다.

릴리가 얼음물을 들고 돌아온다.

"마셔."

물을 마셔도 여전히 입 안에서는 역겨운 맛이 나고 주변 공간이 세라에게서 멀어진 기분이 든다. 뭐라 설명해야 할까. 단절감? 조금은 어지럽다. 토해서 그런지 속이 울렁거린다.

"의사 부를까, 세라? 너 많이 안 좋아 보여. 병원에서는 뭐래? 아무래도 엄마한테 전화해야……."

"아니야, 언니. 병원에서도 괜찮댔어. 내 간 괜찮아. 아직 컨디션 회복이 덜 됐을 뿐이야. 너무 오래 누워 있어서."

"마지막으로 먹은 게 언제야?"

"배 안 고파."

"알았어. 먹을 건 됐고. 따뜻한 차 한 잔 더 만들어 줄게……. 이번에는 설탕 넣고."

릴리가 다시 일어난다.

"아직은 말고. 또 나 혼자 두고 가지 마."

세라는 자기가 말해놓고도 애원하는 말투라 놀란다. 목소리에 두려움이 섞여 있다.

릴리도 느꼈는지 고개를 옆으로 기울이고 세라 옆에 앉아 세라의 손을 잡는다. 안심시키려는 행동이었겠지만 언니의 손은 떨리고 있다.

"세라. 너 정말 죽으려고 약 먹었던 거야? 엄마는 사고였다고 했어. 네가 실수로 편두통 약을 너무 많이 먹었다고."

"모르겠어. 언니도 자해했었지? 진짜로 그러려고 했던 거야?"

릴리는 이제 입술마저 파르르 떨며 세라의 손을 잡고 TV로 고개를 돌린다.

"그래서…… 뭐라는 거야? 애나를 찾았대? 아빠는 아무 관련 없는 거지, 그럼? 정말 기차에 있던 남자 중 하나였던 거야?"

세라는 화면을 보고도 어떻게 대답해야 할지 모른다. 칼 사진이 보이고, 앵커는 아파트에 무장한 남자가 있는 것으로 추정된다고 말한다. 무슨 생각을 해야 하는지도 모르겠다. 화면이 다시 스페인으로 바뀌며 폴리스라인 앞에 서 있는 기자가 나온다. 또 같은 내용이다. 실시간 뉴스라면서 왜 이러고 있지? 같은 말을 하고 또 하고. 쳇바퀴가 끝없이 돌아간다.

솔직히 말하면 잘됐다는 기분이 전혀 들지 않는다. 물론 세라도 애나가 살아 있다고 믿고 싶다. 하지만 그렇다면 지난 1년 동안 무슨 일이 있었을까? 정말로 칼과 앤터니가 애나를 납치했다면, 아빠와 아무 상관 없는 일이라 해도 잘못이 세라에게 있다는 사실은 변하지 않는다. 런던의 진실을 말해야 한다.

세라는 그날 기차 안에서의 네 사람을 떠올린다. 묘한 분위기. 앤터니와 눈이 마주친 순간. 앤터니의 목덜미에 있던 작은 타투를 기억한다. 얼마나 손톱으로 만져보고 싶었던지.

생기가 넘치는 느낌이었다. 칼과 앤터니가 음료수를 가지러 식당 칸에 갔을 때 세라는 애나에게 팀과 폴이 여행을 빠져서 다행이라고 말했다. 팀과 폴이 옆에 있었다면 방해물로 작용해 칼과 앤터니가 합석하지 않았을 테니까. 무엇보다도 세라는 애나를 제치고 앤터니의 관심을 받고 싶던 간절한 마음을 기억한다. 학교에서 애나가 스포트라이트를 독점하는 모습을 보며 얼마나 샘이 났던가. 다들 애나만 예쁘다고 쳐다보았다. 세라가 폴을 많이 좋아했던 시기에도 폴의 시선 끝에는 늘 세라가 아닌 애나가 있었다. 그 무렵 모두가 애나를 짝사랑하는 듯했다.

그날 기차에서 했던 행동을 떠올리자 세라의 뺨에 한줄기 눈물이 흐른다. 앤터니의 마음을 확실하게 차지하기 위해 했던 그 행동.

"나 큰일 났어, 릴리 언니."

세라는 눈물을 닦으려 하지도 않고 작은 눈물방울이 바지를 짙게 물들이는 모습을 보고만 있다.

"나는 나쁜 애야."

"그런 말 하지 마, 세라. 네 잘못이 아니야."

"하지만 사실인걸, 언니. 내 말이 맞아, 정말로."

매슈는 딸을 가만히 바라본다.

"나 보고 웃어."

"뭐가 웃는다는 거야. 응가 하잖아."

"봐." 샐리가 잘 볼 수 있게 몸을 튼다. "웃잖아."

"응가라니까. 내 말이 맞아. 생후 몇 주에 웃는 아기는 없어.
자, 첫 기저귀 갈아보실까요?"

"아, 글쎄. 모르겠네."

매슈는 밀려드는 두려움에 충격을 받는다. 항상 직접 하겠다
고 약속한 그였다. 신세대 아빠로서. 하지만 아기가 이렇게 작을
줄은 꿈에도 몰랐다.

"아니, 언젠가는 배워야지. 아기가 울 때 시작해. 내가 감독할
테니까."

"언제 울지 어떻게 알아?"

샐리는 지금까지 집중하지 않고 뭐 했냐는 듯한 눈빛이다.

드디어 때가 왔다. 커다란 울음소리는 몇 번을 들어도 충격적
이다. 작은 폐에서 이렇게 큰 소리를 만들어낼 수 있다니 매슈는

이해할 수가 없었다.

매슈를 돕는다고 침대에서 끙끙대며 나오려는 아내가 얼굴을 일그러뜨린다.

"아직도 아파?"

"응. 병원에서 진통제를 줄였어. 짜증 나게."

"더 달라고 해."

"됐어. 괜찮아. 그냥 적응해야지. 자, 아빠. 일단은 모든 걸 완벽하게 준비해야 해."

그러면서 샐리는 기저귀 매트와 나란히 놓여 있는 준비물 세트를 가리킨다. 아기 침대 옆의 작은 수레에 다 있었다. '깨끗한 기저귀, 물티슈, 크림, 기저귀 버리는 봉투.' 마치 군사 작전인 것처럼 샐리가 읊는다.

"원래 끝날 때까지 우니까 자기 때문에 아파서 그런다고 걱정하지는 마. 그건 아니야."

매슈는 딸을 기저귀 매트에 눕힐 때부터 순서를 잊고 당황해서 아기 잠옷의 똑딱단추를 푼다.

"위로 쭉 당겨야지, 안 그러면 그것도 갈아입혀야 해."

좋아. 똥 싼 기저귀부터 확인. 냄새가 고약하다.

"맙소사. 색깔이 정상이야?"

"지금은 정상 맞아. 어제는 더 심했어. 똥 색깔은 바뀐다나 봐, 아이가 안정되면서."

매슈는 경악한다. 초록색 똥이라니.

"이래도 되는 거야?"

"빨리. 물티슈. 다리 들고 생식기 근처까지 닦지 않게 조심해. 안 그러면 염증 생겨."

'생식기라니.' 하늘이시여. 신경 써야 할 부분이 너무 많다. 매슈는 클래스에 참석했을 때 더 집중할 걸 그랬다고 후회한다.

"손이 모자라."

샐리가 한심하다는 표정을 짓고는 한 손으로 딸의 다리를 들어 올리는 동시에 새 기저귀를 제자리에 밀어 넣고 똥 기저귀를 버리는 시범을 보여준다. 어쩐지 치킨이 떠오르는 모습이다. 매슈는 애써 그 생각을 밀어낸다.

"말을 걸어줘."

"별로 의미 없어 보이는데."

아기 우는 소리 때문에 매슈는 자기가 무슨 말을 하는지도 들리지 않는다. 샐리가 웃는다.

"알았어. 파우더 조금 뿌리고, 여기에 크림 발라. 짓무르지 않게."

그러자 기적이 일어난다. 마침내 통곡을 멈춘 딸이 샐리의 약지를 붙잡고 엄마를 찾는 것처럼 눈을 옆으로 돌리고 있다. 매슈는 지켜본다. 기다린다. 노곤하게 풀어지는 딸의 얼굴을 보자 가슴이 저릿해진다. 불안감과 두 여자를 향한 커다란 사랑이 갑자기 매슈를 덮쳐 온다. 고요한 방 안에서 아내와 딸을 번갈아 보고 있으니 어쩔 수 없이 일 생각이 난다. 과거의 일. 아기를 유괴

당한 엄마. 엘라. 사라진 애나. 콘월에 있는 애나 부모님. 모든 것
이 새로운 관점으로 보인다.

"괜찮아, 매슈?"

"응. 괜찮지. 그럼."

매슈는 딸을 안아 올려 아기 침대로 옮기는 샐리를 도와준다.

"점점 쉬워질 거야."

"그럴까?"

"응. 독립할 때가 되면 그렇대."

매슈가 웃는다. 샐리도 웃는다.

"조금 자야겠다."

샐리가 조심스럽게 침대로 돌아간다.

"이제 해도 돼, TV 켜. 당신 사건 확인해야지."

"괜찮아. 폰으로 소식 받고 있어."

스페인 사건을 샐리에게 말하기는 했지만 그 일이 이곳까지
침투하게 두지는 않을 작정이었다.

"다들 그 얘기야. 간호사들."

"진짜?"

"그럼, 당연하지. 말 안 했어. 왜 있잖아. 당신 직업. 당신도 이
사건과 관련 있다는 거. 어서, 켜도 돼. 난 괜찮아. 정말로."

매슈는 침대 발치에서 리모컨을 집어 들고 BBC를 틀었다가
스카이 채널로 넘긴다. 멜라니가 보낸 문자에 따르면 현재 협상
팀이 현장에 도착했다. 멜라니는 밸러드 가족과 함께 있는 캐시

를 통해 들었는데, 아직 언론에 보도되지 않았지만 그 남자가 칼로 확인되었다고 전했다. 칼은 인질이 있다고 주장한다. 인질이 애나라고. 이 소식도 아직 공개되지는 않았다. 하지만 여기저기서 목격자 인터뷰가 나오고 있고 경찰 홍보팀은 상황을 아예 통제하지 못하는 상태다.

"완전히 수습할 수 없는 상황처럼 들리네."

"응. 이번 일 끝나고 사후 회의에 참석하는 사람이 불쌍하지."

"자기 심리학 학위를 딸까 했던 거 기억나? 협상가 교육받는다고 했던 거."

매슈는 미소만 짓는다. 초창기에 했던 생각이다. 경찰을 그만두고 지독한 후회에 사로잡혀 돌아갈 방법이 있나 궁리하던 때. 다른 역할을 맡을 수는 없을까 해서. 단기 예비 과정으로 협상의 기초를 배운 적도 있었다. 정말 흥미로운 수업이었다. 하지만 곧 돈이라는 현실에 부딪혔다. 커리어를 새로 쌓으려면 공부를 해야 하는데 그 돈을 어디서 구한단 말인가?

"너무 많이 바뀌었어. 자살 테러 때문에."

"무슨 뜻이야?"

샐리는 아기 침대를 살피고 있다. 아직 사방이 고요하다.

"음, 과거에는 인질극이 발생하면 무슨 일이 있어도 개입을 하지 않는 게 기본이었어. 일이 잘못되기 쉽거든. 사상자가 나올 위험이 제일 커."

"지금은?"

"그게, 자살 테러에는 협상할 거리가 없잖아. 그래서 가능한 한 빠르게 진입해야 한다고 배우고 있어. 접근 방법이 완전히 달라졌지."

"하지만 지금 스페인에 파견된 협상팀 말이야. 전통적인 방식으로 하지 않을까? 그러니까…… 그냥 범죄자잖아, 칼이라는 남자. 테러리스트가 아니라."

"아, 그럼. 지금은 원칙대로 할 거야."

샐리는 텔레비전 화면을 보며 묻는다.

"어떤 식으로 하는 거야, 그럼? 이제 어떻게 돼?"

매슈는 배운 대로 들려준다. 경찰은 아마 유선 전화로 통화를 시도할 것이다. 처음에는 메인 협상가 한 명을 보내 인질범과 신뢰감을 쌓으려 노력한다.

"목표는 상황을 완벽하게 안정시키는 거야. 특히 인질범이 총질을 하려고 할 때는. 애나는 별로 언급하지 않을 거야."

"왜?"

"인질이 아니라 인질범을 중심에 두라고 하라더라고. 신뢰를 형성하는 거지. 인질 얘기를 너무 많이 하면 스트레스가 치솟는 경향이 있거든. 물론 이번 사건 같은 경우에는 인질이 안전하다는 증거를 보여달라고 할 수 있겠지. 총성이 몇 번 들렸으니까."

"아직도 모르겠어. 어떻게 놓치지 않고 1년이나 인질로 붙잡아둘 수 있지? 나는 이해가 안 돼. 공사장에서 일한다며? 탈출하려고 하지 않을까?"

매슈가 정말로 하는 생각을 들려줄 시간이 없고, 그럴 장소도 아니다. 결박. 위협. 칼이라는 남자가 어디까지 했을지 누가 알겠는가. 폭력이 극한에 달하면 피해자의 정신은 빠르게 무너지기 쉽다.

"스톡홀름 신드롬 가능성도 있지. 피해자가 트라우마 때문에 상대에 비정상적인 유대감을 느끼는 거야."

매슈는 말을 하며 아내를 지켜본다.

"그 얘기 읽은 적 있어. 그래도 이해가 안 돼, 매슈. 나라면 도망치려고 별짓을 다 했을 텐데. 분명히 그랬을 거야."

"그만하자."

매슈가 텔레비전을 끈다. 새로운 소식을 듣고 싶지만 이 일에 아내와 딸을 연결하고 싶지는 않다.

"자판기에서 커피나 뭐 뽑아줘?"

"카푸치노. 아, 초콜릿도. 진하고 달콤한 밀크초콜릿으로 부탁해. 큰 거로."

웃으며 말하는 샐리에게 매슈는 죄책감을 느낀다. 커피는 핑계고 엘라와 멜라니에게 전화하려는 것이 진짜 목적이었기 때문이다.

"그리고 나가 있는 동안 전화 너무 오래 하지 마. 커피가 뜨거울 때 가져와야 해."

"들켰네."

샐리가 손 키스를 날린다. 매슈는 무슨 행운으로 이런 여자를 만났나 궁금하다. 샐리는 매슈에게 일이 어떤 의미인지 모르는 때가 없었다. 특히 그 사건 이후에. 매슈가 왜 경찰을 그만두었는지 이해했다. 매슈가 걸음을 멈춘다. 일과 가정 사이에서 균형을 잡으려고 애를 쓰는 경찰이 왜 그렇게 많은지 이제야 알겠다. 두 가지 모두 중요하지만, 두 가지 모두 극도로 강렬한 감정을 일으키기 때문이다. 매슈의 선택이 옳았다. 절대 심리학 학위를 따지는 못했을 것이다. 분홍색 우주복을 입은 아기를 생각한다. 졸음이 쏟아지는 와중에도 눈으로 엄마를 찾고 있는.

이제는 모든 것이 새로워졌다. 인생의 우선순위가 달라졌다. 그래, 관점이 달라졌다.

35 목격자

토니가 집에 와서 다행이다. 루크 말이 맞다. 내 옆에는 토니가 있어야 한다.

문제는 머리에 휘몰아치는 생각이 너무 많아서 괴롭다는 거다. 무엇이 현실이고, 무엇이 망상인지도 모르겠다. 지난 1년이 내 사고 회로에 과부하를 일으켜 더는 똑바로 생각할 수 없다는 느낌이다.

스트레스가 너무 심해서 헛것이 보이는 걸까? 가게에서 소리를 듣고, 감시를 당하고 있다고 확신하고. 누가 실제로 가게에 들어와 전지가위를 옮겼다. 가게 앞에 지도 확대경을 떨어뜨렸다. 이게 다 상상이라고? 내가 만들어내고 있다는 건가?

루크가 나를 위협할 마음을 먹을 수도 있다는 상상은 하고 싶지도 않다. 아무리 화가 나고 소외감을 느껴도 그렇지. 말도 안 된다. 그럼…… 뭔데?

나는 편안한 거실에 앉아 대형 텔레비전으로 모든 것을 보고 있다. 아니, 편안하다는 말은 틀렸다. 이제는 편안하다는 느낌 자체가 사라졌다. 밤에 침대에 누워서도 가만히 있지 못하고 잠들기 전까지 몇 시간을 뒤척인다.

　오늘 파라세타몰을 일일 최대 복용량까지 먹었지만 약발이 듣지 않는다. 머리가 아직 깨질 듯 아프다.

　루크는 위층에 있다가 가끔 내려와 뭘 마시겠냐고 묻는다. 토니에게 지령을 받은 거겠지. 어머니날이나 내 생일을 알려줄 때처럼. 루크가 문가에 다시 나타날 때마다 나는 루크의 표정을 유심히 관찰한다. 그냥 대놓고 물어볼까? 정면으로 도전하고 상황을 정리할까? 화를 내지 않겠지만 사실을 알아야겠다고 말하는 거다. '속으로는 엄마한테 화가 많이 난 거야? 에밀리 일로 상심해서? 엄마가 애나 사건에 정신이 팔려서? 혹시 엄마가 이해하지 못하는 이유로 가게에 왔었니?'

　텔레비전과 DVD 플레이어가 있는 TV장 옆의 책장을 본다. 책장 위에는 내가 제일 아끼는 사진들이 놓여 있다. 아기 루크. 등교 첫날. 첫 텐토르스 메달 수여식. 아아, 그날 얼마나 뿌듯했던지. 데번과 콘월 지역의 학교들은 텐토르스를 기본적으로 학사 일정에 넣는다. 별일 아니라는 듯 아이들을 다트무어에서 열리는 하이킹 대회에 참가하게 한다. 이렇게 아름다운 지역에서 살려면 당연히 거쳐야 하는 통과 의례처럼. 솔직히 나는 실제로 보고 충격을 받았다. 나라면 죽어도 하지 않을 일에 루크는 뜻밖에도 열의를 보였다.

　루크는 농구를 좋아해도 딱히 스포츠를 즐기는 타입이 아니다. 스카우트 같은 활동도 하지 않았으니까. 그보다는 음악에 심

취했다.

텐토르스 대회에 참가한 아이들은 다트무어에서 성인의 도움 없이 6인 1조로 자기 짐을 혼자 다 짊어지고 하룻밤 캠핑을 해야 한다. 가장 짧은 길이 56킬로미터인 코스를 이틀 안에 완주해야 하고, 거기다 날씨마저 궂으면 지대가 위험해진다. 참고로 날씨가 안 좋은 날이 더 많다.

모든 과정을 군대가 감독하고 봉우리 열 개마다 코스를 완주했다고 증명할 체크포인트가 있다. 하지만 각 체크포인트 사이에 아이들은 오롯이 팀원들의 힘으로 이동해야 한다. 사고가 일어날 수도 있고, 실제로 사고가 일어나기도 한다.

한 번은 훈련 중에 한 소녀가 익사하는 일이 있었다. 너무나 충격적인 사건이라 전면 조사가 이루어졌다. 나는 텐토르스 자체가 폐지될 수도 있다고 생각했고, 내심 그러기를 바랐다. 하지만 웬걸. 지침만 더 엄격하게 바뀔 뿐이었다.

남서부 전역의 학교들이 참가하고 피 튀기는 경쟁을 벌인다. 평준화 학교 대 비평준화 학교. 사립학교 대 공립학교. 즐기자고 하면서도 진지하다. 모든 팀이 1등을 노린다. 누구보다 먼저 도착하기를 바란다.

아이들은 몇 달씩이나 되는 훈련 프로그램으로 체력과 요령을 기른다. 지도를 읽는 법, 신체를 단련하는 법, 야영을 하는 법도 배운다. 참가자는 자기 텐트와 조리 도구를 들고 이동하며 마실 물도 스스로 소독한다. 탈락자도 수없이 나온다. 하지만 루크는 아니었다. 정말로 의외였다. 루크는 포기하지 않고 버텼을 뿐만 아니라 막판에는 리더로 팀을 이끌었다. 첫 번째 도전이 순조롭게 흘러가서 한 번 더 참가하기까지 했다. 첫해에는 56킬로미터 코스를 완주했고, 작년에는 가장 어려운 72킬로미터 코스에 도전했다.

그래서…… 맞다. 루크가 저 사진처럼 첫 메달을 받으러 나왔을 때 나는 말로 설명할 수 없는 자부심을 느꼈다. 청소년 아이들 수백 명이 주위를 떼 지어 돌아다니고 있었지만 나는 스피커로 루크의 이름이 불렸던 순간을 기억한다. 나와 눈이 마주친 루크의 환한 얼굴에서는 긍지가 뿜어져 나오고 있었다. 그곳은 세상의 중심이었다. 오직 루크의 순간이었다.

하지만 지금은 어떻게 됐는가. 에밀리가 이별을 통보했고 루크는 실의에 빠졌다. 감정의 기복이 너무 심하다. 다트무어에서 행복을 만끽했던 저 사진 속 루크와는 다른 사람이 되었다.

스페인 뉴스는 몇 시간째 도돌이표로 내 머리를 어지럽힌다. 계속 똑같은 내용만 나오다 보니 주요 채널에서는 보도를 중단했다.

자꾸만 콘월의 밸러드 가족이 생각난다. 지금 어떤 심정일까?

또 시작이다. 뱃속이 뒤틀리는 느낌. 정말 때가 왔기 때문이다. 심판이 시작되었다. 내가 죄책감을 느껴야 마땅하다는 진실을 꼼짝없이 마주해야 한다. 칼인지 앤터니인지, 아니면 둘이 공모했는지 애나를 납치해 차마 상상할 수 없는 짓을 저질렀다. 왜냐, 내가 잘못된 결정을 내렸기 때문에. 내가 성급한 판단을 했기 때문이다. 오만한 눈으로 세라의 행동을 보았기 때문이다. 입술이 떨리지만 나 자신에게 채찍질한다.

'안 돼, 엘라. 지금은 네 생각을 할 때가 아니야. 애나만 생각해.'

이제 현실을 직시하자.

하지만 풀리지 않는 수수께끼가 있다. 엽서. 가게에서 들린 소리. 누가 내 잘못을 일깨워주려는 건가? 칼이나 앤터니가 내내 외국에 있었다면 엽서를 보낼 수 없다. 밸러드 부인이 아니라면…… 대체 누가?

드디어 문에 열쇠가 돌아가고…….

문이 찰칵 닫히는 소리를 기다린다. 짐 가방이 바닥에 쿵 떨어지는 소리. 기가 막히게도 그 소리가 방아쇠를 당겼다. 남편이 문가에 나타났을 때 나는 이미 흐느껴 울고 있었다.

"맙소사, 엘라. 이제 괜찮아, 여보, 나 왔어."

그가 나를 감싸 안는다. 나의 토니. 남편의 품에 안겨 더없이 행복하지만 동시에 죄책감도 든다. 아직 100퍼센트 솔직하게 고백하지 않았기 때문이다.

"자, 자, 여보. 진정해."

"이제 괜찮아. 미안해."

"뭐가 미안해."

겨우 감정을 추스른 나는 참았던 진실을 쏟아낸다. 사소한 것까지 일일이 다 말한다. 밸러드 부인이 엽서를 보낸 줄 알고 경고해달라고 몰래 탐정에게 의뢰한 일. 토니의 말을 듣지 않고 콘 월에 가서 밸러드 부인의 심기를 건드린 일. 가게에서 누가 나를 지켜보는 것 같은데 내가 미쳐서 그런 생각이 드는지 모르겠다 는 얘기까지 전부 다 털어놓는다.

"그래. 안 되겠다. 우리 가게 문을 잠시 닫는 게 어때? 당신은 좀 쉬어. 경보기 사기꾼들한테 다시 와서 점검하라고 하자. 그리 고 내 말 잘 들어……."

토니가 내 팔을 잡고 몸을 내게로 기울여 나와 정면으로 마주 본다.

"비극이야. 스페인에서 일어나고 있는 일 말이야. 결과가 어 떻게 될지 아무도 모르고. 오면서 라디오로 들었는데 애나 부모 는 지옥 같은 시간을 보내고 있을 거야. 하지만 당신은 상관없는 일이야, 엘라. 칼이라는 미친놈 짓이지. 당신이 아니야."

나는 대답하지 않는다. 이제 루크도 문가에 나타났다. 핏기 없는 얼굴을 하고 어색하게 자세를 바꾼다.

"아빠가 집에 와서 진짜 다행이에요. 그리고 가게에 같이 못 나가서 죄송해요, 엄마."

"설마 당신 혼자 갔다는 말은 아니겠지?"

토니가 눈을 휘둥그레 뜨고 내 팔을 조금 더 세게 움켜쥔다.

긴 침묵이 흐른다.

"다 제 잘못이에요, 아빠. 너무 피곤하고 힘들어서요. 그래도 일 대신할 사람 찾으려고 방금 페이스북에 홍보 글 올렸어요."

"페이스북에 우리 가족의 사적인 이야기를 올리지는 않았지, 루크?"

"에이. 아니에요. 당연히 안 하죠. 그냥 좋은 아르바이트 자리를 안다는 얘기만 했어요. 답장은 제가 거를게요. 답 괜찮게 하는 사람이 있으면 엄마 생각은 어떤지 전달하고요."

"그래, 그거 좋은 생각이다, 루크. 고마워. 엄마 입장에서는 직원을 직접 뽑고 싶겠지만 일단 어떻게든 홍보 글은 올려봐. 엄마 개인 정보만 조심하고. 어쨌든 아빠는 직원 뽑을 때까지 엄마 혼자 가게에 일찍 나가는 건 안 했으면 좋겠다. 이번 일이 어떻게 될지 확실해지기 전까지는 불안해."

"하지만 기차에 있던 남자는 아닌 거잖아요, 아빠. 엽서 보내는 사람요. 지금까지 쭉 스페인에 있었다는데요."

"기차에 있던 다른 남자일 수 있어. 웬 정신 이상자 짓일 수도 있고. 제발, 엘라. 지금부터는 내가 부탁하는 대로만 해줘. 응?" 토니가 세게 움켜쥐었던 손을 풀고 고개 숙여 내 이마에 입을 맞추고는 양팔로 나를 껴안는다.

루크가 커피를 더 가져오겠다고 나간 후 토니의 반응은 예상한 그대로다. 역시나 토니는 자기에게 말도 없이 사립 탐정을 불렀다는 데 질겁한다. 목소리에서는 화를 꾹꾹 참지만 실망스럽다는 표정을 보니 죽을 것 같다.

"나한테 전부 말한 줄 알았어."

"미안해. 당신 걱정시키지 않고 나 혼자 해결할 수 있다고 생각했어. 당신 요즘 많이 힘들잖아. 루크도 그렇고, 이번 승진도 그렇고."

"내 문제는 됐고. 당신이 나한테 진실을 숨겼다니 믿을 수가 없어. 콘월에 갔다고? 내가 그러면 안 된다고 했잖아."

"알아. 당신이 화낼 거라 생각해서 삽질을 계속했던 것 같아. 혼자 힘으로 해결해보려다가. 당신한테 솔직히 말하지 않은 게 얼마나 멍청한 짓인지 이제 알겠어. 미안해, 여보. 하지만 처음에는 정말로 밸러드 부인이라고 믿었단 말이야. 그 사람을 더 난처하게 만들고 싶지 않았어. 경찰에 신고하면 곤란해질 테니까."

그리고 나머지 이야기도 토니에게 전한다. 매슈가 콘월 경찰 내 소식통과 연락을 주고받고 있다고. 이제는 혼자 걱정할 필요가 없다고 생각하니 속이 다 시원하다. 안 그래도 매슈가 전할 소식이 있다며 병원 갔다 와서 만나자고 했다. 이제는 토니에게 거짓말을 하지 않아도 된다.

예상대로 토니는 매슈를 당장 만나고 싶다고 한다. 상황을 바로잡아야겠다면서.

"무슨 뜻이야?"

"지금은 경찰 외의 사람과 연락하는 게 좋은 생각 같지 않아."

"알았어. 하지만 만나 보면 생각이 바뀔지도 몰라. 좋은 사람이야. 매슈도 전직 경찰이고 경험이 아주 많아. 엽서를 경찰에 보여주라고 한 것도 매슈였어."

토니가 뭐라 대답하려는 순간, 뉴스 진행자가 새로운 소식이 있어 스페인 현장과 다시 연결하겠다고 알린다. 텔레비전으로 고개를 돌리니 아직도 폴리스라인 앞에 서서 스튜디오 소리가 잘 들리지 않는지 손을 귀에 대고 있는 기자가 나온다. 그때 충격적인 장면이 뜬다. 화면 가득.

멀리서 찍힌 듯한 조악한 사진이지만 오해의 여지는 없다. 2층 아파트 창문에 키가 큰 남자가 금발의 여자와 함께 있다.

여자의 머리에 총을 겨누고.

헨리 밸러드의 부모는 아이가 오뚝이라고 믿는 사람들이었다. 과보호 따위는 하지 않았다. 호들갑도 떨지 않았다.

'애한테 수영을 가르치려면 깊은 물에 처넣는 방법이 최고야.'

아버지가 입버릇처럼 하던 말이다.

아이는 오뚝이 같은 회복력을 타고났다는 극단적인 신념 때문에 헨리는 네 살 때 아버지의 트랙터와 연결된 트레일러를 타고 정말 오뚝이처럼 건초 더미 위에서 넘어지고 쓰러지기를 반복했다. 트랙터 운전을 처음 배운 나이도 열두 살 전이었다.

유년 시절의 사진을 보다 보면 순전히 운이 좋아서 보호 아동 명단에 오르지 않았다는 생각이 든다. 분명 선을 넘은 때도 있었다. 하지만 헨리 3남매는 쓰러져도 오뚝이처럼 다시 일어났을 뿐만 아니라 건강하게 잘 자랐다. 여덟 살 때 유축장을 나가던 소의 뒷발에 맞아 다리가 부러진 때를 제외하면 크게 다치지도 않았다.

그렇게 과보호에 대한 부정적인 인식을 키운 헨리는 부모님처럼 느긋하고 자신감 있게 아이들을 키웠다. 두 딸은 여름이면 매일 아침 밖으로 달려 나가 끼니때만 집으로 돌아오곤 했다. 바버라는 밖에서 일하는 노동자들이 피부암에 잘 걸린다는 이야기로 호들갑을 떨며 강력한 자외선 차단제를 챙기느라 바빴지만 헨리는 바버라에게 지겹도록 말했다.

'괜찮을 거야.'

'농장은 위험해, 헨리.'

혀를 끌끌 차는 헨리에게 바버라는 그렇게 대꾸했다.

'당신은 다큐멘터리를 너무 많이 보는 게 탈이야, 바버라.'

그러다 애나가 다섯 살 때 폐렴에 걸렸다. 시작은 평범하게 기침이었다. 젖은 건초를 보관하는 옆쪽 창고에서 놀아서 그렇다는 바버라를 향해 헨리는 쓸데없는 걱정이라고 말했다.

"애나는 괜찮을 거야."

하지만 아니었다.

심각해진 상황은 근처 병원 중환자실에서 5일을 보내며 절정에 달했다. 고비라고 하는 24시간 동안 모든 의사가 불길하게 밸러드 부부의 눈을 피했다.

삑삑대는 기계에 갖가지 튜브로 연결된 애나는 부서질 것처럼 약해 보였다. 작은 화면에서는 애나의 산소 포화도가 비정상적으로 낮다는 경고음이 쉴 새 없이 울렸다. 의사는 들어올 때마다 새로운 치료법을 설명했다. 그중에는 잠시 심장박동이 올라가겠지만 폐의 문제를 해결해준다는 약도 있었다. 주치의는 말했다.

'한 번에 하나씩 하죠. 폐부터 고치고 심박은 그다음에 해결합시다.'

거실에 앉아 뉴스를 보는 지금도 헨리는 애나의 병상 옆에 앉아 있던 순간을 선명하게 기억한다. 모니터의 수치들을 보며 죄책감에 사로잡혔다. 무력하고 미안했다. 신에게 기도를 하기도 했지만 사실 헨리는 무신론자였다. 의지할 곳이 없었다. 오뚝이 같은 아이의 회복력에 대한 믿음은 깨졌다. 느긋할 수 없었다. 걱정을 안 할 수 없었다.

이제 헨리는 전과 같은 사람이 아니었다. 사랑스러운 애나를 조수석에 태우고 런던행 기차를 탈 역으로 데려다주던 그날 이후로……

'아빠 역겨워.'

캐시가 주방에 있는 새빨간 찻주전자와 우유, 머그잔을 커다란 쟁반에 얹고 문가에 나타난다. 거실 한가운데에 있는 테이블에 쟁반을 내려놓은 순간, 누군가가 채널을 다시 돌리고 헨리의 심장에 차가운 얼음송곳이 꽂힌다.

창문 사진이다. 한 남자가, 칼로 추정되는 그 남자가 인질의 머리에 총을 겨누고 있다.

헨리의 입에서 이상한 소리가 흘러나오고 곧이어 아내가 더 큰소리로 소름 끼치는 괴성을 지른다. 상처 입은 동물과도 같은 소리를 내더니 무슨 뜻인지도 모를 말들을 속사포처럼 주절거린다.

"어떡해. 우리 딸 불쌍해서 어떡해. 헨리. 헨리······ 저것 좀 봐. 안 돼, 안 돼, 안 돼······. 우리가 뭐라도 해야 해. 어떡하지, 우리가 뭘 어떻게 해야 하는지 말해봐."

바버라는 자리에서 일어났다가 다시 앉는다. 그러다 몸을 앞 뒤로 흔들고 흐느껴 운다. 그러다 다시 일어나 거실을 서성이며 하는 말이······.

"우리가 가야 해. 나 저기 갈 거야, 헨리. 어떡해, 나 여기 못 있겠어. 여기 있을 수가 없어."

뉴스 앵커는 실제인지 몰라도 유럽 언론사를 통해 이 사진이 들어왔다고 말한다. 현재까지 확인된 바로 남자는 칼 프레스턴 이 맞지만 인질이 애나 밸러드라는 공식 발표는 아직 없었다.

"이런 걸 왜 보여주는 거야."

캐시가 휴대폰을 꺼내며 복도로 서둘러 나가고 헨리는 아내 를 위로하려 앞으로 다가간다.

"아무 일 없을 거야, 바버라."

"어떻게 그런 말을 해? 어떻게 그렇게 말할 수 있어? 가자, 헨 리. 우리 스페인으로 가야 해. 여기 있을 수는 없어. 나는 못 해."

팀도 울고 있는 제니를 달래고 있다. 헨리는 팀과 눈이 마주 친다. 녀석도 엄청난 충격을 받은 얼굴이다.

"무작정 스페인으로 갈 수는 없잖아, 여보. 아직은. 어떻게 된 상황인지 연락을 받아야지."

헨리는 주위를 둘러본다. 비행기를 타면 소식을 계속 전해 들을 수 없게 된다. 가족연락관의 의견을 구해야겠다는 생각으로 문 쪽에 시선이 멈추지만 캐시는 아직 복도에서 통화 중이다.

"괜찮으시면 제가 제니를 데리고 스페인으로 갈게요. 거기서 두 분을 기다릴까요?"

팀이 몸을 앞으로 기울이고 헨리의 얼굴을 바라본다.

"그러면 좋지 않을까요? 가족 한 사람이라도 그곳에 가 있는 거요."

헨리가 아내의 어깨에 팔을 두른 채 반대편 손으로 머리카락을 쓸어 넘긴다. 바버라는 다시 의자에 앉아 얼굴을 양손으로 묻었다.

"글쎄다. 모르겠구나. 캐시 생각을 들어보자. 상황이 너무 빠르게 바뀌고 있어서 경찰이 어떻게 조언할지 모르겠어. 아니다, 아니야. 제니는 우리 옆에 있어야 해."

그때 캐시가 창백한 얼굴로 문가에 선다. 새로운 소식이 들어왔다는 뜻이리라. 하지만 표정이 좋지 않고 헨리는 잠시 두려움에 새로운 소식이 정확히 어떤 내용이냐고 묻지 못한다.

금요일

다들 그 애를 보고 있는 게 싫어. 못 견디게 싫어.

이건 내 일이야. 내가 해야 하는 일.

나는 진심으로 이해하니까. 그 애를 똑바로 지켜볼 줄 아는 사람은 나뿐이니까.

안전하게 지켜줄 사람. 이해해줄 사람.

그 애의 본 모습을 아는 사람은 나뿐이야. 그 애가 얼마나 특별한 사람인지는 나밖에 모른다고.

다른 사람이 그 애를 지켜보고 있으면, 쳐다보고 웃는 모습을 보고 있으면, 머릿속에 소음이 들려. 처음에는 딸깍하는 소리와 비슷해. 조용히 스위치가 올라가는 것처럼.

그러다 소리가 커지고 머리에 천둥이 쳐. 천둥소리는 공간을 넘고 하늘을 지나 우주로 날아오르지.

지금도 마찬가지야. 소리가 점점 커지고 나는 어떻게 해야 할지 모르겠어.

생각할 공간이 필요해. 머릿속의 소음을 없애야 하고.

이 사람들은…… 그만 보란 말이야.

탐정

매슈는 터져 나오는 하품을 느끼며 와이퍼 스위치로 손을 뻗는다. 깜박하고 와이퍼 날을 교체하지 않았는데 왜 하필 보슬비가 내리는지 짜증이 난다. 지금처럼 미세한 비가 부드럽게 내릴 때 간헐 모드로는 빗물을 완전히 닦지 못한다. 그렇다고 연속 작동을 시키기에는 물기가 충분하지 않다. 매슈는 워셔액을 뿌려보려 하지만 워셔액도 다 떨어졌다. 앞 유리가 끽끽대는 소리에 매슈는 한숨을 쉬고 계속 두 가지 모드를 바꿔가며 와이퍼 속도를 조절한다. 물이 너무 적다. 너무 많다. 너무 적다……

라디오 뉴스 진행자 목소리가 들린다. 매슈는 손목시계를 확인한다. 곧 주요 뉴스를 요약해줄 시간이다. 좋아. 스페인 소식이 빠질 리 없다. 멜라니는 가족연락관에게서 새로운 소식을 들으면 다시 통화하자고 말했다. 런던 경위가 정식 탄원서를 올린 일로 아직 화가 안 풀려 이렇게 규칙을 어기고 있었다. 그리고 멜라니는 매슈를 믿는다. 친구의 기대를 저버릴 사람이 아니었다.

매슈는 애나를 생각하며 숨을 천천히 들이마신다. 예감이 좋지 않다.

구름을 보니 강한 바람에 빠르게 이동하고 있다. 그러다 웃기게 생긴 분홍 모자를 쓰고 병원 요람에 누워 있는 딸을 생각하자 상황과 어울리지 않게 미소가 나온다. 아기의 체온이 조금 떨어졌다고 했다. 간호사들은 걱정할 필요가 없다고 말한다. 스스로 체온을 조절하는 법을 터득할 때까지 램프 아래 두면 된다고. 매슈가 병원을 나올 때 샐리는 한숨 자려고 누웠고 아기 아멜리는 램프 열기를 막아줄 우스꽝스러운 분홍 모자를 쓰고 요람에 파고들었다. 더없이 귀여운 모습이다. 더없이 웃기고.

아멜리. 아멜리. 아멜리.

'내 딸.'

매슈는 생각한다.

'내 아내와 내 딸……'

아직도 실감이 나지 않는다. 우리가 한 가족이라니.

하지만…… 잠깐. 주요 뉴스 음악이다. 매슈는 귀에 거슬리는 와이퍼 소리보다 크게 라디오 볼륨을 높인다.

'됐고, 됐고, 다 아는 내용이잖아'

진행자는 이미 아는 내용을 요약한 후에야 현장에서 경찰 대변인을 인터뷰하는 기자와 연결한다. 새로 뜬 사진을 두고 SNS가 시끄럽다. 스페인 억양이 강한 경찰 대변인은 논쟁이 사건 해결에 아무 도움이 되지 않는다고 말한다. 인질범과 신뢰를 쌓으려는 경찰 협상팀의 노력을 수포로 돌리고 있었다. 위험하고 무책임한 행동이라고 했다. 기자는 SNS 때문에 예전과 달리 상황을 통제하기 힘들겠다고 말한다. 대변인은 흥분한다. 전화를 받아야 하니 인터뷰를 여기서 끊지만 시청자들을 향해 제발 현명하게 행동해달라고 말한다. 사진을 공유하지 말아달라고. 제발.

뉴스는 다음 소식으로 넘어간다. 매슈는 시간을 다시 확인하고 조수석에 놓인 빨랫감 가방을 본다. 엘라 집에 들러 엘라와 남편을 만나기로 했지만 시간을 오래 잡아먹지 않기를 바란다. 집에 가서 샐리가 부탁한 집안일을 해야 하니까. 콩알만 한 아기가 하루에 입을 옷과 턱받이 등등이 얼마나 많은지 놀라울 따름이다. 아내가 가져오라고 한 물건들도 있다. 립크림. 티슈. 이름을 벌써 까먹은 무슨 보디로션. 샐리가 상표명을 적어줘서 다행이다.

매슈는 라디오 채널을 몇 군데 더 돌려본다.

'무슨 사진 얘기지? 스페인에서 대체 무슨 일이 일어나고 있는 거야?'

비공개로 진행하고 있을 경찰 브리핑 모습을 상상한다. 가슴을 조이는 느낌이 익숙하다. 상실감. 후회. 경찰을 떠난 직후 새로운 사무실에 혼자 앉아 있었을 때를 기억한다. 어딘가 소속되어 있다는 느낌이 그렇게 그리울 수 없었다. 정말 중요한 일을 하고 있다는 느낌.

'적응은 잘하고 있어?'

그 무렵 매일 밤 샐리에게 들은 질문이다. 매슈는 매번 거짓말을 했다.

'그럼. 잘되고 있지.'

매슈가 경찰을 그만둔 이유는 업무 과실이었다. 이제 막 열두 살이 된 소년의 죽음에 책임이 있었기 때문이었다. 상관은 그만두지 말라고 빌었다. 천천히 다시 생각하고 심리 상담을 받아보라고. 매슈는 조사를 받았고 별도의 경찰 수사도 진행되었다. 둘 다 매슈에게 혐의가 없다고 결론 내렸지만 매슈의 결심은 변하지 않았다. 조사 도중 아이어머니와 눈을 마주쳐야 했던 사람은 매슈였다. 밤에 땀을 흘리며 잠에서 깨는 사람도 그였다.

그날은 목요일이었고 오늘처럼 비가 오고 있었다. 매슈는 좀 도둑 때문에 못 살겠다는 작은 슈퍼마켓의 신고를 받고 출동했다. 매니저가 다른 손님 물건을 계산하는 동안 한 소년이 담배를 훔쳐 달아났다고 했다. 소년이 가게 근처 골목으로 달려갈 때 매슈는 마침 길 건너에 있었다. 소년을 뒤쫓기 시작했다.

'야! 너! 거기 서⋯⋯.'

뛰어가면서도 아이를 잡으면 경고만 하고 보내줄 계획이었다. 지금까지 그래 왔던 것처럼. 소년은 발이 빠르지만 키가 크지 않았다. 그냥 꼬맹이였다. 하지만 매슈는 인정을 베풀 기회가 없었다. 겁에 질린 소년이 담을 뛰어넘더니 철길로 비탈을 내려간 것이다.

매슈는 멈추라고 외쳤지만 소년은 철길을 건너고 말았다. 전기가 흐르는 길을.

차마 볼 수 없는 광경이었다. 끔찍한 냄새가 났다.

철로에서 소년을 끌어내느라 매슈는 심각한 화상을 입었다.

'내가 쫓아가는 게 아니었어.'

샐리에게는 그렇게 말했다.

'나 때문에 당황하지만 않았어도 그 애는 살았을 거야. 담배 두 갑이야, 샐리. 겨우 담배 두 갑이었다고.'

'자기는 할 일을 했을 뿐이야.'

샐리는 그의 머리카락을 쓰다듬었다. 밤새도록 이야기하고 또 이야기하는 동안 머리카락을 부드럽게 쓸어주던 손길을 매슈는 지금도 기억한다.

그래서 일을 그만두었다. 절도범이라고 어린애를 잡아달라는 슈퍼마켓의 요구를 더는 들어줄 수 없었다. 의도가 어쨌든 간에.

그리고 사무실을 차리기로 했다. 도울 사람을 직접 선택할 수 있으니 더 낫겠다고 생각했다.

멜라니 덕분에 자주 깨닫고 있지만 지금 하는 일의 문제는 지루함이었다. 정말 중요한 사건은 가까이하지 못했다. 중요한 사건 때문에 사립 탐정을 찾아오는 사람은 많지 않다. 실종된 사람을 찾는 일이 대부분이었다. 자기가 원해서 종적을 감춘 사람들. 아니면 남편의 외도를 걱정하는 아내의 의뢰거나.

매슈는 글러브박스를 뒤지다 그곳에 있는지도 몰랐던 초콜릿 바를 발견한다. 좋아. 당분이다. 지금은 협상가 양성 과정을 밟을 때를 떠올리고 있다. 통계 자료를 보고 놀랐던 기억이 난다. 인질 사건은 다치는 사람 없이 해결되는 경우가 많았다. 물론 자

살 테러가 등장하기 전 얘기지만. 전혀 다른 범죄가 유행하기 전
이다.

스페인 팀은 원칙을 따르기를 바란다. 샐리가 추측한 대로 전
통적인 방법을 쓰리라. 침착하게 잘 행동했다고 칼을 칭찬할 것
이다. 애나를 안전하게 지켰다고. '잘했어요. 아주 잘하고 있어요.
다들 잊지 않을 겁니다. 사람들을 해치지 않은 거 알고 있어요.'

매슈는 눈을 감고 상상한다. 경찰 밴에 타고 있는 사람이 나
였으면. 범인과 전화를 하는 사람. 사건을 담당한 사람이 되고
싶다.

'항복'이라는 말은 절대 사용하지 말라고 배웠다. 그보다는
'나온다'라는 표현이 좋다. '안전하게 나올 방법을 의논해봅시
다, 칼. 우리가 어떻게 도와야 안전하게 나올 수 있는지 얘기해
봐요.'

한번은 세미나 중에 매슈가 범인의 요구에 어떻게 대응해야
하냐고 질문한 적이 있다. 인질범은 언제나 괴상한 요구를 하지
않던가? 도주 차량, 헬리콥터 그리고 돈. 몸값을 요구하면 경찰
은 공식적으로 어떻게 대응해야 하는지 궁금했다.

강사는 안 된다는 말을 절대 하지 말라고 조언했다. 그냥 이
렇게 말한다. '알아볼게요, 칼.' 협상가는 무조건 다른 사람을 통
해 요청을 전달하는 듯 보여야 한다. 요청이 거부되거나 지연
되더라도 협상가의 잘못으로 생각하지 않게끔. '정말 미안해요,
칼. 지금 당장은 어렵다고 하네요. 우선은 지금 가능한 방법들에

관해 얘기해봐요. 어떻게 하면 모두를 안전하게 지킬 수 있을까요? 그렇게 하면 참작이 될 거예요. 부탁을 들어주려고 내가 최선을 다하고 있어요, 칼. 약속해요.'

엘라 집에 도착하려면 15분이 남았다. 매슈는 인내심을 잃고 갓길에 차를 세운다. 사진이 어쩌고저쩌고하는 얘기가 뭔지 알아야겠다. 휴대폰을 꺼내고 트위터를 켠다. 다양한 각도의 사진이 쫙 깔렸다. 사진 속의 칼은 창가에서 애나로 추정되는 금발 여자의 머리에 총을 겨누고 있다.

심장이 빠르게 뛰지만 매슈는 정신을 프로 태세로 강제 전환한다. 공포와 불안감을 물리치고 분석하는 머리의 스위치를 켠다. 자, 무슨 의미일까? 어떻게 해야 할까?

모든 사진을 재빨리 분석하기 시작한다. 이 사진이 진짜로 말하고자 하는 바는? 실제로 무슨 일이 벌어지고 있나? 문제는 어느 사진을 봐도 애나의 뒷모습뿐이라는 점이다.

매슈는 각도가 조금 다른 사진 대여섯 장을 발견하고 눈살을 찌푸린다. 머리가 뜨거워진다. 아직 이해되지 않는 연관성을 찾는 동안 머릿속에서는 뜨거운 불꽃이 튀기고 있다. 경찰에 있을 때 이런 상황을 접하면 직감을 믿으라고 배웠다. 긴장을 풀고 보면서 기다리라고.

커다란 그림을 연속으로 보는 느낌이다. 매직아이처럼 눈에 힘을 풀고 거의 멍해질 때까지 뚫어지게 쳐다보며 3차원의 이미지가 떠오르기를 기다린다. 힘을 빼자. 천부적인 재능을 믿어야 한다.

매슈는 사진들을 넘기며 계속 집중해서 본다. 뭔가 이상해…….

SNS에 돌아다니는 메시지를 살핀다. 악의는 없겠지만 하나같이 도움이라고는 안 되는 코멘트들이다.

헉, 쏘려는 건가?

경찰도 트위터로 메시지를 띄웠다. 스페인어와 영어로 사람들에게 사진을 찍거나 공유하지 말아달라고 요청하지만 보아하니 아무도 듣지 않고 있다.

맙소사. 아수라장이군. 매슈는 사진 여러 장을 다시 훑어보며 이번에는 뉴스 기사를 검색한다. 망원 렌즈로 찍어 화질이 더 좋은 사진들이 보인다. 사진 기자가 찍었나? 하지만 대부분 휴대폰으로 찍은 듯하다. 아마 칼이 숨어 있는 곳 맞은편의 고층 아파트 창문에서? 그러다 매슈는 훨씬 높은 각도에서 찍은 사진을 발견한다. 아파트 꼭대기 층에서 찍은 것 같다. 수직에 더 가까운 각도로 창문을 내려다보고 있다. 다른 사진을 볼 때 왜 거슬렸는지 이제 보인다.

매슈는 아이패드를 꺼내 같은 사진을 띄우고 조금 확대한다. 멜라니에게 전화를 거는 동시에 이메일로 사진을 보내고 있다. 빨리 멜라니가 스페인 팀에 이 사진을 보여줘야 한다.

하느님 맙소사…… 이 사진을 꼭 봐야 한다.

신호음이 다섯 번 울리고 멜라니가 전화를 받는다.

"멜라니. 내가 지금 사진 한 장 보내고 있거든. 칼이 창문에서 인질을 잡고 있는 사진. 스페인 팀에 메시지 좀 보내줘."

"매슈?"

"미안해. 나야. 매슈. 병원에서 집으로 가고 있어."

"사진 아직 안 왔어. 무슨 일이야? 잊었는지 모르겠지만 나 여기서 불청객이야. 사실상 퇴사 전 단계……."

"애나가 아닌 것 같아, 멜."

"뭐?"

"칼과 있는 여자. 인질로 붙잡은 여자 말이야. 아무래도 애나 같지가 않아."

"하지만 그럴 리가……. 아, 잠깐만. 사진 왔다. 알았어, 이 사진에서 뭘 보라는 거야?"

"어깨너비. 체형이 달라, 멜. 직사각형이야. 서양배형이 아니라."

"뭐?"

"그래. 알았어."

결국 정신 줄 놓은 사람처럼 들리겠다는 생각에 매슈는 목소리를 차분하게 가라앉힌다.

"샐리가…… 샐리는 체형 이런 데 집착한단 말이야. 옷을 살 때. 애나는 하체 비만인 서양배형이야. 뚱뚱하다는 게 아니라…… 아주 날씬한데 하체만 통통하다고."

"무슨 소리야, 매슈. 아기 낳고 머리가 어떻게 된 거 아니야?"

"아니, 들어봐. 중요한 얘기야. 나는 이런 데 관심도 없었어. 그런데 어느 날 밤 샐리가 잡지를 보여주면서 이렇게 말도 안 되는 소리를 하는 거야. 나보고 이상한 옷 선물 좀 그만하라고. 그러니까 체형은 웬만해서 변하지 않는대. 살이 찌든 빠지든. 뼈가 결정하거든. 해골이. 그건 정해져 있잖아. 애나 가족이 보여준 사진을 보면 애나는 전형적인 서양배형이야. 샐리처럼. 허리 잘록하고, 어깨 좁고, 상체는 자그마한데 하체 부분은 상대적으로 넓어. 이 여자, 칼과 아파트에 있는 이 여자는 체형이 완전히 달라. 상체도 일자고, 하체도 일자야. 확대해서 봐. 어깨랑 골반 너비가 같으니까. 허리는 없고. 높은 데서 찍은 이 사진으로만 보여."

잠시 침묵이 흐른다.

"보고 있어? 애나 파일에 있는 사진들 다시 확인해봐. 제발. 비교해보라고. 어깨를 비교해."

또 조용하다.

"맙소사. 네 말이 맞는 것 같아……. 하지만 내가 체형이 어떻다고 떠들어대면 수사팀에서 말을 들어줄 리 없어. 서장님 만나서 또라이 경위 문제를 해결하기 전까지는 사건에 개입하지 못한단 말이야."

"그럼 네 친구한테 전화하는 게 어때. 캐시라고 했나? 가족연락관. 가족과 있지? 빨리 확인해."

멜라니가 숨을 길게 들이마시는 소리가 난다.

"제발, 멜라니. 내 말대로 이게 애나가 아니라면 방법을 완전히 바꿔야 하잖아. 또…… 정말 애나가 아니라면……."

잠시 말을 잇지 못한다.

"진짜 애나는 어디 있지? 칼은 무슨 수작인 거야?"

멜라니의 한숨 소리가 들린다.

"좋아. 캐시한테 사진 보내고 물어볼게. 가족에게 조용히 물어봐 줄 수 있냐고. 하지만 단칼에 거절당할지도 몰라."

"알았어. 저기, 나도 지금 이 사건으로 찾아갈 집이 있어. 목격자…… 엘라 알지? 너한테 소식을 들으면 아는 대로 다 알려주겠다고 약속했어. 부탁할게."

"마음대로 해. 나도 이제 새 직장 알아보게 생겼지만."

"그런 말 하지 마, 멜. 네가 진급도 하고 잘 나가야 내가 돌아가지."

처음으로 이런 말을 입 밖에 내뱉고 매슈가 흠칫 놀란다.

"진심이야?"

"당연히 장난이지."

아니다.

"알았어. 조만간 다시 얘기해."

엘라의 집까지는 15분쯤 남았다. 점점 굵어지는 빗줄기를 보니 차에 코트를 둘 걸 그랬다는 후회가 든다. 매슈는 손목시계를 확인한다. 제때 도착해 집안일을 마치고 잠을 제대로 자려면 서둘러 움직여야 한다. 엘라도, 주변 지인들도 조금만 지나면 지금 이 시기가 꿈처럼 느껴질 거라고 말한다. 샐리가 안쓰럽게도 수유를 힘들어해 일찍 분유로 바꾸면 어떨까 이야기하고 있다. 매슈는 어느 쪽이든 상관없지만 분위기를 봐서는 밤에 둘이 번갈아가며 우유를 먹여야 하는 모양이다. 다른 사람들은 대체 어떻게 하는지 궁금해진다. 어떻게 신생아를 키우며 일을 하는지…….

매슈는 집 앞에 서 있는 검은색 대형 BMW 뒤에 차를 세운다. 엘라 남편이 집에 와 있나 보다. 휴대폰을 확인한다. 젠장, 아직 멜라니가 문자를 안 보냈다. 각오를 하고 차에서 현관까지 비를 맞으며 달려간다.

복도에는 불빛이 없지만 조금 있으니 안쪽 문이 삐걱 열리는 소리와 긴장된 사람 목소리가 들린다. 불이 딸깍 켜지고 곧 엘라가 문을 열어준다. 하얗게 질린 얼굴로.

"뉴스가 다 그 얘기예요. 너무 끔찍해요. 봤어요?"

"네."

매슈는 현관 매트에 발을 닦는다. 오른쪽에 있는 대나무 우산 꽂이에는 커다란 골프용 우산 두 개가 꽂혀 있다. 서류 가방도 보인다. 남편이 정말로 집에 있다는 뜻이다. 서류 가방은 비싼 제품이고 관리도 잘 되어 있다. 매슈와 제일 가까운 고리에는 중후한 남성용 우비가 걸려 있다. 안감이 실크다.

엘라는 쉬지 않고 뉴스 이야기를 한다. SNS에 사진이 그렇게 많이 돌아다니다니 충격적이지 않냐고. 매슈는 말없이 고개만 끄덕인다. 남편의 태도를 판단하기 전까지는 잠자코 있고 싶다.

거실에 들어서자마자 긴장감이 흐른다. 엘라가 소개하는 동안에도 토니의 보디랭귀지는 반대를 말한다. 어깨에 긴장이 가득하다. 매슈와 악수를 하지만 눈을 깜박이지 않고 가늘게 뜬다. 매슈를 평가하고 있다는 사실을 숨기지도 않는다.

"토니에게 진작 말을 해야 했어요. 이제는 확실히 알겠어요. 평소에 비밀이 전혀 없던 사이라 마음이 더 안 좋아요."

엘라는 매슈를 보고 다음으로 남편을 본다. 이쪽저쪽 홀린 사람처럼. 엘라 같이 착한 사람이 괴로워하는 모습을 보니 영 마음이 좋지 않다.

"밸러드 부인 아니면 엽서를 보낼 사람이 없다고 확신해서 그랬어요."

"어떻게 생각하십니까, 힐 씨?"

매슈는 토니와 눈을 맞추고 심호흡을 한다.

"제가 얽여 심란한 마음 이해합니다. 의심이 드는 것도 당연하다고 생각해요. 그래서 엘라에게 상황이 달라졌다는 말을 전해 듣고 기뻤던 거고요. 걱정이 있다면 이번 기회에 다 해소해드리고 싶습니다."

"계속 말씀해보시죠."

"저도 경찰에 몸담았던 사람입니다. 경험이 풍부하고 인맥도 아직 많아요. 자세히 말씀드릴 수는 없지만 애나 밸러드 사건과

관련해 내부에서 수사를 완전히 망치고 있다고 생각합니다. 그
래서 더더욱 이 사건에 참여하기 잘했다 싶고요. 물론 엘라를 도
울 수 있어 다행이라는 얘깁니다. 하지만 어떤 식으로든 이번 사
건을 해결하는 데 저도 최선을 다하고 싶어요."

"네, 훌륭하십니다. 하지만 제게 최우선은 아내의 안전이에
요. 저희가 탐정을 고용한 것도 그래서고요. 애나 밸러드 사건
해결이 아니라요. 그건 경찰이 할 일이죠. 그래서…… 엘라가 정
말로 위험하다고 생각합니까? 엽서 말이에요."

"토니, 제발."

엘라는 두 남자를 번갈아 본다.

"우리도 애나 걱정 때문에 죽겠어요. 정말이에요, 매슈. 머리
에 총을 겨눈 사진 봤어요? 경찰이 잘 진정시킬까요? 아니면 저
격수를 쏠까요? 어떻게 생각해요? 나는 미칠 것 같아요. 너무 걱
정돼서. 밸러드 부인 심정이 어떨지 생각만 해도……."

토니가 엘라의 어깨에 팔을 두르고 말을 막으려고 이마에 입
을 맞춘다. 매슈는 그 모습을 유심히 관찰한다. 아내의 머리카락
을 다정하게 쓰다듬는 토니를 보고 있으니 공격적인 태도도 다
시 생각하게 된다. 토니가 반감을 보여도 이제는 신경 쓰이지 않
는다. 매슈도 엘라가 샐리였다면 똑같이 했을 테니까. 오히려 토
니가 아내를 보호해줘서 다행이다.

"제가 믿는 동료에게 엽서 건으로 수사를 의뢰했습니다. 아
직 확신할 단계는 아니지만 할 일 없는 사람이 이 사건에 관심

을 갖고 벌인 짓일 가능성이 더 커요. 정황상 심각한 위협이라는 증거는 없습니다. 그래도 혹시 모르니 추가 정보를 알아내기 전까지 엘라에게 기왕이면 몸조심하라고 말씀드린 거고요. 그사이 새로운 소식이 있나요? 평소와 다른 점 없었어요? 걱정스럽다거나 하는 일?"

엘라는 순간 당황한 표정이다. 머리카락을 매만진다.

"아침 일찍 누가 가게를 지켜보고 있다는 느낌을 몇 번 받았어요. 하지만 망상이었을 거예요. 아침에 자동차 헤드라이트가 가게를 비춘 적도 있긴 해요. 신경이 과민해서 그런지 불안하더라고요."

토니의 눈이 놀라서 커진다.

"이런 얘기는 없었잖아. 아니, 안 되겠어. 가게에 일찍 나가는 건 금지야."

토니가 매슈를 돌아본다.

"거들어주세요. 이 사람은 제 말을 들으려고 하지를 않아요. 아무리 경보 장치를 새로 달았어도…… 기계가 엉망이라."

"누구 본 사람 있어요, 엘라? 가게를 지켜봐요?"

"아니요. 그냥 느낌이에요. 이번 일로 마음이 뒤숭숭해서 그런 거겠죠."

"글쎄요, 저라면 스페인 상황이 정리될 동안 며칠 가게 문을 닫는 게 좋다고 봐요."

매슈가 토니를 똑바로 보며 말한다.

"할렐루야. 내 말이 그 말이에요."

토니가 안도감에 숨을 깊이 들이마신다.

"꽃 주문은 어쩌고?"

"주문은 잊어, 엘라. 당신 아프다고 내가 고객들한테 전화 돌릴게. 다른 가게를 추천해주면 되잖아. 며칠만이야."

토니는 만족했는지 순식간에 밝아져서 매슈에게 주방으로 오라고 신호를 보낸다. 주방에서는 더 정중한 태도로 커피를 마시겠냐고 묻고 엘라가 커피를 만들기 시작한다. 주방 텔레비전에서도 뉴스가 나오고 있어 세 사람은 화면을 보며 뉴스 앵커가 스페인 아파트에서 새로 들어온 사진에 대해 설명하는 말을 듣는다.

엘라가 분주하게 커피를 갈고 추출하는 동안 매슈는 휴대폰을 확인한다. 아직도 멜라니는 문자를 보내지 않았다. 커피가 끓기를 기다리며 엘라가 매슈를 돌아본다.

"총으로 쏠까요? 칼 말이에요. 그냥 보고 기다리려니 미치겠어요."

"협상가가 대화를 시도할 겁니다. 나오라고 설득해야죠. 기다려야 이기는 게임이에요. 대안이 없다면 모를까 강제로 개입하지는 않을 겁니다. 만약 이 여자가 애나라면, 칼이 1년 동안 살려두고 있었다는 사실을 기억하자고요."

"만약이라고요? 애나가 아니라면 누구라는 말입니까?"

토니의 의심적은 목소리에 매슈는 괜히 말을 했다고 후회한다.

"왜 네 잘못이라고 생각하는지 설명 안 했어, 세라."

릴리는 샌드위치와 사과, 복숭아를 커다란 접시에 얹어 방으로 들고 와 서랍장에 올린다.

"너 정말 뭐라도 먹어야 해."

세라는 아직도 속이 불편하다. 예쁘게 차린 쟁반을 보다 릴리에게로 시선을 돌린다. 언니의 모순이 보인다. 자기도 헐렁한 옷으로 감추고 있지만 뼈밖에 남지 않았으면서.

"못 먹을 것 같아. 언니 먹어."

세라가 빤히 보지만 릴리는 어깨만 으쓱한다.

"아까 먹었어."

세라는 거짓말을 흘려보낸다. 릴리의 방을 둘러보고 있으니 그래도 아까와 다른 곳에 단둘이 있을 수 있어 만족스럽다. 아래층에 있을 때 문을 비롯한 사람들이 툭하면 문가에 나타나 방해해서 지긋지긋했다. 하지만 여기는 대형 텔레비전이 없어 유감이다. 휴대폰으로 SNS와 뉴스 사이트를 수시로 번갈아 확인하고 있지만 아이패드가 있어서 더 크게 봤으면 좋겠다는 생각이 든다. 데이터 용량이 다 떨어져 간다고 경고하는 문자가 왔지만 충전할 돈이 없다.

"릴리 언니, 노트북으로 뉴스 봐도 돼?"

릴리를 새프런이라 부르지는 않을 거다. 언니가 컴퓨터를 꺼내 방송 중인 뉴스 채널을 찾는 모습을 보며 세라는 고맙다는 의미로 미소를 지어 보인다.

"봐도 되는데 질문 피하지 마, 세라. 이 칼이라는 남자가 미친놈이라는 거 알겠고, 스페인 일로 네가 겁먹은 거 보니까 나도 가슴이 아파. 하지만 정말 솔직하게 말하면 아빠와 관련이 없다는 얘기라서 안심했어. 애나가 칼이라는 남자랑 도망친 거라면……."

"애나가 무슨 도망을 쳤다는 거야."

세라는 굳이 말을 잇지 않는다. 갑자기 온몸의 힘이 빠진다. 다리 위에 서 있는데 아주 조금이지만 왠지 아래로 뛰어내리고 싶어질 때와 비슷한 느낌이다. 물에 뛰어들고 싶은 느낌. 그러면 안 된다는 걸 알면서도 그 느낌을 막을 수 없다. 짧은 시간에 정말 중요한 결정을 내려야 한다는 사실에 겁이 난다. 결과가 두렵다. 선택지 사이에는 가느다란 선 하나밖에 없다. 알약과 약병처럼. 하지만 지금 생각하니 결정을 한다고 끝이 날 것 같지는 않다. 문제를 해결해주지 않는다. 그저 끝없이 끌고 나갈 뿐.

"나야 모르지. 저 남자가 납치를 했거나, 술 같은 데 약을 탔을 수도 있어. 아무튼 문제는 내가 애나를 보살피지 않았다는 거야. 우리 심하게 싸웠어. 애나랑 나. 진짜 무슨 일이 있었는지 도 저히 모르겠어."

세라는 별안간 주절대는 자기 목소리를 들으며 끝을 내야 한다는 깨달음을 얻는다. 아무리 끔찍하고 부끄럽고 괴로워도. 완전한 끝을 맺어줄 유일한 희망은 언니였다. 너무도 그리워한 모습이 아니라 쪼그라들고 슬픔에 젖은 지금의 언니라 해도.

침대에 걸터앉는 릴리의 표정이 서서히 바뀐다. 얼굴을 찡그리더니 고개를 살짝 옆으로 기울인다.

"얘기를 해봐, 세라. 제발."

다시 팔찌를 매만지는 언니를 보니 세라는 안쓰러워 울고 싶어진다. 언니도, 세라도 다.

긴 침묵이 흐른다. 세라는 자기도 모르게 깊은 한숨을 내쉰다. 그리고…… 입수한다.

"애나랑 새벽 2시까지 클럽에 있다가 같이 택시 타고 호텔로 가기로 했어. 갔을 때 나는 앤터니랑 얘기하고 놀고, 애나는 칼이랑 있었어. 처음에는 좋았어. 어른이 된 기분이어서. 지금 말하니까 바보 같지만 정말 그랬어. 그런데 둘 다 우리한테 관심이 없어진 거야. 아는 사람이 몇 명 있는 것 같더라고. 그냥 다른 데로 가버렸어. 우리는 투명인간 취급하고."

그때의 느낌이 떠올라 세라는 말을 멈춘다. 얼마나 분하던지. 앤터니의 관심을 얻으려고 기차에서 얼마나 노력했는데 수치심과 배신감은 정말……. 앤터니는 눈 깜짝할 사이에 자리를 옮기고 클럽에 온 다른 여자들과 웃으며 시시덕거렸다. 세라는 초대를 받았을 때 더블데이트인 줄 알았다. 넷이 함께 앉아 있는 모습을 상상했다. 춤을 추고, 함께 즐거운 시간을 보내고. 하지만······.

"나는 남자랑만 엮이면 문제가 생겨······. 연애 말이야, 언니."

세라는 이제 언니를 올려다보고 있다.

"학교에서 나보고 걸레래."

"그런 말이 어디 있어."

뺨에 눈물이 흐르지만 세라는 개의치 않고 눈을 감는다.

"나는 사람들이 나를 좋아해 주기를 바랐을 뿐이야."

침대가 삐걱거리는 소리가 나고 가까이 다가온 릴리가 세라의 어깨를 감싸 안는다.

"진정해. 괜찮아, 세라. 다 괜찮아질 거야."

세라는 위로를 거부한다.

"아니. 아니야. 12시 반 조금 넘어서 애나가 와서 일찍 가고 싶댔어. 놀 만큼 놀았대. 피곤하고 많이 취했다고 했어. 그때도 나는 앤터니를 찾고 있었거든. 나도 조금 취했고 앤터니 때문에 열 받아서 애나한테 어린애처럼 굴지 말고 술이나 더 마시면서 즐기라고 했어."

세라는 한 손으로 뺨을 닦는다. 짭짤한 눈물은 이제 입술에 닿았다.

"그래서 싸운 거야. 애나는 불안해진다고 했고, 나는 꺼지라고 했어. 혼자 알아서 가라고."

"그랬더니 애나가 아빠한테 연락해보자고 한 거야?"

"응. 아빠를 클럽으로 불러서 호텔로 데려다 달라고 부탁하겠
어. 그런데 내가 애나한테 한심하다고, 아빠한테 연락하면 너랑
다시는 말 안 한다고 했어."

"이 얘기 경찰에 했어?"

"아니. 당연히 안 했지. 나 거짓말했어. 택시를 타기로 약속한
시간에 애나가 안 왔다고……."

세라는 눈을 뜨고 언니의 생각을 읽으려 한다. 충격을 받은
듯한 표정을 보니 충격에 빠졌던 애나의 표정이 떠오른다.

'제발. 나 그만 호텔로 가고 싶어. 술을 너무 많이 마셨나 봐.
부탁이야, 세라. 이렇게 빌게…….'

기차에서 있었던 일까지 알게 되면 사람들의 표정은 얼마나
더 심각해질까? 앤터니와 그랬다는 걸 알면.

"나중에 아무리 찾아도 애나가 안 보이길래 혼자 택시를 탔
어. 우리 방에 먼저 와 있을 줄 알았지. 나한테 삐져서. 그때 되
면 술이 깰 줄 알았어. 미안하다고 사과하고. 그런데 애나가 호
텔에 안 돌아와서 처음에는 너무 무서웠어. 애나가 정말로 아빠
한테 연락을 했을까 봐."

"세상에."

"머리가 너무 복잡했어, 언니. 내가 아빠를 그 정도로 나쁘게
생각해도 되는지 아무 생각도 안 났어. 과대망상인지. 그런데 자

꾸 이런 생각이 드는 거야. 애나가 아빠 호텔에 전화해서 아빠가 클럽으로 왔으면 어떡하지? 밖에서 둘이 만났으면? 진짜로, 모르겠어. 그냥 말도 안 되는 걱정들이 머리에 날아다니는 거야. 왜냐하면 아빠는 그런 사람이니까. 하지만 너무 무서워서 경찰에 말할 수 없었어."

세라는 릴리의 눈을 똑바로 바라본다. 이해한다는 표정이다.

"그러다 칼이랑 앤터니가 도망치고 나서는 걔들일 가능성이 더 크다고 생각했어. 그리고 이제 확실해진 거야. 칼이 애나를 납치해서…… 무슨 짓을 했을지……."

세라는 참지 못하고 엉엉 울기 시작한다.

"그러니까 내 잘못이 맞아. 어느 쪽이든 나 때문이야, 언니. 내가 애나를 버렸어."

"가족 주치의에게 연락하는 게 어떨까요. 진정제 같은 거 받을 수 있냐고요. 바버라를 진정시켜야죠."

식탁 의자에 앉아 다리 사이로 머리를 숙이고 있는 바버라의 등을 쓸어주며 가족연락관 캐시가 말한다.

헨리는 양쪽 허리에 손을 올리고 서 있다. 뒤틀린 감정들이 마구 요동쳐 아무것도 할 수 없었다. 두려움. 죄책감. 수치심.

'역겨워.'

텔레비전에 나오는 그 끔찍한 사진을 차마 보지 못하고 고개를 돌려야 했다. 웬 미치광이가 딸의 머리에 총을 겨누고 있는 사진. 그 순간 헨리는 경찰에 압수당한 엽총 생각밖에 나지 않았다. 돌려받고 싶었다. 목표물을 조준해야 한다. 놈을 쏴야 한다. 칼을 죽여야 한다. '자. 이거나 먹어라.' 가슴에. 머리에.

캐시가 바버라를 달래며 고개를 들고 지시를 기다리는 동안에도 헨리는 서성이기만 한다.

"의사는 됐어요. 진정제도 필요 없어. 나는 무슨 일이 벌어지고 있는지 알아야 해요. 세상에. 우리 딸이…… 불쌍한 내 새끼."

바버라의 목소리가 다시 높아지자 캐시는 차분하게 숨을 쉬어 보라며 바버라를 달랜다. 깊은숨을 천천히 들이마시라고 한다.

"수면제는 있는데 약을 잘 안 먹으려고 해요."

헨리는 입술이 떨리는 것을 느끼며 아내가 평정심을 찾으려고 어깨를 힘겹게 들썩이는 모습을 지켜본다.

"잠깐이라도 누워야 해요, 바버라. 위층에 가 있어요. 소식 있으면 전해줄게요. 뭐든 들어오는 대로."

캐시는 계속 바버라의 등을 쓸어준다.

"정말 의사 안 불러도 되겠어요?"

바버라가 마치 앞을 못 보는 사람처럼 주위를 둘러본다.

"의사는 싫어요. 나 애나 방에 있을래요. 애나 방에 가서 누울 게요."

그러면서 새로운 목표에 사로잡힌 듯 묘하게 근심이 가득한 얼굴로 자리에서 일어난다.

"제니를 불러서 모셔 가게 해요."

캐시는 걱정되는지 눈을 크게 뜨고 헨리에게 지시한다. 하지만 헨리는 도움이 되지 않는다. 그저 서성인다. 머리에 정보가 제대로 입력되지 않는다.

"따님한테 같이 위층에 올라가라고 하세요. 바버라 옆에 있으라고요. 혼자 두면 안 돼요."

캐시의 휴대폰이 또 울린다. 헨리는 텔레비전에서 사진을 처음 봤을 때 온몸을 훑고 지나간 전율을 다시금 느낀다. 캐시가

전화를 꼭 받아야 한다고 해서 헨리는 거실로 돌아가 제니에게
부탁한다. 엄마를 모시고 위층으로 올라가달라고.

뭘 어떻게 해야 할지 몰라 팀도 따라서 일어난다. 음소거된
텔레비전 화면에는 스포츠 뉴스가 나오고 있다. 사람들의 관심
이 벌써 다른 데로 옮겨간 모습을 보니 분노가 솟구친다. 정신병
자 놈이 창가에 서서 딸의 금발에 총을 겨눈 게 고작 30분 전이
다. 그사이 나머지 세계의 관심은 축구로 이동했다.

"아무래도 너는 가는 게 좋겠다, 팀. 미안해. 우리가 그냥 너
무 힘들어서 그래."

충격으로 얼굴이 하얗게 질린 팀은 고개만 끄덕이고 소파 등
받이에서 코트를 집어 든다. 드디어 팀이 떠나고 현관문이 찰칵
닫히는 소리를 들은 헨리는 주방으로 돌아와 캐시의 통화 내용
에 귀를 기울인다. 캐시는 부츠 창고로 들어가 문을 닫았다. 짜
증 나게. 두꺼운 오크나무 문에 막혀 목소리가 들리지 않는다.

이때다 싶어 부츠 창고에서 나온 새미가 헨리의 발밑에 앉아
주방에 같이 있게 해달라고 애원하는 눈빛을 보낸다. 헨리는 강
아지를 본다. 짙은 눈이 호박색으로 반짝인다. 충성스러운 눈빛
이다. 긴장된 분위기를 알아차려 걱정하고 있다. 헨리는 앞마당
잔디밭에서 어린 새미가 깡깡 짖으며 이리저리 뛰어다니는 동
안 애나가 연속 재주넘기를 성공했던 장면을 떠올린다. '이거
봐, 아빠. 나 세 번 연속으로 할 수 있어……'

헨리는 부츠 창고 문에 조금 더 가까이 다가가 몸을 밀착하지

만 소용이 없다. 이렇게 해도 소리는 들리지 않는다. 캐시는 속삭이고 있다. 무슨 일인지 알아야겠다는 간절함에 생살이 찢기는 것처럼 가슴이 쓰리다. 헨리는 눈을 감는다. 코를 통해 거친 숨소리가 크게 흘러나온다. 새미가 또 옆으로 와 헨리의 다리에 얼굴을 문지른다. '나 여기 있어도 돼, 주인?' 강아지의 머리를 쓰다듬던 헨리는 녀석이 꼬리를 흔드는 모습을 보자 속이 문드러진다.

헨리는 마지못해 광을 낸 소나무 테이블로 자리를 옮기고 조금 전 아내가 비운 등받이 의자에 무의식적으로 앉는다. 지금 보니 평소 의자에 놓여 있던 파란색 체크무늬 쿠션이 바닥에 떨어져 있다. 테이블 바로 아래에. 헨리는 잠시 쿠션을 뚫어지게 쳐다보며 주워 올려야 하는지 고민한다. 언뜻 중요한 일처럼 느껴져 결정을 내리기가 쉽지 않다. 그러다 이런 생각이 든다. 이런 고민을 하는 것 자체가 우습고 어리석고 아무 의미 없지 않은가. 쿠션이 바닥에 떨어져 있는 게 뭐 그리 중요하다고. 빌어먹을 이 공간에 있는 빌어먹을 물건들이 다 바닥에 있어도 상관없다. 헨리는 주변의 모든 도자기, 접시, 항아리, 그릇, 서랍장 위의 소품들을 눈에 담으며 전부 다 팔로 쓸어버리고 싶다는 생각을 잠깐 한다. 쿠션이 있는 바닥으로 다 보내는 거다. 한참이 지나서야 부츠 창고 문이 끼익하고 열리는 익숙한 소리가 나고, 새미는 쫓겨날까 해서 꼬리를 꼿꼿하게 세우고 일어난다.

"동료 전화예요."

캐시가 헨리 옆으로 다가온다.

"스페인에서 무슨 소식 없대요? 현장에서? 대체 뭘 기다리는 겁니까? 최루 가스나 그런 거 있지 않아요? 언제 끝낼 작정이랍니까?"

헨리는 화를 내는 듯한 표현과 달리 힘이 하나도 없다. 무거운 목소리에 스스로도 놀란다. 머리도 비슷한 느낌이라 다시 고개를 떨구고 쿠션을 내려다본다. 이제 보니 왼쪽 위에 작은 얼룩이 있다. 케첩이겠지. 또 다른 이미지가 떠올라 헨리는 눈을 감는다. 베이컨 샌드위치에 케첩을 듬뿍 뿌리던 애나.

"스페인에서 들어온 소식은 없어요. 하지만 다른 게……."

캐시가 평소답지 않게 망설이며 말한다. 정적이 흐른다.

"이제 뭐예요? 몸값 달래요?"

사실 기다리고 있던 소식이기에 헨리는 눈을 뜬다.

"놈이 돈을 달라고 하면 얼마든지 줄 수 있어요. 부르라고만 해요. 농장 팔면 되니까."

연락할 사람들을 생각하니 머리가 갑자기 빠르게 돌아간다. 누가 돈을 보태줄 수 있을까. 돈을 빌려줄 사람. 도와줄 사람.

"아니요. 몸값 요구는 아니에요. 스페인 팀도 그런 쪽으로는 진행하고 있지 않고요, 어차피……."

멍청하기는. 그게 가능하다고 생각했던 거야? 헨리는 친구와 은행에 전화를 거는 상상을 그만둔다. 동네 교회에 부탁하고. 인터넷으로 모금 운동을 벌이고. 머릿속의 이런 상상을 전부 놓아

버린다. 칼에게 건넬 돈주머니. 차에서 풀려나 그를 향해 달려오는 애나. '아빠……'

자꾸만 이랬다저랬다 달라지는 상황에 생각할 기운도 없다. 아이디어는 죄다 날아간다. 희망이 솟았다가도 다시 꺼진다. 소름 끼치는 상상만 남는다. 뉴스에, SNS에 있는 끔찍한 사진들. 경찰은 몸값을 요구하든 아니든 칼을 보내주지 않을 것이다. 애나를 안전하게 지킬 방법은 없다. 헨리는 무엇도 할 수 없었다. 또 가슴이 찢어진다. 헨리는 주먹을 움켜쥐고 바닥에 떨어진 쿠션에 다시 시선을 고정한다.

"혹시 사진 한 장 봐주실 수 있을까요, 밸러드 씨?"

격식을 갖춘 말투다. 그동안 캐시는 편하게 이름으로 불러달라고 해왔다. 아내에게도 늘 바버라라고 부르고, 처음에는 헨리도 이름으로 부르고 안됐다는 듯 고개를 옆으로 기울이며 차를 권했다. 하지만 창고 엽총 사건으로 경찰 조사를 받은 후로는 밸러드 씨였다. 아마 사건이 다 해결될 때까지는 쭉 밸러드 씨로 남을 것이다. 용의자 후보로.

'아빠 역겨워.'

"이 사진이에요, 밸러드 씨. 많이 퍼진 사진은 아닙니다. 보기 전에 말씀드리자면 칼이 창문에서 총을 들고 있는 사진이에요. 보기 힘드실 겁니다. 사모님께서 차마 못 보는 것도 당연하고요. 하지만 다른 각도에서 찍힌 사진이 있어요. 이걸 유심히 봐주시면 감사하겠습니다. 가능하세요?"

"당연히 가능하죠."

거짓말이다. 헨리는 마음을 굳게 먹는다. 보고 싶지 않아.

캐시는 아이폰이 아니라 화면이 더 큰 아이패드를 건넨다.

"맞은편 아파트에서 찍은 사진이에요. 더 높은 각도에서요. 화질을 조금 손보고 확대해봤습니다."

그러면서 화면을 옆으로 밀어 두 번째 사진을 보여준다.

"무슨 말을 하라는 겁니까? 뭘 보라는 거예요?"

헨리의 입술이 떨린다. 고문이다. 보고 싶지 않아. 총. 머리.

"칼이 거부해서 협상가는 인질과 대화하지 못했습니다. 몇 번이나 요청했지만 경찰 쪽에 사진을 보내주지도 않았고요. 원래 기본 절차거든요. 상황을 안정시키고 인질이 무사한지 확인하려면요. 서로 교환하는 거죠. 사진을 보내주거나 인질과 대화하게 해준다면 먹을 것을 보내주겠다, 두통약이든 천식 흡입기든 필요한 물건을 주겠다는 얘기입니다."

'인질?' 왜 그렇게 부르지? 왜 애나라고 부르지 않는 거야? 어떻게 감히. 내 딸이야. 이름으로 불러야지…….

"제가 부탁 한 가지 할게요. 밸러드 씨, 이 사진에서요, 이 사람이 애나라고 어느 정도로 확신이 드세요?"

헨리의 머리가 빙글빙글 돌아간다. 진심으로 하는 말인가? 기차에서 만난 미친놈이 공연을 보고 나온 딸을 꾀어 질 낮은 클럽으로 데리고 갔다. 술을 먹이고 무슨 짓을 했다. 납치했다. 스페인으로 끌고 갔다. 아파트에 가두고 총을…….

"사진을 아주 자세하게 봐주세요. 특히 여자의 체형을요. 허리 부분. 어깨너비를 잘 보세요. 애나가 맞나요?"

사진을 보고 있고 인상을 쓰니 안면 근육이 땅긴다. 체형? 무슨 말이야, 체형이라니? 헨리는 머리가 깨질 듯 아프다는 사실을 이제야 깨닫는다. 편두통인지도 모르겠다. 벌써 몇 시간째 이러고 있다. 경찰서에 있을 때부터.

사진은 흐릿하고 화질도 좋지 않다. 특히 확대한 사진이. 머리카락은 확실히 애나다.

"이해가 안 돼요. 애나가 아니라면 누구라는 겁니까?"

"제발요. 그냥 자세히 봐주세요."

헨리는 창문을 등지고 머리에 총구가 닿은 여자를 가만히 바라본다. 정신을 차리고 보니 몸을 앞뒤로 흔들고 있다. 그에게서 등을 보이고 주방 창문을 내다보던 애나가 떠오른다. '저기 봐, 아빠, 까치가 돌아왔어…….'

이 사진에서 뭘 보라는 것인가? 체형? 딸 가진 아빠에게 딸 체형을 봐달라는 인간이 어디 있지?

사진 속의 애나는 몸에 달라붙는 스웨터를 입고 있다. 회색이지만 카메라 때문에 왜곡되었을 가능성은 있다. 휴대폰으로 찍은 사진이 분명하니까.

헨리는 캐시의 지시대로 허리를 본다. 어깨를.

이상하다. 뭔가 옳지 않아. 맙소사…….

"임신했을지도 모른다는 말입니까? 그런 뜻이에요?"

헨리는 이성의 끈을 놓지 않으려고 안간힘을 쓴다. 이 여자 앞에서 분별력을 잃고 싶지는 않다. 다시 사진을 봐도 위화감은 여전하다. 이해하지 못할 무언가가 있다.

"아니요. 그런 의미가 아닙니다. 체형 말이에요. 어깨, 허리요. 사람의 체형은 정해져 있어요, 밸러드 씨. 살이 찌든 빠지든 정해진 비율은 변하지 않습니다. 임신했다 쳐도요. 지금 그런 얘기도 전혀 아니고요. 어깨와 골반의 비율을 보세요. 이 사람이 애 나로 보이시나요?"

질문과 대답의 중대한 의미를 서서히 이해하며 헨리가 숨을 참는다.

"제니를 내려오라고 해야겠어요."

토니가 옷을 갈아입으러 위층으로 올라가자 이제야 마음이 놓인다.

"남편도 진심은 그렇지 않아요."

몸은 여기서 매슈를 보지만 생각은 위층으로 따라 올라가 토니가 문 뒤에 캐리어를 내려놓는 모습을 그리고 있다. 세면도구를 욕실 제자리에 놓고, 피곤함에 찌들어서 침대에 앉는다. 나를 걱정한다.

"아니요, 사과하지 마세요. 아내를 보호하려는 게 정상이죠. 저도 제 아내 일이었으면 똑같이 했을 거예요. 이번에 만나 봬서 아주 좋았고요. 더 낫죠. 엘라에게요."

이 말에 웃어 보이는데 루크가 주방으로 들어와 비스킷 통을 찾아 찬장을 뒤진다. 그러지 말라고 해야 하나. 제대로 된 식사를 만들어줘야 하는데. 하지만 부담감에 짓눌려 정신이 없었다.

"미안해요, 매슈. 나도 참 무례하게…… 산모와 아기 안부를 안 물어봤네요. 잘 있어요?"

순식간에 매슈의 표정이 달라진다. 뿌듯하면서도 꿈인지 생

시인지 모르겠다는 듯 환한 얼굴이 어리벙벙하다. 모든 부모의
초반 모습처럼 경이로움에 정신을 못 차리는 표정이다. 왠지 뭉
클하다.

"덕분에 아주 잘 있어요. 정말로요. 제왕절개를 해서 조금 아
프고 힘들어하기는 하지만요. 며칠 꼼짝없이 입원해야 해요."

"쉴 수 있을 때 즐기라고 전해줘요. 참, 얘는 루크예요. 우리
아들. 루크…… 이분은 사립 탐정이셔. 매슈. 전에 들었지?"

루크가 토니 못지않은 경계심으로 매슈를 뜯어본다. 그 모습
을 관찰하고 있으니 문득 토니와 루크를 변호하고 싶어진다. 매
슈 말이 옳다. 남편과 아들로서 나를 보호하려는 게 정상이지.
나는 지난 몇 주 동안 루크가 여자 친구 일로 얼마나 힘들었는
지를 생각한다. 그런 루크를 지도 확대경 따위로 의심하다니 이
렇게 멍청하고 의리 없는 엄마가 또 있을까. 어떻게 이 지경이
될 수 있지? 지도 확대경 일은 매슈와 상의하지 않기로 한다. 루
크에게 따지지도 않을 것이다. 그 물건이 어쩌다 내 주머니에 들
어갔을지도 모른다. 그래. 내가 떨어뜨렸을지도 모른다.

"우리 저녁 먹어요?"

루크는 매슈를 무시하고 나를 본다. 때때로 궁금하다. 형제
가 있었다면 루크의 삶이 더 편안했을까? 속마음을 털어놓을
상대가 있었다면. 비슷한 나이로. 둘째를 시도하지 않았던 것은
아니다. 병원에서는 아무 문제 없다고 했지만 결국 임신이 되
지 않았다.

"사실 뭘 시켜 먹을까 생각 중이야. 중국 음식 어떠니, 루크?"

"좋아요."

루크가 주방에서 나간 후, 지난 1년이 우리 가족에게 얼마나 큰 시련이었는지 매슈에게 털어놓는다. 다 내 잘못이다. 그간 나는 다른 사람이 되었다. 특히 내 이름이 유출된 이후로 이 사건에 완전히 매몰되어 살았다. 거기에 빌어먹을 엽서까지. 제발 다 끝났으면 좋겠다.

"정말 할 말 더 없어요? 누가 가게를 지켜보고 있다면서요? 차 색깔은 못 봤어요? 주변에 얼쩡거리는 이상한 사람은 없고요? 집은 어때요?"

"아니요. 그냥 기분이 이상했다는 얘기예요. 왜 있잖아요……. 누군가 지켜보고 있는 듯한 느낌. 아까도 말했지만 요즘 너무 예민했어요. 바보 같은 엽서들 때문에 망상이 생긴 거예요."

"알겠어요. 저기, 엘라, 미안하지만 이만 가볼게요."

매슈가 시계를 확인한다.

"있어도 돼요. 배달 음식 같이 먹을래요?"

나는 말을 다 뱉기도 전에 괜히 말했다고 후회한다.

"아니요. 말씀은 감사하지만 집안일을 해야 해서요. 하지만 언제든 전화해도 돼요. 무슨 일 있으면요. 걱정된다거나 하는 일 말이에요."

"고마워요."

부끄럽지만 매슈가 저녁을 먹지 않고 떠난다는 말을 듣고 나는 극도의 안도감을 느낀다. 매슈가 없어야 토니와 루크의 긴장이 풀릴 테니까. 나는 정말 예의고 뭐고 가족을 먼저 생각하는 법부터 배워야 한다. 매슈가 좋지만 일을 하러 온 사람이라는 사실을 기억해야 한다. 나는 매슈가 가기 전에 스페인에서 새로 들어온 소식이 없는지 텔레비전 채널을 돌린다. 매슈가 차 키를 찾아 주머니에 손을 넣는데, 휴대폰에 문자가 왔다는 알림음이 들린다.

"이번 사건이에요?"

고개를 끄덕이고 문자를 읽은 매슈가 어두워진 얼굴로 나를 올려다본다.

"네. 철저히 비밀에 부쳐진 사안인데요, 엘라. 좀 곤란한 소식이에요. 아마 공개되려면 시간이 걸릴 것 같아요. 밸러드 가족과 연락하는 지인이 있는데……. 음, 엘라도 지금 알아야 한다는 생각이 드네요."

마음을 다잡는다. 배의 근육이 긴장하고 있다. 팔도 경직되어 손바닥이 허벅지에 딱 달라붙는다. 텔레비전을 보니 이제 커튼을 내린 스페인 아파트가 화면에 떠 있다. 화면 아래에서 흐르는 헤드라인은 새로운 소식이 없다고 알린다. 하지만 매슈가 최악을 말할까 두렵다. 희망의 거품이 터질까 봐.

"애나가 죽었어요? 놈이 죽인 거예요?"

"아니요, 엘라. 아파트에 있는 여자요. 인질. 애나가 아니에요. 칼이 무슨 수작을 부리는지 모르겠지만 그 여자는 애나가 아니에요."

세라는 릴리의 침대에 누워 침대 옆 바닥에 에어매트리스를 깔고 자는 언니를 본다. 오른손 검지로 코끝을 누르는 귀여운 버릇이 어릴 때와 똑같다. 어린 세라는 언니를 놀리곤 했다.

'왜 그러는 거야, 언니? 왜 코를 올리고 자?'

'그렇게 하면 숨쉬기가 편해.'

'말도 안 돼.'

'안 물어봤어.'

손목에는 지금도 팔찌를 차고 있다. 샤워할 때라도 빼기는 할지 궁금하다. 아까 문이 방을 들여다보고 갔다. 둘이 그렇고 그런 사이라는 게 확실해졌지만 세라는 문이 자리를 피해 주고 있어 안심했다. 세라가 목욕하는 사이 릴리가 한마디 한 모양이다.

세라는 지쳤다. 목욕으로 긴장이 조금 풀렸지만 잠은 도무지 못 잘 것 같다. 세라가 바닥 매트리스에서 자겠다고 했지만 릴리를 이길 수는 없었다. 릴리는 농담까지 했다.

'침대 밑에 괴물이 있는지 내가 봐줄게.'

다행히 방은 암흑이 아니다. 문 위에 작은 유리창이 있어서 층계참의 은은한 불빛이 들어온다. 릴리가 그러는데 이 집에 불면증과 악몽에 시달리는 사람들이 몇 명 있다고 한다. 그래서 밤에 자다 깨도 무섭지 않게 층계참에 은은한 조명을 켜둔다.

집주인 캐럴라인은 내일 아침에 돌아온다는 듯하다. 세라는 긴장한다. 오래 있어도 되냐고 물어야 하기 때문이다. 릴리의 이야기를 듣고 나니 엄마 집에 돌아간다는 생각조차 할 수 없다. 집으로 돌아오라고 애원하는 문자가 왔지만 세라는 답장으로 언니와 무사히 잘 있다는 말만 남겼다.

'나 그냥 내버려 둬.'

하지만 어째야 할지 모르겠다. 세라도 릴리처럼 아빠가 애나의 실종과 무관해서 한시름 놓았다. 하지만 잠시뿐이지 걱정이 다 사라지지는 않았다. 아빠와 관련해 해결해야 할 문제가 있다. 아무 일 없었던 척 과거를 넘길 수는 없다. 다른 사람을 건드리면 어떡하게? 막지 않으면 공범이 되는 것 아닐까?

엄마가 릴리의 말을 믿고 지지하지 않았다니 믿을 수 없다. 세라도 나서서 말을 해야 했다는 사실을 지금 깨달았다. 세라는 눈을 질끈 감는다. 가족을 버렸다고 원망할 게 아니라 언니에게 손을 내밀어야 했다.

세라는 최대한 소리를 내지 않고 몸을 돌려 똑바로 눕고 차분히 생각해보려 한다. 어두운 방 안을 다시 둘러본다. 구석에는 대나무 같은 것으로 만든 마네킹이 있다. 릴리가 옷걸이로 사용하는 마네킹에는 주로 스카프와 천을 이어붙인 판초가 걸려 있다. 낮에는 보헤미안 느낌이 매력적으로 보였지만 어두워지니 꼭 목 잘린 사람처럼 생겨서 섬뜩하다. 세라는 불길한 느낌을 지우려고 아이템을 하나하나 짚으며 확인한다. 스카프. 스카프. 판초. '옷일 뿐이야, 세라.'

똑바로 누워 있으니 어느새 불편해져 세라는 옆으로 돌아눕고 문 뒤에 걸린 가운을 살펴본다. 너무 길어서 바닥에 끌리는데 고리를 문 위쪽으로 옮겨 달아야 하지 않을까? 그래. 몇 센티미터만 올려도 문을 열 때 가운이 틈에 끼지 않을 것이다.

그러다 갑자기 혼란스럽다. 햇빛. 커튼을 휙 여는 소리. 유리 아니면 도자기가 부딪치는 소리. 무슨 기적인지 세라는 잠이 들었다. 믿을 수 없게도. 바로 옆에서 도자기가 달그락거리는 소리가 들려서 보니 릴리가 나무 쟁반에 예쁜 커피 잔 두 개와 접시를 얹고 서 있다. 접시에는 기분 나쁜 초록색인 삼각형이 놓여 있다.

"아보카도 토스트야. 핑계는 안 받아. 오늘은 정말 뭐라도 먹어야 해, 세라."

"알았어. 와. 내가 드디어 잠을 자다니 못 믿겠어."

세라가 하품을 하며 기지개를 켠다. 그러고는 쟁반을 보고 토스트에 손을 뻗는다.

"언니가 먹으면 나도 먹을게."

세라는 릴리에게 먹으라고 남은 한 쪽으로 고갯짓을 한다.

"솔직히 잠을 못 잘 줄 알았어. 마지막으로 기억할 때가 새벽

3시쯤이었는데."

하품한 후로 목소리가 아직 돌아오지 않았다.

"내가 조금 더 있겠다고 해도 캐럴라인이 허락할까? 카페 같은 데 일자리를 알아볼 수도 있어."

"글쎄. 물어는 볼게. 그 대신 여름만이야. A레벨에 집중해야지."

"이제는 무슨 소용인가 싶어."

"그런 말 하지 마, 세라. 네가 시험을 끝까지 치른다고 약속해야 여기 있어도 되냐고 물어볼 거야."

세라는 어깨를 으쓱한다. 토스트는 맛있다. 아보카도에 깜짝 놀랄 만큼 후추를 많이 뿌렸다. 레몬도. 세라는 마지막 조각을 입에 털어 넣고 바닥에 손을 뻗어 휴대폰을 집어 든다. 문자가 여러 개 와 있다. 세라는 몸을 일으키며 나무 헤드보드에 기대앉아 문자를 훑는다.

'말도 안 돼……'

받아들일 수가 없다. 애나가 아니라고? 어떻게 애나가 아닐 수 있지? 이건 또 무슨 미친 소리야? 제니가 문자를 보냈다. 팀, 폴, 다른 친구들도…….

세라는 뉴스 앱을 켜고 릴리에게 노트북으로 뉴스 페이지를 열어달라고 부탁한다.

"애나가 아니래. 스페인 아파트에 있는 여자."

"뭐?"

몇 분을 기다린 끝에 노트북에서 소리가 나온다. 릴리와 세라는 어깨를 맞대고 침대 끄트머리에 달라붙어 스페인 아파트 앞에서 기자가 하는 말을 듣는다. 마침내 상황이 종료되었다고 한다. 칼은 경찰에 붙잡혀 조사를 받고 있다.

칼에게 인질로 붙잡혀 있었다던 젊은 여자도 실종된 영국 소녀 애나 밸러드가 아니었다. 칼과 금발 여자는 다친 데 없이 아파트에 있었다. 현재까지 경찰의 추가 발표는 없었다.

"애나가 아니라고? 이게 어떻게 된 거야."

릴리의 얼굴이 하얗게 질린다.

세라는 저도 모르게 양손을 입에 올린다. 양쪽 검지가 입술을 누르고 있다. 맞닿은 어깨로 언니의 떨림이 느껴진다.

"이게 무슨 뜻인지 알아, 언니?"

몸을 앞으로 숙인 릴리가 머리를 감싸 쥐고 울기 시작하자 세라는 언니의 등을 부드럽게 쓸어준다.

"정말 미안해. 언니한테 끔찍한 일이라는 거 알아. 원하지 않겠지만 이제 어쩔 수 없어."

계속 울기만 하는 언니를 어떻게 위로해야 할지 모르겠다. 릴리도, 세라도 이제 뭘 해야 하는지 알았다.

경찰서에 가서 아빠를 신고해야 한다.

선택지가 없다.

모든 것을 말해야 한다.

그다음 주에는 혹서가 시작된다. 어느 일기 예보를 봐도 빨간 고기압 표시가 지도를 휩쓸고 있다. 헨리는 일기 예보를 보며 소리 없이 분노한다. 기상청 놈들이 유일하게 날씨를 정확히 맞히는 때가 지금이라니. 개도 창밖을 보면 알아맞히겠다. 그사이 헨리의 딸은 까맣게 잊었다. 이제는 헤드라인에 오르지도 않는다. 지역 뉴스는 기온 도표로 뒤덮였고, 얼굴에 웃음꽃이 핀 관광회사 임원들은 기록적인 더위에 국내 근교 여행이 다시 유행이라는 등 떠들어댄다. '몇 년 만에 찾아온 성수기입니다.' 데번과 콘월 사람들의 얼굴은 잔디처럼 황금색으로 변한다.

오늘은 돌고래가 해안에 출몰하는 수와 빈도가 점점 늘어나고 있다는 뉴스가 나온다. 해양생물학자는 조만간 상어가 더 올 수 있다고 말한다. 지구온난화 때문에.

"지구온난화 같은 소리 하네."

침실 구석의 TV가 조용히 떠드는 동안, 헨리는 캐리어를 하나 더 꺼내 짐을 싼다. 물건을 가지러 집에 올 때마다 바버라의 결심이 흔들리기를 바라며 시간을 최대한으로 끌고 있다. 차를 만들어주지 않을까. 말을 걸지 않을까. 가지 말라고 하지 않을까. 하지만 아니다. 아래층에서 바버라의 고함이 들린다. 서둘러 달라고 부탁한다. 제니가 돌아오기 전에 짐을 다 챙기라고. 제니는 팀, 폴과 외출했다고 한다. 바버라 말로는 상황이 최악으로 치달은 이후로 두 녀석이 제니의 버팀목이 되어주고 있다.

'그리고 우리는 아무것도 모르는 지옥에 돌아왔지.'

캐리어 지퍼를 채우며 헨리는 생각한다.

'애나는 아직도 실종 상태고, 뉴스는 빌어먹을 날씨 얘기만 하고, 나는 쫓겨나고.'

아래층으로 내려와 다시 시도해본다.

"대화라도 할 수 없을까, 바버라? 다시 노력하면 안 돼? 제니를 위해서?"

"노력? 당신이 노력하자고 할 자격이나 있어? 창고에서 말 그대로 머리를 날려버릴 뻔한 인간이? 그런 다음 바로 우리 집 현관에서 온 동네 광고를 했다는 얘기를 들었지. 당신이 마을 창녀와 놀아나는 동안 우리 딸이⋯⋯."

바버라가 외도 사실을 어떻게 알았는지 헨리는 아직도 모른다. 천만다행으로 상대까지는 알지 못하지만 어떻게 혼자 퍼즐을 맞췄다. 본인은 절대 아니라고 하지만 헨리는 캐시가 고의로 흘렸다는 의심이 든다. 스페인 사태 이후 가족연락관은 전만큼 집에 자주 오지 않는다. 하루에 한 번씩 들러 커피를 마시며 수다를 떠는 정도다. 경찰이 전체 수사를 완전히 망쳤으니 부끄럽기도 하겠지.

스페인 '포위 작전'은 알고 보니 무의미한 짓이었다. 칼과 아파트에 있던 금발 여자는 칼의 새 여자 친구로 드러났다. 협상으로 도주 차량을 받아내기 위해 둘이 짜고 인질극을 벌인 것이다. 처음 제보를 받고 경찰이 칼을 체포하러 왔을 때 상황을 가짜로 꾸미고 장단을 맞췄을 뿐이다.

그날 이후로 밸러드 가족에게 들어온 소식은 몇 가지뿐이었다. 애나가 실종된 날 밤 칼에게는 알리바이가 있었다. 앤터니도 스페인의 같은 공사 현장에 나타나 현재 둘 다 구금 중이다. 둘 다 애나의 실종에 아무 관련이 없다고 주장하고 있다. 클럽에서 1시간도 안 되어 애나와 세라에게 관심을 잃었고 걔들이 어떻게 됐는지 모른다고 이야기한다. 복스홀 클럽에서 나온 뒤에는 계획대로 친구들과 파티에 갔다고 한다. 목격자 진술과 CCTV 영상으로 대조해 검토한 결과, 지금까지 새로운 정보에서 거짓을 발견하지 못했다. 런던 경찰청은 두 남자의 행적에서 애나의 실종에 관여했을 법한 구멍을 전혀 찾을 수 없었다.

왜 다음 날 아침 도주했냐고 묻자 추궁을 당하거나 누명을 쓸까 봐 두려웠을 뿐이라고 대답한다. 곧바로 교도소로 돌아가게 생겼다고 믿어서. 친구들 도움으로 가짜 여권과 배를 구해 프랑스로 건너갔다. 과학수사대는 칼의 아파트를 조사했다. 새로운 알리바이도 확인 중이다. 하지만 아직은…… 아무것도 없다. 인질이라던 칼의 여자 친구는 6개월 전 술집에서 만난 영국인 웨이트리스다.

경찰은 칼과 앤터니가 가석방 조건을 위반했고 더구나 칼은 가짜 포위 작전을 일으켰으니 둘 다 재수감될 것이라고 밸러드 가족을 안심시켰다. 하지만 애나는? 두 남자는 경찰의 용의자 후보에서 서서히 제외되는 모양새다. 다른 단서도 없다. 경위는 연쇄살인 사건에 다시 정신이 팔려 런던으로 돌아갔다.

그래서 이제는 어쩌라고? 헨리는 계속 묻는다.

'계속 조사하고 있습니다. 수사는 아직 진행 중······.'

뜨거운 열기 속에서 헨리는 가장 큰 두려움을 천천히 마주하고 있다. 결국은 딸을 찾지 못할 것이다. 어떻게 된 일인지 평생 모르다 죽겠지. 이런 미래를, 가족의 미래를 상상하면 견딜 수가 없다. 제니의 눈빛도 같은 말을 한다. 바버라의 눈빛도.

이러지도 저러지도 못해 괴로워하던 바버라는 마침내 항우울제에 굴복했지만 심한 감정 기복을 부작용으로 얻었다. 제니에게 들으니 약을 매일 먹지 않고 복용량도 멋대로 바꿔 몸만 피폐해지고 있다. 헨리도 어느 바버라와 마주칠지 모른다. 언제는 눈의 빛이 전부 사라진 채로 조용히 무기력하게 있다. 또 언제는 미친 사람처럼 쉴 새 없이 집을 치우며 헨리가 설득하려 할 때마다 바락바락 소리를 지른다.

"진찰을 다시 받아봐, 바버라."

"내가 뭘 하든 알 바 아니야, 헨리."

속에서 감정이 솟구친다. 단순히 죄책감은 아니다. 그보다는 깊은 슬픔이 퍼져나가고 있다.

"당신을 사랑해, 바버라."

하지만 헨리는 이 말이 이미 오래전부터 진실이 아니었음을 깨닫는다. 시간을 되돌리고 분노를 가라앉힐 수 있으면 좋겠다. 농장주에서 캠핑장 관리인으로 전락했다는 인생의 불만을 해소하고 싶다.

"흥, 다 늙은 아줌마가 운도 좋네?"

"나는 가족을 버릴 마음 없어, 바버라. 우리 제니도 생각해야지."

"무슨 가족, 헨리?"

바버라가 차갑게 뱉는다.

"당신이 모르는 것 같아서 하는 말인데 이제 우리에게 가족은 없어. 애나는 사라졌고 돌아온다는 보장도 없어. 그리고 당신이 평생 한 것보다 팀과 폴이 제니를 더 위해."

"난 억울해."

"억울? 진짜 억울한 게 뭔지 내가 말해줘? 우리 딸이 사라졌을 때 당신은 내게 누구랑 같이 있었는지 말할 배짱도, 예의도 없었어."

옆에 서 있는 새미의 자세를 보니 긴장한 눈치다. 꼬리가 축 처졌다. 눈도 내리깔고.

"그냥 꺼져, 헨리. 개도 데리고 가고."

"연락할게."

"기대되네."

헨리는 바퀴 달린 캐리어를 끌고 나와 무거운 척 연기하며 짐을 랜드로버 뒷좌석에 싣는다. 사실 한 번 올 때마다 옷을 몇 벌만 가져가고 있다. 돌아올 핑계가 있어야 하니까. 지금도 헨리는 바버라가 생각을 바꾸기를 바란다. 이런 식으로 끝이 나다니 믿을 수 없다.

전부 사라졌다니.

앞마당을 다시 둘러보던 헨리는 재주넘기를 하던 애나가 땅에 앉아서 아빠를 향해 환히 웃는 모습을 떠올리며 눈을 감는다. 손을 흔들고 있다.

애나에게 손을 흔들어주고 싶어 손가락이 움찔거린다. 입을 굳게 꾹 다물고 간신히 다시 눈을 뜬 헨리가 좁은 진입로를 운전해 별장으로 간다. 외양간을 개조한 별장 네 채 중에서 제일 큰 곳을 택했다. 일단은 트윈베드 하나에서 잠을 자고 있다. 여기서 정식으로 산다기보다는 소꿉놀이를 하는 기분이다. 그도 그럴 것이 나머지 별장 세 채는 휴가 온 사람들로 꽉 찼기 때문이다. 마당은 서프보드, 잠수복, 웃음소리, 끔찍이 많은 모래로 가득하다.

헨리는 캐리어를 들고 청승맞게 좁은 방으로 들어간다. 벽도 무채색, 침구도 무채색, 바닥은 모조 오크나무다. 개조 기간에 바버라는 '실용성'이 핵심이라고 지겹게 설명했다. 투자 수익률의 줄임말이라는 ROI도. 가구와 침구는 무채색이어야 오래 가고 관리하기 쉽다고 했다. 개인의 취향이니 선택이니는 중요하지 않고 ROI를 생각해야 한다. 헨리는 '관리하기 쉬운' 바닥을 내려다보며 본채 위층의 질 좋은 오크나무 원목 바닥을 떠올린다. 울퉁불퉁하고 옹이와 뒤틀린 결이 그대로 남아 있는.

헨리는 침대에 누워 천장을 바라본다. 어떤 세계에서 살면 더 좋았을지 생각한다. 지금도 놓지 못하는 진짜 세계. 날씨 덕분에 건초 문제는 해결되었다. 양들은 젖을 떼고 이제 풀을 뜯어먹는다. 그다음에는? 내년에 곡물을 심기 위해 위쪽 밭을 갈아야 할지 결정해야 한다. 그럴 필요가 있을까? 이런 농부 놀이를 계속할 수나 있을까? 헨리는 방 안을 둘러본다. 자그마한 소나무 옷장. 한 세트인 서랍장과 협탁. 쓸데없이 새 물건이다. 너무 주황색이다.

침실 옆 '관리하기 쉬운' 주방에 있는 새미를 생각한다. 헨리만큼이나 절망과 비탄에 빠져 있는 가여운 녀석. '우리 여기서 뭐해, 주인?' 호박색 눈으로 매일 묻는다. 헨리는 눈을 감고 잠을 청하지만 초인종이 시끄럽게 울린다. 초인종마저도 끔찍한 현대화를 거쳤다. 본채의 옛날식 초인종과 달리 높은 음이 귀를 찢는다.

'대체 누가……?'

움직이지 않고 알아서 가겠거니 기다리지만 시끄러운 소리가 다시 울린다. 세 번. 네 번. 결국 헨리가 일어나 나가자 방문객이 현관문 중앙의 유리창으로 안을 들여다보고 있다.

"오, 이런. 제니구나. 들어와. 미안하다. 너일 줄은 몰랐어."

딸은 탁 트인 거실과 주방의 몰골을 눈으로 살핀다. 자꾸 깜박하고 식기세척기 세제를 사지 않아 싱크대에 더러운 그릇이 산더미처럼 쌓여 있다. 식탁에는 작업복이 아무렇게나 널렸고 진흙 묻은 발자국이 바닥을 가로지른다.

제니는 냉장고로 직행해 안을 들여다보고는 유통기한이 지난 우유 냄새를 킁킁 맡고 고개를 젓는다. 그 외에는 동네 주유소에서 산 완제품 샌드위치 몇 개, 도시락 두 개, 소시지빵 하나, 돼지고기 파이 하나가 전부다.

"아냐. 안 되겠어. 어떻게 이러고 살아. 같이 쇼핑하고 와서 내가 저녁 차려줄게. 빨리."

"아니야. 안 그래도 돼. 아빠는 괜찮아."

"뭐가 괜찮아. 가자니까."

제니가 차 키를 짤랑거린다. 중고 피에스타는 헨리가 딸들에게 같이 쓰라고 사준 차였다. 제니는 한 번에 시험을 통과했고 애나도 운전 연수를 곧 시작할 예정이었다. 헨리는 더는 생각을 하지 말자고 마음을 굳게 다잡는다. 사실 얼마 후에 차를 한 대 더 사주려고 했었다. 둘이 한 대씩 탈 수 있게.

———

1시간 후 동네 슈퍼마켓에서 돌아와 헨리가 지켜보는 가운데 제니는 찬장을 다 뒤져 냄비와 프라이팬을 찾아내고 볼로네제 스파게티를 만든다.

"귀찮아서 시판 소스를 썼지만 맛은 괜찮을 거야. 엄마 요리만큼 맛있지는 않아도 돼지고기 파이보다는 낫지."

제니가 프라이팬에 양파와 마늘을 지글지글 굽는다. 고기를 익히고 소스를 첨가하는 딸을 보며 헨리는 무능한 자신에게 부끄러움을 느낀다. 제니는 언제 요리를 배웠을까. 전혀 몰랐다.

"나도 참 시대에 뒤떨어진 사람이지? 요리도 할 줄 모르고."

"지금까지는 그럴 필요가 없었잖아. 안 그래?"

제니의 얼굴이 창백하다. 헨리는 제니가 정말 무슨 말을 하려고 여기 왔는지 궁금하다. 망설임이 느껴진다. 부녀는 식사를 준비하는 동안 서로의 눈치만 보고 헨리도 딱히 강요하지 않는다.

근사한 저녁상을 보자 헨리는 고마우면서도 미안하다.

"파르메산 치즈를 깜박했어, 아빠."

"됐어. 고마워서 뭐라 할 말이 없다. 기분이 이상하네. 네가 나를 챙겨주다니."

"그래서, 사실이야? 정말 바람피웠어? 엄마는 말을 안 해줘. 요즘은 거의 온종일 침대에 누워 있거든. 애나 방에서 자. 애나가 입던 스웨터 끌어안고 누워서."

"하, 안 그래도 힘들 텐데 혼자 감당하게 해서 정말 미안하다." 헨리는 심호흡을 한다. 제니를 차마 볼 수가 없다. "그래, 맞아. 아빠가 멍청한 짓을 했어. 진심으로 후회하지만 별다른 의미는 없었어. 약속해. 아빠가 사랑하는 사람은 엄마야. 화를 낸다고 엄마를 탓하면 안 돼. 엄마는 그럴 권리가 있으니까."

"엄마가 용서할까? 집에 받아줄 것 같아?" 제니의 떨리는 목소리를 듣기가 괴롭다. "그냥 전부 다 사라진 느낌이야."

헨리는 손을 뻗어 딸의 손을 잡는다. 아빠의 손길에 제니가 울음을 터뜨리더니 헨리로서는 이해할 수 없는 말을 하기 시작한다.

"방금 세라한테 무서운 문자를 받았어. 아직 데번에 자기 언니랑 있는데 세라가……."

제니는 뚝뚝 흘러내리는 눈물을 닦을 생각도 하지 않고 아빠의 얼굴을 본다.

"저기, 세라가 이유는 말을 안 해. 자세한 내용은 알려주지 않는데 우리한테도 알 권리가 있댔어. 런던 경찰이 세라 아빠에 관해 물어볼 거래. 애나 일로."

"세라 아빠라면…… 밥? 밥 말이야?"

"응."

"아니, 왜? 무슨 이유로."

"나도 모르겠어. 그러니까, 경찰이 아빠도 조사했잖아. 원래 아빠들을 다 조사하는 거야? 그래?"

"글쎄다. 밥이라고? 인제 와서 왜? 밥은 몇 년 전에 떠났잖아. 자기 가족하고도 연락을 안 하는 것 같던데."

혼란스러운 얘기에 헨리의 표정이 바뀐다. 당황해서 안면 근육이 팽팽하게 당겨지고 있다. 헨리는 바닥을 여기저기 훑어본다. 바닥엔 그의 장화와 빈 장바구니가 놓여 있고 새미는 자기집으로 돌아갔다.

아이들이 어릴 때 마을 축제에서 세라 부모를 만났던 기억이 난다. 갓 친구가 된 세라와 애나가 함께 놀이기구를 타는 동안 부모 넷은 담소를 나누었다. 밥은…… 키가 크고 무뚝뚝했다. 미남이지만 조금 거만한 면도 있었다. 헨리는 처음 봤을 때부터 밥이 싫었다.

그러다 다른 기억이 떠오른다. 밥은 언제나 사진을 찍고 있었다. 모든 아이의 사진을 쉴 새 없이 찍었다. 집에 돈이 많아 보이지도 않았는데 밥은 비싼 카메라를 썼고 렌즈도 여러 개였다. 전문가용 카메라 가방도 있었다. 바버라는 추억을 남기려는 모습이 보기 좋다고 했지만 헨리는 조금 이상하다고 생각했다. 밥이 마을을 떠났을 때는 한편으로 기뻤다.

'아니야. 설마?'

배에 낯설고 이상한 느낌이 든다.

"멜라니 샌더스와 통화해야겠다. 친절한 경사 말이야. 업무에 복귀했댔어. 무슨 일인지 말해줄 거야."

헨리는 자리에서 일어나 휴대폰을 꺼내고 반대쪽 손으로 머리카락을 쓸어 넘긴다.

"제니 너는 세라한테 다시 전화해봐. 빨리. 무슨 일인지 말해달라고 따져. 어서 전화하라니까."

하지만 제니는 움직이지 않는다. 헨리를 바라볼 뿐이다. 아직도 턱에서 눈물방울이 떨어지고 있다.

"또 있어, 아빠."

지켜보는 중

목요일

마음에 안 들어. 이건 아니야.

이 열기가 싫다. 그 애도 나와 같고…….

이제부터는 아주 신중하게 생각해야 해. 머리가 복잡해지면 안 돼. 머리가 복잡하면 실수만 하니까.

무엇보다도 이 거지 같은 인간들이 자기들 때문에 이렇게 됐다는 생각을 못 하게 막아야 해. 지들이 무슨 상관이라고. 아무 상관도 없는 주제에…….

우리를 그냥 내버려 뒀더라면 아무 문제도 없었을 거야. 하지만 인간은 어리석은 법이지. 그러니 내가 나서서 전부 막아야 하는 거고.

다른 방법은 없어.

내가 아니라 자기들을 탓해야지.

이것밖에는 방법이 없는데…….

지난 1년 동안 정확히 무엇이 현재의 우리를 만드는지 궁금한 때가 많았다. 단순히 선천적 혹은 후천적 요소를 말하는 게 아니다. 우리의 성격과 판단의 총합 얘기다. 원하지 않아도 머릿속을 돌아다니는 모든 생각. 양심과 책임감 문제에 대처하는 방법 같은 것. 다른 사람들은 내 탓이 아니라는데 나는 왜 자책을 할까?

토니는 내가 생각을 너무 많이 하고 세상의 짐을 혼자 다 짊어지려고 해서 문제라고 말한다. 그냥 긴장을 풀고 전부 다 해야 한다는 생각을 그만두면 될 뿐이라고 한다. 때로는 궁금하다. 이런 기술을 배우면 다른 사람으로 변하게 되나? 상황을 분석하지 않고 한 번에 한 가지씩 집중한다면? 하지만 내 머리는 그렇게 돌아가지 않는다. 절대. 나는 늘 생각하고, 생각하고, 생각한다. 백만 가지 생각이 동시에 경쟁을 벌인다. 끊임없이 윙윙거리며 진을 뺀다.

오늘만 해도 그렇다. 덥긴 하지만 예전 같지 않은 팔뚝인데 너무 짧은 소매를 입어서 조금 민망한 기분이다. 오늘 들어온 꽃을 풀면서도 신부 부케가 어떻게 보이는지 허리께에 들고 확인하기 위해 벽에 둔 거울로 내 모습을 계속 힐끔거린다. 그러니까 지금 나는 꽃과 더위만이 아니라 팔뚝 살도 생각하고 있다. 아니, 다음과 같은 생각을 한꺼번에 하는 중이다.

이런 날씨에 꽃을 신선하게 유지하는 비법을 블로그에 올려야겠다. 맞아. 팁을 알려주면 사람들이 좋아하지. 또 더위에 맛이 간 꽃들로 압화 처리를 하고 예쁜 라벨과 카드를 만들어 창문에 달아야겠다. 가게 뒤쪽 거울에 비치는 내 팔이 마음에 안 드는데 셔츠를 가져올걸.

루크가 후임이 될 만한 사람을 몇 명 찾았다고 하니 다행이다. 자기가 먼저 거른 후에 내게 넘겨준다고 한다. 솔직한 심정으로는 처음부터 끝까지 내가 맡는 게 좋지만, 창문에 공고를 붙여놔도 아무 반응이 없고 루크의 즐거움도 깨뜨리고 싶지 않다. 후임자를 물색하면서 기분이 한결 나아진 것 같아 루크에게 그냥 맡기고 있다.

토니가 다시 출장을 가서 아쉽다는 생각도 한다. 집 보일러 기사를 불러 점검을 받아야 한다는 생각도. 창문에 안내판도 걸어야지. 이런 날씨에 잘 자라는 꽃을 추천하자.

애나 일에 나는 아무 잘못이 없다는 생각도 한다. 하지만 여전히 그런 느낌이다. 흘려보낼 수가 없다.

이렇다니까. 이런 생각이 전부 한꺼번에 머리를 지배한다. 그러니 툭하면 두통으로 고생하지.

이번 주에는 리시안셔스와 장미를 추가로 주문했다. 둘 다 요즘처럼 더운 날씨에 적합한 꽃이기 때문이다. 오래 가고 품질도 좋고 분위기를 세련되게 만들어준다. 그것도 잊지 말고 블로그에 써야지. 개인적으로 하얀 꽃을 선호하지만 보라색 리시안셔스는 예쁘니까 두 가지 색깔을 다 주문한다. 쿨러에 보관하고 몇 송이만 따로 진열해 얼마나 활용도가 높은지 보여주면 되겠다. 리시안셔스는 꽃병 높이에 따라 확 달라지는 꽃이다.

매슈는 귀찮게 하지 않으려 한다. 새 가족이 집에 입성했으니 일을 쉬어야 한다는 이유도 있지만, 사실상 이번 사건에서 내 역할은 끝났기 때문이다.

아직도 믿기가 힘들다. 칼과 앤터니는 애나 실종 사건의 용의자에서 제외되었다. 다들 충격을 받았지만 내가 제일 심했다. 매슈는 대규모 수사에 흔히 있는 일이라고 한다. 갑자기 상황이 예상치 못하게 돌아가는 경우가 많기 때문에 경찰은 언제나 모든 가능성을 열어두어야 한다.

토니의 생각은 훨씬 단순하다. 토니는 내게 전부 다 잊어야 한다고 말한다.

'봤잖아. 당신 잘못이 아니야. 처음부터 아니었어, 엘라.'

하지만 자꾸 그 아이가 생각나는걸. 애나. 바람에 머리카락이 휘날리는 아름다운 페이스북 사진. 애나는 어디 있단 말인가? 정말 무슨 일을 당한 건가? 결국은 답을 찾지 못할 수도 있다는 생각에 갈수록 불안해진다.

맙소사, 벌써 3시잖아. 급한 일은 끝냈으니 여기서 그만둬야 겠다. 집에 들러서 얇은 셔츠로 팔을 가리자. 바보 같다고 생각 하겠지만 나는 원래 이런 사람이다.

드디어 집에 도착해 집 앞에 차를 세우고 보니 위층 커튼이 아직 닫혀 있다. 내가 출근할 때 깜박했나 보다. 정원은 뜨거운 날씨에 신기할 정도로 잘 버티는 중이다. 저녁에 스프링클러를 켰다고 못마땅한 표정을 짓는 사람들도 있지만, 불법도 아닌데 뭐 어때. 세금을 내면 됐지.

현관문을 여는데 뭐가 걸려서 보니 광고지 몇 장이 껴 있다. 이런 것 좀 안 하면 안 되나. 나무가 아깝다. 정크메일을 차단해 준다는 사이트에도 가입했다. 이후로 스팸메일 양은 조금 줄었 지만 실물 우편물은 아직 많아서 짜증이 난다.

집에 들어가니 루크가 앞쪽 창문 옆의 작은 책장에 우편물을 던져 놓아서 대충 훑는다. 전화 요금 고지서. 창문 교체에 관심 이 있냐는 광고. '아니, 됐네요.' 은행에서 온 편지. 우리 부부 연 금저축 이자율 얘기일 거다. 또 내려갔나 보네. 그때 무언가가 보인다. 익숙하지만 소름 끼치는 검은색 봉투. 얇고 허접하고 섬 뜩한 봉투의 앞면에는 하얀색 주소 라벨이 붙어 있다.

도저히 이해되지 않아 벽에 몸을 기댄다. 이제 다 끝났잖아. 나는 아무 죄가 없다. 칼과 앤터니 잘못이 아니면 내 잘못도 아 니라는 뜻인데. 정말로.

심장이 쿵쾅거린다. 잠시 이성을 찾고 매슈가 알려준 대로 하자고 다짐한다. 주방으로 가서 경찰이 준 보호 장갑과 증거 봉투가 있는 작은 상자를 꺼낸다. 봉투를 열지 말고 그대로 보관할까 생각하지만 그럴 수는 없다. 왜 아직도 내게 이 짓을 하는지 알아야 한다. 아니, 보낸 사람도 뉴스를 봤을 것 아닌가. 처음부터 칼과 앤터니가 아니었다는 사실을 알 것이다. 그런데 왜 아직 이러지? 왜?

장갑을 끼고 봉투를 찢어서 연다. 저번처럼. 이제는 내 숨소리가 들린다. 무의식적으로 복도를 통해 주방을 다시 살핀다. 뒷문은 걸쇠로 단단히 잠겨 있다. 다행히.

엽서는 다시 검은색이다. 잡지에서 글자를 오려 붙였다. 지저분하게. 줄도 맞지 않는다.

내가 지켜보고 있어.

글자를 뚫어지게 보면서 몇 번이고 반복해 읽고 핸드백에서 휴대폰을 꺼낸다. 애써 호흡을 가라앉힌 나는 매슈의 번호로 전화를 건다.

세라는 두려워하던 상담을 앞두고 식탁에 앉아 커피 머그잔을 손톱으로 두드리고 있다.

지난 며칠간 경찰과 긴 시간 동안 이야기하느라 기가 다 빨렸다. 집인지, 피난처인지, 공동체인지, 아무튼 이 공간의 주인인 캐럴라인은 친절하고 협조적인 사람이었다. 릴리의 확실한 버팀목으로서 친동생인 세라보다 릴리에게 더 도움이 되었다. 세라는 경찰 신고가 얼마나 심각한 후폭풍을 불러올지 모르고 만만하게 생각했다는 사실을 이제야 뼈저리게 깨달았다.

빨리 진행될 줄만 알았다. 경찰이 아빠를 체포해 애나와 관련된 대답을 빨리 얻어낼 줄 알았다. 하지만 경찰은 아빠를 찾지 못했다.

게다가 릴리와 함께 조사를 받고 나란히 앉아 서로를 의지할 수 있다고 생각했다. 그럴 수 없다는 사실을 알았을 때는 이미 늦었다. 증인 한 사람의 진술에 다른 증인이 휩쓸리지 않도록 하는 규칙 때문이었다. 증거도 따로. 이야기도 따로. 자매가 따로 들어간 좁은 임시 조사실에는 부드러운 초록색 소파가 놓여 있고 구석에는 장난감 바구니도 있었다. 세라는 이 방의 정체를 깨닫고 겁이 나고 소름이 돋았다. 이곳은 세라처럼 끔찍한 일을 당하고 조사를 받는 아이들을 위한 공간이었다.

우선 애나의 실종 사건 수사를 지휘하는 경찰을 만났다. 세라는 진실을 얘기해야 했다. 기차에서 한 섹스와 앤터니를 향한 집념에 대해. 클럽에서 벌인 말싸움에 대해. 애나에게 어린애 같다고 하고 12시 반쯤부터 애나를 못 봤다는 이야기도 했다. 호텔로 돌아가고 싶으니 택시를 타자는 애나의 제안을 거절했다고 말했다. 호텔에 돌아가면 애나가 잠들어 있을 줄 알았다고…….

다음으로는 아빠에 대한 끔찍한 진실을 고백했다. 첫 생리를할 때 아빠가 한 행동. 애나가 실종된 날 밤 세라가 애나에게 보여준 문자 메시지. 아빠는 문자로 둘에게 호텔 바에서 만나자고 했다. 그래서 아빠가 애나 사건과 관련이 있을지도 모른다고 또 걱정했다고 이야기했다.

다음은 불쌍한 릴리 차례였다. 세라는 초록색 소파가 있는 방으로 안내를 받고 들어가는 언니를 지켜보고 캐럴라인과 밖에서 기다렸다. 사람들은 지나치게 친절했다. 조금은 귀찮았다. '차 마실래? 비스킷 줄까?' 잡지를 보겠냐고, 음료수를 더 마시겠냐고 수도 없이 물었다. 하지만 다 끝날 때까지 너무 오랜 시간이 걸렸다.

"그래, 세라. 대화에 응해줘서 고마워. 같이 내릴 결정이 몇 가지 있어서 불렀단다."

캐럴라인은 자기 머그잔을 손으로 감싼다. 익숙한 녹차 향기가 난다.

"우리 아빠 찾았대요?"

캐럴라인은 고개를 젓는다.

"찾았는지 모르지만 그랬다는 얘기는 못 들었어."

세라는 캐럴라인도 차고 있는 팔찌에서 눈을 뗄 수 없다. 캐럴라인이 왜 이곳을 운영하는지 알 것 같았다.

"있잖니, 내가 사회복지과와 얘기를 하고 있거든. 앞으로 어떻게 할지."

이건 뜻밖이다. 온몸에 두려움이 엄습한다. 사회복지과? 이런 데가 사회복지과와 연결되는지도 몰랐다. 독립적인 곳이라고 생각했다. 그래서 평범하지 않은 것 아니었나? 이곳만의 규칙이 있지 않은가. 여기서만 하는 이상한 행동들도 있고. 원하지 않으면 경찰과 얘기하지 않아도 된다며 강요하지도 않았다.

"네 나이 때문이야, 세라."

캐럴라인이 세라의 생각을 읽은 것처럼 말한다.

"너희 어머니가 너를 집으로 데려오려 하는 문제도 있고. 상황이 복잡해."

"엄마는 보고 싶지 않아요. 여기 있으면 안 돼요? 네? 언니랑 같이?"

캐럴라인이 고개를 끄덕이자 세라는 곧 안도감에 울음을 터뜨린다. 뭐라 하는지 귀에 들어오지도 않지만 캐럴라인은 인근

고등학교에 들어가야 한다는 설명을 계속한다. 여러 가지 규율과 조건에 대해서도. 캐럴라인이 다 알아서 처리하겠다고 한다.

캐럴라인이 세라의 손을 잡고 고개를 갸웃한다.

"릴리가 아직 거식증을 앓고 있잖아. 너희 아버지 일이 만약에 재판까지 간다면 릴리가 어떻게 될지 걱정스러워. 그러니까 이대로 진행하려면 네가 우리 집 규칙을 잘 지켜줘야 해. 우리가 여기 사는 이유를 사람들에게 얘기하지 않는다거나…… 그런 규칙들 말이야."

"저도 팔찌를 차고 이름을 바꿔야 해요?"

왜 불쑥 이런 질문을 하는지 모르겠다. 무례하고 은혜를 모르는 사람처럼 들리게.

"죄송해요. 말이 잘못 나왔어요."

하지만 캐럴라인은 웃고 있다. 세라는 긴장이 더 풀리고 안도감이 손끝까지 퍼진다. 발가락까지. 세라의 뺨이 붉어진다.

"그런 게 이상하다고 생각했구나, 세라?"

"조금은요."

"의무는 아니지만 둘 다 도움이 될 거야. 팔찌는 긴장을 푸는 데 최고거든. 감정이 복받쳐 오를 때 만지면 돼. 자해하는 사람들을 도우려고 내가 개발한 방법이지."

집을 떠나기 전 언니의 팔에 있던 자국들이 생각난다.

"이름은요? 왜 언니 이름을 새프런으로 골랐어요?"

"왜냐하면 남들 눈에 보이고 싶지 않은 사람처럼 여기 왔거든. 사라지고 싶은 사람 같았어. 그래서 음식을 안 먹는 거야. 그러다 어느 날 그림을 봤는데 완전히 다른 사람이더라고. 종이 위에 에너지와 색깔이 생생하게 보였어. 강렬하고. 기억에 남고. 뭔가 말하는 느낌이었어. '나를 봐줘.' 원래는 그런 사람이라는 느낌을 받았어."

세라는 눈물이 멈추지 않는다. 캐럴라인이 세라의 손을 부드럽게 꼭 쥔다.

"해결할 일이 많아. 너희 어머니가 연락을 원하기 때문에 그 문제는 아주 신중하게 접근해야겠지. 하지만 네가 내 제안을 받아들이고 새 이름을 원한다면……."

이번에도 캐럴라인은 세라의 마음을 읽는 것 같다.

"나는 던Dawn(새벽)을 추천하고 싶어. 한번 생각해보렴."

"왜 던이에요?"

"세라 너는 자기 자신을 별로 좋아하지 않으니까. 열일곱 살 소녀가 자기혐오를 해서는 안 돼. 특히 네가 겪은 일을 생각하면 말이야. 너는 새 출발을 해야 해. 그냥 내 생각이지만, 내 생각에 네게는 떠오르는 태양이 필요해."

목격자

유행은 참 재미있다니까. 나뭇잎이 다시 유행하고 있다. 그것도 대대적으로. 부케와 장식을 부풀려줄 반짝거리는 잎사귀를 수급하기가 갑자기 힘들어졌다. 레스토랑이고 신부고 다들 나뭇잎을 넣어달라고 난리다. 식탁보도 초록색. 아치형 입구도 초록색. 여기저기 화려한 잎사귀를 단다. 인기 있는 아기 이름과 비슷하다. 유행은 서서히 점령해 온다. 정신을 차리고 보면 모든 아기 이름이 아멜리아다. 모두가 나뭇잎 장식을 원한다.

사실 나는 개의치 않는다. 변화를 즐기기도 하고, 정원과 동네 길목에서 내가 쓸 잎을 따는 일도 재미있다. 원래부터 큼직한 잎과 곡선형 싹으로 쓰려고 옥잠화를 많이 키우는 편이다. 또 우리 집 월계수 울타리에서 자른 잎도 커다란 장식에 잘 맞는다. 솔직히 말하면 주의를 다른 데 집중해야 하는 처지라 새로운 시도가 반갑다. 뭐가 뭔지 모르는 이 시간이 싫다. 새 엽서를 받은 지 2주가 지났지만 조사에 아무 진척이 없다. 매슈가 엽서를 곧바로 받아 멜라니 샌더스라는 경찰 친구에게 전달했다. 평소처럼 지문 검사, 소인 조사 등등을 했지만 결과는 0. 협박범은 잔인할 뿐만 아니라 머리도 좋았다.

지금은 마지막 주문으로 생일 꽃다발을 만들고 있고 그사이 루크가 나 대신 계산대를 지키고 있다. 루크는 컨디션도 많이 나아졌고 이따 내가 매슈와 콘월에 간 동안 아르바이트 지원자 두 명을 만나볼 예정이다. 루크가 먼저 거르겠단다. 근무 시간이 괜찮다고 하면 그때 내가 면접을 보기로 한다. 창문의 공고를 보고 왔다가 내 시간만 뺏은 지원자가 몇 명 있었다. 출근 시간이 너무 빠르다고 질겁해서. 요즘 아이들은 주말에 늦잠을 즐기는 모양이다.

평소대로 리본, 테이프, 핀을 다 준비하고 부케를 만들기 시작한다. 분홍색과 보라색으로 장미와 줄기를 조합하고 향기로운 로즈메리도 더한다. 균형과 리듬을 일정하게 유지하기 위해 평소처럼 교차해서 천천히 쌓아 올리는 기교를 부린다. 40번째 생일 기념 꽃다발이라 내 40번째 생일을 떠올리며 꽃을 몇 송이 더 추가한다. 장식을 확인하고 끈으로 묶고 끝을 다듬은 후에는 꽃병에 넣고 주위를 동그랗게 돌며 모든 각도로 점검했다. 이제는 종이와 리본으로 포장할 차례다.

완성된 꽃다발을 쿨러에 넣고 루크에게 다가가 이 꽃은 배달용이 아니고 주문자인 남편이 찾으러 올 것이라고 단단히 이른다. 장부에도 적혀 있지만 선불로 값을 치렀다.

시계를 보는 내게 루크는 알아서 잘할 수 있고 가게 걱정은 하지 말라고 말한다. 후임자 후보도 이따가 만날 예정이라고 한다.

여자 먼저, 다음은 남자. 둘 다 루크와 같은 해에 텐토르스를 완주했으니 자격은 충분한 셈이다. 일찍 일어나 활동하는 데 익숙하고 믿음직하다는 뜻이니까. 루크는 둘 다 특별한 이상이 없어 보이면 이력서와 연락처를 계산대 아래 선반에 남길 테니 면접을 보든 공고를 다시 내든 하라고 내 결정에 맡긴다. 늦어도 크리스마스 전에는 일을 그만두고 공부에 집중하고 싶다고 한다.

'그래도 괜찮지?'

나는 미소를 지어 보인다. 루크의 배려에 고맙다. 이제는 불면증도 사라지고 학교생활도 잘하고 있어 더 기특하다. 그동안 얼마나 힘들었을까.

그때 문자가 온다. 매슈가 바깥에 차를 세우고 있었다. 괜히 걱정시키고 싶지 않아 루크에게는 예비 고객을 만나러 콘월에 갔다가 늦은 오후에 돌아오겠다고 말한다. 루크의 이마에 입을 맞추자 녀석이 인상을 쓴다. 그 모습에 윙크로 작별 인사를 하고 문제가 있으면 문자를 보내라고 다시 주의를 시킨다. 콘월은 신호가 고르지 않을 수가 있으니 곧바로 답장하지 않아도 당황하지 말라는 말도.

매슈의 차에 타자 새로운 삶의 증거가 보여 웃음이 나온다. 눈 밑이 아직도 퀭하고 자장가 CD, 여벌 턱받이, 뒷좌석의 분홍색 담요까지 자식 키우는 부모의 잡동사니가 다 있다. 뒷좌석 선반에는 보들보들한 노란 오리 인형이 놓여 있다. '아기가 타고 있어요' 스티커는 아내가 고집했다고 한다.

"정말 괜찮겠어요, 엘라?"

주차장에서 차를 후진하며 매슈가 뒤를 돌아본다. 얼마 전 이른 아침에 나를 두려움에 떨게 했던 헤드라이트를 생각한다. 바로 이 자리였다. 아마 가게 위에 사는 사람이었을 거다. 나는 안전벨트를 매고 깊이 생각하지 않기로 한다. '적당히 해, 엘라.'

"긴장은 되지만 가고 싶어요."

사실 처음 매슈의 전화를 받았을 때는 어째야 할지 몰랐다. 충격이었다. 밸러드 부인이 매슈에게 연락했다니. 처음에는 매슈를 콘월로 내려보낸 일로 정식으로 항의하려 그러나 생각했다. 엽서를 보낸 범인으로 의심했다고. 하지만 아니었다. 실제 용건은 더 놀라웠다.

비가 내리자 매슈가 양해를 구한다. 와이퍼에서 귀에 거슬리게 끽끽거리는 소리가 난다고. 할 일 목록에 와이퍼 날 교체를 올려놓기는 했는데 딸이 대학에 갈 때까지는 영 짬이 나지 않을 것 같다고 말한다. 내가 웃는다. 매슈도 웃는다.

"점점 쉬워져요. 잠이 들면요."

"아, 그래주면 고맙죠."

그렇게 말할 때 감정이 다 드러나 보이는 매슈의 표정이 보기 좋다. 편안하고, 진솔하고, 다정하다. 매슈의 옆얼굴에 자꾸 눈이 가고 경찰을 왜 그만뒀는지 다시 궁금해진다. 그간 내가 은근히 떠볼 때마다 매슈는 영리하게 질문을 피했다.

가끔 테이크아웃 커피를 살 때만 멈추고 우리는 차 안에서 즐거운 시간을 보낸다. 주로 라디오를 듣지만 목적지까지 10분도 남지 않았을 때 매슈가 작전을 설명한다. 일찍 얘기를 꺼냈으면 내가 긴장했을 텐데 역시 머리가 좋다.

런던 경찰청에서 달갑지 않은 소식이 들어왔다. 경찰은 조금 전 애나의 실종 사건과 관련해 세라의 아빠를 수사 대상에서 제외했다. 그는 노리치 어디선가 발견되었다. 자세한 내용은 나도 모른다. 사실 알아서도 안 되고. 하지만 매슈가 비밀이라며 말해주기를, 애나가 실종된 날 밤 그가 묵었던 호텔의 CCTV를 확인하고 휴대폰을 추적하니 빈틈없는 알리바이가 나왔다고 한다. 애나가 사라졌을 때 세라의 아빠는 자기 호텔 방에 있었다. 확실히. 세라 엄마의 전화가 왔을 때 처음으로 방에서 나온 모습이 복도 카메라에 찍혔다.

밸러드 부인은 이제 절박하다. 매슈를 고용해 애나의 실종을 조사해주기를, 경찰이 놓친 부분이 없는지 확인해주기를 원한다. 밸러드 부인은 애나 사건이 '미제'로 넘어갔다고 믿는다. 이제 용의자도 없겠다 수사팀 규모가 소리 소문 없이 줄어들고 있다. 매슈도 갑자기 연락을 받아 놀랐다며 혼자 뭔가를 알아낼 가능성은 적다고 단언한다. 하지만 실종자 가족이 안쓰러워 최소한 밸러드 부인의 이야기라도 듣고 싶다고 한다. 다만 엽서 일로 나와 먼저 계약이 되어 있으니 혹시 모를 이해관계 충돌을 막기 위해 콘월에 같이 가달라고 부탁한 것이다.

"엽서를 보낸 사람이 밸러드 부인은 아니라고 확신하지만 이

일을 결정하려면 제가 두 분과 같은 공간에 있어야 해요. 막무가
내로 실험용 쥐처럼 이용하고 싶지 않은데 상황이 그렇게 됐네
요, 엘라."

이미 전화로 들었던 말이고 나는 무슨 뜻인지 이해한다.

"두 분의 의뢰를 동시에 받을 수는 없어요. 하지만 애나 사건
이 해결되기는 할지 걱정스럽거든요. 가족으로서는 비극이죠.
많이 힘들 거예요."

매슈가 나를 힐끗 쳐다본다.

"하지만 엘라에게도 힘든 일이니까요. 저한테는 엘라 감정이
우선이에요."

"이해해요. 애나가 어떻게 됐는지 가족이 알기 전까지는 나도
행복해지지 못할 것 같은 기분인걸요."

다음 말이 쉽게 나오지 않는다.

"살아 있을 가능성이 조금이라도 있을까요, 매슈?"

"별로 없죠. 하지만 밸러드 부인은 들으려고도 하지 않아요.
어머니들은 다 그러시죠."

또 나를 힐끗 보던 매슈가 아기용품으로 눈을 돌린다.

"이제야 그 심정을 이해하고 있어요."

잠시 침묵을 지키다 내가 매슈의 눈치를 한 번, 두 번 살피고
미안한 표정을 짓는다.

"다시 물어봐도 될까요, 매슈? 경찰을 왜 그만뒀어요?"

너무 아까운 인재 같아서 그렇다. 정말 유능해 보이는데. 점

잖고…….

매슈는 도로에서 눈을 떼지 않는다. 곧 우회전하라는 농장 표지판이 보인다.

"죄책감 때문에요."

매슈가 나직이 말하며 나를 돌아본다. 나는 무슨 의미인지 몰라 눈을 가늘게 뜬다.

"사건이 있었어요. 아이가 죽었죠. 엄밀히 말해 제 잘못은 아니었어요. 하지만……."

매슈의 눈빛이 달라진다. 캐묻지 말걸. 나는 안전벨트만 만지작거리고 매슈는 헛기침을 하고 우회전을 하겠다고 알린다. 이제 이해하겠다.

"자. 다 왔네요. 준비됐어요, 엘라?"

나는 고개를 끄덕인다. 농장으로 가는 좁고 이상한 진입로에 들어서자 배가 조여온다. 혼자 이곳에 왔던 끔찍한 날을 떠올리고 있다. 현관 계단에서 실랑이를 벌였던 날. 그 일 때문에라도 매슈는 내가 여기 와도 이제는 괜찮은지 밸러드 부인의 확답이 필요하다고 말한다.

밸러드 부인이 긴장한 얼굴로 현관문을 열어준다. 말투도 한없이 부자연스럽다. 전보다 더 마르고 나이 들어 보여 안쓰럽다.

"와주셔서 정말 감사해요. 두 분 다요."

처음에는 나를 똑바로 보지 못한다. 아직은. 매슈도 이 장면을 눈여겨보고 있다.

밸러드 부인이 커피를 만든다고 부산스럽게 움직인다. 매슈도 나도 딱히 음료를 원하지 않지만 분위기를 누그러뜨릴 겸 요란한 접대를 받아들인다. 긴장이 풀리도록.

주방을 보자 탄성이 나온다. 집이 멋지다고, 오븐도 정말 크다고 감탄을 한다. 그러다 냉장고에 붙은 사진들을 보고 괜히 쓸데없는 잡담을 한 것 같아 민망해진다. 눈에 띄는 금발을 보니 분명 애나의 어릴 때 사진이다. 대부분 사진에서 애나는 자기보다 큰 소녀와 함께다. 언니겠지. 친구와 찍은 사진도 몇 장 있다. 튜브 수영장에서 찍은 사진. 애나가 마당에서 옆으로 재주넘기를 하는 사진도.

매슈가 일 얘기를 시작한다. 엽서를 조사하는 일로 나와 계약을 유지해도 상관없는지 밸러드 부인에게 직설적으로 묻는다. 불편하지 않냐고.

"엘라에게 들으니 전에 엘라 가게에 오셨다면서요? 또 전에 이 집에 왔을 때 크게 화를 내셨다고 들었어요."

"그건 제 잘못이에요."

내가 얼른 끼어든다.

"아니에요."

밸러드 부인이 쟁반을 들고 거실로 앞장선다. 예쁘게 꾸민 거실은 프렌치 도어로 정원과 통했다. 구석에는 아름다운 그랜드 피아노가 놓여 있다.

"그때는 제정신이 아니었어요, 엘라. 사과할게요. 왜 내가 엽서를 보냈다고 생각했는지 이해해요. 하지만 정말 아니에요. 가게에 갔던 건 그때 엘라를 원망했기 때문이었어요. 부당한 생각이었죠. 하지만 그때는 분노를 어디에 쏟아야 할지 알 수가 없었어요."

"충분히 이해해요."

매슈는 이런 수사가 얼마나 어려운지 한참을 이야기한다. 경찰에 있는 지인도 단서가 다 사라져 답답해한다고 말한다. 세라 아빠는 '다른 문제들'로 아직 구금 중이지만 애나가 실종된 날 밤의 알리바이는 완벽하다. 밸러드 부인도 세라에게 들었다고 말한다.

"그럼 남은 용의자가 없는 거네요."

밸러드 부인이 머그잔을 내려놓는다.

"그래서 매슈 도움이 필요하다는 거예요. 저축해둔 돈이 조금 있어요."

너무나 간절한 목소리라 듣기 힘들다. 매슈가 생각해보고 다시 연락하겠다고 말하는 동안 나는 밸러드 부인의 눈을 응시한다.

답답한 분위기를 견딜 수 없어 나는 피아노를 보고 감탄하며 학생 때까지는 피아노를 배웠지만 안타깝게 포기했다고 말한다. 피아노로 가까이 다가가 구경하고 예쁜 액자에 담겨 위에 놓인 사진들을 본다. 애나는 여기서도 신부 들러리 차림으로 언니와 함께다. 가족이 한데 모여 있다.

그러다 충격을 받는다. 배를 세게 한 방 맞은 기분이다. 너무나 혼란스러워 다리가 다 떨린다.

"누구예요?"

내가 사진을 집어 들고 매슈와 바버라 밸러드를 돌아본다. 과거의 이미지가 머릿속에 다시 나타난다. 이게 무슨……

"우리 딸들과 친구들이에요. 텐토르스에 참가했을 때요."

밸러드 부인이 걱정스러운 말투로 말한다.

"기차에 탔던 사람이에요."

"뭐라고요?"

"이 남자애요…… 곱슬머리. 그날 런던행 기차에 있었어요. 애나가 런던으로 갔을 때요."

"죄송하지만 잘못 아셨겠죠. 아니…… 아니에요. 그건 불가능해요. 이 아이는 다른 데 있었어요."

"정말이라니까요."

나는 사진을 다시 보고 일어나서 내게로 오는 매슈를 본다.

"확실해요, 매슈. 이 친구한테 커피를 쏟을 뻔했고……."

역겨운 장면을 보고 화장실을 지나쳤을 때 이야기다.

'세라, 오, 세라…….'

기차의 반대쪽 끝으로 자리를 옮기기로 결심했을 때. 기차가 커브를 틀고 있었다. 나는 복도를 지나가다 균형을 잃고 말았다.

'미안해요.'

내 커피의 뚜껑이 벗겨졌다.

'괜찮아요. 걱정 마세요. 괜찮습니다.'

남자는 나를 똑바로 보았다. 분명해……. 그 머리. 그 눈.

"이 남자 이름이 뭐예요, 밸러드 부인?"

매슈가 내게서 사진을 뺏어 들고 밸러드 부인에게 보라며 들이민다.

애나 실종 당일

충격을 받고 당황했지만 세라에게 화도 났다. 다시 설득해보려고 북적북적 모여 춤을 추고 술을 마시는 사람들을 뚫고 세라를 쫓아간다. 갑자기 클럽이 너무 어두워진 느낌이다. 너무 시끄럽다. 너무 낯설다. 고개를 돌릴 때마다 땀과 술 냄새가 난다. 조금 어지럽다.

"우리 붙어 있기로 약속했잖아."

세라의 팔을 잡고 말하는데 혀가 약간 꼬인 소리가 나온다. 지금 보니 세라도 비틀거린다.

"이제는 진짜 가야 해. 나 불안해. 부탁이야, 세라. 이렇게 빌게……."

"아, 진짜, 어린애처럼 굴지 마, 애나. 오버하고 있어."

세라가 또 밀어낸다.

"말했잖아. 가고 싶으면 그냥 가라고. 나는 아직 갈 시간 아니야. 그냥 가볍게 즐겨. 술이나 더 마시고."

"나는 있을 만큼 있었어, 세라. 우리 가자."

"그럼 너나 가. 이따가 보자. 호텔에서."

세라가 사람들 틈으로 다시 사라진다. 앤터니를 따라 다른 방으로 가고 있다.

애나는 가만히 서서 세라를 보고만 있다. 자꾸 몸이 흔들려서 다리를 넓게 벌리고 서야 한다. 모든 것이 흔들린다. 클럽도, 그림자도, 불빛도, 사람들도. 음악이 바닥을 뚫고 애나의 몸을 관통해 쿵쿵 울린다. 눈이 감기고 눈앞이 아주 조금 흐릿해진다. 어떤 남자가 이쪽을 쳐다보며 병맥주를 마시다가 윙크를 한다. 애나는 불현듯 무서운 생각이 들어 시선을 피한다. 긴 끈을 사선으로 멘 핸드백을 다시 확인한다. 지퍼가 잠겨 있는지. 지갑과 휴대폰 모두 그대로 있다.

애나는 표지판을 따라 화장실로 가서 빈칸을 기다린다. 변기 뚜껑을 내리고 앉아 몸을 앞으로 숙이고 흥분을 가라앉히며 휴대폰을 꺼낸다. 전화번호부를 훑는다. '집'이라는 단어를 보니 눈앞이 뿌옇게 변한다. 차에서 아빠와 한 이야기를 생각한다. 아빠에게 얼마나 화가 났는지. 그 사진. 아빠와 그 여자. 집 전화번호 위에 손가락을 잠시 올리지만…… 아니다. 원피스에 엄지를 닦는다. 결과를 생각해야 한다. 지금 연락하면 엄마는 절대, 죽을 때까지 애나를 어디든 혼자 보내지 않을 것이다. 애나는 한참 동안 앉아 시간이 얼마나 더 지나야 어지럼증이 사라지는지 궁금해한다. 한순간 세라 아빠를 생각하지만 세라의 경고가 떠오른다.

'우리 아빠한테 전화하면 너랑 다시는 말 안 해.'

전에도 술에 취한 적이 있지만 늘 옆에 사람이 있었다. 항상. 택시 앱을 받아놓았어야 했는데. 하지만 그건 세라가 하겠다고 했다.

그렇다면 달리 방법이 없다. 애나는 밖으로 나가 택시를 잡기로 한다. 무조건 모범택시여야 한다. 일반 택시는 가짜가 있어 위험하다는 글을 읽은 적 있다. 덜컥 겁이 나서 애나는 불안을 잠재우기 위해 택시 뒷좌석에 탄 모습을 상상한다. 안전할 거다. 호텔 입구 바로 앞에 도착하겠지. 거기서 세라에게 전화하고 나서 집에도 전화하자. 그때도 세라가 말을 안 듣고 오지 않는다면 경찰에…….

바깥에서는 이슬비가 내리고 있다. 몇 명이 담배를 피운다. 도로가 꽤 좁아서 차가 거의 다니지 않는다. 애나는 한참을 기다리며 사람들 쪽을 보지 않으려 한다. 하지만 지나가는 차가 없다. 택시도. 입구에 클럽 직원이 보인다. 혹시 택시를 잡게 도와주지 않을까 생각하지만 직원은 안 들여 보내준다고 난동을 부리는 남자 세 명에게 정신이 팔려 있다.

비에 몸이 젖는다. 아직도 어지러워서 서 있기가 힘들다.

그때였다.

"애나. 너 여기서 뭐 해?"

돌아본 애나는 안도감, 놀라움을 비롯해 온갖 감정이 밀려들어 왈칵 울음을 터뜨린다.

"팀. 세상에."

팀의 위로를 받고 있으니 민망하면서도 마음이 놓인다. 애나가 소매로 눈물을 닦는다.

"와, 팀. 여기서 보니까 너무 반갑다. 그런데 왜…… 스코틀랜드에 간다고 하지 않았어?"

세라는 팀의 양팔을 붙잡고 흔들리는 몸을 지탱한다. 혼란스럽다. 안심이다. 어지럽다.

"세라는 어디 있어?"

팀이 애나의 얼굴을 똑바로 본다.

"클럽에. 안 오겠대. 택시 잡으려는 중이었어. 세라를 데리고 나올 수가 없었어."

"음, 여기서는 택시를 못 잡아. 절대."

팀이 거리를 둘러본다.

"가자. 이쪽이야. 비라도 피해야지."

앞장서는 팀에게 팔을 붙잡혀 가면서 애나는 가게 입구로 간다고 생각한다. 카페나 술집 그런 곳. 아니면 지하철? 하지만 팀은 지하철이 벌써 몇 시간 전에 끊겼으니 택시가 오는 곳으로 이동하자고 말한다.

"이쪽이야. 심야 버스를 타야 해. 몇 정거장이야. 거기 가면 택시도 쉽게 잡을 수 있어."

꽤 오래 걷는 기분이다. 버스 정류장이 나온다. 버스를 탄다. 다른 승객은 아무도 없다. 애나가 "이 버스, 호텔 근처까지 가?"

라고 물으며 주소를 다시 불러준다. 팀은 아니라고 한다. 그렇게 멀리까지는 가지 않는다고. 하지만 걱정하지 않아도 된다. 마지막 구간에서 택시를 부를 수 있으니까.

버스에서 내린 후에는 다시 걷는다. 팀이 말한다.

"다 왔다. 이 집이야. 여기. 여기서 몸을 좀 말리고 택시 부르면 돼. 빗물 닦고 기다려."

열쇠가 짤랑거린다. 현관에 차양이 있어 비를 막아준다. 곧이어 애나는 팀과 안으로 들어간다. 좁은 복도를 지나니 퇴창이 있는 거실이 나온다. 커튼은 갈색이다.

팀은 아버지에게 받은 아파트라고 설명한다. 세를 받아 대학 다닐 학비를 마련하는 용도로. 유언장에 그렇게 적혀 있었다. 그래서 지금도 런던에 있는 것이다. 스코틀랜드 여행은 취소되었다. 원래 이 아파트는 세입자가 산다.

"내가 전에 말했었지? 우리 아빠 돌아가셨을 때?"

기억한다. 조금. 어렴풋이. 팀의 아버지는 일평생 아들에게 관심도 없다가 갑자기 암에 걸렸다. 종교를 믿기 시작하고 팀에게 연락을 했다. 다른 가족이 없었기에 유언장에는 팀의 이름이 올라갔다. 애나는 안전한 곳에 도착해 기뻤다. 비도 피하고. 하지만 세입자는 어디 있지? 호텔과는 얼마나 떨어져 있고?

팀은 세입자가 도망치는 바람에 집을 정리하려 런던에 와 있다고 대답한다. 새로운 세입자를 찾기 위해. 내일 애나에게 연락해 스코틀랜드 여행이 취소되었다고 말할 생각이었다. 원래 계획대로 애나와 세라를 만날 수 있는지 물으려 했다.

"너희 오늘 밤 뮤지컬 본다고 하지 않았어?"

애나는 인터넷에서 클럽 추천 글을 봤다고 해명한다. 칼과 앤터니 얘기는 하지 않는다. 부끄러워서. 아직도 혀가 꼬이는 소리가 나서 의도적으로 말을 천천히 한다. 너무 창피하다. 팀에게 비난을 받고 싶지는 않다. 최대한 납득이 되게 설명하려는데 문득 궁금해진다. 팀은 클럽 근처에서 뭘 하고 있었지? 팀은 근처 인도 식당에서 친구와 커리를 먹었다고 말한다.

"다행이지? 너 혼자 있으면 안 돼, 애나. 런던에서는. 특히 아까 그 동네가 얼마나 위험한데."

"오빠도 거기 있었잖아."

"남자는 다르지."

이제는 앉아야겠다. 아직도 머리가 빙그르르 돈다.

"그래. 세라가 잘 있는지도 확인해야지."

팀이 말한다.

"일단 네가 호텔로 먼저 들어가면 내가 다시 가서 세라 데리고 갈게. 지금은 클럽에서 안전할 거야."

팀이 휴대폰을 꺼내 애나가 탈 택시를 부르는 소리가 들린다. 호텔 이름을 한 번 더 확인한다. 이렇게 늦은 시간에는 주소를 찍고 택시를 불러야 확실하게 탈 수 있다고 팀이 말한다. 15분이면 도착할 거라고. 그 정도면 무난하다. 좋아. 애나를 안전하게 배웅한 후에는 세라를 찾으러 클럽으로 돌아갈 것이라 한다.

세라를 호텔까지 데려다줄게. 괜찮지?

애나는 곧장 세라에게 돌아갔어야 한다고 생각하는 중이다. 팀에게 고맙지만 혼란스러워서 다시 울기 시작한다. 팀이 옆자리에 앉아 어깨에 팔을 두른다. 걱정하지 말라고 한다. '이제 괜찮아, 애나'라고. 다 해결해주겠다고 말한다.

애나는 눈을 감는다. 오늘 아침 팀에게 받은 역겨운 사진을 떠올리고 있다. 아빠와 에이프릴 아줌마……. 팀의 엄마. 입 밖으로 꺼내고 싶지 않고, 생각도 하고 싶지 않았다. 하지만 팀이 왜 아무 말도 하지 않는지 궁금하다.

"그 사진 왜 보냈어, 팀?"

애나는 아직도 울고 있다.

"아니, 왜 하필 오늘 아침이야?"

사진은 아빠 차를 타고 기차역에 가기 직전에 휴대폰에 도착했다. 너무나 충격적인 사진이었다.

'역겨워.'

"네가 알아야 한다고 생각했어. 나도 엄청 충격받았거든. 어떻게 해야 할지 우리가 결정해야 할 거 아냐. 너희 엄마께 말씀드릴지 말지."

"왜 그랬어? 나 아빠랑 심하게 싸웠어."

"미안해. 내가 생각이 짧았어."

"그런데 어떻게 입수한 거야? 그 사진?"

너무 적나라했다. 너무 더러웠다. 아빠와 에이프릴 아줌마

가. 알몸으로. 침대 위에서 다리를 높이 들고. 포르노처럼. 역겹게……

팀이 자리에서 일어난다. 지금은 그 얘기를 하고 싶지 않고 커피를 만들어 오겠다고 말한다. 기분이 나아질 거라고. 애나는 그럴 시간이 없다고 생각한다. 무슨 의미일까. 곧 택시를 탈 텐데? 하지만 팀은 몇 모금만 마셔도 좋을 거라 말한다.

"지금 네 상태가……."

팀이 자리를 비우고 옆방에서 수선을 떠는 동안, 애나는 주위를 둘러보기 시작한다. 이렇게 보니 이상하다. 선반에 책이 몇 권 있다. 하이킹 책과 지도, 잡지도 있다. 팀이 좋아하는 잡지. 애나가 눈을 가늘게 뜬다. 몇 달치 잡지가 쌓여 있다. 커피 테이블을 내려다보니 발행일이 3개월 전이다. 말도 안 돼.

"괜찮아, 애나?"

"그럼."

커피 테이블 아래쪽 수납 칸으로 손을 뻗어 콘월의 하이킹 코스를 소개하는 책을 집어 든다. 불안감에 가슴이 두근거린다. 책 갈피로 여러 군데 표시가 되어 있다. 아니. 책갈피가 아니다. 잡지를 펼치자 각 장을 사진으로 표시해두었다.

첫 번째 사진을 보니 웃음이 나온다. 단체 사진이다. 엄마가 팀을 위해 열어준 생일 파티 날. 다들 풍선 모자를 쓰고 있고, 애나와 세라는 오빠들이 만든 풍선 강아지를 품에 안았다. 팀과 폴의 작품.

그러다 다음 사진으로 페이지를 넘기자 속에서 정말로 이상한 느낌이 퍼진다. 온도가 달라진 것처럼. 애나를 멀리서 찍은 사진이기 때문이다. 침실에서 창밖을 보다가 커튼을 막 닫기 전의 모습이다.

심장박동이 빨라진다. 근육이 경직되고 있다. 애나는 책장을 넘겨 더 많은 사진을 찾는다. 전부 애나의 사진이다. 마당에서 노는 사진. 나무에 앉아 있는 사진. 다 멀리서 찍혔다.

"택시는 언제 올까, 팀?"

"이제 얼마 안 남았어."

"나 화장실 갈래."

애나는 양옆에 떨리는 손을 감추려 한다.

"앉아 있어. 조금만 있으면 호텔에 도착할 거야. 거기서 가."

팀의 말투가 변했다. 퉁명스럽게. 다정함이 사라졌다. 팀답지 않다. 애나와 문 사이를 가로막고 서 있다.

팀을 보고 있으니 몸속이 더 차가워진다.

"여기 화장실 안 깨끗해, 애나."

"아, 괜찮아."

"커피 마셔. 내가 널 발견해서 얼마나 다행인지 그것만 기억해."

드디어 자리에 앉은 팀이 커피를 홀짝인다.

"내가 너를 지켜봐서 다행인 줄 알아, 애나. 나는 항상 너를 지켜보고 있어."

"맞아. 그렇지. 고마워, 팀."

애나는 잡지와 하이킹 책들을 보고 있다. 가슴에서 심장이 쿵-쿵-쿵 뛴다.

"세입자가 도망쳤다고 했나?"

"응. 지난주에. 다른 세입자를 구해야지."

팀이 앉아서 몸을 흔들기 시작했다. 앞뒤로…….

애나는 떨리기 시작한 어깨를 팀이 알아볼까 두렵다. 선반에 있는 책들을 본다. 몇 권은 A 레벨 교재다. 팀이 선택한 과목의.

"우리 문 앞에서 기다리자. 택시 오나 보게. 응?"

애나가 다시 일어난다.

"아니. 앉아. 커피나 마셔."

또 퉁명스러운 말투다. 팀이 머리를 까딱거린다. 몸을 앞뒤로 움직이는 속도가 더 빨라졌다.

"나 답답해서 바람 좀 쐴게, 팀."

"괜찮아, 애나. 이제는 내가 있잖아. 나랑 있으면 너는 무사해."

애나는 커피를 마신다. 자신의 숨소리가 들린다. 맥박이 뛰는 소리. 심장이 뛰는 소리. 두려움이 쌓이고 또 쌓인다. 체온이 떨어지고 또 떨어진다. 하지만 아무리 취하고 겁을 먹은 상태여도 팀에게 이런 모습을 보이면 안 된다는 것 정도는 안다. 시야의 가장자리에서 작은 검은색 점들이 점점 다가오고 있다. 현실이 아니야.

"나 물 좀 마셔도 돼, 팀?"

"아니. 넌 안 마셔도 돼."

팀은 더 빠르게 몸을 흔들기 시작한다. 앞으로. 뒤로. 앞으로. 뒤로. 갑자기 완전히 흥분했다. 머리를 이상하게 까딱거린다.

"괜찮아. 내가 직접 가져올게."

애나가 일어나 복도 쪽 문을 향해 이동한다. 처음에는 천천히 가다가 속도를 높이는데 갑자기 뒤에서 팀이 붙잡는다. 애나가 본능에 따라 오른발을 뒤로 세게 차자 팀이 잠시 주춤한다.

겨우 복도로 나온다. 몇 발짝만 가면 현관문이다. 하지만 돌연히 뒤통수에 뭔가가 날아온다. 잠깐 정신을 잃는다. 다시 눈을 떴을 때 애나는 바닥에 쓰러져 있었다. 손바닥에 닿은 검은색과 하얀색 타일이 차갑다. 황동 우편함이 보인다.

비명을 지르려 하지만 입이 막혀 있다. 살이다. 땀 냄새가 난다. 살을 깨물고 싶어도 턱이 열리지 않는다. 애나는 왼손을 머리에 올린다. 이렇게 아플 수가. 피 묻은 손을 다시 내리며 입을 막은 팀의 손을 치우려 용을 쓴다.

팀은 그러는 내내 같은 말만 한다. 정신 나간 말들. 그와 있으면 애나가 안전하다고 한다. '나뿐이야.'

제정신이 아니고 미친 목소리다. 무서워. 팀은 자기가 애나를 보살피게 놔둬야 한다고 말한다. 지켜보게. 어릴 때는 이렇지 않았다. 어렸을 때는 애나를 안전하게 지키기가 쉬웠는데…….

애나는 바닥을 긴다. 황동 우편함으로.

그때 생소한 소리를 듣는다. 공기를 가르는 소리. 팀이 왼쪽에 있는 코트 걸이에서 뭘 집어 들었다. 순간 애나를 붙잡은 손의 힘이 풀린다. 애나가 앞으로 몸을 날린다. 문으로. 걸쇠로.

'제발⋯⋯.'

하지만 이제 목에 걸린 무언가가 애나를 뒤로 끌어당기고 있다. 가죽 냄새가 난다. 처음 느껴보는 고통이 찾아온다. 너무 아프다.

숨을 쉴 수 없다. 숨이 막히고 또 막힌다. 애나가 목에 손을 댄다. 벨트와 목 사이에 손가락을 끼우려 한다.

갑자기 눈앞에 펼쳐진 사진들이 미끄러지듯 흘러가며 흐릿하게 변한다. 차에 있던 아빠. '역겨워.' 집으로 가는 길의 프림로즈. 강아지 새미가 고개를 돌리고 애나를 본다.

애나는 몸부림을 치며 좁은 틈에 손가락을 밀어 넣는다. 가족에게 돌아가려고 죽을힘을 다한다.

엄마가 주방에 있다. 시나몬 냄새. 자두슬라이스. '다 됐다, 애나⋯⋯.'

넣어야 해. 손가락을 넣어야 한다.

아빠와 새미가 길에 서 있다. 집으로 걸어가고 있다. 애나의 머리를 쓰다듬는다. '프림로즈는 엄마 줄 거야⋯⋯.'

한 명씩 큰 소리로 부르지만 다들 애나의 외침을 듣지 못한다. 그 대신 목구멍에서 괴롭게 걱걱대는 소리가 난다. 가슴이 찢어진다. 그럼에도 애나는 싸우고 싸우고 싸우고⋯⋯.

마당에서 하던 재주넘기. 애나를 보고 웃는 언니. 발밑에서 깡깡 짖어대던 새미……

'제발.' 싸워야 한다. 아빠에게 진심으로 사랑한다고 말해야
한다. 가족에게 돌아가야 한다.

'제발.'

"그 애는 정말로 스코틀랜드에 있었어요."

밸러드 부인은 그렇게 중얼거리기만 한다.

"페이스북 사진을 봤어요. 팀은 스코틀랜드에 있었어요. 그럴 리가……"

나는 매슈를 보고 있다. 별안간 입에 담즙이 올라온다.

"팀이 애나 일로 얼마나 충격을 받았는데요. 어렸을 때부터 애나를 아껴서……"

밸러드 부인이 계속 주절댄다.

"아니야. 아니에요. 팀은 스코틀랜드에 있었어요."

모든 것이 혼란스럽다. 끔찍하고 두려운 혼란 속에서 매슈가 휴대폰을 꺼내 어디론가 전화를 건다.

예리하게 온 신경을 집중한 모습이 대단하다는 생각이 들면서 한편으로는 두렵다. 너무도 딱딱하고 다급한 말투를 듣고 있으니 속을 휘젓는 두려움에 불이 더 크게 붙는다. 매슈는 멜라니 샌더스와 통화하며 대화 내용을 동시에 전해주고 있다.

"나중에 설명할게. 애나 밸러드 사건 새로운 용의자야. 가족

끼리 아는 친구. 지금 당장 출동해야 해, 멜라니⋯⋯. 팀의 성이
뭐라고요?"

매슈가 돌아서서 밸러드 부인에게 질문을 던진다. 밸러드 부
인은 여전히 넋이 나가서 우리가 틀렸다는 말만 중얼거리고 있
다. 팀은 늘 애나를 소중하게 아꼈다고. 아주 어릴 때부터.

"팀 성이요. 주소도⋯⋯ 빨리요, 밸러드 부인."

"블랙하우스예요. 라이더 레인⋯⋯ 번지수는 기억이 안 나
요⋯⋯. 팀은 착해요. 착한 애예요. 진짜로. 잘못 본 거예요."

"팀 블랙하우스. 라이더 레인. 같은 마을이야⋯⋯. 전화 끊지
말고 있어, 멜라니. 얘기 더 듣는 대로 전해줄게. 애나와 런던행
기차에 같이 타고 있었어. 반대쪽 끝에. 스코틀랜드에 있다고 거
짓말하고⋯⋯."

매슈가 수화기 너머의 이야기를 듣는 동안 침묵이 흐른다.

"모르겠어, 멜라니. 기다려 봐⋯⋯. 팀이 오늘 어디 있을지 아
는 분? 집에 없을까요? 급해요, 밸러드 부인. 저를 보세요, 제발.
정말로 긴급하게⋯⋯."

"제니요, 제니는 알 거예요. 위층에서 영화 보고 있어요. 두
분과 얘기하는 동안 내려오지 말라고 했어요. 딸이 괜히 불안해
할까 봐 그랬어요."

"내려오라고 하세요. 지금 당장."

2분 뒤 동생보다 더 크고 까무잡잡한 제니가 문가에 나타난
다. 화가 잔뜩 나서 적대적인 몸짓을 보인다. 팔짱을 끼고 있다.

"무슨 일이에요?"

"아저씨는 탐정이야, 제니. 어디 가면 네 친구 팀을 찾을 수 있는지 빨리 알아야 하거든. 설명할 시간이 없어. 오늘 팀 어디 있니?"

"데번 갔어요."

"데번 어디? 거기는 왜?"

처음에 제니는 어깨만 으쓱한다. 얼굴을 찡그린다. 협조하지 않는다.

"무슨 상관인데요?"

"정말 중요한 일이야, 제니. 경찰이 빨리 알아야 해."

"정확히는 몰라요. 아르바이트인가 뭔가. 못 들었어요. 텐토르스에서 만난 누구라나? 요즘 계속 그 얘기만 지겹게……."

"무슨 얘기? 아르바이트?"

차가운 전율이 내 몸을 통과한다. 나는 텐토르스 사진을 보고 있다. 날짜를 보니 루크와 같은 연도다.

혼란스럽다. 얼굴이 구겨진다.

가게 앞에서 발견한 지도 확대경이 불현듯 생각난다. 참가자 전원에게 준 물건이었다. 시간 내에 도착한 모든 팀에. 맙소사…….

"아니. 텐토르스요. 요즘 계속 텐토르스 얘기만 하고 있었어요."

제니는 아직도 화가 난 목소리다.

내가 다시 일어나고 있다. 목구멍에서 위액이 올라온다.

"아르바이트 뭐?"

겁먹은 목소리에 모든 사람이 나를 돌아본다.

"무슨 가게요. 어디라고 말하지는 않았어요. 저기요…… 걔 요즘 화가 많이 나 있어요, 네? 그냥 내버려 둬요. 우리 다 건드리지 말라고요."

"제니."

매슈의 말투는 단호하다.

"너를 겁주려는 게 아니야. 하지만 애나 일이라서 그래. 팀을 당장, 빨리 찾아야 해. 팀이 왜 화가 났다는 거니?"

"옛날 사진을 다 꺼내더라고요. 애나랑 다 같이 텐토르스 했을 때 사진요. 사진에서 누구를 찾고 있었어요. 애나가 어떤 남자애를 좋아한다고. 이유는 모르겠어요. 내가 그만하라고 했거든요. 저기…… 그냥 화가 나서 그런 거예요, 네? 우리 다 화가……."

"루크……."

그 말은 도와달라는 외침처럼 나온다. 여기서 나가고 싶다. 차에 타야 한다. 돌아가야 해……. 나는 문으로 간다. 이해가 안 돼……. 말이 안 되잖아, 전혀. 어쨌든 나는 루크에게 돌아가야 한다. 갑자기 모든 아이가 바글바글 모여 있는 모습이 보인다. 수백 명이 있었다. 다시 사진을 보니 알겠다. 애나가 메달을 받고 있다. 전원이 메달을 받는다. 루크. 팀. 다들 웃고 있다. 다들 행복하다.

"우리 아들 루크요. 루크도 텐토르스 했어요. 같은 해에. 지금 가게에 있어요. 혼자. 루크가. 우리 가야 해요, 매슈……."

"잠깐만요, 엘라. 나한테 말해요. 나를 봐요."

"루크가 자기 일을 대신할 사람을 찾고 있어요. 어떡해. 텐토르스 페이스북 그룹에서 사람을 찾았다고 했어요. 내가 가게 앞에서 발견한 게 있어요, 매슈. 루크 물건이라고 생각했는데 지금……."

"알겠어요. 전화해요. 루크 휴대폰으로 빨리 전화하세요."

나는 떨리는 손으로 지시를 따른다.

'제발 받아, 루크.'

"안 받아요."

쿵쾅거리는 심장을 느끼며 매슈를 돌아본다. 아직도 담즙의 맛이 난다. 안면 근육이 다 얼얼하다. 이해가 안 돼……. 루크의 음성 사서함 메시지가 들린다.

"가게 전화로 해봐요. 진정하고요. 흥분해서 말하지 말아요. 엘라, 아들이 애나와 아는 사이예요?"

"아니요. 아니에요. 그럴 리 없어요. 내 말은…… 그랬으면 말을 했을……."

사진의 날짜를 본다. 같은 해니까…….

내가 전화를 다시 거는 동안 매슈는 멜라니 샌더스와 이야기하고 있다.

"좋아……. 모험이긴 한데. 팀이 목격자 엘라 롱필드의 꽃집에 있을지도 몰라. 트런데일 하이 스트리트. 아들이 가게에 혼자 있어. 이름은 루크고 긴급 사태야. 하지만 사이렌은 안 되고……."

"말이 안 돼요……."

이제는 내가 중얼거린다. 신호가 울리지만 전화를 받지 않는다.

"우리 루크라고? 우리 루크를 왜……? 이해할 수가 없어요."

루크는 흡족하다. 제시카는 나름 괜찮아 보였다. 체구가 작은 편이고 물건을 들어야 한다는 얘기에 뜨악한 기색이었지만. 텐토르스를 하다가 허리를 다쳤다고 불평했다. 그건 배달이 나가고 들어올 때 문제가 될 수 있겠다. 손톱도 아주 길었다. 그러면 일을 오래 하지 못할 수도. 하지만 착했다. 가까운 데 살고. 친절했다. 출근 시간이 일러도 괜찮고 돈이 급하다고 했다. 엄마가 마음에 들어 할 타입이라 루크는 제시카의 이력서를 전달하기로 결정한다.

루크가 손목시계를 확인한다. 다음은 팀이다. 약속 시간이 조금 지났다. 불길한데. 엄마는 시간 약속을 지키는 사람을 좋아한다.

페이스북 그룹에서 봤을 때 둘 다 루크와 같은 해에 텐토르스를 했다. 기억이 나지는 않는다. 제시카도, 팀도. 사람이 너무 많았으니까. 하지만 누구든 텐토르스를 할 수 있다면 체력이 좋다는 뜻이다. 집념도 있고. 좋은 심사 기준이지. 그래. 루크는 이런 생각을 해낸 스스로가 기특했다.

괜찮은 아르바이트 자리 있음. 가게 위치는 트런데일. 관심 있는 사람? 메시지 보내…….

다행히 학교생활이 조금씩 편해지고 있고, 엄마를 힘들게 두고 싶지 않다. 믿고 지지해줘서 감사를 전하고 싶다. 하지만 그렇게 일찍 일어나 출근하려는 젊은 사람이 많지는 않다. 만약 엄마가 제시카나 팀이 싫다고 하면 후임자 선택은 엄마에게 맡길 것이다.

가게 뒤쪽을 힐끗 보니 커피가 거의 다 준비되었다. 좋아. 루크는 숨을 거칠게 쉬고 있다. 어지러워진 계산대를 정리하다 바닥에 진열된 장미 한 송이를 보고 부끄러움에 고개를 숙인다. 루크는 바구니에서 장미를 꺼내 뒤쪽의 꽃병으로 옮긴다. 살리는 것은 나중에 시도하자. 지금은 꽃을 보니 에밀리가 생각난다. 지난 밸런타인데이에 에밀리에게 장미를 선물했었다. 그 일이 있고 나서 같이 커피를 마셨고 진지하게 대화를 할 수 있어 기뻤다. 루크가 자기를 얼마나 아끼는지 에밀리는 알았다. 루크는 힘든 일을 겪게 해서 미안하다고 했다. 에밀리는 학교를 쉬고 있다. 프랑스로 가서 이모와 지낼 것이라고 했다. 당분간은 누구와 사귈 마음이 없지만 편지는 써도 된다고 했다. 루크는 잘됐다고 생각한다.

그때 가게 입구의 종이 울린다. 다시 엄마 생각이 나서 루크가 미소를 짓는다. 촌스러운 소리를 얼마나 좋아하는지…….

처음에는 팀이 아닌 줄 알았다. 손님이라고 생각했다. 나이가 더…….

"안녕. 나 팀이야. 아르바이트 면접 맞지?"

팀이 손을 내밀어 루크는 놀란 기색을 숨기며 악수를 한다. 어디를 봐도 예상했던 나이보다 많은 티가 난다. 옷, 머리, 피부까지. 피부는 조금 흙빛이다. 눈도 푹 꺼졌다.

"맞아. 응. 그래…… 와줘서 고마워."

루크는 근무 시간이나 주로 할 일 등 일에 관해 주절주절 설명한다. 팀에게 계산대 의자에 앉으라 권한다. 10분만 있으면 점심시간이니까 30분 정도 가게 문을 닫고 정식으로 대화할 수 있다.

한 여자가 세일 상품을 사러 들어온다. "할인하는 거 없어요?" 루크는 해바라기를 보여준다. 색이 선명하고 아름답다. 20퍼센트 할인이 들어갔다. 손님은 꽃을 사겠다고 한다. 루크가 꽃을 포장하고 지폐와 잔돈을 정리하는 모습을 팀은 지켜보고 있다.

루크는 토요일 아침, 때로는 일요일에도 엄마를 도와 상자를 옮기고 전체적인 정리를 해줄 사람이 필요하다고 말한다. 엄마가 장식을 마무리할 동안 가게를 봐줄 사람.

"손님 대하는 거 잘해?"

"아. 그럼, 그럼. 신문 가판대에서 일한 적 있어."

"잘됐네. 아주 좋아."

하지만 팀에게는 이상한 구석이 있다. 정확히 꼬집어 말하기는 힘들다. 그때 팀이 몸을 앞으로 기울이고 냄새가 루크의 코를 찌른다. 정말 지독한 암내다. 안 되겠다. 루크는 몸을 뒤로 빼고 억지웃음을 짓는다. 엄마는 좋다고 하지 않을 것이다. 그럼 팀은 탈락. 하지만 예의를 갖춰야 한다. 하지만 좋게 말하더라도 짧게 끝내자.

"나 기억 안 나나 봐? 텐토르스 같이 했는데?"

팀이 루크를 빤히 보고 있다.

"미안해, 친구. 사람이 너무 많았잖아. 그리고 나는 한 번 더 했거든. 두 번째는 더 긴 코스로 갔어. 너는?"

"딱 한 번. 그 애랑 같은 해에 했어."

팀이 뜸을 들인다.

"애나 밸러드."

루크가 동작을 멈춘다. 팀은 의도적으로 눈도 깜박이지 않고 루크를 뚫어지게 쳐다보고 있다.

팀과 눈을 맞추며 루크는 상황을 이해하기 시작한다. 눈을 가늘게 뜨고 잠시 생각한다. 루크를 보는 팀의 눈빛은 아주 신중하다. 아주 이상하다.

"뭐야, 기자야?"

"아니. 기자는 아니야."

"됐고. 팀? 아무래도 안 될 것 같아, 친구. 기분 나쁘게 듣지는 말고……."

"지금 애나 밸러드가 기억 안 난다는 말이야?"

루크가 다시 얼어붙는다. '지금 뭐 하자는 거지?'

"저기, 무슨 얘기인지 모르겠지만 누구든 애나 밸러드 사건으로 우리 엄마를 괴롭히는 건 내가 용납 못 해. 그러니까 제발 나가줘."

하지만 팀은 주머니에서 사진을 한 장 꺼낸다.

"설명해, 그럼."

루크가 잠시 당황한 사이, 팀이 계산대에 사진을 탁 내려놓는다. 텐토르스 메달 수여식 이후 아수라장을 찍은 사진이다. 온통 사람들이다. 루크는 집중해서 사진 속의 얼굴들을 훑다가 같은 팀에 있었던 친구 두 명과 루크 자신을 발견한다. 앤디와 제프다. 오른쪽에는 한 무리 여자애들이 있다. 그중 하나가…… 아. 루크는 더 가까이 다가간다. 애나 밸러드처럼 생기긴 했다. 충격적이다. 물론 뉴스에서 애나의 사진을 봤다. 하지만 같은 해에 텐토르스를 한지는 전혀 몰랐는데…….

"저기. 나는 그해에 애나 밸러드가 거기 있었는지도 몰랐어. 이 사진을 왜 가져왔는지도 모르겠고. 하지만 할 얘기 없어. 알겠어? 빨리 나가. 지금 당장."

팀이 물러나는 모습을 보고 루크는 생각한다.

'하느님 감사합니다. 뭐 이런 미친놈이 다 있어.'

하지만 팀은 가게를 나가지 않고 문을 잠근다. 팻말을 '영업 종료'로 바꾼다.

'뭐야?'

이제는 그냥 문 옆에 서서 루크를 보고 있다.

"워워." 루크는 금세 상황의 심각성을 깨닫는다. 해결하려고 앞으로 걸음을 옮긴다. 팀은 체구가 작고 힘도 약해 보인다. 몸으로 밀어내면 가게 밖으로 밀려나 꺼질 것 같다고 생각한다. 아니면 경찰을 부를까. 하지만 팀이 주머니에서 천천히 꺼낸 것은 칼이다. 툭 튀어나온 눈이 루크의 눈과 얽힌다.

"뒤로 가. 빨리."

루크는 날카로운 칼날을 본다. 가능한 선택지를 생각한다. 뒷문. 휴대폰. 들고 있는 칼을 발로 차기. 일단은 양손을 천천히 허리 높이에 올린다.

"알았어, 친구. 우리 진정하고……."

"뒤로 가라고."

루크는 천천히 뒷걸음질을 친다. 칼을 등지는 위험을 감수할 수는 없다. 그러고 보니 뒷문이 잠겨 있지. 젠장.

"너랑 애나. 애나가 널 좋아했어. 네 놈한테 말을 걸었지. 나는 그걸 봤고. 나는 늘 보고 있거든. 나는 보고 기억을……."

"이봐, 아니라니까. 정말이야. 미안하지만 틀렸어. 나는 걔를 기억도 못 해. 그냥 다들 즐겁게 놀았잖아."

"거짓말."

팀의 눈이 분노로 사나워졌다.

"나는 항상 그 애를 지켜봐. 내가 알아……."

팀이 갑자기 달려들면서 칼로 루크의 오른팔을 긋는다. 살짝 베였을 뿐이지만 즉각 엄청난 통증이 느껴진다. 곧바로 피가 난다.

　루크는 엄마의 작업대 옆에 서서 왼쪽을 살핀다. 그게 있었지. 루크는 커피 주전자를 잽싸게 쥐고 펄펄 끓는 액체를 팀에게 뿌린다. 커피가 다리에 흘러내리며 팀이 고통스럽게 울부짖는다. 하지만 얼굴은 무사하다. 다시 칼을 들고 덤빈다. 이번에는 루크의 허벅지가 고통으로 불탄다. 피가 바지에 빠르게 스며들고 있다.

　둘 다 바닥에 쓰러진 상태라 루크는 일어나려고 몸부림을 친다. 허벅지가 피로 축축하다. 일어나려 하지만 너무 고통스럽다. 또…… 어깨에 칼이 날아온다.

　그때 눈에 얼핏 들어온다. 엄마가 부케를 확인할 때 쓰는 거울에 빨간색이 비친다. 손잡이. 엄마가 제일 아끼는 전지가위다. 새빨간 손잡이가 아래쪽 선반 끝에 아슬아슬하게 보인다. 루크는 거울에 반사된 모습을 이용해 손을 길게, 길게 뻗어 가위를 더듬어 찾고 뒤로 날린다. 칼이 살에 깊이 박히는 끔찍한 감각이 느껴진다. 그리고 의식을 잃는다.

또 유행이 변한다. 올해 가을의 신부들은 흰색을 더 원하는 것 같다. 그윽하고 따뜻한 색조를 바탕에 깔기보다는 주황색, 진홍색, 적갈색, 호박색을 포인트로 살짝 끼웠기를 원한다. 나는 이런 색과 잘 어울리는 크림색에 가까운 은은한 하얀색을 선택한다. 마침 사진발도 더 잘 받는 색이고. 강렬하게 돋보이는 색의 거베라와 달리아를 꾸준히 공급해주는 거래처도 있다. 아름다운 꽃들. 나는 여러 개씩 다발로 사용하고 있다.

사실 흰색이 더 많아도 괜찮다. 심플하고 고상하지 않은가. 다양하게 변화를 줄 수 있다는 점도 좋다. 토니는 '하얀색이 다 하얀색이지'라고 말한다. 나는 이렇게 대답한다. 페인트 차트를 보고 말씀하시지. 장미를 봐. 튤립이나.

오늘은 만찬 주빈 테이블의 장식을 만들기 위해 작업대에 다양한 하얀색 꽃을 쫙 펼쳐놓았다. 이 디자인이 제일 좋다. 갓 봉오리를 피우고 있는 하얀 장미에 진한 주황색 칼라꽃을 더해 색감을 더욱 돋보이게 했다. 아주 심플하지만, 아주 강렬하다.

세 번째 커피를 마시고 평소보다 천천히 일한다. 요즘은 계속 그렇다. 몽상을 많이 한다. 나도 말릴 수가 없다. 원치 않는 곳으로 생각이 자꾸만 흘러간다.

지금은 하던 일을 멈추고 새로 산 전지가위를 보고 있다. 낯선 느낌이다. 전에 쓰던 걸 경찰이 돌려주기는 할지 모르겠다. 증거니까. 사실 돌려받고 싶지도 않다. 내가 돌려받고 싶은 것이 있다면 예전의 삶이다.

그 일이 있기 전⋯⋯.

시계를 확인한다. 가게 문을 닫기까지 1시간밖에 남지 않았다. 한숨이 새어 나온다. 박차를 가해야 한다. 이걸 끝내고 쿨러에 넣어야 한다. 영업이 끝날 때는 손님이 많이 없는 편이다. 특히 비가 오는 날이면. 날씨에 따라 사람들 소비 패턴이 달라진다니 재미있지.

그런데 지금 문밖에서 인기척이 들린다. 예상치 못했던 마지막 손님이다. 종이 딸랑거리고 우산을 터는 소리가 난다. 나는 일어나 계산대로 향하며 손님과 눈을 맞추고⋯⋯.

충격이다. 수도 없이 겪었지만 그래도 충격이다.

우리는 한동안 눈이 마주친 채로 그냥 서 있고 나는 어떻게 할지 난감하다. 눈물이 고인다. 충격 때문이겠지만 이 상황에는 아무 도움이 되지 않는다. 여기는 왜 왔을까. 그 사람의 존재에 나는 긴장한다.

마주 보고 있으니 심장이 빠르게 뛰는 소리가 들린다. 전화로 들었던 매슈의 목소리를 기억한다.

경찰은 냉동고에서 애나의 시신을 찾았다. 팀의 비밀 아파트에서……. 팀 아버지의 유언장대로라면 대학 다닐 돈을 마련하기 위해 세를 놓아야 했다. 하지만 팀은 그곳을 비밀 아지트로 사용했다. 그 안에서 경찰은 사진과 충격적이고 경악스러운 말들로 가득한 일기장을 발견했다. 아주 어릴 때부터 애나를 지켜보고 사진을 찍고 있었다. 애나가 다른 사람과 대화만 해도 싫어했다. 기록했다. 지켜보면서. 언제나 지켜보고 있었다…….

팀은 때때로 밸러드 가족과 저녁을 먹은 후 집에 가는 척하고 언덕 높은 곳에 있는 옛 양치기 석조 건물에 진을 쳤다. 주방을 내려다보며 가족을 지켜보기 위해. 잠자리에 들 때까지 애나를 지켜보고 일기를 썼다.

"엘라. 이렇게 불쑥 찾아와서 미안해요. 혹시 시간 있어요?"

무슨 말을 해야 할까?

밸러드 부인을 본다. 푹 꺼진 눈은 슬퍼 보이고 예전 눈빛을 되찾지 못한다. 우리 사이에 할 말이 남아 있기는 할까? 여기 왜 왔는지 궁금하다.

"그럼요. 뒤쪽으로 오세요. 어차피 곧 닫을 시간이에요."

또 예의를 차린다. 예의는 항상 지켜야지.

문으로 가서 팻말을 '영업 종료'로 바꾸고 어떤 모습이 떠올라 잠시 눈을 감는다. 생각하고 싶지 않다. 소식을 전하기 위해 밸러드 가족의 집 현관 앞에 서 있었을 멜라니 샌더스 경사.

멜라니는 사건이 종결된 이후 진급했지만 매슈에게는 내키지 않는다고 말했다. 공을 세운 사람은 자신이 아니라 매슈라고 생각하기 때문에. 매슈가 잘 설득했지만 무슨 마음인지 이해가 간다. 앞으로 나아가기는 너무 힘들다. 멜라니는 아직도 매슈가 경찰에 돌아오기를 원한다. 하지만 매슈는 도무지 결정을 내리지 못한다.

남는 의자를 뒤쪽 작업대로 가져가지만 밸러드 부인은 서 있겠다고 한다. 커피도 거절한다.

내 쪽에서 질문을 해도 될까? 가벼운 대화를 시도해도 될까? 어떻게 잘 견디고 있냐고? 하지만 그런 질문이 의미 있을까? 잘 견디는 사람이 있기나 할까? 그래서 기다리기로 한다. 밸러드 부인은 몰라도 나는 앉아야겠다.

"루크는 어떻게 하고 있어요?"

정말 이것 때문에 왔다고? 그건 아니겠지. 루크를 생각하고 애나를 생각하니 죄책감이 들지만 한편으로는 기쁘다. 살아남은 것이 내 아이라······.

"나아지고 있어요. 목발도 벗었고요. 어깨는 아직 말썽이네요. 다리를 좀 절뚝이는데 물리치료 받으면 차차······."

"다행이네요. 나아지고 있다니 기뻐요."

이걸 물어보려고 오지는 않았을 텐데. '왜 여기 왔지?'

"애나 일은 정말 유감이에요, 밸러드 부인."

"바버라요. 바버라라고 불러줘요."

바버라가 고개를 돌린다.

목소리가 갈라져 내가 말을 멈춘다. 숨을 고른다.

"처음 집에 들인 사람은 나였어요. 팀 말이에요."

바버라가 입을 왼쪽으로 씰룩인다.

"가족으로 받아줬어요. 제니와 애나의 단짝으로요. 참 딱한 아이였어요. 그 애 엄마는 아들한테 아무 관심도 없었어요. 허구한 날 남자들과 노느라 바빴죠. 그 여자가 내 남편과도 바람피웠다는 얘기 들었어요? 미안해요. 이 얘기를 왜 했는지 모르겠네요."

"힘드셨겠어요."

매슈에게 다 들었다. 팀의 일기장 내용. 팀은 자기 엄마의 방에 카메라를 설치하고 남자친구들을 협박했다. 그렇게 용돈을 벌다가 뜻밖의 상대를 발견한 것이다.

우리는 다시 서로의 눈을 마주 본다. 바버라가 입술을 파르르 떨며 고개를 끄덕인다. 갑작스러운 고갯짓은 이렇게 말하고 있다. '날 울리지 마요. 그 이름을 다시 부르지 말아줘요, 제발……'

"그러니까, 사실은 다 내 잘못이었던 거예요. 팀. 그 애가 너무 가여웠어요. 늘 혼자 마을을 돌아다녔거든요. 아주 어렸을 때도요. 친절을 베푼다고 생각했어요. 먹이고. 집에 들이고. 그런데……"

잠시 말을 잇지 못한다.

"……알고 보니 내 잘못이었어요."

"그런 생각은……"

수많은 사람이 내게 했던 말과 똑같이 들린다. 나는 진부한 표현을 쓰고 후회한다. 우리 모두 배운 것처럼 죄책감에는 나름의 규칙이 있는데.

"돌아오고 싶대요. 남편이."

바버라는 바닥을 보고 있다.

"웃긴 건 나도 진지하게 생각하고 있다는 거예요. 남편이 그리운 거 있죠."

손을 뻗어 팔을 어루만져주고 싶다. 위로를 해주고 싶다. 뭐라도. 하지만 그렇게 하지 않는다.

바버라가 재판에 참석할지 궁금하다. 매슈는 팀이 살인과 살인미수 혐의로 재판을 받을 것이라 말한다. 정신 장애로 감형을 청하겠지만 살인죄를 피하지는 못할 것이라고 한다.

팀은 소름 끼치게 계산적인 수법으로 스코틀랜드에서 알리바이를 만들었다. 첫날에만 체크인하는 점을 알고 숙소를 골랐다. 애나가 런던으로 떠나기 사흘 전 일주일 일정으로 숙소를 예약했지만 처음 24시간만 그곳에 머물렀다. SNS에 사진 몇 장을 올리고 와이파이가 잘 터지지 않는다고 투덜대기에는 충분한 시간이었다. 적당한 '존재감'을 남겨 형식적으로 알리바이를 확인한 경찰을 속일 수 있었다. 나중에 CCTV 영상을 재확인하니 실제로 팀은 콘월로 돌아와 후드티와 선글라스로 위장하고 마지막 승객들 사이에 섞여 런던행 기차에 올랐다. 그런 다음 웨스트엔드 공연장부터 클럽까지 애나와 세라의 뒤를 밟았다.

애나를 죽인 이유는 아직 명확하지 않다. 일기에도 두서없이 횡설수설하고 있다. 애나를 쳐다보는 다른 사람들에게도 집착을 보였다.

이런 생각을 하니 견딜 수가 없다. 우리 루크가 안쓰럽게도 증언을 하게 돼서 더더욱. 솔직히 말할까? 나는 팀이 죽었으면 한다. 혼수상태에서 깨어나지 않기를, 전부 완벽하게 끝났기를 바란다.

불편할 정도로 긴 침묵이 흐르고 그사이 바버라가 아무 말도 하지 않기에 내가 대신 결혼식 꽃에 대해 주절거린다. 칼라꽃을 얼마나 좋아하는지. 특히 짙고 선명한 진홍색과 보라색을 좋아아 한다고.

"꼭 할 얘기가 있어요. 그래서 여기 온 거고요, 엘라. 엘라라고 불러도 될까요?"

"당연하죠."

나는 스커트의 주름을 펴며 속으로 걱정하면서도 무슨 용건일지 궁금하다.

"제니 방을 정리하려고 물건들을 치우다가 뭘 발견했어요."

내가 얼굴을 찌푸린다.

"검은색 엽서요."

다시 정적이 흐른다.

"얘기를 꺼냈더니 결국에는 털어놓더라고요. 자기가 했다고 인정했어요. 처음 두 장은 제니가 보냈다는 것 같아요. 미안해서 어쩔 줄 몰라 해요. 많이 창피해하죠. 그냥 화가 나서 눈에 보이는 게 없었던 모양이에요. 나도 그랬으니까요. 이게 변명거리가 된다는 말은 아니에요. 하지만 제니는 어리고 진심으로 반성하고 있어요."

'제니였단 말이야? 애나의 언니…….'

"미안하지만 여기서 끝이 아니에요."

바버라가 코를 조금 훌쩍인다.

"엘라가 매슈를 우리 집에 보냈을 때 제니는 겁을 먹었어요. 내가 의심을 받았다고 제니에게 말했거든요. 기분이 상해서요. 제니는 그 얘기를 듣고 다른 사람에게 고백하기로 마음을 먹었어요. 아주 친한 사람에게요."

'맙소사.'

"팀?"

"네. 불행히도…… 팀이었어요. 아마 그때부터 엘라에게 관심을 보이기 시작했던 것 같아요. 직접 엽서를 더 보낼 마음을 먹고요. 또 가게에서 엘라를 지켜보기 시작한 거예요. 정신이 완전히 망가져서. 우리는 몰랐어요. 그런데 경찰 말로는 정서 장애가 심하다고 하대요. 사람들을 지켜보는 데 집착한다고요. 아무튼. 엘라 아들도 그래서 알아본 거예요. 텐토르스에서. 루크도 지켜보기 시작하고요. 자기도 모르게 혼돈에 빠진 거죠. 전부 뒤섞여서……."

참았던 숨이 길게 새어 나온다. 폐의 형태가 변화하는 느낌이다. 안 그래도 궁금했었다. 팀이 왜 우리에게 관심을 보이기 시작했는지.

"그래서 결론을 말하면, 경찰에 신고한다고 해도 백번 이해해요."

이제 바버라의 입술이 눈에 띄게 떨린다.

"왜냐하면 팀이 아드님에게 관심을 보인 것도 제니 잘못이라고 생각할 수 있으니까요."

나는 마침내 이해한다.

매슈는 경찰이 팀의 컴퓨터에서 사진 수백 장을 발견했다고 했다. 파티와 텐토르스와 학교에서 찍은 사진들. 애나에게 관심을 보였다고 생각하는 소년이 있으면 얼굴 사진 옆에 잔인하고 폭력적인 글을 써놓았다. 별 뜻 없이 말을 걸었던 아이라 해도. 잠깐 스치고 지나갔을 뿐이라 해도. 루크는 운이 나빴을 뿐이다. 정말로 애나를 만났거나 애나와 대화한 기억이 없다고 했다.

나는 잠시 바닥을 내려다본다. 루크를 생각한다. 2주 전 드디어 목발을 벗고 부축을 받지 않고도 방을 걷는 모습을 보고 너무나 자랑스러웠다. 다리를 심하게 절뚝이지만 우리는 언젠가는 나을 것이라고 믿는다. 낫기를 바란다. 루크의 허벅지에도 보기 흉한 상처가 남았다.

"여기까지 와서 말해줘서 고마워요. 하지만 경찰에 말할 필요는 없어요. 얻을 게 없는걸요."

나는 제니를 생각한다. 아직은 어린아이다. 무슨 의미가 있겠는가? 엽서를 전부 팀이 보냈다고 경찰이 알고 있어도 상관 없잖아?

바버라가 눈을 감는다. 안도감이 파도처럼 근육을 휩쓸고 있다. 처음에는 얼굴, 다음은 목, 다음은 어깨.

"고마워요, 엘라."

이제 떠나겠다고 생각하지만 바버라는 아직 서 있다. 무엇을 기다리는 걸까.

작업대 주위를 둘러본다. 장식을 보관한 쿨러를 본다.

"시신을 돌려줬어요. 장례를 치르라고요."

'맙소사······.'

다시 속에서 싸움이 벌어진다. 내가 무너지면 안 된다. 내 슬픔은 중요하지 않아.

"장례식장 사람이 와서 어젯밤 전부 의논했어요."

바버라가 말을 멈추고 나는 잠자코 있다. 할 말을 찾을 수 없다. 전혀. 소리를 내지 못한다.

기차에서 본 애나를 생각한다. 선명한 초록색 눈과 예쁜 얼굴과 부풀었던 기대를. 겨우 열여섯 살······.

"그쪽에서 관에 놓을 꽃 카탈로그를 보여줬거든요."

목소리는 아까보다 차분해졌지만 바버라의 뺨을 타고 눈물이 흘러내린다.

"너무 형편없더라고요, 엘라. 꽃이요, 볼 수가 없게."

"네?"

바버라는 아직도 꽃 쿨러를 보고 있다.

"말도 안 된다는 거 알아요. 사람들은 뻔한 걸 기대하겠죠. 화환이요. 하지만 화환으로 할 수는 없어요. 그러기에는 너무 슬프고 어른스럽고 흉측해요. 내 딸 관에 화환을 쓰고 싶지는 않아요."

바버라가 뒤를 돌아 내 반응을 확인한다. 처음에는 순수한 당혹감이었다.

"너무 어리잖아요. 화환을 쓰기에는 너무 어리다고 생각하지 않아요?"

바버라가 손바닥으로 얼굴을 닦는다.

무슨 말로 위로를 할지 아직도 모르겠다.

"그러니까, 전에 여기 왔을 때, 창문 장식이 굉장히 특별했던 기억이 나요. 나뭇잎이 겹쳐서 언덕을 보는 것 같았어요. 초원 같이. 야생화가 있었죠. 프림로즈, 달래꽃, 생울타리 꽃들."

"대회 출품용이었어요. 기억나요……."

그 작품으로 상도 탔다.

"정말 예뻤어요. 여기로 운전해 오면서 생각했어요. 그거면 좋겠다. 우리 애나를 위해. 나뭇잎과 초원에 피는 꽃으로 만든 담요처럼 위에 덮을 수 있게. 화환 같은 거 말고요. 무리한 부탁이라는 거 알아요. 이런 부탁을 한다는 자체가 잘못일지도 모르죠. 그동안 우리 사이에 있었던 일을……."

"기꺼이 해야죠. 부탁을 들어줄 수 있어서 기뻐요."

우리의 눈이 마지막으로 한 번 더 얽힌다.

"물론 뭐든 값을 치르고……."

바버라는 이메일 주소를 남기고 나는 디자인을 보내 괜찮은지 확인을 받겠다고 말한다. 하지만 돈은 받지 않기로 이미 결심했다. 작별 인사를 하면서도 머릿속이 바빠진다. 벌써 스케치를 구상하고 있다. 계획도. 그물망 같은 것에 잎을 엮어 바탕천을 만들 수 있겠다고 생각한다. 초원처럼. 그거다. 프림로즈는? 거래처 중에 프림로즈를 키우는 곳을 안다. 온실에서. 잔뜩 주문하자. 있는 대로 달라고.

노트에 메모를 하고 있으니 이제는 내 뺨에 눈물이 흘러내린다. 정말 특별한 작품이 되리라. 지금까지 만든 것과는 차원이 다르다.

선명하게 보인다. 보기만 해도 슬픈 오크나무와 황동 손잡이를 어떻게 가려야 할지. 답은 애나의 집 근처에 있는 초원의 향기와 매력이다.

프림로즈와 블루벨. 달래꽃과 동자꽃. 분홍색과 레몬색과 은은한 흰색 꽃잎. 아름다운 소녀에게 바친다. 너무 빨리 떠나버린 소녀를 위하여.

소녀를 위하여…….

그래.

화환을 쓰기에는 너무 어리다.

독자 여러분께

《아임 워칭 유》를 읽어주셔서 진심으로 감사합니다. 이 책이
세상에 나온다는 것 자체가 제게는 참으로 특별한 의미입니다.
처음 아이디어를 구상한 때가 아주 오래전이기 때문이에요.

어느 날 런던으로 가던 중 정말로 남자 둘이 검은 비닐봉지를
들고 기차에 타는 모습을 봤습니다. 이유를 들었을 때 왠지 불안
하면서도 굉장한 호기심을 느꼈고, 당연히 작가 머리가 발동했
죠. 실제로 그날 어떤 사건이 벌어지지는 않았지만 얼마 지나지
않아 제 상상력이 나머지 일을 시작했어요. 만약 이런 일이 벌어
졌다면 어떻게 됐을까? 만약 저런 일이 벌어졌다면?

당시는 써야 할 글이 버거울 정도로 많았던 시기라 처음에는
그 아이디어를 단편 소설로 옮겨봤어요. 하지만 애나가 강한 힘
으로 저를 이끌었고 저는 애나의 유령에 홀린 듯한 느낌을 받았
습니다. 할 이야기가 아직 많이 남아 있으니 책으로 내야겠다는
생각이 들더라고요.

오랜 세월 기자 생활을 하는 동안 범죄가 평범한 사람의 인생
을 뒤흔드는 모습을 수없이 지켜보며 큰 충격을 받았습니다. 무

고한 피해자는 물론이고 목격자들도요. 너무나 많은 사람이 범죄의 영향을 받습니다. 그래서 이 아이디어에 자꾸만 마음이 끌렸던 것 같아요. 한참 만에 다시 찾았을 때는 엘라라는 캐릭터도 제 앞에 등장했습니다. 애나의 가족뿐만 아니라 엘라에게도 조명을 비춰보고 싶다는 마음이 들었어요.

그러니 모든 아이디어의 싹이 쑥쑥 자라는 모습이 제게 얼마나 특별했을지 짐작하시겠죠. 제 책을 읽어주신 여러분께 다시 한번 감사 인사를 드립니다. 재미있게 읽고 리뷰를 남겨주신다면 대단히 감사하겠습니다. 리뷰를 통해 정말로 더 많은 독자가 제 글을 발견할 수 있거든요.

독자 여러분의 이야기는 언제나 환영이니 아무 때든 편안하게 다가와 주세요. 제 웹사이트(www.teresadriscoll.com)에 방문하거나 트위터(@TeresaDriscoll) 혹은 페이스북 작가 페이지(www.facebook.com/TeresaDriscollAuthor)에서 말을 걸어주셔도 좋습니다.

여러분의 행복을 기원하며,
테레사

감사의 말

글을 쓰는 것은 때때로 고독한 작업입니다. 그래서 사랑하는 가족과 친구들에게 저를 믿고 지지해줘서 고맙다고 전하고 싶습니다. 제가 동굴 속으로 들어갔을 때, 작업실에 틀어박혀 과연 '끝'이라고 쓰는 날이 오기나 할지 고민하고 있을 때도 참고 기다려주었습니다.

유능하고 인내심 강한 편집자 제인 스넬그로브와 소피 미싱에게도 특별히 감사를 보냅니다. 두 사람은 정성 어린 관심과 날카로운 통찰력으로 이 책을 키워줬어요. 제가 의지를 잃었을 때도 아주 세심하게 불안감을 달래주었죠! 정말 고맙습니다.

제 글의 다정한 지원군이 되어준 모든 독자와 블로거 여러분께도 만세 삼창을 하겠습니다. 여러분의 응원과 피드백은 이 세상 무엇과도 바꿀 수 없게 소중해요.

마지막으로, 훌륭한 에이전트 마들렌 밀번에게도 목청껏 고맙다고 외치고 싶습니다. 이 책의 출항을 처음부터 앞장서서 지켜준 분이죠. 이 은혜 잊지 않을게요.

아임 워칭 유 I Am Watching You

아임 워칭 유

제1판 1쇄 인쇄 | 2021년 10월 20일
제1판 1쇄 발행 | 2021년 10월 27일

지은이 | 테레사 드리스콜
옮긴이 | 유혜인
펴낸이 | 유근석
펴낸곳 | 한국경제신문 한경BP
책임편집 | 윤혜림
교정교열 | 김가현
저작권 | 백상아
홍보 | 서은실 · 이여진 · 박도현
마케팅 | 배한일 · 김규형
디자인 | 지소영
본문디자인 | 디자인 현

주소 | 서울특별시 중구 청파로 463
기획출판팀 | 02-3604-590, 584
영업마케팅팀 | 02-3604-595, 583   FAX | 02-3604-599
H | http://bp.hankyung.com   E | bp@hankyung.com
F | www.facebook.com/hankyungbp
등록 | 제 2-315(1967. 5. 15)

ISBN 978-89-475-4764-2   03840